어떤 황홀경

초판 1쇄 인쇄일 2019년 03월 06일
초판 1쇄 발행일 2019년 03월 20일

지은이 | 신노윤
펴낸이 | 김기선

편집부 | 김아름, 박신혜, 김에너벨리, 유기웅, 배영주, 신현정, 전유정
디자인 | 한주희

펴낸곳 | 와이엠북스(YMBOOKS)
출판등록 | 2012년 7월 17일 (제382-2012-000021호)
주소 | 서울시 도봉구 노해로 379, 802호(창동, 대성빌딩)
전화 | 02)906-7768 / **팩스** | 02)906-7769
E-mail | ymbooks@nate.com

ISBN 979-11-322-4873-6 03810

값 9,000원

어떤 / 황홀경

신노윤 장편소설

YMBOOKS
ROMANCE
STORY

차 례

프롤로그

"도대체 여기가 어디인 거야."

청윤은 금방이라도 터져 나올 거 같은 울음을 삼켜 냈다. 정신을 잃었다가 눈을 뜬 그녀는 어딘지 알지 못하는 곳에 있었다. 마지막 기억은 운동을 마치고 돌아오는 길에 뒤에서부터 괴한에게 공격을 당했다는 것뿐이었다. 자신을 마음에 품은 스토커의 짓인 걸까.

기분 나쁜 약품 냄새가 난 후 의식은 까무룩하게 가라앉았고, 눈을 뜨니 이곳이었다. 납치를 당했을 때 흔히 끌려오는 오래된 폐창고는 아니었다. 침대와 서랍장, 딱 필요한 가구들만 있는 것이 오히려 평범한 방에 가까웠다.

당장이라도 방문을 열고 나가고 싶었지만 문밖에 어떤 상황이 벌어져 있을지 알 수 없었다.

손잡이까지 올라갔던 손을 내리고 청윤은 방 주변을 다시 살폈다. 그러다 그녀의 눈에 널따란 창문이 보였다. 세상과 통할 수 있는 유일한 곳인 창문을 통해서 이층집이라는 사실과 자신이 있는 곳 또한 2층이라는 것을 어렵지 않게 알 수 있었다. 고민이 되는 듯 잠시 서 있던 청윤이 드디어 결심이 들어선 표정을 지었다.

그길로 청윤은 창문을 열고 창틀 위에 발을 올렸다. 긴장감에 기분 나쁘게 뛰어 대는 가슴을 느끼며 그녀는 크게 심호흡을 했다. 이제 남은 건 뛰어내리는 일이었다. 한 번도 온 적도, 본 적도 없는 곳에서 눈을 떴다. 생각을 정리한 후에 행동을 해도 해야겠지만, 그 생각이라는 것을 하다가 시간을 허비할 수는 없었다. 크게 숨을 내쉬고 뛰어내리려던 청윤의 눈이 자신의 앞에 펼쳐진 풍경을 보는 순간 커졌다.

"예쁘다."

압도된다는 표현이 들어맞는다고 해야 할까. 집이 위치한 산과 그 너머에 햇빛을 부어 놓은 듯 반짝이는 바다, 저 멀리 보이는 수평선이 예사 풍경이 아니었다. 거기에 때마침 바람이 불어 그녀의 머리를 기분 좋게 흩날리게 하고, 바람이 데려온 싱그러운 나무 향기는 제가 처한 상황을 잊을 수 있게 만들었다. 답답한 도시와는 다른 모습이 청윤의 시야에 들어왔다. 산책을 하고 싶을 정도로 아름다운 풍경이었지만 계속 넋 놓고 있을 수는 없었다. 청윤이 창문 밖으로 발을 내딛기 직전.

"뛰어내시려고요?"

불쑥 들리는 남자 목소리에 그녀가 움찔 놀라 고개를 돌렸다. 생전 처음 보는 남자가 문에 기대서서 그녀를 바라보고 있었다. 꿀꺽. 청윤이 침을 삼켰다.

1. 납치

휴대전화가 무섭게 몸을 떨어 댔다. 눈을 감은 채 누워 있던 청윤이 눈을 떴다. 어렵지 않게 떠진 눈이 잠에 빠졌다 깨어난 눈은 아니었다.

"여보세요."

-이청윤.

휴대전화를 받자 들리는 건 나직한 남자의 목소리였다. 익숙한 목소리인 듯 청윤이 별스럽지 않게 대꾸했다.

"이게 누나한테."

-정확히 보름을 집에서 한 발자국도 안 나왔다며. 답답하지 않아?

청윤의 절친한 남자 사람 동생인 설단우였다. 시간이 가도 집에서 나올 줄 모르는 청윤이 걱정되어 바쁜 와중에도 전화를 한 모양이었다.

"집에서 안 나가니 좋네. 미세먼지에 시달릴 일도 없고."

-아주 느긋하네. 진짜 백수 되려고?

"나 먹고살 만큼은 벌지 않았을까. 어릴 때부터 일했는데. 그리고 내가 일하고 싶다고 할 수 있나. 찾아 줘야 일을 하지. 너는 오늘 해외로 화보 촬영하러 간다며. 뭐하러 전화까지 했어."

-윤정한 감독이 영화하자고 한 거 깠다며. 그래 놓고 무슨 찾는 사람 타령이야? 지가 싫다고 해 놓고.

아까부터 말이 거친 단우에게 한 소리 하고 싶었지만 청윤은 그것조차 귀찮은 듯 인상을 찌푸리며 몸을 일으켰다. 전화를 하고 있는 설단우도, 전화를 받고 있는 이청윤도 모두 배우라는 직업을 가진 사람들이었다. 그들 중 이청윤은 어린 시절부터 배우 생활을 했던 사람이고, 현재는 슬럼프로 몇 날 며칠을 밖에 나가지 않고 칩거 중이었다.

"우리 엄마 잔소리만으로도 머리 아프니까 너까지 보태지 마."

-안 그대로 황 사장님 바쁘시더라.

"나보다 바쁜 사람이 우리 엄마잖아."

안 그래도 청윤이 혼자 세상 속으로 들어가면 들어갈수록 청윤의 엄마인 황민영은 안달복달하며 사방팔방 바쁘게 움직였다.

-이청윤도 슬슬 움직일 때 됐어.

"아직은 모르겠어."

-아니, 그런 인생 연기를 해 놓고 왜 그러고 있는지 이해가 안 된다고.

"무슨 인생 연기야. 철저하게 외면받은 연기인데."

자조적인 웃음을 지으며 청윤이 말했다. 처음으로 엄마의 뜻을 거스르고 배역을 선택해 연기를 했었다. 신인 감독이었지만 시나리오는 흥미로웠고, 처음으로 영화를 해 보고 싶다는 열망에 사로잡혔다. 자신에게 있는 줄 몰랐던 열정을 쏟아부으며 그녀는 엄마에게 보여 주고 싶었다. 자신도 엄마의 그늘에서 벗어나 배우로 성장할 수 있다는 것을.

마약에 중독된 거리의 여자. 청윤이 해 왔던 연기와는 완전히 다른 배역이었지만 그 역할을 연기하면서 인물에 빠져드는 것이 무엇인지, 연기가 얼마나 매력적인 일인지를 느끼며 배웠다.

하지만 대중들은 껍데기를 벗어던진 그녀의 날것 그대로의 연기를 받아들이지 못했고, 날아오는 싸늘한 반응에 그녀는 스스로를 가둔 채 밖으로 나오지 못했다.

-내가 본 누나 모습 중에 최고였어. 또 반할 뻔했다고.

그런 청윤이 답답해 단우가 다시 강하게 말했다. 단우가 하는 말이 거짓말 같지는 않지만 그의 말은 청윤의 마음에 들어오지 않았다.

"내가 아무리 예뻐도 반하는 건 곤란해. 한 사람을 어떻게 두 번이나 차?"

-지랄.

단우의 데뷔작을 두 사람이 같이 찍은 것이 인연의 시작이었다. 신인치고 연기도 좋고, 마스크도 좋고, 성격도 좋아 주눅 드는 것 없이 단우는 사람들을 리드했고, 주연 배우였던 청윤도 그런 단우를 눈여겨보다 말을 걸게 되었다. 나이는 많이 차이 나지 않아도 연기 경력의 차이는 어마했던 청윤의 앞에서도 단우는 스스럼없이 그녀를 대했고, 그런 태도가 그녀로서는 편하게 다가왔다. 친하게 지내면서 단우는 그녀를 마음에 담고 고백까지 하게 됐지만 친한 배우 동생 이상으로 그를 본 적이 없었던 청윤은 단우의 고백을 거절했다. 괜찮은 배우 친구를 잃게 될까 걱정이었지만 그녀가 고백을 거절한 후로도 그와 그녀는 절친한 사이를 유지하고 있었다. 단우도 그녀에 대한 마음은 완전히 접은 걸로 보였고 말이다.

"뭐? 공인 입에서 그렇게 욕이 나와도 되는 거야?"

-내가 차인 게 이청윤이 처음이거든? 사람 아픈 상처 그렇게 건드리기 있어?

"없지. 미안, 미안."

자기애가 엄청난 단우다. 아무렇지 않은 듯 보여도 청윤이 그를 거절했을 때 엄청난 충격을 받았다고 우스갯소리로 했던 말이 진짜였던 듯했다. 그래도 그때의 일을 제가 먼저 불쑥 꺼낼 때도 있으니 마음 정리는 끝난 것이 확실해 보였지만, 그의 아픈 과거를 건드린 것이 미안하긴 했다.

"이청윤, 너 아직 방에 있어?"

날카로운 목소리와 함께 들어온 건 밖에 나갔다 귀가한 민영이었다.

"단우야, 내가 나중에 전화할게."

민영이 양팔을 교차해 팔짱을 끼며 전화를 끊는 청윤을 노려보고 있었다. 나이를 가늠하기 힘든 매끈한 피부와 늘씬한 몸매, 청윤을 닮은 듯하지만 이목구비가 또렷해 좀 더 화려한 느낌을 주는 미안이었다.

"설단우야? 지금 이 시기에 스캔들까지 터지면 안 되는 거 알지?"

"알아요."

높은 톤의 목소리에 청윤이 민영의 눈을 바라보지 못하고 대꾸했다.

배우가 꿈이었던 민영을 쫓아 촬영장에 갔던 것이 배우 이청윤의 시작이었다. 예쁘장한 외모에 연기 재능까지 있던 청윤은 배우로 성장하기에 충분한 인재였다. 매니저인 엄마의 뜻에 따라 움직이니 자신은 어느새 대한민국에서 아름다움과 청순함에 대해 이야기할 때 꼭 등장하는 여배우로 성장했다. 물론 그녀의 연예계 행보는 모두 민영의 뜻에 따라 움직여지다 보니 뒤에서 이청윤을 두고 마마걸이라 조롱하는 것도 알고 있었다. 그것이 틀린 말은 아니었고, 엄마의 손아귀에서 벗어나려다 큰 실패를 맛보았으니 청윤은 마마걸에서 탈피할 의지조차 잃어버렸다.

"알긴 뭘 알아? 알면서 이러고 있어? 이번에 네 짝퉁인 강희원이 윤정한 감독 영화 들어간대. 들었어?"

"잘됐네요."

"한가하게 그런 소리나 할 때야? 너 여우주연상 받을 때 박수나 치던 년이 지금 네 배역을 뺏어 간 거라고!"

태평스러운 청윤의 말에 더욱 화가 난 민영이 히스테릭하게 소리쳤다. 관심을 받아야 하는 건 저이지만, 언제나 관심을 고파하는 건 민영이었다. 이번 일로 청윤이 재기를 하지 못할까 봐 민영의 신경은 극도로 예민했다. 그런 엄마를 막아야 했지만 청윤은 민영을 막을 방법을 몰랐고, 그럴 의지도 없었다. 모든 기운이 빠져나간 사람처럼 무기력했다. 이대로 잊히는 것도 나쁘지 않겠다는 것이 요즘 드는 생각이었다.

"몸에 살 붙은 것 봐. 가서 운동이나 하고 와."

며칠이나 집 안에서 지내는 청윤을 모른 척한 것도 민영으로서는 오래 봐준 것이었다. 엄마의 뜻을 거슬렀다가 무슨 일이 벌어질지 상상도 하고 싶지 않았다. 침대에서 일어난 청윤이 주섬주섬 운동 갈 준비를 했다.

 "혹시 집에 오는 길에 기자 있을지도 모르니까 지하 주차장 쪽으로 해서 나가고 들어오도록 해."

 "알겠어요."

 모자까지 챙겨 쓴 청윤이 민영을 지나 방을 나서기 전 민영이 말했다. 집을 나서는 청윤을 보며 민영이 아랫입술을 깨물었다. 청윤에게 인생 전부를 걸었다. 이렇게 망가지도록 둘 수는 없었다. 무슨 짓을 해서라도 청윤을 재기시키리라 다짐하는 민영의 눈이 날카롭게 빛났다.

 운동을 해도 피로는 사라지지 않았다. 지하 주차장에 들어서 청윤이 걸어가는데 누군가 자신을 따라오는 느낌을 받았다.

 멈칫.

 고개를 갸웃거리며 청윤이 뒤를 돌아보았지만 아무도 없었다. 간만에 나왔더니 신경이 곤두선 것인가 싶어 작게 심호흡을 하고 다시 걸음을 옮겼다. 어쩐지 싸늘해진 등골에 청윤이 걸음을 더 빨리했다. 조금만 더 가면 주차장을 벗어날 수 있었다. 엘리베이터로 연결된 통로 입구에 거의 다다랐을 때 뒤에서부터 강력한 힘이 청윤을 덮쳤다.

 "아앗."

 몸이 제압당하고 기분 나쁜 냄새가 나는 손수건이 청윤의 얼굴을 감쌌다. 짝짝 소리가 나도록 묵직한 손을 때렸지만, 덩치가 큰 남자로 추정되는 손아귀에서 벗어나는 건 쉽지 않았다. 점점 희미해지는 의식 속에서 청윤이 남자의 손을 꼭 쥐었다. 큰 손과 어울리지 않는 가느다란 반지의 촉감을 느끼며 청윤의 의식은 완전히 가라앉았다.

그 기억을 마지막으로 눈을 뜬 곳이 바로 이곳이고, 마침 청윤이 창문에서 뛰어내리려고 하기 전 낯선 목소리의 남자가 청윤에게 말을 걸었다.

"여기서 뛰면 천국으로 도망을 가게 될 텐데요."

뒤를 돌자 보이는 남자의 얼굴에 청윤의 눈이 커졌다. 셔츠에 슬랙스뿐이었지만 큰 키와 탄탄하고 잘 빠진 몸매에 딱 들어맞는 차림새였다. 거기에 외모는 어떻고. 반듯한 생김새지만 어딘지 모르게 냉소가 배어 있는 얼굴은 연예계 생활을 하면서 얼굴로 난다긴다 하는 사람을 많이 만난 자신이 봐도 놀라기 충분했다. 외모로 판단을 받는 직업이니 외모로 사람을 평가하는 것을 좋아하지 않지만 얼굴을 보고 나니 납치범에 대해 가지고 있던 편견이 깨지고 말았다. 하지만 마냥 남자의 얼굴을 감상하고 있을 수만은 없었다.

"당…… 당신 누구예요?"

저도 모르게 나온 질문이지만 이것보나 바보 같은 질문은 없었다. 납치되어 온 곳에 있는 사람이니 납치범이 아니겠는가. 저를 끌고 온 사람은 저 남자보다는 살집이 있는 사람이었다는 생각이 스쳤지만, 제가 납치를 당한 이곳에 저 남자가 있다는 것이 중요했다.

"일단 내려오시죠."

너무 당연한 것을 물은 탓인지 그녀의 질문에 대답하지 않은 그가 그녀 쪽으로 걸어왔다. 그의 행동에 청윤이 난간 위에 올라서 뛰어내릴 듯 자세를 취했다.

"오지 마세요."

"여기 2층입니다. 뛰어내린다고 도망갈 수도 없고요."

그의 말에 그녀가 몸을 기울여 창밖 쪽을 바라보았다. 확실히 높았다. 뛰어내렸다가는 작게 다쳐도 다리가 부러질 거 같은 높이였다. 아니면 남자의 말대로 천국의 문을 두드리거나. 두려움에 침이 꿀꺽 삼켜졌지만, 호락호락하게 납치범에게 당할 수도 없었다.

"나를 왜 이곳에 데려온 건지, 바라는 게 뭔지 설명하세요."

연기라고 생각하는 거다. 위기에 빠졌지만 정체를 알 수 없는 괴한에게 당당히 맞서는 장면이라고. 그렇게 생각하니 말을 하는 그녀의 목소리에 힘이 실렸다.

"이해할 수 없는 상황이라는 거 압니다. 하지만 그쪽은 내가 데려온 게 아닙니다."

두려움을 감추지 못했음에도 절대 만만히 넘어가지 않을 거라 말하는 눈동자 앞에 그는 작은 한숨을 내쉬고야 말았다. 저도 이해가 안 되는 상황을 그녀에게 어떻게 설명할 수 있을까. 오히려 저가 묻고 싶은 심정이었다.

"그럼 내가 왜 여기에 있는 거죠?"

"먼저 내려와서 이야기합시다."

"가까이 오지 말라고요."

피할 수 없는 상황이지만 혹시 난간에서 내려왔다가 남자가 돌

변하여 자신에 몹쓸 짓을 할지도 모른다는 생각에 청윤은 경계를 풀지 않았다. 저런 멀쩡한 얼굴로 이상한 짓을 하는 사람을 많이 봐 왔던 그녀다. 아역 시절부터 연예계 생활을 하면서 별의별 소문에 시달리고 황당한 경우도 많이 겪었지만 납치는 처음이었다. 어떻게든 도망가는 쪽을 택하는 게 이치에 맞는 것일 테지만 그를 설득해 보는 것은 어떨까를 고민하는 건 자신을 바라보는 남자의 진중한 얼굴에 왠지 모를 신뢰감이 흐르기 때문이었다.

"그쪽이 다치는 걸 바라지 않아요."

나직하지만 힘이 실린 목소리였다. 웬만한 남자 배우 뺨치게 생긴 사람이 저런 말을 하니 이런 상황에서도 묘한 감정을 느끼고 말았다.

뭐 하는 거야, 이청윤. 저 사람은 귀신도 아니면서 왜 사람을 홀리려고 하는 거야.

냉정을 되찾아야 하는 순간임을 다시 상기한 청윤이 난간에 올라선 자세를 고치려고 하다 발을 헛딛고 말았다. 기울어진 몸이 창문 밖으로 향했고, 청윤의 눈에 자신이 떨어지게 될 흙바닥이 보였다. 이대로 죽는 건가 싶어 두 눈을 꾹 감았다. 그때 갑작스럽게 다가온 힘이 그녀의 몸을 방 안쪽으로 당겼고, 어라 하며 눈을 떴더니 방 안의 천장이 보였다.

쿵.

제법 큰 소리와 함께 청윤의 몸이 방 안으로 떨어졌다. 소리와 달리 생각보다 큰 고통은 없었다. 어리둥절함에 그녀가 눈을 뜨자 보이는 것은······.

"으악!"

납치범의 얼굴이었다. 창밖으로 떨어지기 직전 청윤을 구한 남자는 넘어지려는 순간 그녀의 몸을 안아 바닥에 부딪친 충격을 청윤을 대신해 흡수했다. 하지만 사정을 모르는 청윤은 납치범의 얼굴이 제 눈앞에 있자 소리를 지르며 남자에게서 벗어나고자 했다.

"이거 안 놔!"

그녀의 말대로 놓아주고 싶었으나 그녀가 발버둥을 치고 있어 쉽지 않았다.

퍽.

다시 한번 방 안에 짧지만 강한 소리가 퍼졌다. 그의 품에서 벗어나려 팔을 휘젓다가 청윤이 주먹으로 그의 얼굴을 가격한 것이었다. 꽤 크게 난 소리에 청윤도 움직임을 멈출 수밖에 없었다.

"이제 이야기할 수 있겠죠?"

그의 말에 청윤이 얌전히 고개를 끄덕였다. 눈 옆을 제대로 맞아 빨갛게 부어올라 있는 남자의 얼굴에 더 이상 대화를 거부할 수가 없었다.

설마 눈탱이 밤탱이가 되는 거 아니겠지.

불안한 그녀의 눈동자가 멍이 들기 일보 직전인 상처 부위에서 벗어나지 못했다.

앞에 앉은 남자의 눈치를 보며 청윤이 거실을 둘러보았다. 방 안에서도 느꼈지만 심플하고 정돈된 느낌의 집이었다. 인테리어라면 인테리어겠지만 필요한 것만 딱 사다 놓은 느낌이랄까. 방 안과 마찬가지로 전체적으로 하얀 벽면에 갈색의 테이블, 그것보다 연한 갈색의 소파 이외에는 별다를 것이 없었다.

"구경은 다 하셨습니까."

남자의 말에 청윤이 움찔 놀라 몸을 들썩였다. 그리고 발끈하여 말했다.

"구, 구경 안 했거든요?"

"그러셨군요."

그는 딱히 그녀의 말을 믿는 눈치는 아니었다. 자존심이 상해 입을 삐죽대다 남자에게 밀려선 안 된다는 생각으로 자신이 지을 수 있는 가장 도도한 표정을 지으며 말했다.

"제가 왜 여기에 있는 건지 설명을 먼저 해 주세요."

청윤의 말에 무슨 생각을 하는 것인지 그가 한쪽 눈썹을 들어 올렸다가 금세 내렸다.

"그건…… 저도 모릅니다."

"뭐라고요?"

"그쪽을 여기에서 며칠만 맡아 달라는 부탁을 받았을 뿐입니다."

"누구한테요? 아니, 맡아 달라고 한다고 이렇게 사람을 가둬요?"

대화를 하자더니 알려 주는 것은 하나도 없었다.

"알고 있는 거죠? 내가 왜 여기로 오게 된 건지."

정상적인 생각이 박혀 있는 사람이라면 납치낭한 사람을 사정도 모르고 맡아 주는 게 상식적으로 말이 되지 않았다. 분명 남자는 자신이 왜 이곳에 오게 된 건지 알고 있을 거라는 강한 의심이 들었다.

"결론이 달라집니까?"

더 따지고 들려는 그녀의 말을 끊으며 남자가 물었다. 그 말에 당황한 청윤의 눈이 커졌다.

"뭐라고요?"

"제가 사정을 설명한다고 해도 그쪽은 이곳에 있어야 합니다."

더 말을 걸 수 없을 정도로 단단한 목소리였다. 남자의 기세에 움찔하긴 했지만 이대로 넘어갈 수는 없었다.

"어떻게 된 건지 알아야 여기 있기로 결정하든 뭘 하든 하죠. 무조건 여기 있으라고 하는 건 말이 안 돼요. 그쪽은 나를 납치하지 않았다고 했잖아요."

"그쪽이 납치를 당한 건 맞아요. 그 납치를 내가 안 했을 뿐."

이 미친놈. 절로 욕이 나올 거 같았지만 꾹 밀어 넣었다.

"납치당한 내가, 날 납치하지 않았다고 말하는 당신의 집에 있는 게 말이 돼요?"

"그쪽 결정이 필요한 게 아닙니다."

청윤이 무슨 소리를 하든 그의 입장은 변하지 않을 것 같았다. 답답하긴 했지만 남자의 차가워진 얼굴이 무서웠다. 억울하긴 했지만 남자에 비하면 한없이 약한 여자였다. 남자를 때려서 기절시킬 만한 건 없나 그녀의 눈동자가 빠르게 돌아가는데, 그걸 눈치채기라도 한 양 남자가 말했다.

"단 며칠만 있으면 됩니다. 일이 끝나면 무사히 돌려보내 줄 테니까."

"그 일이 어떤 일인데요?"

청윤의 말이 답답한 건 그도 마찬가지였는지 숨을 한 번 고른 그가 더욱 냉정해진 얼굴로 말했다.

"나한테도 이 상황은 엿 같고 말도 안 되는 상황입니다. 협박이라도 해야겠어요? 그쪽이나 나나 그건 더 원하는 상황이 아닐 거 같은데. 내가 당신하고 하려고 했던 말은 얌전히만 있어 주면 무사히 돌려보내 주겠다는 약속입니다."

소름이 끼칠 정도로 감정 없고 시린 눈이었다. 눈빛 하나일 뿐인데 죽이겠다고 협박하는 것보다 무서웠다. 열 받지만 이런 상황에 저런 약속을 받아 낸 것만으로도 다행인 일이었다. 그가 말하지 않았는가. 자신이 납치를 당한 건 맞다고.

"딸꾹."

갑작스러운 딸꾹질에 청윤이 가슴을 팡팡 쳤다. 야무진 모습을 보여 줘야 하는데 쫄았다고 광고하는 꼴이었다.

"딸꾹, 딸꾹."

가슴을 더 세게 치며 딸꾹질을 멈추려 했지만 딸꾹질의 빈도는 더욱 잦아졌다. 분하고 속상한 마음에 눈물이 맺히고야 말았다.

가만히 청윤을 지켜보던 남자가 일어서서 주방으로 향했다. 얼마 지나지 않아 주방에서 나온 그가 김이 나는 뜨듯한 물컵을 탁자 위에 올려놓았다. 물을 마시고 딸꾹질을 가라앉히라는 뜻이었지만 청윤은 물컵에 손을 대지 않았다.

"그럼 쉬어요."

무심한 표정으로 그런 그녀를 스윽 본 그가 그 한마디를 남기고 방 안으로 사라졌다. 김 때문에 물기가 어린 컵이 남자라도 되는 듯 그녀는 컵을 노려보았다. 남자에게 당한 것을 컵에게라도 화풀이하고 싶었다. 그러다 문득 어떤 생각에 도달했다.

'근데 날 모르나.'

남자가 사라진 방문을 보며 청윤이 고개를 갸웃거렸다. 나름 유명하다고 생각하며 살아온 세월이 몇 년인데. 이런 산골에 살아서 나를 모르는 건가. 그래도 나 이청윤인데? 자신을 모른다고 하더라도 아름답다고 자부하는 얼굴과 몸매를 가진 자신에게 소가 닭보는 듯한 시선을 보내는 건 자존심이 상했다. 이래저래 저 남자때문에 짜증이 솟구쳤다.

찌릿-

다시 한번 청윤이 눈물을 닦으며 물컵을 노려보았다. 차갑게 식어 가는 것도 억울한데 괜스레 원망의 눈길까지 받은 물이 움찔대는 듯도 했다.

세상의 모든 일은 갑작스럽게 오는 건 없다고 한다. 큰 태풍 하나도 나비의 작은 날갯짓이라는 전조가 있다는데, 제게 닥친 전조는 과연 무엇이었을까. 분명 평소와 다르지 않은 날이었는데 말이다.

세상이 좋아져 외딴 섬의 산속이라도 인터넷은 가능했다. 컴퓨터 화면 속의 정신없는 그래프를 보며 이리저리 분석을 하던 시형에게 제집 문을 두드리는 소리와 저를 부르는 소리가 들렸다. 마을 주민이 저를 찾아왔다고 하기엔 너무 늦은 시간이었다. 의아한 마음으로 방문을 나선 시형은 저를 부르는 목소리의 주인을 금세 알아차릴 수 있었다.

"무슨 일이야."

"형."

문을 열고 저를 찾아온 남자를 확인한 시형이 살짝 인상을 찌푸렸다. 그다지 덥지 않은 날씨였는데, 오랜만에 만난 절친한 동생의 얼굴은 땀범벅에 숨도 거칠었다.

　고된 노동을 한 듯 보이는 얼굴에 시형이 다시 한번 상황을 물으려는데, 툭 하는 소리와 함께 동생이 가져온 듯 보이는 자루가 쓰러졌다. 그리고 그 자루에서 나온 사람의 얼굴에 평소 표정이 없는 시형도 두 눈이 커졌다. 힘없이 쓰러진 사람의 형상이 예사 느낌이 아니었다.

　"시체 아니야! 살아 있어."

　그리고 그 반응에서 시형의 생각을 읽어 낸 동생이 곧장 부정의 말을 했다.

　"뭐야, 이거. 똑바로 말해."

　"안으로 들여다 놓고 말하면 안 될까."

　안 좋은 예감에 손님을 집에 들여보내고 싶지 않았다. 하지만 간절한 표정으로 저를 봐 달라는 듯 보고 있는 동생의 표정에 시형은 들어오라는 뜻으로 몸을 살짝 비켜서 공간을 만들었다. 초조하던 동생의 얼굴이 밝아졌다.

　"정한성, 어떻게 된 거야."

　여자를 들고 오느라 체력 소모가 상당했는지 몸을 비켜 주었음에도 자루 안 여자를 안아 들지 못하는 그를 대신해 여자를 2층에 누이고 시형이 한성과 마주 앉아 처음 건넨 질문이었다.

　"간만에 와서 건넨 선물치고는 너무 충격적인데?"

　"그러니까……."

　입을 뗄 듯 말 듯 움직이던 그가 두 눈을 질끈 감으며 토해 내듯 말했다.

"납치를 했어."

"내가 이해할 수 있게 제대로 이야기해."

"미, 민 사장이 시켰어. 그냥 며칠만 데리고 있으면 된다고. 이것만 하면 더 이상 나한테 터치 안 한다고 해서."

민 사장이라는 단어에 시형의 미간이 좁아졌다. 또 그 자식인가.

성인이 되어 보육원을 나가게 된 후 한성은 잘못된 길로 빠지게 되었다. 시형이 말렸어도 한성은 질 나쁜 민 사장 아래서 온갖 나쁜 짓을 하며 시간을 헛되이 보냈었다. 그 후 정신을 차리고 민 사장의 손아귀에서 벗어나려 했지만 민 사장은 한성을 놔주지 않으며 그를 괴롭혔다.

"그런다고 이런 짓을 해?"

시형이 자리에서 일어섰다. 집에 전화가 없어 바깥세상과 연락을 하려면 밖으로 나가야 했다.

"형, 어디 가."

"경찰에 신고해야겠어."

"안 돼. 제발 이번 한 번만 봐줘."

한성이 금방이라도 집 밖으로 나갈 기세인 시형의 다리를 붙들었다. 큰 덩치에 어울리지 않게 눈물까지 맺혀 있었다. 아무리 그렇다고 해도 해야 할 일과 하지 않아야 할 일은 있는 법이다.

한성은 자신을 뿌리치려는 시형에게 더욱 세게 매달리며 울음 섞인 목소리로 말했다.

"정현이가 임신을 했어."

시형이 멈칫하며 행동을 멈췄다.

"민 사장 그 새끼가 정현이랑 아이를 두고 협박했어."

지금 아내인 정현을 만나 정신을 차렸던 한성이었다.

'네 마누라 임신했다며. 사내놈이 지 새끼는 잘 낳아서 키워야 할 거 아니야. 간단한 거야. 이청윤만 납치해서 며칠만 숨겨 두고 있으면 돼. 나머지는 내가 다 알아서 할 테니까. 이 일만 끝나면 앞으로 너랑 나는 볼 일 없을 거다. 약속할게.'

정현이나 아이에게 민 사장에게서 벗어나 제대로 살아가는 모습을 보여 주고 싶었다. 그리고 그 잔인한 민 사장은 자신이 말을 듣지 않을 경우 무슨 짓을 할지 몰랐다. 이청윤을 납치하라는 말 이외에 다른 건 시키지 않았다. 아무도 모르게 데리고 있을 장소로 시형이 있는 곳이 생각났고, 민 사장에게도 말하지 않고 그녀를 이곳으로 데리고 왔던 것이다.

"아무리 그래도. 네 아이한테 부끄러운 짓이야."

"알아! 나도 안다고. 하지만 그 전에 살려야 하잖아. 민 사장 돈 되는 일이라면 뭐든 하는 새낀 거 알잖아."

"확실히 놔준대? 이번 일 끝나면."

"녹음까지 해 놨어."

그렇게 한다고 안하무인인 민 사장을 막을 수 있겠냐마는 그런 말까지는 할 수 없었다. 한심한 상황이긴 하지만 한성을 그냥 모른 척할 수도 없었다.

"형한테는 절대 피해 안 가게 할게. 이번 일 시킨 게 이청윤 엄마랬어. 이청윤 쪽에서는 절대 일 크게 못 만들어."

"엄마가?"

이런 일을 벌인 것이 엄마라니. 듣고도 놀라운 이야기에 되물을 수밖에 없었다.

"이청윤 저번에 영화 망하고 인기 떨어졌잖아. 사람들 관심 떨어지니까 관심 끌어 보려고 하는 거 같아. 그런데 형, 이청윤 알지?"

말을 하다 보니 산에서 혼자 살고 있는 시형이 그녀를 알지 못할 수도 있겠다는 생각이 그제야 든 것이다.

"저 여자도 아는 거야?"

한성의 물음에는 대답하지 않은 채 그가 물었다.

"아니, 모를 거야. 모르게 해 달라고 하긴 했는데, 필요하면 말해 버려. 자기 엄마가 벌인 일인데 저 여자도 어쩌진 못할 거야."

어린 시절 버림받은 자신이나 그런 엄마를 둔 저 여자나 별반 달라 보이지 않았다. 오히려 저쪽이 더 불쌍할지도.

"일단 알겠어. 길게 데리고 있진 못해."

"형, 정말 고마워."

한숨을 내쉬며 하는 시형의 말에 한성이 절을 하듯 엎드려 감사하다는 인사를 건넸다. 시형교의 신도라도 된 양 구는 한성의 모습에 시형이 손으로 이마를 짚었다.

'나야말로 무슨 짓에 발을 담근 거냐.'

스스로에게 물어도 대답할 수가 없었다.

그렇게 잠들어 있던 청윤이 깨어나고 부상 투혼 끝에 청윤을 진정시키는 것까지 성공은 했으나 매끄러운 대화는 하지 못한 채 방 안으로 도망치듯 들어왔다.

"정신 나간 새끼."

의자에 앉아 있던 시형이 한성의 욕을 중얼거렸다. 지끈, 머리가 아팠다. 딱히 겁을 줄 의도는 아니었는데. 눈물까지 맺혔던 여자를 떠올리니 자신이 정말 몹쓸 인간이 된 것 같아 마음이 편치 않았다. 불안했을 여자를 구슬리며 말을 했어야 하는 것은 안다. 하지만 그런 다정한 말을 꺼내기에는 이미 글러먹은 성격이라는 것도 스스로 인지하고 있었다. 나름 부드럽게 말한다고 했는데도 여자는 울지 않았던가.

여자에게도 그렇겠지만 자신에게도 이 상황은 가혹했다. 애초에 거절을 했어야 하는데. 정신이 나간 쪽은 제 쪽일지도 몰랐다. 냉혈 인간이라는 소리를 들으며 살아온 자신이지만 꼭 결정적인 순간에는 이 냉혹함이 힘을 쓰질 못했다. 특히나 한성에게는 완벽히 선을 긋는 것이 힘들었다.

어린 시절 기억의 시작은 보육원에서부터였다. 부모 형제들과 살고 있는 또래 아이들과 달리 보육원 원장님이 부모였고, 그곳에서 함께 지내는 아이들이 형제였다. 물론 말로 따지자면 그런 것이지 시형은 원장에게 살갑게 군다거나 그곳의 아이들과 격의 없이 지내지는 않았다. 혼자가 편했고, 남들과 지내는 것에 무관심했다. 돌볼 아이들이 많으니 원장은 문제를 일으키지 않고, 머리가 비상해서 성적도 좋은 시형에게 특별한 관심을 쏟진 않았다. 하지만 함께 자고 먹고 생활하는 아이들 중에는 시형을 눈엣가시처럼 여기는 아이들도 있었다.

"야, 이 새끼 눈 뜨는 거 봐."

시형이 학교 대표로 전국수학경시대회에 나가게 되었을 때, 시형과 같은 학년이던 보육원 아이들 몇몇이 시형을 보육원 구석진 곳으로 끌고 왔다. 전혀 겁먹은 기색 없이 당당히 자신을 바라보는 어린 시형에게 그들의 대장 격인 아이가 어이없다는 듯 말했다.

"왜, 우리랑은 말도 하기 싫냐? 너나 우리나 고아 새끼들인 건 똑같아."

"똑같은 고아라도 너희들처럼 우르르 몰려와서 괴롭히는 짓은 안해. 고아니까 그런다는 소리 듣잖아."

자신이 왜 이런 상황을 겪어야 하는 것인지, 그저 짜증이 났다. 자신은 이들에게 딱히 피해를 준 것도 없는 것 같은데 말이다.

"뭐야? 아주 원장이랑 선생이랑 감싸고돈다고 뭐라도 되는 줄 아는 거야. 그거 다 동정이야. 알아?"

"동정이든 뭐든 받는 건 나인데 왜 너희들이 나한테 이러는 건데."

"너 하는 꼴이 보기 싫으니까. 너 때문에 우리까지 다 싸잡아서 비교당하잖아."

"니들이 못난 걸 왜 내 탓을……."

"뭐 이 새끼야!"

그 말에 화가 난 아이가 시형에게 주먹을 날렸다. 퍽 하는 소리와 함께 시형이 넘어졌다. 기다렸다는 듯 아이들이 시형을 둘러싸고 발길질을 하기 시작했다. 시형은 몸을 둥글게 말고, 발길질이 그치길 기다렸다.

"이 새끼 소리도 안 지르네."

대장 아이가 시형의 배를 걷어찼다. 잘 참아 내던 시형도 그 충격에는 작은 신음을 냈다.

"시형이 형!"

멀리서 들리던 시형을 부르는 소리가 가까이 다가왔다.

"정한성, 넌 또 뭐냐."

"시형이 형을 왜 괴롭혀?"

또래보다 큰 덩치를 지닌 한성이 팔을 저어 시형을 둘러싸고 있던 아이들을 흐트러뜨렸다. 자신들보다 동생이긴 해도 덩치는 큰 한성이기에 아이들도 움찔하며 한 걸음 물러섰다.

"네가 뭔데 끼어들어."

"형, 괜찮아?"

팔을 바들바들 떨며 일어서려는 시형을 한성이 부축하여 일으켜 세웠다. 시형은 제 일에 끼어든 한성이 귀찮기만 하였다. 몇 대 맞았으면 끝날 일인데, 정한성이 와서 시간만 버린 것 같았다.

"상관하지 마."

"어떻게 그래. 형은 내 루…… 루미트? 그거잖아."

룸메이트겠지. 여럿이 모여 자는 아이들 중에 한성이 있었을 뿐이었다. 생각해 보면 그 아이들 가운데 자신에게 말을 거는 건 한성뿐이긴 했다.

"너네 형이 상관하지 말라잖아."

비웃으며 하는 말에 한성이 시형을 가리듯 양팔을 뻗으며 소리쳤다.

"절대 못 비켜! 시형이 형 질투 나서 그러는 거 모를 줄 알아?"

"뭐? 너도 같이 죽어 봐라."

달려드는 아이들에 한성도 지지 않고 맞섰지만 이내 수에 밀려 시형과 마찬가지로 발길질을 당하는 신세가 되었다.

"까불지 마. 담엔 절대 가만 안 둬."

분이 풀리도록 그들을 때린 아이들은 누워 있는 두 아이를 두고 떠났다.

"그러게 나서길 왜 나서. 도와 달랬어?"

먼저 몸을 일으킨 시형이 한성을 타박했다.

"하지만 어떻게 그냥 둬. 형이 피떡이 되도록 맞게 생겼는데. 우린 루, 루…… 같은 방 쓰잖아."

끝내 룸메이트라는 말을 떠올리지 못한 한성이 풀이 죽어 말했다.

한성이 일으켜 달라는 듯 시형에게 팔을 내밀었다. 시형이 그 팔을 물끄러미 바라보았다. 저렇게 자신에게 도와 달라는 듯 팔을 내민 사람은 없었다. 그런 행동을 받아들이는 것이 어색하기만 하였다. 빨리 잡아 달라는 듯 한성이 내민 팔을 흔들었다. 그에 어쩔 수 없이 시형이 팔을 잡아 한성이 일어날 수 있도록 도와주었다. 한성은 뭐가 좋은지 다쳐서 멍이 가득한 얼굴로 시형을 바라보며 웃었다. 자신을 도와주다 다친 건데 자신이 밉지도 않을까 싶었다.

"형, 나 수학 문제 또 알려 주면 안 돼?"

"알려 주면 뭐 해. 이해도 못 하는데."

한성이 먼저 걸어가는 시형의 뒤를 졸졸 쫓았다.

"멋있잖아."

"멋있을 것도 많네."

"그래도 저번에 한 문제 맞혔잖아."

"전부 0으로 써서 맞은 것도 맞힌 거야?"

시형의 말에도 한성은 헤헤 웃어 버렸다. 어느새 두 사람이 나란히 걸음 맞춰 걸어가고 있었다.

그렇게 이어진 인연이었다. 자신이 이런 외딴 곳에서 살게 되었어도 크게 달라지는 건 없었다. 자신이 이곳에 온 이유는 간단했다. 세상이 싫었고, 사람과 어울려 지내는 건 더 싫었다. 처음부터 모든 걸 훌훌 털어 낼 수는 없었지만 어느 정도 기반이 잡혔을 때 선택을 하게 되었다. 세상을 등지고 나만의 공간에서 나만의 삶을 살아가는 것.

조금도 걱정하지 않았다면 거짓말이겠지만 이곳에 터전을 잡고 보니 자신이 원했던 삶과 꼭 들어맞았다. 그나마 세상과 맞닿아 있던 끈이 한성이었지만, 이런 식으로 그 끈을 놓지 못한 것이 후회로 남게 될 줄은 몰랐다.

***

누워 있던 청윤이 눈을 떴다. 눈을 뜨자마자 청윤은 저도 모르게 킁킁 방 안의 냄새를 맡았다. 고소한 토스트 향기가 방 안 가득이었다. 몸을 일으키자 냄새의 근원지가 보였다.

"맛은 있어 보이네."

버터를 발라 노릇노릇하게 구워진 빵에 달큰한 냄새까지. 침이 꼴깍 넘어갔다. 남자가 준비한 자신의 아침 식사였다. 하지만 청윤은 이 집에 온 이래로 한 끼의 식사도 하지 않았다. 자신에게 무례했던 남자에 대한 제 나름의 반항법이었다.

이 정도 배고픔은 아무것도 아니다. 다이어트를 위해서 며칠씩 굶어 살을 뺀 적도 있었다. 평소에도 이런 밀가루 음식은 먹지 않았다. 담백하기 그지없는 닭 가슴살과 야채가 청윤이 주로 먹는 식사였다. 이런 고칼로리 음식 따위에 지지 않는다.

꿀꺽.

하지만 고소해 보이는 갈색 빛을 띠는 빵의 자태에 또다시 침이 삼켜졌다. 주방으로 내려간 그녀가 음식을 테이블 위에 올려놓았다. 남자가 음식을 가져다주면 자신은 다시 되돌려 놓고. 매일 같은 패턴이었다.

"배고파."

이렇게 얼마나 버텨야 하지. 시위를 하고 싶어도 자신을 망가뜨리면 안 되는 건데. 먹을 건 먹고 다른 반항을 생각했어야 하는 것 아닌가 고민이 되는 것도 사실이었다.

다시 방으로 올라간 그녀가 침대 위에 몸을 던졌다. 쓰러져 죽는 한이 있어도 남자에게 굴복할 수는 없었다. 자신이 대한민국에서 이름을 날린 배우가 된 것은 엄마인 민영의 역할도 컸겠지만 자신의 악바리 근성도 빼놓을 수는 없을 것이었다. 물론 그것을 사람들이 모른다는 게 함정이겠지만.

누운 채로 다리를 들어 자신이 입고 있는 트레이닝복을 보았다. 납치당할 때부터 입고 있던 옷이었다. 다른 옷을 입을 게 없어서 입고는 있었으나 몸에 딱 붙는 옷이라 불편했다. 원래 캐주얼하고 편한 옷을 좋아하는 청윤이지만 민영이 그런 제 취향을 받아들여 줄 리 만무했다. 민영은 어디를 가든 주목받는 직업의 딸이 못나 보일까 광적으로 두려워했다. 딸이 못나 보이는 건 자신이 못나 보이는 것이라고 생각하는 것도 같았다. 어찌 된 것이 의식주 중에 마음에 드는 것이 아무것도 없었다. 나는 언제까지 이곳에 있어야 할까.

"물어보자."

으차, 하는 소리와 함께 청윤이 몸을 일으켰다. 남자도 분명 며칠만 있으면 된다고 하지 않았나. 이번에는 답을 꼭 들을 것이라 다짐한 청윤이 거실로 내려갔다. 언제나 조용한 집이지만 더 고요한 느낌이었다. 설마…… 아무도 없나.

뭔가에 이끌리듯 주방으로 들어갔다. 그녀가 둔 토스트 그릇은 보이지 않았다.

버린 건가?

싱크대 주변을 기웃기웃하다 본격적으로 주방 탐방을 하기 시작했다. 먹었으되 티가 나지 않을 음식을 찾았다. 싱크대 서랍을 열었다 닫았다 하며 간단한 주전부리를 찾던 그녀가 허탈한 듯 탁, 하고 서랍 문을 닫았다. 냉장고에도 야채들만 가득이었다. 먹을 게 없는 것이 못내 속상했다. 혹시 뭐라도 먹을 게 있을지도 모른다는 기대 때문이었는지 더 배가 고픈 거 같았다.

주방에서 나와 거실을 둘러보던 청윤의 눈에 그의 방이 들어왔다. 그가 쓰는 침실인지는 몰랐지만 언제나 저 방을 들락날락했던 것을 기억하고 있었다.

"잠가 놨으려나."

긴장하며 슬쩍 돌려 본 문고리는 생각보다 쉽게 돌아갔다. 남의 방에 함부로 들어가는 것이 마음에 걸렸지만 적을 알고 나를 알면 백전백승이라고, 후에 자신이 이 집을 탈출해야 하는 상황이 되었을 때 필요한 정보 수집을 위한 과정이라 생각했다.

침실이라 생각했던 방은 많은 책이 꽂혀 있는 서가와 책상뿐이었다. 서재 같은 공간을 둘러보던 청윤이 책상에 올려져 있는 컴퓨터를 향해 몸을 날래게 움직였다. 인터넷이 연결되어 있다면 이곳에서 탈출할 수 있다는 생각으로 컴퓨터를 켰다.

부팅 화면이 뜨기까지의 시간이 초조하여 그녀가 손가락으로 책상을 톡톡 두드렸다. 부팅음에 맞춰 화면이 바뀌고 청윤이 컴퓨터에 들어갈 듯 쳐다보며 마우스를 움직이는데 비밀번호를 적어 넣으라는 화면이 떴다.

"비밀번호가 뭘까."

남자에 대해 아는 것이 없으니 추론해 낼 수 있는 번호도 없었다. 의미 없이 1234, 기역니은디귿을 넣어 보던 청윤이 한번 해 보자는 마음으로 타자를 쳤다.

<이청윤 존예>

엔터를 치자 역시 비밀번호가 맞지 않는다는 문구가 모니터에 떴다.

"칫."

당연했지만 왠지 모를 실망감이 몰려왔다. 역시나 남자는 자신의 스토커는 아닌 모양이었다. 컴퓨터에 관한 건 당장 어떻게 할 수 없을 것 같으니 오늘은 여기서 후퇴를 해야 할 것 같았다.

"이게 뭐야."

남자의 책상 위에 올라와 있는 건 의미를 알 수 없는 직선과 곡선으로 된 그래프가 프린트된 종이였다. 혹시 이곳을 빠져나갈 단서가 있는 것이 아닐까 뒤져 보던 청윤이 해석을 포기하고 종이를 내려놓았다.

어디선가 본 듯한 그래프인데, 뭐더라. 청윤이 고개를 갸웃거렸다. 도대체 뭐 하는 남자인 거야. 설마 범죄 같은 거 저지르고 도망와 있거나 한 건 아니겠지. 혼자 이런 산골짜기에서 지내는 남자에 대한 의심이 증거도 없이 생겨났다.

"어떻게 해서든 도망을 가야 하나."

중얼거린 청윤이 방을 나와 현관 쪽으로 걸어갔다. 남자가 없는 틈에 이 집에 관한 정보를 모아야 했다.

밖으로 나가자마자 보이는 것은 나무들이 들어찬 숲이었다. 이 집에 와서 처음으로 맞이했던 것은 바다였는데, 집 주변을 둘러싸고 있는 것은 나무들이었다. 파릇파릇한 숲의 공기에 절로 기분이

상쾌해졌다. 참 아름다운 곳이라는 건 변함이 없었다.

산책을 하듯 그녀가 집 주변을 한 바퀴 돌아보았다. 사람이 다닌다면 분명 발자국이 있는 산길이 있을 법도 한데 그 길이 어디인지 보이지 않았다. 그래도 산을 내려가면 마을이든 사람이든 있지 않을까. 그 사람들에게 도움을 청한다고 한다면……. 청윤은 우거진 나무들에 어두워 보이기까지 하는 숲 안을 뚫어져라 바라보았다.

며칠만 있으면 보내 줄 것이라는 남자의 말을 믿어야 할지 도망을 가야 할지 신중한 선택이 필요했다. 어떻게 하는 것이 맞는 걸까 고민하며 걸어가던 그녀의 걸음이 멈췄다.

"이건 뭐야?"

집 뒤편에 나무로 만들어진 벤치가 있었다. 동화책에나 나올 법한 아늑한 집의 모습과는 어울리는 벤치지만 납치범의 집에 있기엔 조금 로맨틱한 디자인의 물건이었다. 벤치를 바라보던 그녀가 등받이에 등을 대고 앉았다. 맨들맨들한 의자를 만져 보다가 허리를 뒤로 더 젖히며 기지개를 켰다. 그녀의 팔과 다리가 공중에 떠오르며 긴장이 풀리는 것도 같았다.

"여기 있었습니까?"

움찔하며 고개를 드니 남자가 자신 쪽으로 걸어오고 있었다. 자신이 밖으로 나온 것에 대해 한 소리 하면 쏘아붙여 줄 생각을 하는데, 남자는 별다른 말이 없었다. 대신 그녀에게 가방 하나를 건넸다.

"이거요."

"뭔데요?"

"옷이요."

가방을 슬쩍 열어 보니 자신의 사이즈로 보이는 옷들이 있었다.

그 옷들에 인상을 찌푸린 청윤이 물었다.

"저 얼마나 여기 있어야 하죠? 옷을 갖다 주는 건 제가 여기 더 있어야 한다는 건가요?"

"유감스럽게도요."

심상한 남자의 말에 그녀의 미간이 좁아졌다.

"지금 그걸 말이라고 해요?"

청윤의 말에 그가 무슨 말을 하려다 말고 입을 다물었다. 여기서 그 이야기를 해 봤자 상황만 안 좋게 될 게 뻔했다.

"조금만 기다려요. 무사히 돌려보내 줄 테니까."

그녀가 더 이상 말을 꺼내지 못하게 하려고 그가 그녀에게서 등을 돌렸다.

"저기요. 이렇게 가면 어떡해요."

하지만 그를 그냥 돌려보낼 수 없는 그녀가 그의 팔을 붙잡아 걸음을 멈추게 만들었다. 갑작스러운 접촉에 그가 그녀에게 잡힌 팔을 내려다보았다. 그런 시선을 눈치채지 못한 그녀가 눈에 힘을 주며 그와 눈을 마주쳤다.

"좀 더 정확한 답을 달라고요."

대답을 듣기 전까진 그를 놓아주지 않을 듯 보이는 그녀의 모습에 난감함을 느낀 그가 작게 한숨을 내쉬었다.

"당신을 데려가라 말한 사람이 다시 당신을 데려오라고 말할 때까지요."

"그 사람은 누군데요?"

이어지는 물음에 이번엔 그가 고개를 내려 그녀의 얼굴을 마주 보았다. 눈앞에 다가온 그의 눈동자에 청윤이 멈칫 몸을 뒤로 물렸다.

"비밀……입니다."

"네?"

"나중에 다 알게 될 겁니다. 그리고……."

아직 제 팔을 붙들고 있는 그녀의 팔을 떼어 낸 그가 다시 한번 그녀 쪽으로 고개를 가져갔다. 이번엔 그녀도 피하지 않았다. 저도 모르게 그의 고동색 눈동자에 시선을 빼앗겼다. 진중하고 묵직한 느낌의 그와 어울리는 색 같았다. 홀린 것처럼 굳어 있던 그녀는 그의 말에 정신이 돌아왔다.

"여기 산에 산짐승이 나와요. 숲에 들어가지 말고 조심해요."

그러고는 또다시 그녀가 잡을세라 걸음을 빨리하기 시작했다. 그의 걱정과 달리 그녀는 그를 쫓지 않았다. 무엇 하나 시원하게 가르쳐 주는 것이 없었다. 답답한 마음에 그녀가 들고 있던 가방을 바닥에 던졌다. 그 바람에 옷가지들이 바닥에 흩어졌다. 짜증스러운 얼굴로 바닥의 옷을 보던 청윤이 무언가를 감지한 것처럼 가방 안의 옷들을 샅샅이 살펴보기 시작했다.

"설마……."

충격을 받은 듯 그녀의 눈동자가 파르르 떨렸다.

제 의지에 의해서 세상과 단절된 것처럼 혼자 지내고 있지만 산(山)사람도 아니고 온전히 모든 걸 차단하고 살 수는 없었다. 필요한 물품을 사거나 외부와 연락을 할 일이 있으면 시형은 마을 쪽으로 내려가거나 배를 타고 마을 사람들이 뭍이라고 부르는 곳에 가기도 했다. 때문에 섬을 나왔다가 다시 돌아가는 것이 여의치 않은 상황이 되었을 때 지낼 수 있는 조그마한 세컨 하우스도 뭍에 마련해 두고 있었다.

한성이 청윤의 엄마라는 사람이 챙겨 줬다는 청윤의 옷을 두고 간 곳도 그 집이었다. 외부 사람의 출입이 거의 없다시피 한 그의 집에 계속 사람이 왔다 갔다 하는 것을 보여서 좋을 것이 없다는 판단 때문이었다. 이곳에 사는 분들은 대부분 어르신들이라 이청윤이라는 배우를 모를 가능이 크긴 했지만 조심해서 나쁠 건 없었다.

"그나저나 정한성, 왜 연락이 안 되는 거냐."

요 근래 차시형의 인생에서 핫하게 떠오른 이름에 그의 미간이 좁아졌다. 한성이 두고 간 청윤의 옷을 가지러 가기 위해 뭍으로 나간 날, 한성에게 전화를 걸었다. 청윤과 마찬가지로 언제까지 그녀를 데리고 있어야 하는지 물어볼 참이었지만 그와는 통화가 되질 않았다. 그때야 일이 있는 것인가 생각했었다. 그리고 그 뒤로 시간이 날 때마다 마을로 내려가 한성에게 전화를 걸곤 했지만 한성의 목소리는 들을 수 없었다.

한성에게 정말 무슨 일이 생긴 것인가, 아니면 그의 아내인 정현에게 무슨 일이 생긴 걸까. 그것도 아니면 진짜 민 사장이 무슨 일을 벌인 건 아닐까. 온갖 상상들이 머리를 지배했지만 이청윤이 이곳에 있는 한 섣불리 행동할 수도 없었다.

예상은 했지만 이청윤의 납치로 섬 밖은 난리가 난 상황이었다. 육지로 간 김에 찾아볼 생각이긴 했지만, 그가 찾아볼 필요도 없이 모든 언론에서는 이청윤의 납치를 화젯거리로 삼아 확인되지 않은 이야기들을 쏟아 내고 있었다. 그리고 몇 번이나 보여 주던 납치 당시의 CCTV 영상. 이청윤의 엄마가 미리 귀띔을 해 주었던 건지 사건은 CCTV의 사각지대에서 일어났지만, 한눈에 보아도 수상해 보이는 남자가 이청윤의 집 쪽으로 가는 건 찍혀 있었다. 범인의 정체를 아는 자신이야 영상에서 한성의 모습이 보였지만 범인을 모를 사람들은 영상만 가지고는 범인의 특징을 알아챌 수 없을 것이었다.

대한민국에서 내로라하던 여배우가 납치를 당했는데, 어쩌면 조용할지도 모른다는 생각을 하다니. 세상과 동떨어져 살다 자신이 감을 잃었나 보다. 자신답지 않은 불안함으로 한성에게 연락을 했는데, 한성이 연락까지 받지 않으니 자라나는 불안함이 형태를 갖추어 가는 것 같았다. 전화를 해서 욕이라도 퍼부으면 안정을 찾을 수 있을 것도 같았는데, 부질없는 바람이었다.

다른 불안함을 안고 방에서 나온 그가 2층으로 이어지는 계단을 바라보았다. 사람이 하나 늘었다고 해서 원래 조용하던 집이 왁자지껄해지지는 않았다. 하지만 분명 신경이 쓰이는 것은 늘어났다. 며칠째 밥을 먹지 않는 것도, 자신은 언제 돌아갈 수 있는 거냐고 물었던 것도 마음에 계속 앙금처럼 남아 있었다.

억지로라도 먹이는 게 맞는 건가.

안 그래도 마른 몸이 정말 뼈만 남을지도 모른다고 생각한 그가 주방에 들어가 과일을 챙겼다. 자신 또한 그 여자가 이곳에 없는 것처럼 있고 싶지만 영양실조로 쓰러지기라도 하면 곤란한 건 자신일 터였다. 과일을 챙겨 그녀가 지내고 있는 문 앞에 선 그가 방문을 두드렸다.

똑똑.

문득 이상한 기분이 들었다. 조용해도 너무 조용했다. 자신이 문을 두드릴 때마다 응답은 없지만 방 안에서 자신이 어떤 행동을 할까 신경을 곤두세우는 그녀의 기척을 느꼈던 그였다. 하지만 지금은 그 기척이 느껴지지 않았다.

"잠깐 방문 열겠습니다."

들어간다고 말을 했음에도 고요함이 지속되자 그가 방문을 열었다.

"이런."

그녀가 없었다. 한숨을 내쉰 그가 빠르게 집 밖으로 나가 주변을 살펴보기 시작했다. 어느 쪽으로 갔는지만 알아내면 여자를 찾을 수 있었다.

얼마 지나지 않아 그녀가 가는 방향을 알려 주듯 나뭇가지가 부러져 있는 것을 발견했다. 혼자만 사용하긴 하지만 분명 이 산을 내려가는 길은 있었다. 불행하게도 여자가 선택한 방향은 자신이 다니는 그 길이 아니었다. 워낙 산세가 험해서 겁을 먹고 여자가 내려가지 못할 것이라 생각했는데. 난감한 듯 크게 한숨을 쉰 그가 나뭇가지가 향한 방향으로 발걸음을 옮겼다. 여러모로 신경이 쓰이는 여자였다.

높이를 가늠할 수 없는 산이라 언제까지 내려가야 끝이 보이는 지도 알 수 없었다. 하지만 청윤은 부들거리는 다리를 이끌고 산을 내려가고 있었다. 가도 가도 보이는 건 나무뿐이라 자신이 내려가고 있기는 한 것인지 사실 확신할 수가 없었다.

처음엔 좀 더 시간을 두고 산을 파악해 도망 나올 계획이었다. 하지만 머릿속을 파고드는 믿고 싶지 않은 예감으로 인해 그녀는 도망을 감행하고 말았다. 그 남자가 자신에게 주었던 그 옷가지들. 처음 보는 옷들이었지만 취향은 확실한 것들이었다. 설마설마하는 마음이었지만 가만있을 수는 없었다.

그는 자신이 도망 나온 것을 알았을까. 식사를 챙겨 줄 때 말고는 자신을 신경 쓰지 않는 그이니, 아직까지 모를 수도 있겠다는 생각이 들었다. 그가 자신이 없어진 것을 알기 전에 섬을 빠져나가야, 그것도 아니라면 도움이라도 청해야 했지만 움직이면 움직일수록 희망은 절망으로 바뀌고 있었다.

밤의 산은 다른 얼굴을 한다는 것을 듣기는 하였으나 이 정도일 줄은 상상도 못 했다. 아무런 도구 없이 달빛만을 의지하여 가는 것이 점점 두려워졌다. 발이 미끄러져 몇 번이나 엉덩방아를 찧고, 나뭇가지에 얼굴을 긁혀 피가 났다. 얼굴에 상처가 난 것을 알면 민영이 분명 길길이 뛸 텐데. 이 순간에도 화난 엄마의 얼굴을 떠올리던 그녀의 다리가 멈췄다.

"여기가 어디인 거야."

무언가에 쫓기듯 쉴 새 없이 움직이던 다리를 멈추자 털썩하고 그 자리에 주저앉아 버렸다. 방금까지 의지처였던 달빛이 낯설어지고 눈앞에 펼쳐진 것은 끝없는 어둠뿐이었다. 그간 먹은 것도 없으니 체력은 바닥나고, 한번 주저앉으니 일어설 생각조차 들지 않았다. 좋든 싫든 평생을 사람들 속에 둘러싸여 있다가 버려진 것처럼 혼자 남았다.

내가 이렇게도 보잘것없는 존재구나. 혼자서도 날아 보려 도전한 영화에서 실패한 후 방 안에 틀어박혀야 했던 날카로운 감정과 생각들이 청윤을 덮쳤다.

'네가 혼자 할 수 있는 건 없어. 너는 내가 있어야 해.'

'사람들에게 잊히는 건 한순간이야. 이대로 아무것도 아닌 사람이 되려는 거니?'

엄마에게 끊임없이 들었던 말이었다. 사람들의 관심이 없어지는 게 두려운 건 아니었다. 정말 엄마의 말대로 자신은 엄마가 없으면 아무것도 아닌 사람이 되는 것이 두려웠다. 누군가에 의해 꾸며진 완전한 인간이 아닌 불완전하다 하더라도 온전한 이청윤이 되고 싶었다. 혼자만의 세계에 갇혀 처연하게 앉아 있던 청윤의 눈이 커졌다.

사락, 사락.

갑작스럽게 들리는 소리에 그녀가 움찔 몸을 떨었다. 바람에 나뭇잎이 흩날리는 소리인가 싶었지만 지금은 바람이 불지 않았고, 분명 물체가 움직이는 소리였다. 어디서 들리는 거지. 터질 듯이 뛰는 심장을 부여잡고 청윤이 고개를 이리저리 돌렸다.

남자가 말한 산에서 살고 있다는 산짐승인 것일까. 소리는 점점 가까이 다가오는데, 어느 쪽에서 들리는 소리인지 알 수가 없었다. 이대로 죽을 수도 있는 건가. 연기해 본 적 없는 공포감에 온몸이 사시나무 떨리듯 떨렸다. 도망가야 하는데, 몸이 움직여지지 않았다. 몇 번이나 몸을 들썩이던 청윤이 눈만 가리면 제 몸이 가려지는 줄 아는 아이처럼 눈을 꼭 감고 얼굴을 가려 버렸다.

'누가 나 좀 살려 줘!'

누구에게 하는지 모를 애원을 했다. 쿵쾅쿵쾅 온 맥이 뛰는 것이 느껴졌다.

사락, 사락, 사락.

사방에서 들리는 것처럼 어지러운 소리가 점점 커다래졌다. 그에 맞춰 거세게 뛰는 심장 소리에 이대로 죽을지도 모른다고 생각하는데 그녀의 어깨에 묵직한 것이 올라왔다.

"이봐요."

으악, 하는 소리와 함께 소스라치게 놀란 청윤이 도망치려 하는데 익숙한 목소리가 그녀를 잡았다. 고개를 드니 그 어떤 사람보다 반가운 납치범이 있었다.

"괜찮습니까?"

"왜 이제 와요!"

따지듯이 그에게 쏘아붙인 그녀가 큰 소리로 울어 버렸다. 우는 것도 예쁘던 스크린 속의 여자는 없었다. 얼굴을 잔뜩 찡그리고 눈물, 콧물 쏟으며 우는 그녀를 바라보던 그가 안심하라는 듯 어깨를 두드려 주었다.

"미안합니다."

타박 대신 사과를 하는 그의 행동에 더욱 큰 울음이 터져 나왔다. 한참 동안이나 그 울음은 멈추지 않았다.

"여긴 어떻게 왔어요?"

얼마나 울었을까. 정신이 들자 잘 알지도 못하는 사람 앞에서 혼을 빼고 운 것이 창피하다는 생각이 들었다.

"방향만 제대로 잡고 시작하면 어렵지 않습니다."

한 번에 이해가 되지 않는 말에 그녀가 작게 고개를 갸웃거렸다. 그렇지만 더 이상 묻지 않고 마주 보는 남자의 뒤쪽으로 시선을 던졌다.

"다시…… 올라가야 하겠죠?"

기세 좋게 도망쳐 온 주제에 다시 돌아가야 하냐고 묻는 것이 열없이 느껴졌다. 생각해 보니 그의 얼굴을 보자마자 화를 낸 것도 알맞은 행동은 아니었다. 그의 품에서 운 것은 더더욱. 하지만 엄마인 민영도 받아 준 적 없는 제 말도 안 되는 투정을 아무 말 없이 받아 준 그 모습에 정말 어린아이라도 된 것처럼 굴고 말았다.

"일어날 수 있어요?"

그의 물음에 일어서려 그녀가 몸을 움직였다. 하지만 그것도 오래가지는 못했다.

"흐허-"

차마 주워 담지 못할 이상한 소리를 내며 다시 주저앉았다.

"왜요, 다쳤어요?"

"아, 아뇨."

그렇게 말하며 그녀가 다리를 부여잡았다.

"그럼 왜 그래요?"

"다, 다리에 쥐가……."

차마 말을 맺지 못하며 청윤이 고개를 숙였다. 저가 생각해도 가지가지 한다 싶었다. 당연히 한 소리 하겠지 싶어 고개를 들지 못하는데, 아까와 마찬가지로 아무런 말도 하지 않고 그는 그녀가 다리를 뻗을 수 있도록 했다.

"이상한 생각 하는 거 아닙니다."

그렇게 말하더니 그녀의 다리를 제 쪽으로 당기고는 발목부터 톡톡 두드리기 시작했다. 그의 행동에 놀란 그녀가 그를 막으려 했지만 담백하게 자신의 다리를 풀어 주는 움직임에 시원함을 느꼈다.

그렇기에 강한 거절을 하지 못한 그녀가 그의 얼굴을 유심히 내려다보았다. 희미한 달빛이었지만 날렵한 그의 얼굴 윤곽은 숨겨지지 않았다. 알맞은 곡선을 그리는 이마와 베일 듯이 오뚝한 콧날이 그녀의 시선을 계속 빼앗았다. 거기에 부드럽게 제 다리를 마사지하는 손길은 어떻고, 달빛과 어우러진 그의 모습은 신비로움을 자아내기에 충분했다. 정말이지 비현실적인 공간에, 비현실적인 상황이었다.

"으음."

차가운 생김새와 달리 따뜻한 손길이 그녀의 종아리를 가볍게 주물렀다. 나른한 기분을 느끼며 그녀가 저도 모르게 신음과도 같은 소리를 내고 말았다. 눈이 깜박이는 소리까지 들릴 것같이 고요한 곳이라 작은 신음도 크게 들렸다.

"좀 괜찮아요?"

분명 못 들었을 리 없는 소리를 무시하는 것인지 남자가 물었다. 정말 이 자리에 무덤이라도 파고 싶은 심정으로 그녀가 고개를 끄덕였다.

"네, 괜찮은 거 같아요."

단전에서부터 올라온 부끄러움으로 빨개진 얼굴을 들키고 싶지 않아 그의 얼굴을 피했다. 정말 가지가지도 이런 가지가지가 없었다.

"가, 가요."

연기자 이청윤은 뻔뻔한 역할도 아무렇지 않게 연기하는 사람인지는 몰랐지만 인간 이청윤은 그다지 뻔뻔하지 못하였다. 어디로 가야 할지도 모르면서 청윤이 길을 찾는 것처럼 고개를 이리저리 돌렸다. 허둥지둥하는 모습에 그가 피식 웃음을 흘렸지만 그녀가 볼세라 고개를 돌리는 바람에 청윤이 그를 쳐다보았을 때는 그의 뒤통수만 보였다.

사락사락.

그때였다. 두 사람이 그 자리에 선 채 움직이지 않고 있는데, 무언가 그들을 향해 다가오고 있었다.

"무슨 소리예요?"

섬뜩한 기운에 그녀가 그의 곁에 가까이 붙어 섰다. 당황스러운 것은 그도 마찬가지였다.

"산짐승 아니에요? 여기에 산짐승 있다면서요."

그럴 리가. 청윤을 겁주려고 한 소리일 뿐이었다. 그들이 무슨 일이 벌어지는지 혼란에 빠진 순간에도 알 수 없는 무언가는 그들에게 더 가까이 다가오고 있었다.

"얼른 가요."

두려움에 떨며 그녀가 그의 팔을 붙들었다.

"늦었어요."

잔뜩 긴장한 얼굴로 그가 주변을 살펴 근처에 떨어진 기다란 나뭇가지를 챙겼다. 수풀을 헤치는 소리와 함께 그들을 노리는 무언가가 정체를 드러냈다. 나뭇가지를 쥔 그의 손에도 힘이 들어갔다.

2. 스톡홀름 신드롬이란 이런 것이다

"내 눈에 보이는 게 개 맞죠?"

청윤이 그에게 물었다. 눈에 불을 내며 그들 앞에 모습을 드러낸 것은 꽤 몸집이 큰 개였다.

"그냥 산짐승은 아닌 거 같네요."

차분한 목소리로 말했지만 이빨을 보이며 서 있는 개의 모습은 야생의 동물과 다를 바 없었다. 침을 꿀꺽하고 삼킨 그녀가 그처럼 눈앞에 보이는 기다란 나뭇가지를 집어 들었다.

"저쪽으로 가 있어요."

"싫어요. 이렇게 된 건 내 탓이잖아요."

자신이 집 안에 있었다면 이런 상황은 벌어지지 않았을 것이다.

"도움 안 돼요."

딱딱한 그의 말에 청윤의 인상이 그대로 구겨졌다.

"말했잖아요. 그쪽이 다치는 걸 바라지 않는다고요."

"그러다 당신이 다치면 어떡해요?"

고집스럽게 눈을 뜨는 그녀의 모습이 의외였던지 그의 눈이 커졌다. 저렇게 손을 떨고 있으면서 뭘 하겠다고. 하지만 오들오들 떨리는 그녀의 손을 보고 그가 몸을 움직여 그녀를 제 뒤로 숨겼다.

"마음만 받을게요."

크으으으.

금방이라도 달려들듯 개가 몸을 낮췄다. 그가 천천히 앞쪽으로 걸어갔다. 일촉즉발의 순간이었다. 사나운 이를 드러낸 개가 눈 깜짝할 새에 용수철처럼 뛰어올랐다. 빠른 반응 속도로 그가 손에 쥐고 있던 나뭇가지로 개의 입을 막았지만 힘을 버티지 못한 그가 바닥에 넘어지며 발목이 꺾였다. 순간 찌릿 하는 고통이 느껴졌으나, 지금은 개를 상대하는 것이 더 급했다.

개는 큰 덩치만큼이나 힘이 엄청났다. 나뭇가지를 문 채로도 시형을 공격하려 했고, 힘을 버텨 내지 못한 나뭇가지가 빠직 하는 소리와 함께 부러져 버렸다. 목을 향해 달려드는 것을 이번엔 팔을 들어 공격을 막아 냈다. 물린 팔에서 피가 났고, 개를 팔에서 떼어 내려 했지만 쉽지 않았다.

"야, 이 개자식아!"

비명과도 같은 소리와 함께 주먹만 한 크기의 돌이 개의 머리에 떨어졌다. 돌에 맞은 고통에 개가 멈칫하는 사이 그가 물리지 않은 쪽의 주먹으로 개의 목 부분을 쳤다. 위아래로 이어지는 공격에 몸이 나가떨어진 개가 한쪽 구석에서 끼깅대더니 그대로 어두운 풀숲으로 도망가 버렸다.

개가 멀리 사라지는 소리를 들으며 손에 돌을 쥐고 있던 그녀가 후들거리는 다리를 버티지 못하고 털썩 주저앉았다. 그 또한 몸을 일으키지 못한 채 그대로 누운 채였다.

"괘, 괜찮아요?"

피를 흘리고 있는 팔을 발견한 그녀가 기듯이 그에게 다가왔다. 치열한 전투를 말해 주듯 개의 이빨 자국이 선명했다.

"병원, 병원 가야죠."

자신 때문에 벌어진 사태에 그녀의 얼굴이 잔뜩 일그러졌다.

"집에 올라가서 치료하면 됩니다."

"안 돼요!"

그녀가 입고 있던 저지를 벗어 피가 나고 있는 그의 팔 부위를 감쌌다.

"피도 많이 나고, 감염 위험도 있어요. 의사한테 가야 해요. 마을 쪽에 병원 없어요?"

의사라면 있긴 있었다. 딱히 가고 싶지 않아서 그렇지. 그 표정에서 그의 대답을 읽은 것인지, 그녀가 얼른 병원으로 가자고 채근했다. 괜찮다고 말을 해서 넘어갈 수 있는 눈이 아니었다. 곤란한 듯 시형의 눈썹이 찌푸려졌다.

하는 수 없다는 듯 그가 자리에서 일어섰다. 개와 싸우면서 발목을 접질렸는지 땅에 발을 딛자 절로 인상이 찌푸려졌지만 청윤이 눈치채지 못하도록 돌아섰다. 주위가 어둡기도 하고 그가 천천히 걸으니 청윤도 그의 걸음이 부자연스럽다는 것을 알지 못하는 듯했다.

"얼마나 가야 해요. 팔 괜찮아요?"

제 걸음에 맞춰 주는 것인지 천천히 산을 내려가는 그에게 청윤이 물었다. 하지만 그는 대답을 하지 않았다. 주변이 이렇게 조용한데 못 들었을 리는 없고. 청윤이 입을 삐죽댔다. 아마 저 때문에 고생을 하는 것이 탐탁지 않은 모양이었다. 하지만 그가 제 목숨을 살려 준 것이나 다름없기에 할 말은 없었다. 그 산짐승 같은 개가 저를 공격했더라면 이렇게 멀쩡하게 산을 내려가는 건 힘들었을 터였다.

"어?"

본인의 무사함을 다행이다 여기며 내려가던 청윤의 눈이 커졌다. 저를 등지고 걸어가는 그의 걸음이 어딘가 어색했다. 아무렇지 않은 척하며 걸었지만 불편해 보이는 걸음이었다.

"저기, 잠깐만요."

설마 하는 얼굴로 그를 부른 그녀가 곧장 그의 바짓단을 붙들었다.

"뭐하는 겁니까."

"다리 부었잖아요!"

청윤이 놀란 얼굴로 그를 올려다보았다. 발목이 퉁퉁 부어 이 다리로 산을 굴러 떨어지지 않고 내려온 것이 용했다.

"걸을 만해요."

"고통을 즐기는 타입이에요? 아니면 고통을 못 느껴요?"

"그렇진 않네요. 안타깝게도."

"그럼 아팠을 거잖아요."

남자가 무얼 잘했다고 우냐고 묻는다면 할 말은 없지만 또다시 삐죽 눈물이 나올 거 같았다. 의욕만 앞선 행동으로 일은 제대로 성공하지도 못하고, 저 때문에 사람을 다치게 해 버리고. 제가 할 수 있는 건 뭔가 싶어 서러워졌다.

"병원 가면 돼요."

아픈 건 자신인데, 울먹이는 여자의 모습에 시형이 난감한 듯 말했다. 작다고 해야 할지, 가냘프다고 해야 할지. 무릎을 완전히 굽히고 앉아 다친 발목을 보는 그녀를 내려다보고 있으니 새삼 연약해 보이는 청윤이 눈에 들어왔다. 괜찮다고 안심이라도 시켜 줘야 하나 고민하는데 그녀가 코를 한 번 훌쩍하더니 용수철이 튀어 오른 것처럼 몸을 일으켜 그를 올려다보았다. 달빛을 등지고 있는 탓에 그림자가 드리워져 있었지만, 그를 보는 눈빛만은 반짝거렸다. 자연스러움이 묻어나는 오밀조밀한 이목구비는 사람들이 왜 그토록 이 여자에게 열광하는지 보여 주는 것 같았다.

"나한테 기대서 가요."

"뭐라고요?"

연약한 생김새에 맞지 않는 결의에 찬 목소리에 당황한 그가 되물었다.

"그 다리로 여길 어떻게 내려가요?"

"이제까지 잘 왔어요. 조금만 내려가면 됩니다."

"그 이제까지가 문제라고요. 알아차렸어야 하는데. 아팠잖아요!"

진심으로 속상함을 표현하는 청윤의 말이 의아했다. 한 번도 제가 아픈 걸 남의 몫으로 생각한 적은 없었다. 이번 일만 해도 시작은 그녀였는지 몰라도 달려드는 개에게 맞선 건 자신이었고. 죄책감에 그러는 거겠지만, 제 아픔에 속상해하는 사람이 있다는 게 생경했다. 그래도 마냥 불쾌한 기분은 아니었다.

"팔을 제 어깨에 걸치고, 체중을 제 쪽으로 실어요."

"아니, 잠깐만."

그가 거절하려 했지만 그녀는 아예 그의 묵직한 팔을 들어 제 어깨에 걸쳤다.

"천천히 내려가요. 하나, 둘. 하나, 둘."

구호까지 붙이며 제 팔을 붙들고 산을 내려가기 시작하는 그녀를 따라 시형도 걸음을 옮길 수밖에 없었다. 온 체중을 그녀에게 실을 수는 없었지만, 제 팔에 느껴지는 온기에 기대니 조금은 살 만한 것도 같았다.

탕탕, 탕탕.

"문 좀 열어 주세요!"

다행히 병원은 산에서 내려와 멀지 않은 곳에 있었다. 사실 병원이라 하기엔 작은 건물이었지만, 찬 밥 더운 밥 가릴 처지는 아니었다. 의사 선생님께는 죄송하지만 다친 남자를 두고 볼 수는 없었다. 계속 두드려도 기척이 없어 청윤이 조바심을 느끼고 있는데, 드디어 건물 창문에 불이 들어왔다.

"누구십니까."

문을 열고 나온 건 희끗하게 흰머리가 나고 커다란 안경을 쓴, 나이를 가늠하기 힘든 신사적인 분위기를 풍기는 중년의 남성이었다. 자신의 단잠을 깨운 불청객을 확인하려 문을 연 의사의 시야에 생각지도 못한 인물이 보이자 놀란 듯 의사의 눈이 커졌다.

"자네……."

의사가 시형에게 말을 꺼내려 했지만 다급한 청윤의 말이 더 빨랐다.

"늦은 시간에 정말 죄송합니다. 다친 환자가 있어서요."

"다친 환자?"

그녀의 말에 의사의 시선은 당연하게 시형 쪽으로 향했다. 다친 건 남자 쪽인데, 간절히 치료를 원하고 있는 건 여자였다. 상황은 정리되지 않았지만 일단 다친 환자를 봐야 했다.

"들어오시게들."

"감사합니다."

의사가 병원으로 들어가자 청윤이 허리를 숙이며 감사 인사를 했다. 그러고는 다시 한번 그의 팔을 어깨에 두르고 그를 부축했다. 산을 그냥 내려오는 것도 힘든데, 장정의 남자까지 부축해 오느라 청윤은 땀범벅이었다. 땀 때문에 머리는 헝클어져 있고, 지친 기색이 역력한 안색은 좋아 보이지 않았다. 아름다움을 좇는 여배우와는 어울리지 않는 모습이지만, 그의 시선은 청윤을 좇았다.

"괜찮아요?"

"그 말은 그쪽이 들어야죠. 얼른 들어가요."

그녀의 도움으로 낮은 계단을 올라 병원 안으로 들어섰다. 진료 준비를 마친 의사가 바통을 이어받듯 제 어깨에 그의 팔을 감아 시형을 부축하고 청윤에게 말했다.

"치료를 해야 하니까 아가씨는 여기서 잠깐 기다려요."

"그…… 네, 알겠습니다."

납치범을 따라 진료실에 들어가려다 자신이 그의 보호자도 아니고 오버하는 것 같다는 생각에 고개를 끄덕였다. 대기 의자에 앉은 청윤이 그제야 안도의 한숨을 내쉬었다. 다시 떠올려도 아찔했던 순간의 긴장이 풀어지는 기분이었다. 그 때문인지 벽에 등을 기댄 채 자리에 앉았던 그녀의 눈꺼풀이 점차 무거워졌다.

'잠들면 안 되는데.'

속으로 중얼거렸지만 갑자기 덮쳐든 수마를 이기기는 쉽지 않았다.

'많이 다친 건 아니어야 할 텐데.'

잠에 들기 전 그녀의 머릿속을 채운 건 납치범에 대한 걱정이었다. 어느새 잠이 든 그녀의 숨소리가 병원 대기실을 메웠다.

"여기에 앉게."

진료실에 들어가니 '이준환'이라는 이름이 적힌 명패가 놓인 책상과 치료를 할 도구들이 보였다. 내키지 않는 얼굴이었지만 시형은 별다른 말 없이 준환이 가리킨 침대에 앉았다.

"어떻게 된 거야?"

"보다시피 개랑 싸우다가 다쳤잖아요."

한적한 섬 생활에 새로운 흥밋거리가 생겨 잔뜩 신이 난 얼굴이었다. 그 모습에 짜증이 난 시형이 더욱 표정을 굳히며 답했지만 준환에게 큰 영향을 미치지는 못하는 모양이었다.

"돌팔이 같아도, 돌팔이 아냐. 밖에 저 아가씨는 누구야? 총각 아니었어?"

역시나 준환이 궁금한 건 여자의 정체였다. 사실 청윤이 의사를 찾아간다고 했을 때 이 의사가 청윤을 알아볼까 걱정스러웠다. 이곳 주민들과 달리 이 의사는 섬 밖에서 살던 시간이 이 섬에 와 산 시간보다 긴 사람이었다. 하지만 의사 일을 하느라 바빴던 탓인지, 이청윤이라는 배우가 이런 섬 마을에 있으리라 생각하지 못한 탓인지 준환은 청윤을 전혀 모르는 얼굴이었다. 여러 생각이 떠올랐지만 시형은 짐짓 아무렇지 않은 척 대답했다.

"사정이 있어서요. 곧 떠날 사람입니다."

"남녀 사이의 사정인 건가?"

저 표정은 명백히 놀리는 표정이었다.

"신경 쓰지 마세요. 다른 사람한테도 말씀하지 마시고요."

"산 청년이 여자랑 여기 왔다고 하면 다들 관심 많을 텐데."

섬 한가운데 우뚝 솟은 산을 사들여 산 위에 집을 짓고 사는 그는 마을 사람들에게 미지의 존재 같은 사람이었다. 그가 곁을 내어 주지 않고 왕래도 없으니 관심은 많았지만 말을 걸기 어려워하는 사람들이 대부분이었다. 그런 사람에 대한 가십거리가 마을에 퍼졌을 때 그 후폭풍은 쉽사리 예상할 수 있었다.

"소문내지 말라고 말씀드렸습니다. 소문나는 순간 이제부터 선생님이 하는 부탁은 안 들어 드릴 겁니다."

가끔 배를 타고 육지에 가는 그에게 물건을 사 오는 것이나 편지 부치기 등 여러 가지를 부탁하는 준환이다. 괜히 이 청년을 건드렸다가는 앞으로 자신이 귀찮아질 것이라는 계산이 빠르게 섰다. 하지만 선을 긋는 시형이 얄미워 붕대를 감는 손에 힘을 주었다. 시형은 너무 아파 비명이라도 지르고 싶었다.

"뭐하는 겁니까?"

"의사가 상처 치료하지 달리 할 게 있나. 그런데 자네 개를 키웠나."

준환이 천연덕스러운 얼굴로 말했다. 말을 하지 않으려고 입을 다물고 있으니 자세한 이야기까지는 들을 수 없어도 상처로 유추해 낼 수 있는 건 있었다.

"안 키웁니다. 제 산에 저는 모르는 개가 돌아다니고 있더군요."

시형의 말에 짐작 가는 바가 있었던지 작게 고개를 끄덕인 준환이 말했다.

"아무래도 저기 아랫집에 강 씨네 개인가 싶구만. 호기심이 많은 놈이었는데, 어느 날 훌쩍 집을 나갔다고 하더군. 제대로 키울 생각으로 개가 맞아야 하는 예방접종은 다 한 놈이니 걱정하지 마. 안 그래도 광견병 걸린 성격 같은데 더 미칠 뻔했구만."

"지금 그걸……."

말이라고 하냐고 쏘아붙이려다 더 이상 입씨름을 하고 싶지 않아서 입을 다물어 버렸다.

"강 씨한테 이야기해서 개 찾으러 가라고 함세. 강 씨한테 치료비 청구도 할까?"

"됐습니다."

"항생제랑 줄 테니까 가져가. 상처가 꽤 깊어. 발목도 뼈에 이상이 생기거나 하진 않은 거 같은데 많이 부었어. 무리하게 움직이지 말고 찜질 같은 것도 해 줘야 해. 근데 바깥에 저 아가씨 어디서 본 얼굴 같단 말이지."

치료를 마친 준환이 시형에게 당부의 말을 건넸다. 대충 고개를 끄덕인 시형이 자리에서 일어서는데, 청윤에 대한 기억을 떠올리려는 듯 준환이 고개를 갸웃거렸다. 아역부터 활동했던 청윤이지만 드라마가 아닌 영화에만 출연을 했었다. 또 광고에서 청윤을 봤다 하더라도 땀에 절어 시형과 함께 온 그 여자를 여배우로 기억하는 건 매체에 관심이 없는 준환에겐 무척이나 어려운 일이었을 것이다.

"처음 봤을 때 모르는 거면 모르는 거죠. 작업 거십니까. 작업은 저한테 말고 저 여자한테 거시죠."

"문지방 넘을 힘이 없어서 곤란해."

장난스럽게 받아치는 준환의 행동에 시형이 안도의 한숨을 쉬었다.

"치료 끝났으니 가게나. 나도 자야지."

매몰찬 말이었으나 시형은 고개를 끄덕이며 문 쪽으로 향했다. 문을 열자 한쪽 구석에서 잠이 들어 있는 청윤을 보고 난감한 듯 그가 눈썹을 찌푸렸다.

"환자는 이 아가씨 같구만."

준환의 말대로 하얀 피부가 더욱 창백해서 어디가 아프다고 해도 믿을 모습이었다. 불편한 자세였지만 깨우기 미안할 정도로 곤히 잠들어 있었다. 시형은 가만히 청윤의 얼굴을 보았다. 연예인 광채라고 하던가. 트레이닝복 차림에 화장기도 없었지만 꽤 시선을 끄는 얼굴이었다.

사실 여자가 끝까지 저를 부축해 병원까지 올 수 있으리라곤 생각하지 못했다. 제 탓에 그가 다쳤다는 부채감 때문이었겠지만, 보호받는 것이 어울리고 그런 것에 익숙할 것 같은 여자가 저를 강단 있게 책임지려 하는 모습은 인간 대 인간으로 감격스러웠다. 그 덕에 수월하게 산을 내려올 수 있었으므로 제 입장에선 고맙기도 했었다. 오가는 말은 없었지만 위기의 순간을 함께 넘긴 동지애 같은 것도 있었고. 말로 표현하지는 않을 테지만 말이다.

그러다 그가 피식 웃음을 짓고 말았다. 여자의 쥐를 풀어 주려 마사지를 하는데 여자가 그런 신음을 낼 것이라 생각하지 못했었다. 본인도 모르게 신음을 내 놓고 민망함에 얼굴이 붉어지는 것이 달빛에 모두 보였다. 그 붉은 얼굴에 사심 없는 자신의 행동이 점차 이상한 기분을 불러오는 것 같아 멈추고 말았지만. 여자는 인정할 수 없다 해도 꽤 재밌는 여자였다.

***

아침이었다. 어제 소동 때문에 평소보다 늦은 아침이었지만 식사를 위해 시형은 주방 안에 있었다. 다리를 다쳤으니 무리하게 산행은 하지 않는 게 좋을 거라고 준환이 말했지만, 시형은 고집스럽게 다시 집에 돌아가는 것을 택했다. 외부 사람을 만나 도움을 청하고 싶었을 청윤도 그의 결정에 대꾸 없이 그와 함께 산 위의 집에 오는 것을 택했다.

커피를 내리고 빵을 굽고 언제나처럼 비슷한 아침이었지만 빵을 놓을 그릇을 집으려 저도 모르게 다친 팔을 들었다가 순간 드리우는 고통에 인상을 썼다. 아픈 팔을 부여잡고 있는데 그의 뒤에서 쑥 나온 팔 하나가 그가 집으려 했던 그릇을 꺼냈다.

"이거 맞아요?"

그릇을 들고 선 그녀를 말없이 보고 있으니 크음, 하고 헛기침을 한 그녀가 구워진 토스트를 그릇 위에 담았다. 그런 후 그녀가 그의 팔을 붙들었다.

"앉아요. 커피랑 가져다줄게요."

새벽처럼 그를 부축해 줄 모양이었다. 그가 고개를 저으며 그녀의 손을 떼어 냈다.

"됐습니다."

"제가 안 됐어요. 팔다리 둘 다 아프잖아요."

치료는 했다고 해도 여전히 죄책감이 드리워진 얼굴이었다. 거절할 것인가, 말 것인가 잠시 고민하던 그가 쩔뚝거리며 그녀가 가리킨 자리에 앉았다. 간단한 식사였기에 준비는 금방 끝이 났다. 다른 것이 있다면 언제나 한 사람 분이었던 식사가 두 사람 분이 되어 있다는 것뿐이었다. 준비는 거의 자신이 했더라도 누군가 차려 주는 식탁은 성인이 되고 나서 처음이었다.

"쑤시거나 그러진 않아요?"

빵을 입에 넣고 그의 눈치를 본 그녀가 물었다.

"괜찮습니다."

그의 대답에 고개를 끄덕이다가 또다시 슬쩍 그를 보았다. 처음 봤을 때의 무뚝뚝한 표정 그대로였다. 화가 난 건 아닌가. 그를 다치게 했으니 그에게 사과를 해야 하는데 쉽사리 입이 떨어지지 않았다. 본의는 아니더라도 민폐 캐릭터가 된 것 같아 마음이 무거웠다. 민폐로 보일 수 있는 캐릭터는 절대 맡지 않았던 자신인데 말이다. 역시 배역과 현실은 다를 수밖에 없는 건가 싶었다.

"어제 일은……."

비록 상대가 납치범이라도 잘못을 했으면 사과는 해야 했다.

"미안해요. 다치게 할 생각은 아니었어요."

"그래도 다치긴 다쳤네요."

그녀의 사과에 붕대 감긴 팔을 들어 보이며 그가 말했다. 그 말에 그녀가 움찔 어깨를 들썩였다. 이게 아닌데. 지금까지 봐 온 그라면 당연히 괜찮을 거라 대답할 줄 알았는데, 허를 찔린 기분이었다.

"나, 나중에 치료비 청구하세요. 치료비 드릴 테니까. 알지도 못하는 곳에 이렇게 와 있는데, 제 입장에서 가만있을 수는 없잖아요."

방어적으로 말을 하긴 했으나 그의 말에 마음이 불편해 고개를 숙였다.

"치료비는 됐고, 한 가지만 해 줘요."

"뭐요?"

의외의 이야기에 그녀의 눈이 동그래졌다. 그의 갈색 눈동자에선 사람을 긴장하게 만드는 진지함이 뿜어져 나왔다. 그의 말을 기다리는데 침이 꼴깍 넘어갔다.

"도망가지만 마요."

주로 멜로 연기를 했으니 로맨틱한 상황에서 설레는 말들은 지겹도록 들어 왔다. 하지만 긴장을 했던 탓일까. 청윤은 그의 말에 심장이 쿵 내려앉는 거 같은 충격을 받았다. 고요하게 응시하는 눈빛, 똑 떨어지는 대사 처리, 거기에 듣는 사람 마음을 울렁이게 하는 아우라까지, 그 어떤 배우보다도 완벽했다.

"이 이상 골치 아파지기 싫으니까."

그녀의 마음을 알 길 없이 이어지는 그의 말은 그녀가 긴장을 탁 하고 놓게 만들었다. 미묘하게 귀찮은 마음을 드러내는 그의 얼굴에 괜스레 면구스러움이 밀려왔다.

"장담은 못 해요."

심통이 난 그녀가 입을 삐죽이며 말했다. 어차피 자신 때문에 팔뿐만 아니라 다리까지 불편한 그를 두고 도망갈 수는 없었다. 하지만 저를 귀찮아하는 그의 반응에 서러움이 밀려왔다. 갑작스러운 그녀의 반응이 이상한 듯 그가 고개를 갸웃거렸다. 그러다 청윤이 무언가 생각난 듯 그에게 물었다.

"아, 산에 있는 그 개는 어떡해요?"

"주인이 찾아가겠죠."

"주인이 있는 개였어요?"

"확실하진 않지만."

아마 준환이 개의 주인으로 추정되는 강 씨에게 연락을 했을 테니 좀만 지나면 개의 정체를 알게 될 것이었다.

"산짐승은 다큐멘터리 같은 데서나 볼 수 있는 건 줄 알았는데. 여기 와서 공격하거나 그렇진 않겠죠?"

"네. 그럴 겁니다."

"개도 짐승이니까 산짐승이 맞긴 하네요. 사실은 저 못 도망가게 하려고 뻥치는 줄 알았는데."

그의 의중을 정확히 파악했었음에도 그를 믿지 못한 것에 대한 미안함이 묻어나는 말이었다. 그 말에 괜스레 양심이 찔린 그가 아무 말 없이 토스트를 크게 입 안에 밀어 넣었다.

"여기 앉아 봐요."

아침을 먹고 대야에 따뜻한 물과 수건을 담아 가져온 그녀가 거실 쪽으로 그를 불렀다. 그녀와 대야 사이의 상관관계를 알 수 없어 식탁을 정리하고 나온 그가 가만히 서 있는데, 거실 테이블에 대야를 놓고 청윤이 직접 그의 팔을 잡아당겼다. 그를 소파에까지 앉힌 그녀가 거침없이 시형의 다친 다리를 들었다.

"뭐 하는 겁니까."

바지 자락까지 거침없이 올린 그녀의 행동에 질겁한 그가 다리를 거둬들이려 했지만 아직 부어 있는 다리에 찌릿, 고통이 타고 올랐다. 그가 인상을 쓰자 청윤이 놀라 물었다.

"괜찮아요? 왜 갑자기 움직이고 그래요."

"며칠 있으면 가라앉습니다."

조심스러운 얼굴로 제 발목에 감겨 있는 붕대까지 풀고 있는 청윤에게 말했지만 그녀는 엄한 얼굴로 그를 바라보았다.

"찜질해 주면 더 빨리 가라앉겠죠. 가만있어요."

"이렇게까지 할 필요 없습니다."

아직 퉁퉁 부어 있는 발목 상태에 절로 인상이 찌푸려졌다. 어느새 바닥에 무릎을 굽히고 앉은 그녀가 아프지 않도록 다친 부위를 만졌다. 열이 올라와 있는 곳에 그녀의 가는 손가락이 닿자 찬 느낌에 그가 어깨를 움찔했다.

"내가 필요해요."

청윤이 그를 올려다보며 더욱 강하게 말했다. 시선이라는 건 기묘한 힘이 있었다. 맑지만 당찬 눈빛이 아래서부터 쏟아지자 옭아매진 듯 거부하기가 힘이 들었다.

그의 침묵이 마음에 든 듯 기세 좋게 대야에 있는 수건을 들어 물기를 짜내려던 그녀가 생각보다 뜨거운 수건을 저도 모르게 놓쳐 버렸고, 그 바람에 물이 담긴 대야 속으로 곤두박질쳐진 수건이

육중하게 대야의 물을 뿜어냈다. 거실 바닥은 물론 사방으로 물이 튀었다. 특히나 바로 옆에 있던 청윤은 비를 맞은 듯 얼굴에서 물이 뚝뚝 흘러내렸다.

"필요한 게 물벼락이었습니까."

제 다리와 바지가 물에 젖은 것을 확인한 그가 눈을 감고 있는 청윤에게 물었다. 속눈썹까지 젖어 버린 청윤의 얼굴을 보는데 피식 웃음이 나올 거 같았다. 창피해서인지 눈을 뜨지 못하는 청윤을 보던 그가 허리를 숙여 물에 잠긴 수건을 들어 올려 힘 있게 물을 짰다. 힘을 주는 바람에 팔이 아팠지만 그는 티내지 않았다.

"아니, 제가……."

그 뜨끈한 수건을 셀프로 제 발목 위에 올리자 그제야 눈을 뜬 그녀가 숟가락을 얹듯 그의 발목 쪽으로 손을 뻗었다. 그 바람에 그때까지도 수건을 쥐고 있던 그의 손으로 그녀의 손이 덮어졌다. 생각지도 못한 접촉에 두 사람 모두 서로의 얼굴을 멀뚱히 쳐다보았다. 먼저 정신을 차리고 손을 뗀 쪽은 그녀였다. 놀란 탓인지 심장이 제멋대로 뛰어 댔다.

"미안, 미안해요."

허둥지둥하며 옆에 놓아두었던 마른 수건으로 그의 다리를 닦아 주려 하는데, 시형이 그녀의 손에서 수건을 뺏어 들었다.

"왜요?"

"내 발목의 수건 좀 잡아 줘요."

그가 눈짓으로 아직 제가 붙들고 있는 수건을 가리키자, 청윤이 이번에는 그의 손이 닿지 않도록 조심하며 수건을 쥐었다.

"급한 건 그쪽 얼굴이에요."

그러더니 팔을 뻗어 청윤의 얼굴에 묻어 있는 물을 닦아 주었다. 말릴 새도 없는 움직임에 청윤이 가만히 눈을 감았다. 어린아이처럼 얌전히 눈을 감고 있는 청윤을 그가 옅은 미소를 지은 채 바라보았다. 저에 대한 반감을 드러낼 때는 언제고 눈을 감은 채 저에 대한 신뢰를 드러내는 듯한 모습에 절로 웃음이 나왔다. 이곳에 지내면서 사람이 그리웠던 것일까. 이 여자 행동 하나하나에 신경을 곤두세우고 있는 것 같았다. 그 변화가 마음에 들지 않으면서도 정신을 차려 보면 여자를 보고 있었다. 이상하다고밖에는 표현할 길이 없었다.

그의 발목 위에 올려진 수건은 점점 차가워지고 있었고 그녀의 얼굴에 튄 물도 닦아진 상태였지만, 그도 그녀도 쉽사리 움직이질 못했다. 낯선 긴장감이 두 사람의 마음에 파고들었다.

발아래에서 바스락바스락거리는 모래의 느낌이 좋았다. 아무것도 없는 거 같은 이곳에서 발견한 집 뒷마당 벤치에 앉은 그녀가 크게 숨을 들이쉬며 하늘을 보았다. 까만 하늘을 수놓은 별들이 절로 시선을 뺏었다.

"커피 한잔할래요?"

불쑥 들리는 나직한 목소리였다. 거절하기엔 커피 향이 너무 좋았다. 청윤은 고맙다는 말을 하고 커피를 전해 받았다. 따뜻하게 몸 안을 데우는 느낌에 절로 탄성이 나왔다.

"저 여기 있는 건 어떻게 알았어요?"

"알고 나온 건 아니고, 저도 여기 있는 걸 좋아하거든요."

의심을 담아 한 질문에 대꾸하는 말은 침착했다. 그제야 그가 들고 온 커피가 두 잔이 아니라 한 잔인 것을 발견했다. 예의상 묻는 말에 자신이 눈치도 없이 그의 커피를 홀랑 마신 모양새였다.

"커피…… 다시 드릴까요?"

이미 입을 대긴 했으나 민망함을 이기고 홀짝홀짝 커피를 마시는 건 힘들었다.

"아닙니다."

당연하게 그의 고개가 저어졌다.

이왕 들고 오는 거 두 잔 들고 오지. 괜히 죄 없는 그에게 소리 없는 타박을 했다. 고개를 돌리니 긴 다리를 꼬고 모델처럼 앉아 있는 그의 모습이 들어왔다. 어제 산속에서도 느꼈지만 시선을 끌 만한 얼굴이었다. 배우 해 볼 생각 없냐는 말을 수없이 들었을 것 같은 얼굴. 청윤은 밤에 홀린 것처럼 그의 옆얼굴을 빠진 듯 바라보다, 그 시선을 느낀 그가 고개를 돌리자 움찔 놀라 고개를 이리저리 돌리고 말았다. 아무렇지 않은 척 고개를 돌렸어야지. 평소에는 잘만 하던 도도한 척이 이 남자와 있으면 쉽지 않았다.

"아, 다리는 괜찮아요?"

자연스럽게 이야기 꺼낼 구실을 찾다가 청윤이 물었다. 한눈에 보기에도 그의 걸음은 무척 자연스러워 보였다.

"네."

"팔만 괜찮아지면 되겠네요."

물린 상처다 보니 발목보다는 더 오래가는 것 같았다.

"팔도 금방 낫겠죠."

여상한 말에 그녀도 고개를 끄덕였다. 발목도 괜찮아졌으니 팔도 금방 괜찮아지리라 여겼다. 오가는 말없이 앉아 있던 그녀가 또

다시 먼저 입을 열었다.

"그런데 이 벤치는 어떻게 만들게 된 거예요?"

"성격 더러운 건축가가 멋대로 만들어 놨어요."

자재 하나 들어오기 힘든 섬에, 그것도 산 중앙에 집을 짓는다고 했을 때, 처음에는 다들 미쳤다고 거절했었다. 이 벤치는 그중 유일하게 재밌을 거 같다며 그의 제의를 받아들인 건축가의 작품이었다.

'나중에 자네 짝 생기면 여기만큼 분위기 잡기 좋은 곳은 없을 거야.'

무표정이 트레이드마크인 그 건축가와는 어울리지 않는 말이었다. 처음엔 탐탁지 않았지만 날이 좋을 때 나와서 바람을 쐬기엔 안성맞춤인 곳이었다. 자신의 짝이라니. 지금 생각해도 어이가 없는 말이었다. 자신은 혼자 있는 게 어울리는 사람이었다. 누군가를 제 인생에 끌어들일 생각은 없었다.

"그 건축가한테 고마워해야 할 거 같은데요. 가로등이 없어서 조금 아쉽긴 하지만."

정말 아쉽다는 듯 여자가 얼굴을 찡긋했다. 의도는 없었지만 제 공간 안에 다른 사람이 들어와 있었다.

"이렇게 밤하늘 보고 있는 게 얼마 만인지 모르겠어요."

끊임없이 달리기만 하던 인생이었다. 숨을 고른 채 별을 보는 여유 따위 없었다. 납치를 당하고 나서야 이런 여유가 생긴 것이 우스웠다.

"그런데 그 의사 선생님은 별말 없으셨어요?"

"네."

자신을 모르는 사람을 만나는 건 익숙지 않았다. 이제껏 자신이 오만했었을지도 모르겠다. 당황스럽기는 하지만 누군가에게 보이기 위한 사람이 아닌 온전한 이청윤으로 지내도 될 것 같은 기분이었다.

"섬에 온 건 얼마나 됐어요?"

말없이 앉아 있으려니 심심했다. 밤하늘과 발끝을 번갈아 보던 그녀가 그에게 물었다. 은둔형 외톨이 같지는 않은데, 사지 멀쩡한 남자가 이런 곳에 외따로 있는 건 아무래도 좀 이상했다. 그녀의 물음에도 그는 말이 없었다. 본인 이야기는 하고 싶지 않은 건가. 사실 당연한 거겠지만 괜스레 서운했다.

"섬이 워낙에 예뻐서 물어봤어요. 집도 그렇고. 섬 이름은…… 물어봐도 안 알려 줄 거죠?"

그가 대답이 없으니 변명처럼 말이 나왔다.

"그냥 조그만 섬입니다."

"그럼 섬을 알게 된 계기 같은 건 있어요?"

"우연히요."

저 정도 대답도 용한 거겠지. 그가 납치하지 않았다고 해도 납치당한 자신을 데리고 있는 저 남자도 공범인 거니까. 그의 입장에선 이런저런 이야기를 묻는 자신이 더 이상해 보일 것 같았다.

"누가 나한테 주고 간 사진에서 봤어요."

보육원 앞에 자신을 버리고 간 엄마가 남긴 편지는 이름 모를 섬을 찍은 사진의 뒤쪽에 적혀 있었다. 그 영향 때문인지 몰라도 나이가 들어 어른이 되었을 때 시간이 날 때마다 곳곳의 알려지지 않은 섬으로 여행을 갔었다. 그러다 사진 속 섬과 모습이 비슷한 이곳을 알게 되었다. 그 사진 속 섬이 이곳과 같은 곳이라 말할 수는 없었지만 그냥 느낌이 좋았다.

"연이 닿았나 봐요."

"연?"

"네. 인연이든 악연이든 닿았으니까 이렇게 만나게 된 거죠."

"악연이라면 닿지 않는 게 낫죠."

"그런 건 내가 선택할 수 있는 게 아니에요. 연은 어떤 모습이든 필연이 되거든요. 악연이라도 남기고 가는 게 있고, 그게 꼭 나쁜 것만은 아니에요. 인연이 악연이 될 수도, 악연이 인연이 될 수도 있는 거니까, 모든 연에 감사해야죠. 제 생각은 그래요."

그녀에게 반박하는 것이 미안할 만큼 반짝이는 눈이었다. 반박할 말도 없었다. 악연으로 만난 자신과 그녀도 이렇게 나란히 앉아서 저녁 바람을 맞고 있는 것이 그 증거였다. '연이 닿다'라. 어감이 나쁘지 않았다.

"저……."

그가 청윤의 말을 곱씹는 사이 그녀가 말을 걸었다. 이번엔 망설이는 기색이 역력했다.

"제 옷 가방이요. 저를 납치한 사람이 준 건가요?"

한성이 옷 가방까지 챙길 정신은 없었을 테니, 납치를 기획한 그 엄마라는 사람의 작품일 터였다. 한성은 모든 진상을 말해 버리라 했지만 그녀에게 납치의 진실은 말하지 않을 생각이었다. 이 납치극이 끝나면 알고 싶지 않아도 알게 될 것이다. 상처받을 날을 앞당길 필요는 없었다.

"그렇죠. 문제 있습니까?"

"그래요."

혹시 눈치를 챈 건가. 고개를 끄덕이는 여자의 반응을 예민하게 살펴봤다.

"옷들이 다 불편하게 생겨서요. 산에서 지내야 하는데 편한 옷으로 주지."

장난스러운 얼굴로 안타깝다는 듯 말을 한 그녀가 자리에서 일어서 그와 마주 보았다.

"뭐 하나만 물어볼게요."

계속 질문을 하던 쪽은 그녀였는데, 아예 본격적으로 물어볼 게 생겼다는 말에 괜스레 긴장돼 그가 허리를 곧추세우며 그녀의 물음을 기다렸다.

"혹시 나라를 뒤흔들 만한 해커나 산업스파이, 그런 범죄자는 아니죠?"

"그렇게 생각한 이유가 있는 겁니까?"

그렇게 생각한 이유라면 그가 없는 사이 그의 서재에 들어가서 봤던 복잡한 그래프였지만, 그 말을 하려니 주인 없던 방에 들어갔다는 사실을 밝혀야 하는 것이 망설여졌다.

"그런 건 아니고, 혹시 혼자 숨어 사는 게 그런 이유는 아닐까 싶은⋯⋯."

저를 범죄자 취급하는 말에 시형의 눈살이 찌푸려졌다. 이래 봬도 교통법규 위반 딱지 하나 받은 적 없는 사람이었다.

"아닙니다. 하늘을 우러러 부끄러울 거 없는 사람입니다."

"그래요?"

"네."

기분이 상한 듯 보이는 그에겐 미안했지만 확인하고 넘어갈 일이었다. 그의 말만 듣고 믿어 버리는 것이 맞는 것인가 싶다가도 억울한 듯 보이는 표정이 그 어떤 말보다 신뢰를 주었다. 안도하는 표정으로 그녀가 고개를 끄덕였다.

"좋아요. 당분간 신세 질 거 같아요. 있는 동안에 시킬 거 있으면 시켜요. 팔 다친 것도 미안하고."

쏴아악- 하고 바람이 불었다. 그녀의 긴 머리가 얼굴을 가리자 도리질하며 머리를 쓸어 넘겼다. 달과 별이 완벽한 조명이 되어 그녀와 조화를 이루었다.

"제 이름은 이청윤이에요. 모르는 거 같아서 이야기하자면 직업은 배우예요. 앞으로 잘 부탁해요."

기세 좋게 그녀가 팔을 내밀었다. 하지만 그는 악수가 뭔지 모르는 것처럼 그녀를 바라볼 뿐이었다. 거둬야 하는 건가 고민하는데 그도 자리에서 일어섰다. 그녀가 놀라 뒷걸음질 치려 하는데 그가 더 빨랐다.

"압니다. 이청윤 씨."

제 손을 온전히 덮을 거 같은 따뜻하고 커다란 손이었다. 그리고 그의 목소리도. 그렇지 않고서는 그에게 불린 제 이름이 제 온몸을 데우는 것 같은 이 기분을 설명하기가 어려울 것 같았다.

***

"우리 애 지금 어디 있어요?"

기품이 흐르는 얼굴은 잔뜩 일그러져 있었다. 머리에서 발끝까지 자기관리로 다져진 듯한 여자가 분노에 찬 얼굴로 맞은편 남자에게 물었다.

"이청윤 씨는 잘 모시고 있으니 걱정 안 하셔도 됩니다."

잘 차려입은 모양새지만 탐욕이 가득한 얼굴을 한 민 사장이 능글맞게 웃으며 대답했다.

"처음부터 이럴 작정이었죠?"

민영이 가시를 드러냈다.

"이럴 작정이었다기보다는 수고료가 더 필요해진 거죠."

저런 질 나쁜 사람과 엮인 게 실수였다. 청윤이 선택한 영화는 실패했지만 청윤이 연기한 거리의 여자 이미지는 강렬했다. 청순하면서 고급스러운 그녀의 이미지에는 치명타였다. 청윤을 재기시키고자 여러 영화사를 찾아다녔지만 캐스팅은 쉽지 않았다.

이대로 끝이 날 청윤이 아니다. 청윤은 자신이 만든 완벽한 배우였다. 청윤은 자신의 꿈이었다. 배우가 꿈이었던 황민영은 여러 오디션을 전전했지만 눈에 띄는 배역을 맡을 순 없었다. 이름 없는 배우로 이렇게 사라지는 건가 싶을 때 민영의 연기를 우연히 본 독립영화 감독의 캐스팅을 받게 되었고, 영화를 찍으며 민영은 그 감독과 불꽃같은 사랑에 빠졌다. 그렇게 맺은 사랑의 결실이 청윤이었다.

사실 연기의 꿈을 놓고 싶지 않았던 민영에게 배 속에 생긴 청윤은 반가운 존재는 아니었다. 게다가 임신중독 증상으로 건강이 급격하게 망가져 연기를 하는 것도 힘들어졌다. 꿈을 잃고 민영은 큰 절망에 빠졌다. 모든 것이 청윤 때문인 것 같아 어린 청윤을 많이 원망하기도 하였다. 그러다 사고로 청윤의 아빠까지 잃고 삶에 대한 의지마저 꺾일 즈음 남편의 동료 감독이 어린 청윤을 제 영화의 아역배우로 써 보고 싶다고 하였다. 제 꿈을 빼앗아 간 청윤이 제 꿈을 이루어 주는 사람이 될 수 있을까. 꺼진 줄 알았던 불씨가 다시 타오르는 것이 느껴졌다.

그때부터 시작이었다. 걸음도 익숙지 않았던 시절부터 청윤은 연기를 익혔다. 예쁘장한 외모에 또래 아이들보다 연기 재능이 특출 났던 청윤은 연기자로 주목을 받았다. 청윤을 위해서 물불 가리지 않고 뛰었다. 시간이 흐를수록 달라지는 사람들의 대우, 늘어나는 사람들의 시선들을 느낄 때마다 약에 취한 것 같은 희열이 샘솟았다. 청윤의 의견은 하나도 들어가지 않은 인생이지만 사람들의 관심을 받으며 저와 마찬가지로 행복하리라 생각했다.

그런 청윤이 대중들에게 밀려나는 건 두고 볼 수가 없었다. 자신이 만든 이청윤이 사라지는 건 자신도 함께 사라지는 듯한 기분이었다. 그러다 저 민 사장이라는 사람을 알게 되었다. 나이트 몇 개를 관리하며 온갖 못된 짓을 하다가 무슨 바람인지 연예계 쪽에 발을 들이고 싶어 한다는 소문을 접했었다. 그러다 영화 제작에 투자를 할 요량으로 영화사에 찾아온 그와 마주친 것이 이 악연의 시작이었다.

'위험한 도박을 해 볼 생각은 없으십니까.'

그가 투자할 영화에 청윤을 출연시켜 보고자 몇 번 만났던 것인데, 그는 생각지도 못한 이야기를 꺼냈다. 납치극을 벌여 이청윤에 대한 관심을 끌어 보자는 것. 처음엔 말도 안 되는 일이라며 거절했다. 하지만 청윤이 했으면 싶어 자존심까지 버려 가며 따내려 했던 배역을 청윤의 후배 배우, 사람들이 포스트 이청윤이라고 부르는 여배우에게 뺏기게 되자 민영은 조바심을 넘어선 공포감을 느

끼게 되었다. 그렇게 그녀는 해선 안 될 선택을 해 버리고 만 것이
었다.

"원하는 게 돈이에요?"

며칠만 숨겨 놨다가 데려오는 조건으로 납치극을 수락했지만
청윤을 어디에 꽁꽁 숨긴 것인지 민 사장은 청윤과 가짜 납치극을
빌미로 민영에게 돈을 요구해 왔다.

"난 돈을 갖고, 사장님은 이청윤의 명성과 영광을 되찾는 거죠.
모든 게 자작극인 게 밝혀지면 다치는 건 황 사장님이 아니라 이
청윤인 건 아시죠?"

주먹이 부들부들 떨려 왔다. 자신이 벌인 상황이니 도움을 청할
수도 없었다. 진퇴양난의 상황이었다. 자신 때문에 제 딸이 정말
납치를 당했다.

"천천히 생각해 보고 말씀해 주시죠. 그사이 이청윤 씨는 저희
가 잘 모시고 있겠습니다."

아마 제 뜻대로 될 것이라는 걸 확신하는 얼굴이었다. 그 얼굴
을 후려치고 싶은 걸 민영은 초인적인 힘으로 참아 내야 했다.

민영이 떠나고 민 사장은 사무실에 혼자 남아 있었다. 민영을
대할 때와는 전혀 다른 얼굴로 민 사장이 전화를 들었다.

"정한성 그 새끼 아직 못 찾았어?"

상대가 전화를 받자마자 민 사장이 물었다. 아직 찾지 못했다는
말에 민 사장의 얼굴이 험상궂게 일그러졌다. 이청윤을 납치하는
데까지 성공한 한성은 청윤의 옷 보따리를 건네받은 후 사라져 버
렸다.

"정한성 와이프는? 이상한 거 없다고?"

한성의 집을 찾아가고 한성의 아내를 미행해도 건지는 건 없었다. 자신이 저지른 일이 무서워 도망을 간 건가. 하지만 절대 가족을 버릴 놈은 아니다. 그럴 거였으면 처음부터 자신의 뜻대로 움직이지 않았을 것이다.

"이청윤 어디로 데려간다는 말 없었어?"

이번에도 아니라는 대답이 돌아왔다.

"제대로 일을 하고 있는 거야? 진전이 하나도 없잖아. 얼마나 큰 돈줄인데. 한시라도 빨리 정한성 찾아내. 안 그러면 니들이 죽을 줄 알아!"

욕설과 함께 부하에게 험한 소리를 쏟아 내고 거칠게 전화를 끊었다. 그래, 이렇게 큰 돈줄을 쉽게 뺏길 수는 없지. 그 여자는 돈을 가져오는 거 말고 할 수 있는 선택이 없었다. 당장 시간을 벌어 놨으니 어떻게든 정한성만 찾으면 될 일이었다. 민 사장의 눈이 탐욕으로 빛났다.

***

"심심하긴 하네."

청윤은 벤치에 드러누워 책을 읽다 집중이 되지 않아 책을 내리며 중얼거렸다. 산뿐인 이곳에서 할 수 있는 건 많지 않았다. 가만히 하늘의 구름을 바라보았다. 지나가는 저 구름은 토끼를 닮고, 그 옆에 구름은 개를 닮고, 그 옆에 구름은 오뚝 솟은 게 그 남자의 코를…… 닮았다고 생각하다가 번쩍 몸을 일으켰다.

이 타이밍에 납치범이 생각나는 건 뭐야. 어쩐지 마음에 들지 않아 고개를 휘저으며 책에 시선을 주었다. 대본 읽는 건 익숙했는데 책은 어색했다. 그러다 무슨 생각이 든 건지 손에 든 책을 머리 위에 올리고 책을 위아래로 흔들었다. 예전에 대본이 외워지지 않으면 대본의 글이 머리 안에 들어가길 바라면서 이런 의식 아닌 의식을 하곤 했었다. 최면인지 몰라도 이렇게 하면 왠지 모르게 잘 외워지는 기분이 들었기에 책에 집중이 되길 바라는 마음으로 청윤 나름의 의식을 했다.

"저……."

저 스스로도 이런 행동을 하는 자신이 미친 것 같다고 생각하는데, 누군가 자신을 부르는 목소리가 들렸다. 그리고 그것은 이 집 주인의 목소리가 아니었다.

"누구세요."

"누구세요?"

물음은 동시에 나왔다. 청윤과 비슷한 키, 어쩌면 그녀보다도 작은 키에 까무잡잡한 피부, 볼록 튀어나온 배, 흔히 아저씨라고 부르는 외모의 남자였다. 이곳에 와서 처음으로 보는 외부인이니 자신을 도와 달라는 말을 하는 게 먼저였겠지만, 갑작스러운 사람의 등장에 그녀는 패닉 상태였다.

"차 군한테 마누라가 있었나. 아니면 애인인가."

역시나 이번에도 자신을 아는 듯한 분위기는 아니었다. 그저 남자 혼자 살고 있다고 생각한 이 집에 떡하니 있는 그녀의 존재를 궁금해하는 기색이 역력했다.

"그런 거 아니에요."

사정 모르는 사람이 봤을 땐 나이도 비슷한 남녀 둘이 같은 집에 살고 있으니 그렇게 보이는 것이 당연했다.

"그럼?"

"그러니까…… 뭐 어쩌다 알게 된 그런 사이라고나 할까."

사람들은 배우라는 직업 때문에 그녀가 거짓말을 잘할 것이라 생각하지만 그녀는 거짓말엔 소질이 없었다. 그런 이유로 민영은 청윤의 신비주의를 유지하며 인터뷰하는 것을 최소화하기도 했고 말이다.

"어쩌다? 같이 사는 거 아냐?"

"아니에요."

구원투수의 등장이었다. 갑작스럽게 들이닥친 손님의 존재를 어떻게 알았는지 시형이 남자의 말에 대답했다.

"그럼 어떻게 아는 사이인데?"

"사정이 있어서 여기서 잠깐 지내기로 한 거예요."

"남녀가 같은 공간에서 지내는데 무슨 사정이 필요한 거야?"

"신경 쓰지 마세요. 소문은 더더욱 내지 마시고요."

"이 사람, 말 참 이상하게 하는구만. 누가 소문을 낸다고."

"다 내시잖아요."

민망한 듯 남자가 헛기침을 했다.

"수상쩍은데?"

"말할 이유 없습니다."

의심의 눈초리를 거두지 않는 남자에게 시형이 더는 물을 수 없게 냉정히 말했다. 마을엔 온갖 추측이 난무하겠지만, 그렇다고 자신에게 진실을 요구하는 사람도 없을 것이다. 자신이 말을 해야 하는 이유도 없고.

"잠깐 놀러 온 거예요. 여기 경치가 좋다고 자랑을 해서요."

가만히 두 사람의 대화를 듣고 있던 청윤이 다시 배우 모드로 전환하여 의심의 눈빛을 보내고 있는 남자에게 말했다.

"놀러?"

"네. 차 군이랑은 친구고요."

"친구 사이라?"

가만히 있던 청윤의 말에 놀라 그가 그녀를 보았다. 친구라니. 더군다나 차 군이라니?

"어쩐 일로 오신 겁니까."

놀란 티를 내는 대신 그는 말을 돌렸다. 청윤이 말한 친구라는 단어를 되뇌던 남자가 시형의 질문에 제가 찾아온 이유를 떠올렸다.

"아, 이 선생님한테 말씀 들었어. 순돌이 때문에 크게 다칠 뻔했다며."

"순돌이? 아……."

훅 들어온 이름에 영문 모르는 표정을 짓던 그가 이내 산에서 발견한 개를 생각해 내고 작게 탄성을 뱉었다. 눈앞의 남자가 준환이 말했던 개의 주인인 강 씨였던 것이다.

"어릴 때부터 키우던 놈인데 갑자기 안 보이더라고. 이 코딱지만 한 섬에서 금세 돌아오겠거니 했거든. 며칠이 지나도 안 돌아와서 어디서 쥐약 먹고 잘못된 거 아닌가 목에 가래마냥 걸렸는데 이 산에 있을 줄 누가 알았겠어. 미안하게 됐네."

"아닙니다. 개는 찾으셨습니까?"

"응. 자네 산인데 미리 말 못 했어. 순돌이 녀석 걱정에 마음이 급해져서. 지금은 뭍에 있는 동물병원인가에 있어."

"개 다치게 해서 죄송합니다."

덤벼드는 개를 막다가 개도 상처를 크게 입었었다. 시형의 사과에 강 씨가 고개를 저었다.

"아니야. 산에서 지내느라 그랬는지 많이 사나워졌더만. 그런 놈이 덤볐으니 살려면 당연한 거지. 아주 산짐승이 다 됐더라고."

강 씨의 산짐승 발언에 청윤을 살펴보니 혼자 납득을 한 것인지 고개를 끄덕대고 있었다. 그 모습에 또 웃음이 나려는 걸 참는데 강 씨가 들고 온 물건을 시형에게 건넸다.

"치료비랑 담금주여. 집에서 담근 거라 맛이 기가 막힐 거야."

"됐습니다."

"내 마음이 불편해서 그래. 순돌이 녀석 찾게 도와주기도 했고."

다시 한번 거절하는 시형을 뿌리치고 던지듯 봉투와 술병을 둔 강 씨가 걸음을 옮기려다 뒤돌았다.

"아, 차 군 친구도 잘 지내다 가시고."

마을 사람들에게 미지의 존재인 시형에 대해 말할 거리가 생겨 발걸음이 가벼워 보였다.

"남녀 사이에 친구가 웬 말이랴."

그렇게 두 사람에게 다 들리도록 말한 강 씨가 산을 내려갔다.

"그 개가 진짜 주인이 있었네요."

청윤이 말했다. 그녀의 말에 고개를 작게 끄덕인 그가 골치 아프게 됐다는 듯 한숨을 내쉬었다. 마을에서 제일가는 마당발로 주변 사람에게 관심도 많고, 악의는 없어도 남의 말 하는 것도 좋아하는 강 씨였다. 그런 성격 탓에 모두가 오기 불편해하는 이곳도 가끔 와서 시형에게 말을 붙이곤 했다. 준환에게 개의 주인 이야기를 들었을 때 근 시일 내에 강 씨가 올 것이란 예상을 못했던 자신을 탓해야 했다.

"왜요?"

그가 자책 아닌 자책을 하며 그녀의 얼굴을 빤히 바라보자 죄지은 사람처럼 눈동자를 돌리던 청윤이 물었다.

"왜 도움 안 청했어요?"

자신이 납치당한 상황을 정확히 인지하는 상태에서 집에 찾아온 강 씨에 도움을 청하지 않은 것은 그의 첫 번째 의문이었다. 마당의 벤치가 꽤 마음에 들었는지 벤치에 가겠다며 나간 그녀가 오랜 시간 돌아오지 않아 찾으러 나갔다가 강 씨와 이야기하는 그녀를 발견했던 것이다. 자신도 없는 상황이니 강 씨에게 제 사정을 알리고는 도망갈 수도 있었을 텐데 그녀는 거짓말까지 하며 자신을 감싸 주었다. 그것이 두 번째 의문이었다.

"잘 지내보겠다고 했잖아요. 분명 돌려보내 주겠다고도 했고. 진짜 나를 납치했다는 그 납치범을 대면하기엔 아직 용기가 없기도 하고. 복합적이에요. 그런데 제가 도와 달라고 난리 치지 않은 게 불만이라는 거예요?"

어쩐지 뾰족한 말투의 그녀였다.

"불만은 아닙니다."

며칠 전처럼 무조건 탈출하겠다고 고집을 부리지 않는 건 고마운 일이었다. 한성과 연락이 돼야 뭘 해도 할 텐데. 그녀가 협조적으로 나오니 돌려보내 줄 수 없는 상황이 무겁게 다가왔다.

"그런데 정말 차 씨예요? 방금 전에 아저씨가 차 군이라고 부르던데."

그 덕에 그를 차 군이라고 칭하기도 했고 말이다.

"들어가죠."

"불리하면 대답 안 하더라. 진짜 차 군 맞나 봐요."

도움 안 되는 강 씨다. 시형이 이번에도 아무 말 없이 뒤돌아 집 쪽으로 걸어가려 했다.

"앞으로 차 군이라고 할게요."

이름 알려 달라고 할 사이는 못 되니까. 그의 이름을 알고 싶긴 했지만 알려 주지 않을 게 자명해서 물음조차 나오지 않았다.

"감기 걸립니다. 얼른 들어와요."

역시나 대답 없이 걸어가는 그를 보며 그녀가 입을 삐죽였다.

"왜 서운한 거야."

그의 이름을 알 수 없는 제 처지와 자신과 아무 사이 아니라며 선을 긋는 말이 저도 모르게 날카롭게 박혔다. 그래서 되도 않는 친구라는 변명을 해 버린 것이다. 청윤이 다시 하늘을 보았다. 그의 오뚝한 코를 닮은 구름은 없었다.

스톡홀름 신드롬 같은 건가. 차가운 바람이 그녀의 옷에 스며들었다.

힘겹게 눈을 뜬 청윤이 눈동자를 느릿하게 움직였다. 몸이 눅진한 기분이었다. 몸살……인 건가. 제 몸 상태를 깨달은 청윤이 눈을 감아 버렸다. 차라리 잠이 들었다가 깨면 괜찮아질까 싶었지만 잠도 쉽게 들지 않았다.

목이 마른데. 그러다 갈증을 느끼고 눈을 떴다. 몸을 일으키고 싶었으나 쇠사슬에 묶인 것처럼 움직이는 게 쉽지 않았다.

끔벅끔벅 눈만 깜박이던 청윤은 문득 옛날 생각이 들었다. 드라마를 찍었던 아역배우 시절, 청윤은 이렇게 열이 나 몸져누웠던 적이 있었다. 다른 아이들처럼 아프다고 엄마에게 어리광도 부리고, 병을 핑계로 군것질도 먹고 그러고 싶었는데 청윤에게는 허락되지 않은 행복이었다. 촬영이 있는 날이었지만 오늘은 쉬면 안 되겠냐는 어린 청윤에게 민영은 말했다.

'너 하나 때문에 모두를 기다리게 하면 안 되겠지?'

물음이었지만 답은 정해져 있었다. 더 고집부릴 생각은 하지 못한 채 엄마 손에 이끌려 청윤은 스케줄을 소화해야 했다. 아픈 건 자기관리가 안 된다는 증거일 뿐이다. 자신은 마음대로 아플 수도 없는 사람이고, 아픈 건 혼자 견뎌 내야 한다고 생각하게 된 것도 그때부터였다.

똑똑.

문소리가 들렸다. 같이 아침을 먹는 사람이 시간이 되도 내려오지 않으니 올라온 모양이었다.

"아침 안 먹습니까?"

문소리에 답을 하지 않으니 뒤이어 차 군의 목소리가 들렸다. 저 사람이 있으니 여기서 혼자 죽지는 않겠구나 싶었다. 대답 없는 그녀를 그가 한 번 더 불렀다.

"문 잠깐 열겠습니다."

"뭐? 그건 안 돼……."

안 된다는 말을 하기도 전에 문은 열렸고, 그녀가 이불 안으로 숨었다. 아무리 얼굴에 자신이 있어도 씻지도 않은 맨얼굴을 보이는 건 창피했다.

"있으면서 왜 대답을…… 왜 그래요?"

"그냥 누워 있는 거예요."

이불을 덮고 있는 그녀에게서 이상한 낌새를 눈치챈 그가 대답을 들을 생각 없이 이불을 치우겠다고 말하고는 이불을 걷어냈다. 또다시 눈 깜짝할 사이에 벌어진 상황에 동그란 눈을 하고 그를 쳐다보는데 그가 손을 뻗어 그녀의 이마에 가져다 댔다.

"열 있네요."

눈과 볼이 빨갛게 된 것만 봐도 어렵지 않게 내릴 수 있는 결론이었다.

"괜찮아요."

"뭐가요."

"네?"

"아프잖아요. 뭐가 괜찮다는 거예요. 아픈 게 괜찮은 일이에요?"

"그건 아니고."

걱정을 하는 건지 비난을 하는 건지 알 수 없는 말투였다. 아픈 걸 숨긴 게 큰 잘못인 양 구는 그의 말에 쭈뼛거리는데 더 말을 하지 않고 그가 방을 나갔다.

"아픈 것만 확인하고 나가는 건 뭐야. 그럴 거면 화를 내지 말든가."

휙 하고 나가 버린 그의 행동에 마음이 덜컹 내려앉았다. 자신이 아픈 게 귀찮은 건가. 그래서 혼자 있으려고 한 건가. 멋대로 들어와 놓고, 멋대로 승질 내고 나가 버리고. 진짜 웃기는 남자였다. 서운한 마음에 그녀가 구시렁댔다. 열이 더 오르는 것 같았다. 훌쩍훌쩍. 너무 열이 받아 눈물까지 난다. 눈물이 흐르는 건 자존심이 허락지 않아 눈물을 팔로 거칠게 닦아 내고 코를 훌쩍였다. 그 사이에도 머리는 띵하고, 몸은 더 무거워지는 것 같았다. 잠이나 자자. 자고 일어나면 거짓말처럼 몸이 낫길 바라며 그녀가 억지로 눈을 감았다.

쪼르륵.

점점 의식이 돌아오는 기분이었다. 귓가에 물소리가 들리고, 이마가 곧 서늘해졌다. 뜨거운 이마에 맞닿은 차가운 감촉이 반가웠다. 눈을 뜨자마자 보이는 건 하얀 천장이었고, 눈동자를 조금 돌리자 보이는 건 차 군의…… 얼굴.

"왜 일어나요."

"어떻게 된 거예요?"

"열나서 찬 수건 대 주고 있잖아요."

자신이 일어나는 바람에 떨어진 물에 적신 수건이 보였다.

"일어난 김에 밥이나 먹어요."

그녀를 다시 눕힐까 하다가 차라리 잘됐다는 생각으로 그가 수건을 치우고 침대 위에 죽이 놓인 쟁반을 올려놓았다.

"나 때문에 만든 거예요?"

"그럼 할 일 없어서 끓인 걸까 봐요."

여전히 말은 뾰족했지만 아까처럼 화가 나진 않았다.

"식어서 먹기는 좋을 거예요."

"잘 먹을게요."

하얀 죽에 색색이 들어간 야채가 없던 식욕을 돋우는 것 같았다.

"죽 먹고 약 먹어요. 일단 집에 있는 약이 이거밖에 없네요."

"네."

죽을 크게 떠서 한입에 넣었다. 그는 식었다고 했지만 죽의 온기는 남아 있었다.

"맛있어요."

"맛있어 봤자 죽이죠."

"……이렇게 마음 놓고 아파 본 거 처음이에요."

불퉁스럽긴 해도 이렇게 아픈 자신을 챙겨 주는 사람은 처음이어서일까. 생각할 새도 없이 말이 나왔다.

"항상 스케줄이 있었거든요. 촬영이다, 화보다. 아프다는 핑계로 촬영이 늦어지거나 취소되면 다른 스태프들이 곤란해지고, 피곤해지니까요. 체력이 떨어지거나 아프면 자책도 많이 했어요. 나는 아프면 안 되는 사람, 이런 강박관념 같은 것도 생기고. 그러고 보니까 이렇게 별생각 안 하고 자고 싶으면 자고, 먹고 싶으면 먹고. 이런 것도 처음이에요. 촬영 길어지면 담요 하나만 덮고 촬영장에서 노숙하듯이 자기도 하고, 운 좋으면 차 안에서 쪽잠 자거든요. 먹는 건 또 어떻고요. 살찌면 안 되니까 채소나 닭 가슴살이 제 주식이었어요. 맘 편히 먹으려고 하다가도 칼로리 걱정하면서 젓가락 내려놓고. 어떨 때 제일 힘든 줄 알아요?"

한번 봇물처럼 터져 나온 말은 쉬이 멈춰지지 않았다.

"밤에 자려고 누웠는데, 노릇노릇하게 튀긴 치킨이 너무 먹고 싶은 거예요. 맨날 닭 가슴살만 먹으니까 치킨이 생각난 거죠."

말을 하다 보니 바삭하게 튀겨진 치킨이 생각난 것인지 청윤이 꼴깍 침을 삼켰다. 고소한 기름 향이 나는 닭다리 하나를 들어서 입 안에 넣으면 와삭하는 소리를 내며 씹히는 껍질과 부드러운 살의 조화. 아, 치느님. 이 말을 절로 외치게 만드는 맛이 떠올랐다.

"그래서 제가 어떻게 했는지 아세요? 휴대전화를 들고 치킨 칼로리를 검색했어요. 숫자 보는 순간 딱 포기가 되더라고요."

아쉬움이 남는지 청윤이 또다시 침을 삼켰다. 누구나 다 아는 맛이지만, 자꾸만 생각나는 그 맛을 잊으려는 듯 청윤이 죽을 크게 떠서 입에 넣었다. 말을 하며 먹다 보니 어느새 죽 한 그릇이 비어 있었다. 그제야 아련함으로 시작해서 치킨 예찬론으로 끝이 난 제 말이 부끄러웠다.

"여기 약이요."

하지만 차 군은 별 반응을 보이지 않은 채로 방을 나섰다.

"이놈의 입, 입."

그가 나가자마자 그녀가 제 입술을 때렸다. 어쩌자고 그런 말을 미주알고주알 한 거야. 신비주의에 가려진 수다쟁이 이청윤이 저도 모르게 튀어나왔다. 그나저나…….

"치킨 먹고 싶네."

약을 흔들며 그녀가 중얼거렸다. 아픈 몸과 함께 새삼 살아난 제 식욕이 절로 원망스러워졌다.

"어디 간 거지."

약을 먹고 한숨 자고 나니 한결 가벼워진 기분에 다 먹은 죽 그릇을 들고 주방으로 내려온 그녀가 그를 찾았다. 원래도 조용한 집이지만 사람이 들고나는 느낌은 있었는데, 지금은 아무도 없는 게 확실했다. 처음 왔을 때와는 다른 느낌의 집이다.

"왔어요?"

문이 열리는 소리에 그녀가 다다다 달려 나갔다. 문을 열고 들어오는 그를 맞이해 주자 그의 눈이 커졌다. 그러다 다시 안정을 찾은 얼굴로 그녀에게 물었다.

"왜 내려와 있어요?"

"죽 그릇 내려놓으려고요."

그러다 코끝을 찌르는 향에 절로 고개가 내려갔다. 남자의 손에 들린 봉투 안에서 냄새가 흘러나오고 있었다. 킁킁. 분명 자신도 아는 냄새다.

"받아요."

"혹시 이거……."

그가 건넨 봉투를 받아 들자마자 열어 보았다.

"네, 치킨이요. 밖에서 사 먹던 거하고는 다르긴 하겠지만."

고소한 기름 향을 풍기고 있는 건 분명 치킨, 그것도 닭 한 마리를 그대로 기름에 넣어 튀긴 옛날식 통닭이었다.

"여기는 휴대전화 없으니까 칼로리 검색해 보지 말고 먹어요."

그러고는 남자가 방으로 들어갔다. 멍하니 그의 뒷모습을 보던 그녀가 봉투 안에서 여전히 맛있는 냄새를 풍기는 통닭을 보았다.

제가 횡설수설하듯이 뱉은 말 때문에 이 치킨을 구해 온 것일까.

그 어떤 남자에게서 받은 꽃향기보다 진하고 유혹적이었다. 먹는 거 준다고 넘어가고 그런 여자 아닌데. 무슨 납치범이 납치당한 사람을 꼬이고 그러나. 스톡홀름 신드롬보다 무서운 일이 벌어졌다. 그리고 그녀는 마음을 울렁이게 하는 기분에 배시시 웃음 지었다. 참을 수가 없었다.

그가 주고 간 봉투를 한참 들고 있던 그녀가 무슨 생각인 건지 그가 들어간 방 쪽으로 다가갔다.

똑똑.

그녀가 문을 두드리자 그가 방 안에서 나왔다.

"왜요."

"같이 먹어야죠. 혼자 먹으면 무슨 맛이에요."

그가 대답할 새도 없이 그녀가 그의 팔을 끌었다. 놀란 표정을 짓긴 했지만 그는 그녀가 이끄는 대로 움직일 수밖에 없었다. 조금 식긴 했지만 닭은 먹음직스러운 자태를 뽐내며 식탁 위에 올라왔다.

"여기요."

그녀가 그에게 닭다리를 건넸다.

"그쪽 먹어요. 내가 알아서 먹을 테니까."

"제가 먹여 준대요? 받아요."

하는 수 없다는 듯 그가 다리를 받았다. 먹을 생각은 없었으나 또 먹으니 들어갔다. 고소한 튀김옷이 꽤 입맛에도 맞았다. 그녀의 입에는 맞나 싶어 쳐다보는데 물어볼 필요도 없이 그녀는 오물오물 치킨을 먹고 있었다.

"맛있네요."

자신을 보는 그의 눈을 눈치챈 청윤이 웃으며 말했다. 한참 앓고 일어난 탓에 안색은 파리했지만, 우울한 기분은 많이 떨쳐 버린 것 같았다.

시형은 저도 모르게 립글로스를 바른 듯 반짝대는 입술에 시선이 갔다. 기가 빠진 목소리로 제 이야기를 하던 마른 입술보다는 보기가 좋았다. 예쁜 입술이구나. 하얀 얼굴과 대비되는 그 붉은 입술이 보기 좋게 도톰했다. 입술을 툭 건드려 보고 싶다는 생각을 하는 자신이 어이가 없어 그의 표정이 설핏 굳었다.

"그래 보이네요."

저렇게 웃음기 하나 없이 이야기하니 괜스레 민망했다. 큼큼, 헛기침을 한 그녀가 말을 돌리듯 그에게 물었다.

"치킨을 파는 데가 있었어요?"

"구할 데는 있죠."

그녀에게 줄 감기약을 사러 준환을 찾아갔다가 우연히 집에서 닭을 튀겨 먹을 거라는 강 씨의 말을 듣고 가서 얻어 온 것이었다. 같이 지내고 있는 친구에게 준다는 말에 준환이 야릇한 미소를 지어 기분이 상하긴 했지만 잘 먹는 그녀를 보니 얻어 오길 잘했다 싶었다.

"치킨 집도 있고, 병원도 있고. 있을 건 다 있네요."

"병원은 없었어요. 그 괴짜 의사가 여기로 오면서 만들었어요. 원래 병원에 가려면 배 타고 섬 밖으로 나가야 했습니다."

그의 말에 이 섬이 작은 섬이라는 것이 실감이 났다.

"그 의사 선생님은 이 마을 출신이세요?"

"그렇진 않다고 들었습니다."

"그럼 어쩌다가 이곳에서 지내게 되신 거래요?"

"모릅니다."

알 필요도 없고. 딱딱하게 대답하는 품새가 냉정하다 싶었다. 그의 생각은 어떨지 몰라도 그와 그 의사 선생님은 꽤 친근해 보였는데 말이다.

"이웃 간에 너무하네요."

그녀의 말에 그 무슨 황당한 소리냐는 듯 그가 어이없다는 표정을 지었다.

"하긴 이웃이라고 하기엔 거리가 좀 멀긴 하네요."

"거리가 아니더라도 그 의사 선생이랑 이웃하고 싶은 마음 없습니다."

"아무것도 없는데, 이웃이라도 만들면 좋죠."

"별로."

관심 없다는 듯 고개를 저은 그를 보며 순간 터져 나올 뻔한 질문을 참아 냈다. 매번 궁금했다. 그가 이곳에 오게 된 이유. 하지만 또 입을 다물어 버릴 그를 알기에 다른 말을 꺼냈다.

"마을 쪽으로는 자주 내려가요?"

"별로. 그러고 보니 요 근래 자주 나간 편입니다."

누구 덕분에. 생략된 말은 그대로 청윤에게 전해졌다. 하지만 못 들은 척 그녀가 다시 물었다.

"필요한 거 있으면 배 타고 나가고요?"

그 질문의 의중을 알아보려는 듯 그는 대답하는 대신 그녀의 얼굴을 보았다. 그와 계속 눈을 마주치고 있자니 얼굴이 달아오르는 것 같았다.

"다, 다른 뜻이 있어서 물어본 건 아니에요. 자주 내려가는 건가 싶어서. 아니, 그렇다고 저번처럼 도망가려고 하는 건 아니고요. 그러니까……."

"필요한 게 있으면 나가기도 합니다."

"그렇구나. 혹시 배 타고 나갈 일 있으면 저도 데리고 나가는 건…… 힘들겠죠?"

대놓고 묻는 말에 당황했는지 그는 바로 거절의 말을 하지 않았다.

"여기 있는 게 휴가를 얻은 것 같달까. 어딜 가나 절 알아보는 사람이 있으니까 시장 구경이나 하다못해 마트 구경도 제대로 가 본 적 없거든요."

신비한 분위기를 풍기는 청초한 여배우가 마트나 시장에 가는 건 어울리지 않는다는 엄마의 의견에 따라 그런 곳에는 자유롭게 가질 못했었다. 카메라 밖의 이청윤은 이청윤이 아닌 것처럼 구는 엄마의 비정상적인 자기관리론에 불만을 가져 왔지만 거부하지 못했었다. 어린 시절부터 드리운 엄마의 그늘은 벗어나기 쉽지 않았다. 벗어나려다 실패까지 맛보았으니 청윤의 자존감은 바닥이었던 상태. 하지만 이곳에 와 자신을 모르는 사람들 속에서 자유 아닌 자유를 느끼고 있으니 예전에 하지 못했던 것을 해 보고 싶은 욕심이 생겼다.

"절대 다른 마음 먹은 건 아니에요. 이렇게 된 김에 평범한 사람들처럼 돌아다녀 보고 싶어서요. 거기에다가 지금 있는 옷도 불편한 것들뿐이라 좀 간편한 옷으로 사고 싶기도 하고."

"그게 될 거라고 생각하는 겁니까?"

"네?"

"이 상황 자체가 평범이랑은 거리가 멀어요. 몰라요?"

"알죠. 하지만 납치된 내가 거리를 활보하고 다닐 거라고 생각하는 사람은 아무도 없을 거예요."

"혹시 모를 위험 부담은 제가 안아야 하는 거고요."

"그건……."

할 말은 없다. 그의 말이 틀린 건 아니니까.

"그러네요. 제가 생각이 짧았어요. 미안해요."

그의 친절에 들떠 버린 것이 실수라면 실수였다. 차 군에게 자신은 귀찮은 불청객일 뿐일 텐데. 자신이 그에게 들어주기 어려운 부탁을 한 건 사실이었다.

"몸살 약입니다. 그거 먹고 들어가서 쉬어요."

그가 자신을 비난하면 어쩌나 불안함을 느끼는데 그는 그녀에게 약봉지 하나를 건네고 방으로 들어갔다.

"차가운 건지, 다정한 건지 모르겠어."

정말 알 수 없는 남자였다. 힘없이 중얼거린 그녀가 닭을 입에 넣었다. 그렇게도 맛있었던 치킨이 무슨 맛인지 알 수가 없었다.

밖으로 나온 청윤이 숨을 크게 들이쉬었다. 산의 기운이 몸 안에 들어오고 정화가 되는 기분이었다. 이래도 되나 싶을 정도로 평화롭기만 했다. 매일같이 자신을 괴롭히던 두통도, 모든 기운을 앗아 가는 불면도 이곳에 있으니 모두 사라졌다.

"나와 있었네요?"

다시 한번 숨을 들이켜고 있는데 뒤에서 목소리가 들렸다.

"몸은 괜찮아졌어요?"

그녀에게 말을 건넨 사람은 마을의 의사 준환이었다. 제 안부를 묻는 말에 그녀가 머뭇거리는데 준환이 웃으며 말했다.

"여기 집주인이 몸살 약을 타러 왔더라고. 환자가 산 아래까지 오는 건 무리가 있을 테니, 약을 줘야 하는 사람이 있다는 거겠지."

그리고 그게 그녀라는 것을 알고 물어봤다는 것이었다.

"덕분에 몸은 좋아졌어요."

"덕분은 무슨."

"차 군 만나러 오셨어요?"

"그렇긴 한데. 아가씨 만난 김에 아가씨를 줘야겠네."

"뭘요?"

대답 대신 그가 봉투 하나를 건넸다. 봉투 안에는 붕대와 소독약 같은 것들이 들어 있었다.

"여기 집주인 거. 개한테 물린 데 치료 좀 해 줘요. 상처는 관리가 중요한데, 영 관리가 안 되는 거 같아서."

준환의 말에 자신을 구하다 다친 그의 팔이 떠올랐다. 물어봐도 괜찮다고만 해서 신경을 쓰지 못했다. 얼굴이 화끈 달아올랐다.

"듣자 하니 집주인이랑 친구라던데."

"아…… 뭐."

그 강 씨라는 아저씨가 벌써 소문을 낸 모양이었다.

"남녀 사이 복잡한 사연엔 관심 없지만 잘 지내봐요. 혹시 알아요? 진짜 친구 먹을지."

역시나 준환은 그 말을 곧이 믿는 것 같지 않았다. 그녀가 어색하게 웃자 그는 미련 없다는 듯 뒤돌아섰다.

"나 갑니다."

"들어가서 차라도 한잔……."

"됐어. 인상 구긴 얼굴 봐서 뭐하려고. 쓸데없이 오지랖 부렸다고 원망만 듣지."

짧게 인사까지 건넨 준환은 금세 산 아래로 사라졌다. 차 군과 비슷한 구석이 있는 의사 선생님이다. 그렇게 서 있던 청윤이 급한 걸음으로 집 안으로 들어갔다.

똑똑.

곧장 시형의 방 앞에 선 청윤이 문을 두드렸다. 얼마 지나지 않아 그가 문을 열고 나왔다.

"왜요."

"팔 좀 봐요."

다짜고짜 자신의 팔을 달라는 그녀를 이상하게 보는데 그녀가 다시 한번 재촉했다.

"다친 팔이요. 한번 봐 봐요."

"됐어요."

왜 몰랐을까. 억지로 본 그의 팔은 엉성하게 붕대가 감아진 채였다. 그래도 같이 지낸 지가 얼마인데, 어제 잠깐 본 의사 선생님보다 못한 것이 창피하고 그에게 미안했다.

"이리 와요. 붕대 다시 감아 줄게요."

"그럴 필요 없습니다."

"그럴 필요가 왜 없어요! 이쪽으로 와요."

소리치듯 말한 그녀가 다치지 않은 팔을 잡아당겼다. 절대 그냥 물러서지 않을 것 같은 기세에 그도 어쩔 수 없이 그녀를 따랐다. 그의 팔에 감긴 붕대를 그녀가 조심스럽게 풀었다.

"세상에."

붕대를 풀어 본 그의 상처는 생각보다 심각했다. 바보 멍청이 이청윤. 그의 다리에만 신경을 쓰느라 팔은 괜찮다는 말을 곧이듣고 말았다. 이 팔로 그는 자신을 간호까지 해 주었다.

"금방 나을 겁니다."

"제대로 관리를 안 하는데 어떻게 금방 나아요?"

속상하다는 눈으로 상처를 뚫어져라 보던 그녀가 봉투 안에서 먼저 소독약을 꺼냈다.

"아프죠?"

아직 선명한 개의 잇자국에 자신도 아픈 것 같았다. 하지만 자신이 소독약을 바르는 동안 시형은 살짝 인상만 썼을 뿐 말을 하진 않았다.

"강철로 만들어졌어요? 이 정도 상태였으면 말을 했어야죠. 고름 나거나 그러는 건 아니겠지?"

"그 정도는 아닙니다. 상처는 언젠가 낫게 되어 있어요."

"그 상처를 어떻게 관리하느냐에 따라 빨리 나을 수도, 늦게 나을 수도, 흉이 질 수도, 흉이 안 질 수도 있어요. 참으면 흉밖에 안 남아요."

진지한 얼굴로 그녀가 그의 말을 반박했다.

"그리고 나는 절대 흉 안 지게 만들 거예요."

자신에게 절대 흉을 남기지 않겠다고 하는 그녀의 말에 그의 눈이 살짝 커졌다. 몸이 됐든 마음이 됐든 상처를 입으면 혼자 버티는 게 당연한 삶이었다. 그래서 그녀의 말에 가슴이 뛸 만큼 놀라 버리고 말았다.

"예전에 저 의사 역할 했던 적 있어서 붕대 감고 상처 치료하는 거 배운 적 있어요. 저번에 봤잖아요."

그의 발목에 감긴 붕대를 야무지게 풀고 감았던 것을 떠올리라는 눈이었다. 자부심 넘치는 말에 그가 피식 웃었다.

"환자 될 마음 없습니다."

"환자는 되고 싶다고 되는 게 아니라 어쩔 수 없이 되는 거예요."

그녀가 호호 상처 부위에 약이 스며들도록 입김을 불었다. 약한 바람이 그의 상처에 닿았다. 어쩐지 간질간질했다.

"자, 다 됐죠?"

사실 그땐 별생각이 없었는데, 그녀의 말을 듣고 보니 저가 혼자 끙끙대며 감는 것보다는 안정적인 모양새였다.

"있어 봐요. 점심 먹어야 하잖아요. 맛있는 거 해 줄게요."

"괜찮은데……."

그가 붕대를 보며 만족하는 얼굴을 하는 것을 알아챈 그녀가 신이 나 이번엔 밥을 해 주겠다면서 주방으로 향했다. 식사는 항상 자신이 챙겼으니, 청윤의 음식은 처음이었다.

'영 불안한데.'

그의 예감을 확인시켜 주기라도 하듯 음식을 만드는 소리보다 덜컹하거나 쨍그랑하는 소리, '아, 뜨거' 하는 소리가 더 많이 들려오고 있었다. 시형은 어쩐지 그녀가 저의 발목을 찜질해 주겠다고 하다가 물을 엎질러 거실 바닥을 난장판으로 만들었던 그날이 떠올랐다.

"음식 다 됐어요."

"음식……."

식사를 다 준비했다는 말에 그가 주방에 들어서다 그녀가 음식이라고 칭한 물체를 보았다. 볶음밥인 듯 보이는 그 물체는 전체적으로 짙은 갈색 빛이 돌았고, 군데군데 검은색으로 탄 자국이 있었다.

"요리사 역할은 해 본 적 없나 보죠?"

그의 물음에 민망해진 그녀가 얼굴을 붉혔다.

"라면…… 먹을까요?"

"라면 없습니다."

라면을 즐기지 않아 사지 않았는데, 그것이 이렇게 후회될 수가 없었다.

"맛없으면 안 먹어도 돼요."

"먹어 보죠."

입에 넣자마자 탄 맛이 올라왔다. 채 다 씹지 못한 음식을 그가 꿀꺽 삼켰다.

"어때요?"

말해 뭐 하나, 탄 맛이지. 하지만 장화 신은 고양이 눈을 하고 제 평가를 기다리는 청윤에게 차마 그런 말까지는 나오지 않았다. 어쨌든 자신을 위한 음식이었다.

"생각보다 먹을 만은 하네요."

"정말요?"

먹을 만하다는 말이 나오자마자 그녀가 반짝반짝 눈에 불을 냈다.

"샐러드나 그런 건 만들어도 음식을 만들 일은 잘 없어서……."

그러면서 그가 말릴 새도 없이 그녀가 제 몫의 음식을 입에 넣었다. 그리고 입 안에서 퍼지는 탄 맛에 음식을 뱉어 냈다.

"이게 어떻게 맛있다는 거예요?"

"먹을 만하다고 했지, 맛있다고는 안 했어요."

정말 할 말 없게 만드는 남자였다.

"라면이 없는 게 아쉽네요."

말은 없었지만 그가 동감하는 표정을 지었다. 그래도 부지런히 음식을 먹는 그를 보며 그녀가 배시시 웃음 지었다.

공기가 맑아서 그런지 아침잠이 없어지는 것 같았다. 뭐, 저녁에 할 일이 없어 일찍 잠에 드는 것도 그 이유였겠지만.

씻고 나와 무슨 옷을 입어야 하나 심각하게 고민하는데, 똑똑 문을 두드리는 소리가 들렸다. 그 소리에 거울을 보고 빠르게 단장을 한 그녀가 크음, 하고 목을 가다듬은 후 문을 열었다.

"왜요?"

문밖에 선 그의 차림새가 어딘지 평소와 다른 것 같았다.

"어디 가요?"

"가죠."

"네?"

그가 한 말의 의미를 알 수 없어 고개를 갸웃거리는데 그가 입가에 슬며시 미소를 지으며 말했다.

"라면 사러요."

이해를 하지 못한 양 청윤은 그의 얼굴을 멀뚱히 바라보고 있을 뿐이었다.

3. 연애는 미친 짓이다

"진짜요?"

무슨 바람인지 모르겠지만 그가 자신을 데리고 나가겠다고 말하고 있었다.

"그럼 가짜게요? 가기 싫은 거면……."

"누가 가기 싫대요. 여기서 잠깐만 기다려요."

문을 닫자마자 가방 안에서 옷을 꺼내 무엇을 입을지 골몰했다.

"이렇게 입고 가면 너무 튀나."

손에 들린 원피스를 보고 그녀가 중얼거렸다. 아무의 눈에도 띄지 않는 경험을 하고 싶어 시장에 가겠다고 했으면서 이런 화려한 원피스를 입는 건 아무래도 말이 되지 않았다.

'이런 옷 입은 것도 보여 주고 싶었는데.'

꽤 오랜 시간 방 안에서 나오고 있지 않음에도 채근 하나 없이 기다려 주고 있는 남자를 떠올리며 청윤이 치마와 원피스를 갈무

98

리하여 넣고 그나마 제일 튀지 않을 티와 바지를 꺼내 입었다.

"선글라스나 모자가 없네."

밖에 나갈 때마다 필수품인 물건들이 없어 난감함을 느끼며 청윤이 문을 열자, 2층 소파에 앉아 기다리고 있던 그가 그녀에게 다가왔다.

"준비 다 됐어요?"

"네. 그런데 얼굴을 가릴 만한 게……."

없다고 말을 하려는 찰나 청윤의 머리 위로 무언가가 쓰였다.

"모자는 저한테 있습니다."

검은색의 캡 모자였다. 놀라 고개를 들자 자신을 내려다보고 있는 그와 눈이 마주쳤다.

"고마워요."

재빠르게 그의 눈을 피한 그녀가 모자를 꾹 눌러 얼굴을 더욱 가렸다. 별거 아니라는 듯 앞서가는 그를 쫓는 그녀의 얼굴이 어쩐지 모자와 반대로 붉어 보였다.

그와 함께 내려가는 산은 처음 이 산을 내려가려 시도했을 때보다 수월했다.

"혹시 배도 가지고 있어요?"

산을 내려와서야 그가 어떤 수단으로 육지에 갈 생각인지가 궁금해졌다. 설마 수영으로 육지까지 가자는 건 아니겠지.

"내 배는 아니고, 부탁을 좀 드렸습니다."

"누구한테요?"

"왔나?"

이 동네 사람들은 참 불쑥불쑥 나타나는 걸 즐기는 듯했다. 두 사람 사이를 가르는 목소리에 두 사람의 고개가 소리가 난 쪽으로 향했다.

어느새 도착한 곳에는 작은 선착장이 있었고, 바다 위에는 동동 띄워진 자그마한 배도 보였다. 흔히 텔레비전에서 볼 수 있는 고기잡이 배였다.

"저 배 타고 갑니다. 안녕하셨어요."

그녀만 들리도록 말을 한 그가 자신에게 말을 건 남자에게 인사를 했다. 자신을 마을의 파란 지붕 집에 살고 있는 오 씨라고 소개한 남자에게 청윤 또한 허리를 숙여 인사했다. 그가 오늘 자신들을 육지로 데려다줄 캡틴인 듯했다. 그녀가 만난 적 있는 강 씨나 준환보다 연배는 높아 보였고, 오랜 어부 생활로 까맣게 타고 주름진 얼굴이 아저씨보다는 할아버지라는 단어가 어울릴 법한 사람이었다.

"갑자기 부탁드렸는데, 감사합니다."

"감사는. 나도 오늘 겸사겸사 뭍에 나가서 일 좀 보고 오지, 뭐. 몸이 게을러져서 차일피일 미루고만 있었는데 잘됐지. 누추한 배지만 타요."

"누추하긴요."

그렇게 말하며 그녀가 배 쪽으로 걸어갔다.

"그래도 이 배가 마을 사람들 발이야."

"그렇군요."

오 씨의 말로 보아 이 배가 섬과 육지를 연결해 주는 수단인 듯싶었다. 바다 물결에 출렁출렁 움직이는 배 선체 앞에 선 그녀가 난감한 얼굴을 했다.

"안 잡아 줘?"

"뭐하러요. 혼자서 타게 두죠."

금방이라도 뛰어가 그녀를 도와주고 싶어 하는 얼굴이면서, 몸이 나가려는 것을 애써 참아 내는 그를 보며 오 씨가 고개를 저었다.

"다정하게 대해 줘야지. 요즘 젊은 사람들이 한다는 밀고 뭐라고 하더라. 그런 거 하는 건가."

"그런 걸 할 사이가 못 돼요."

"노인네 눈에도 보이는데. 당사자라 안 보이는 건가."

"안 보이는 거 보인다고 하지 마세요."

절대 아니라고 단호한 얼굴로 말하던 그가 갑작스럽게 눈이 커지더니 그녀가 있는 쪽으로 향했다.

"바다에 빠지려고 그래요?"

배 위에 서서 중심을 못 잡고 비틀거리는 그녀의 손을 잡으면서 그가 타박하는 소리를 들으며 오 씨가 중얼거렸다.

"그렇게 시선을 못 떼면서 시미치 떼기는."

강 씨가 침을 튀기며 열변을 토하듯 말한 여자의 존재가 믿기지 않는데, 두 사람의 모습을 두 눈으로 보게 되니 허풍 일색인 강 씨가 거짓말을 하지 않을 때도 있구나 싶어 절로 웃음이 지어졌다. 아이 울음소리가 끊긴 이곳에 다시 아이 울음이 들리지 않을까 조금 앞서 나간 생각을 하며 말이다.

배는 꽤 오랜 시간 바다 위를 달렸다. 두 사람은 배에서 내려 오씨 아저씨와 만날 시간을 정하고 헤어졌다.

"시장은 여기서 조금 걸어야 합니다."

"네."

사람을 만나는 것이 신기한 섬에서 나오니 곳곳에 있는 사람들이 신경 쓰였다. 청윤이 그가 씌워 준 모자를 더욱 눌러썼다. 사람들이 신경 쓰이는 듯 주변을 둘러보는 그녀를 스윽 쳐다본 그가 먼저 걸음을 옮기기 시작했다. 모자를 고쳐 쓰는 척 손으로 얼굴을 가리던 그녀가 먼저 앞서가는 그의 뒷모습을 살짝 흘겨보다 무슨 좋은 생각이 난 듯 빠른 걸음으로 그를 쫓아가 팔짱을 꼈다.

"뭐하는 겁니까?"

"위장이요. 이렇게 가면 사람들이 제가 여기 있을 거라고 생각 안 할걸요? 설마 납치당한 이청윤이 남자랑 팔짱 끼고 돌아다닐 거라고 상상도 못 하겠죠. 여기서 들통나면 차 군도 곤란해지잖아요."

"아무리 그래도."

"갑시다, 가요."

그의 말을 중간에 끊어 버리고 그의 팔에 딱 붙어서 다리를 움직였다. 그 움직임에 그도 당연하게 걸음을 옮길 수밖에 없었다. 그녀야 그의 팔에 밀착하여 얼굴을 가린다지만 그 때문에 그는 그녀의 가슴을 그대로 느낄 수밖에 없었다.

"어, 저쪽에 시장 보이네요."

무슨 정신으로 시장까지 왔는지 모르겠다. 사정 모르는 그녀는 크게 걸린 시장 간판을 가리키며 좋아했다. 시장에 도착했으니 그가 다시 한번 그녀에게 말했다.

"좀 떨어져요."

"안 돼요. 이렇게 다녀야 얼굴이 가려진단 말이에요. 여기가 사람 훨씬 많은데."

이렇게 조심성이 없어서야. 겁이 없는 건지, 자신을 무슨 공자 제자쯤으로 보는 게 분명했다. 신경 쓰지 않으려 해도 본능인 양 부드럽게 밀착되는 따스한 느낌에 촉각이 곤두서는 거 같았다. 이걸 그녀에게 말을 할 수도 없고. 그때 그의 눈에 큰 마트 하나가 들어왔다. 대형마트까지는 아니지만 그래도 주변에선 꽤 이름난 마트였다.

"저는 저기 들어갈 겁니다."

"어디요? 마트? 저도 갈래요."

"저기가 더 위험합니다. 금방 갔다 올 테니까 이 주변에 숨어 있어요."

"뭐요? 저기요!"

기다렸다는 듯 그녀를 떼어 낸 그가 깊게 생각할 새도 없이 마트 안으로 들어와 버렸다. 그녀가 붙어 있던 팔이 휑해진 기분이었다. 스스로의 모습이 마음에 들지 않았지만 그녀와 붙어 있는 건 아무래도 위험했다. 위험을 느끼는 것 자체가 좋지 않은 징조 같았지만. 그가 빠르게 마트 안을 훑어보았다. 그녀를 두고 왔으니 빠르게 가야 했다. 목표는 라면이었다.

빠른 속도로 사야 할 것을 사고 계산까지 마쳤다. 장을 본 짐을 들고 마트를 나서려던 그의 눈앞에 요즘엔 보기 힘든 공중전화가 보였다. 그리고 그 전화를 보자마자 그의 머리를 메우는 생각이 있었다.

'정한성, 어디 있는 거냐.'

그가 그 자리에 선 채로 있으니 뒤에서 누군가 툭 몸을 부딪쳤다.

"죄송합니다."

신랑과 장을 보러 온 건지 그와 부딪친 임산부가 그에게 사과를 해 왔다. 이번엔 멀어지는 여자의 뒷모습을 바라보았다.

'정현이가 임신을 했어.'

거의 울 듯한 목소리로 말하던 한성의 목소리가 귓가에 들려오는 것 같았다. 그리고 그의 발자국은 자연스럽게 공중전화로 향했다. 이제는 거의 사용하지 않는, 그 자리에 존재하는 것이 이상한 그 물건이 그의 발길을 잡아끌고 있었다.

전에 한성이 억지로 제 휴대전화에 지장해 주던 번호를 떠올리며 시형이 전화 버튼을 눌렀다. 자신과는 연락이 되지 않는다고 해도, 무슨 일이 생기더라도 정현에게만은 연락을 할 한성이다. 그 사실에 기대어 시형은 정현이 전화를 받길 기다렸다. 몇 번의 신호음 후 딸깍하고 전화를 받는 소리가 들렸다.

-여보……세요.

전화를 받는 목소리가 어딘지 초조해 보였다.

"접니다. 차시형."

-시형 오빠, 어떡해요.

그의 목소리를 듣자마자 그녀의 목소리에 물기가 맺혔다. 불안한 예감이 뇌리를 스쳤다.

"무슨 일 있습니까."

-한성 오빠가 집에 들어오지도 않고, 연락도 안 돼요. 오빠한테 무슨 일 생긴 건 아니겠죠.

무뚝뚝한 시형을 무서워하던 정현도 한성이 믿을 수 있는 형이라 말한 그의 목소리에 안도가 된 모양이었다. 전화를 타고 끅끅거리는 울음소리가 들려왔다. 어떻게 위로를 해 줘야 하는 건지. 홀몸이 아닌 그녀가 겪고 있는 마음고생이 몇 마디의 대화로도 전해졌다.

"언제부터 연락이 안 된 겁니까."

그녀가 대답한 날짜는 역시 청윤이 그의 집에 오게 된 그 무렵이었다. 한성에게 무슨 일이 일어난 것이 확실해졌다.

-그리고 그 민 사장 쪽 사람들까지 찾아와서…….

한성이 걱정이 되는 와중에 민 사장까지 얽혀 있는 것 같으니 정현이 이렇게 불안해하는 것도 무리는 아니었다. 일단 정현을 안심시켜야 했다.

"괜찮을 겁니다."

-그 사람들이 한성 오빠한테 연락 오면 알리라고 으름장 넣고 지금은 며칠째 집 주변에 있는 거 같아요.

"한성이 녀석 절대 정현 씨 실망시키지 않을 겁니다. 사실 며칠 전에 한성이한테 연락이 왔습니다. 정현 씨한테 지금 좀 사정이 있어서 연락을 못 한다고, 괜찮으니까 걱정하지 말라고 전해 달라고 하더군요."

곧 들킬 거짓말이라 하여도 두 사람을 위해 필요한 일이었다.

-정말이에요? 어디 아프지 않고 잘 지내고 있대요?

"네. 걱정은 조금만 하고, 맘 편히 먹어요. 일 끝내면 민 사장하고도 더 얽일 일 없을 거라고 했습니다."

온전히 마음을 놓진 못해도 시형이 그렇게까지 말하니 한시름

놓은 듯 정현의 목소리가 처음 통화를 했을 때보다 안정을 찾았다.

-한성 오빠가 무사하면 다 됐어요. 무슨 일 생겼을까 봐…… 민 사장이 보낸 사람들이 한성 오빠 어디 있냐고, 누구랑 같이 있지 않냐고 닦달하듯 물어서. 혹시 같이 있다는 사람이 오빠한테 무슨 해라도 입힌 건 아닌지 안 좋은 생각만 났거든요.

"같이 있는 사람?"

-자세하게 이야기도 안 해 주고 윽박만 질러 댔어요. 이상한 사람이랑 있거나 그러진 않겠죠.

민 사장 쪽에서 말한 한성과 같이 있을 사람이라면 청윤일 것이다. 그리고 그녀는 자신과 함께 있었다. 민 사장이 청윤을 찾아다니고 있는 건가.

"절대 한성이한테 해 끼칠 사람은 아닙니다."

물론 해를 끼칠 수도 없고 말이다. 통화를 하는 시형의 마음이 급해졌다.

"여차하면 경찰 불러요. 힘들어도 아이 생각만 해요."

-네. 감사합니다.

"또 연락할게요. 전화 끊어요."

정현의 인사는 들을 새도 없이 수화기를 내려놓은 그가 마트 밖으로 나가 주변을 둘러보았다. 민 사장이 청윤을 찾고 있다. 납치를 시킨 사람이니 당연한 행동이지만 느낌이 좋지 않았다. 금방이라도 민 사장 무리가 이곳에 들이닥칠 것만 같았다. 근처에 숨어 있으라 말한 청윤이 보이지 않았다. 아찔한 기분을 느끼며 시형이 골목 사이사이 그녀가 있을 만한 곳을 뒤졌다. 자신 없이 사람이 많은 곳으로 가진 않았을 텐데. 그녀가 다칠지도 모르는 이 상황에 마음이 더없이 초조해졌다.

언제부터일까. 산에서 조난된 그녀를 찾으러 갔을 때 자신 대신 개에게 맞선 그 뒷모습을 보았을 때? 악연도 연이라며 모든 연에 감사한다고 눈을 반짝였을 때? 마음 놓고 아파 본 건 처음이라며 힘없이 웃었을 때? 그것도 아니면 자신의 팔을 두고 절대 흉 지게 만들지 않겠다며 당차게 말했을 때인지도 모르겠다. 그녀가 다칠까 봐, 지켜 내지 못할까 봐 두렵고 불안했다.

얼마간을 뛰어다닌 끝에 그는 낯익은 뒷모습을 발견했다.

"이 바지 편할까요?"

"말해 뭐 해, 엄청 편하지."

골목 안쪽에 자리 잡은 좌판 위에 놓인 무늬가 화려한 일바지들을 보며 그녀가 마음에 드는 바지를 고르고 있었다.

"어? 벌써 장 다 봤어요?"

자신의 장은 이제 시작인데 마트에서 벌써 돌아온 그의 모습에 그녀의 눈동자가 커졌다.

"왜, 여기 있어요?"

"네?"

그제야 땀이 송골송골 맺힌 그의 얼굴이 보였다. 자신을 찾아다닌 건가. 숨어 있으려고 하다가 시장이 아닌 곳인데도 좌판들이 늘어서 있어 구경을 하다 이곳까지 오게 된 것이었다.

"이것만 보고 마트 쪽으로 가려고……."

화가 난 듯한 그 표정에 변명을 하려 어색한 웃음을 띠는 그녀를 그가 와락 껴안았다.

"끌려간 줄 알았다고요."

긴말로 설명할 수 없는, 자신에게도 생경하기만 한 그 두려움을 표현할 방법이 없었다. 그저 무사한 그녀의 모습에 안도하는 것이 자신이 할 수 있는 유일한 것이었다.

"아…… 미안해요."

자신이 누구에게 끌려간 줄 알았다는 것인지를 물을 차례였지만 그녀는 아무 말도 하지 않았다. 좀처럼 감정을 읽어 낼 수 없는 그가 보인 이 날것의 감정이, 어쩌면 걱정이라고 불러도 좋을 그 감정이 감격스러워 그녀는 그의 귀에만 들리도록 나지막한 사과를 했다. 이청윤 인생에 잊을 수 없는 장면 하나가 추가되었다.

청윤이 옆에서 걷고 있는 그를 곁눈질로 보았다. 마음이 울렁대는 자신과 달리 그의 표정에선 그 어떤 것도 읽을 수 없었다. 그녀가 불만스러운 듯 입술을 삐죽였다. 방금 전 자신을 껴안은 그의 행동에 대해 물어야 하겠지만 그가 어떤 말을 할지 몰라 묻는 게 무서웠다.

"이것 한번 자셔 봐요."

"여기 싸게 드릴게. 이쪽으로 와요."

"이거 팔아도 남는 것도 없어요."

크지 않은 시장의 통로가 좁기도 했고, 오전 시간임에도 시장에 온 사람은 꽤 있었다.

"같이 가요. 아…….."

"죄송합니다."

어느새 앞서 걷는 그를 쫓으려 걸음을 빨리하려던 청윤이 지나가던 사람과 어깨를 부딪혔다. 미안하다고 말한 사람은 빠르게 지나쳐 갔지만, 순간 그 사람이 자신을 알아본 건 아닐까 불안해진 그녀가 쓰고 있는 모자를 고쳐 잡는 척 고개를 숙였다. 사람들 앞에 서는 직업을 가졌지만 사람들의 시선이 제일 무서운 그녀는 쉽사리 고개를 들지 못했다.

"괜찮아요?"

그녀가 뒤처진 걸 알아챈 그가 그녀의 앞에 섰다. 도대체 자신은 뭘 믿고 이곳에 오자고 한 것일까. 아무도 자신을 모르는 곳에서 이제 자신은 괜찮을 거라고 섣부르게 생각을 한 모양이었다.

"네. 정신없네요."

"저기 한번 들어가 보죠."

"네."

불안해 보이는 그녀를 위해 그가 손님이 적어 보이는 잡화점을 가리켰다. 청윤이 고개를 끄덕이자 그가 자연스럽게 그녀의 손을 잡고 걸었다. 그녀가 그의 팔짱을 긴 것처럼 자연스러운 행동인 걸까 싶으면서도 그가 저를 껴안은 것까지 더해지니 여러 생각이 머릿속에 떠올랐다. 그녀의 머리는 바빴고, 다리는 부지런했다.

어렵지 않게 그와 그녀는 잡화점 안으로 들어갔다. 싼 가격에 다양한 생필품을 팔고 있는 곳이었다. 생활용품부터 디자인 소품까지 없는 게 없어 보이는 가게에 그녀의 눈이 커졌다.

"물건 정말 많네요."

마트에 온 것처럼 구경할 것이 천지였다. 스프링 장식이 달린 머리띠를 발견하고 모자 위에 머리띠를 쓴 청윤이 고개를 흔들자 팅팅 소리를 내며 스프링 장식이 움직였다. 매장 안 거울을 보며 장난을 치던 청윤이 저를 한심한 듯 바라보고 있는 시형과 눈이 마주치자 머리띠를 제자리에 가져다 놓았다.

"이런 게 쇼핑이죠."

"전 아무 말도 안 했습니다."

"차 군 표정이 하고 있습니다."

입을 삐죽거렸지만 그녀의 물건 구경은 그 뒤로 계속 이어졌다. 캐릭터 모양의 장식품을 유심히 지켜보기도 하고, 나무 소재의 식기구를 금방이라도 살 것처럼 톡톡 두드려 보기도 하였다. 그러다 그녀의 발이 이번에는 여러 컵이 진열되어 있는 코너 앞에서 멈췄다.

"이 머그컵 너무 귀엽죠?"

분홍색 바탕에 땡땡이 무늬가 있는 컵을 들어 올리며 그녀가 물었다.

"이렇게 놓으면 커플 컵 같겠다. 그죠?"

뒤이어 같은 디자인의 하늘색 컵까지 양손에 들어 올렸다.

"모르겠는데요."

"이걸 어떻게 몰라요? 한눈에 봐도 커플 아이템인데."

답답하다는 듯한 그녀의 말에 어깨를 으쓱하고 들어 올렸다 내린 그가 다른 쪽으로 발걸음을 옮겼다. 어쩐지 그런 그가 얄미워 뒷모습을 흘겨본 그녀가 들고 있던 컵을 내려놓았다.

"저기요……."

그때였다. 누군가 조심스럽게 그녀를 불렀다. 고개를 돌리니 가게의 점원이 있었다. 청윤이 빠르게 모자를 깊게 눌러써 얼굴을 최대한 가렸다. 제 시야에서 사라진 시형을 찾았으나 그의 모습은 보이지 않았다.

"왜 그러시죠?"

"저기 혹시…… 연예인 이청윤 씨 아니……신가요?"

"네?"

침착해야 한다. 확신을 가지고 물어봤을 리가 없다. 아무렇지 않은 척 넘기면 되는 거다. 보이지 않게 심호흡을 하고 태연한 표정으로 대답했다.

"그게 무슨 소리시죠?"

"그 배우 있잖아요. 이청윤이랑 너무 닮으셔서요."

납치를 당했다고 말하는 배우 이청윤이 제가 일하는 가게에 왔었다, 라고 말하면 사람들이 어떤 말을 할까. 그런 기대를 담고 있는 눈빛이 느껴졌다. 그 기대를 알아챈 청윤의 심장이 미친 듯이 뛰어 댔다.

"아니에요."

이 상황에서 말을 많이 하는 건 의심만 더 증폭하게 만들 뿐이라는 생각에 청윤은 고개를 절레절레 저으며 얼굴을 돌렸다. 하지만 점원은 의심을 거두지 못했는지 그 자리에 서서 청윤의 얼굴을 자세히 보려 목을 빼꼼히 뺐다 넣었다를 반복했다.

여기서 자리를 옮기는 게 자연스러울까. 괜히 도망치는 이미지를 주는 것일까 봐 아까까지만 해도 잘만 봤던 물건들이 눈에 들어오지 않았다.

"무슨 일이야."

이때쯤이면 자리를 옮겨도 좋겠다고 생각이 들 무렵, 그가 청윤에게로 다가왔다. 반가움에 그녀의 얼굴이 밝아졌다.

"어, 자기야."

그녀의 자기야 발언에 그가 순간적으로 당황했지만 이내 다시 표정을 되찾았다. 그리고 그녀를 바라보고 있는 직원에게 물었다.

"무슨 일이시죠?"

"아니, 이분이 나한테 그 배우 있잖아. 이청윤을 닮았대."

"그래?"

그녀의 말을 들은 시형이 그 점원 쪽을 보자 그 점원이 몸을 움찔했다.

"응. 가끔 듣긴 했었는데, 이렇게 밖에서 듣는 건 처음이다. 내가 이청윤이랑 닮았나."

"별로."

"내가 이청윤보다 낫지?"

대답 없이 그는 그녀를 바라보았다. 그 장단에는 맞춰 주지 않을 듯 보이는 그의 행동에 그녀가 입을 삐죽였다. 일단 아닌 척 연기를 했으니 움직일 타이밍이었다. 그녀의 반응엔 아랑곳하지 않고 그가 걸음을 옮기려 했다. 그러다 점원을 의식했는지 한마디 덧붙였다.

"가자, 이연아."

우뚝.

어쩔 수 없이 그를 따라가려던 청윤의 다리가 그 말에 멈췄다. 그러다 왜 그러냐는 듯 바라보는 그의 눈빛에 아직 자신들을 지켜보는 점원이 있다는 것을 깨달았다. 힘겹게 웃으며 그녀가 몸을 움직이면서 고개를 갸웃거렸다. 어쩐지 앞서가는 그가 낯선 느낌이었다.

중간에 위기는 있었지만 집엔 무사히 돌아왔다. 언제나 그렇듯

둘 사이에 오가는 대화는 없었는데, 어쩐지 평소보다 더 어색한 기분이었다.

답답한 마음에 방 안에 있던 청윤이 밖으로 나왔다. 거실로 내려와 굳게 닫혀 있는 그의 방문을 물끄러미 보았다. 후우. 저도 모르게 한숨이 나왔다. 이젠 그가 무섭지도, 불편하지도 않았다. 그 감정을 젖히고 새로운 감정이 피어오르는 기분. 당혹스러운 건 매한가지였다. 멍하니 서 있자니 좀 그래서 청윤이 주방으로 들어가 커피를 꺼냈다.

"향 좋다."

가루로 된 원두를 여과지에 내리자 기분 좋아지는 커피 향이 퍼졌다. 그녀가 만족스러운 웃음을 짓는데 뒤에서 목소리가 들렸다.

"커피 좀 남는 거 있어요?"

"네. 남을 거 같아요. 좀 줄까요?"

그가 고개를 끄덕이자 그녀가 작게 심호흡을 하며 커피를 따라냈다. 커피를 기다리는지 그가 커피를 내리는 그녀의 뒷모습을 바라보고 있었다. 그 시선에 어쩐지 어깨가 굳는 기분이었다. 다행히도 맞춘 것처럼 커피는 알맞게 두 잔이 되었다.

"여기요."

"고마워요."

멀뚱멀뚱. 손에 커피를 한 잔씩 들고 서로의 얼굴을 바라보고만 있었다. 무슨 말이라도 해야 할 것 같은데, 생각나는 말이 없었다.

"그럼 전……."

"밖에 나가서 같이 마실까요? 날도 좋은데."

그에게 하려고 했던 말이 방에 들어가 보겠다는 말이니 거절을 해도 이상할 건 없어 보였다. 그래, 도도하게 거절하는 거다.

"그럼 뭐…… 그것도 괜찮을 거 같고."

이런 멍청이. 제 입이 도도하게 거절하는 게 아니라 넙죽 그의 제안을 받아들이는 짓을 해 버리고 말았다. 그가 먼저 나가자 잠시 멈칫하던 그녀도 총총 그의 뒤를 따라갔다. 거절하려던 사람치고는 발걸음이 무척이나 가벼워 보였다.

두 사람이 온 곳은 집 뒤쪽의 벤치였다. 가로등은 없었지만 달이 밝아 앉아 있을 정도의 빛은 됐다.

"춥진 않아요?"

"네. 괜찮아요."

괜찮다는 말에 그가 고개를 작게 끄덕였다. 그러고는 그녀가 준 커피를 들어 올리며 말했다.

"커피 맛있네요."

"다행이네요."

무심히 커피를 마시는 그의 옆모습을 그녀가 흘끔흘끔 바라보았다. 이왕 그와 나란히 앉아 있는 김에 궁금했던 것을 물어볼까 고민이었다.

"왜요."

"네?"

마시던 컵을 입술에서 떼어 내며 그가 그녀에게 물었다.

"뭐 할 말 있는 거 아닙니까?"

오늘 그에게 묻고 싶은 건 많았다.

'오늘 왜 날 그렇게 찾았어요, 왜 날 그렇게 꽉 안은 거예요? 그리고……'

"나를 이연이라고 부른 거 우연이에요?"

묻고 싶었던 많은 질문 중에 그녀가 질문 하나를 꺼냈다.

"무슨 뜻입니까?"

"혹시 봤어요? '그 날'이요."

'그 날'은 청윤을 슬럼프로 몰아넣은 작품이자, 청윤이 처음으로 하고 싶은 연기를 했던 그 작품이었다. 그가 이연이라는 이름을 부른 순간, 우연이 아니라는 생각이 강하게 들었다. 이연은 청윤의 작중 이름이었다.

"우연히요."

설마설마했는데, 그가 정말 그 영화를 봤다는 뜻이었다. 어쩐지 쑥스러워졌다.

"그것도 우연히 본 거예요? 여기도 우연히 왔다고 했잖아요."

그녀의 말에 그가 피식 웃음을 지었다. 그러고 보니 어쩌다 이곳에 왔냐는 질문에도 그런 대답을 했던 것도 같다.

"가끔은 그럴 때가 있더군요."

언제나 계획적으로 살아온 인생이었다. 하지만 가끔씩 우연이라는 미명 아래 마음 가는 대로 행동하기도 했다. 어쩌면 그에게 우연이라는 건 마음 가는 대로의 다른 말이었다. 이 섬에 오게 된 것도, 이청윤의 영화를 보게 된 것도.

준환의 부탁이 있어 뭍에 갔다가 극장 구석에 걸려 있는 '그 날'의 포스터를 보게 되었다. 그저 예쁘장했던 연예인 이청윤이 꽤 색다른 모습으로 자신을 응시하고 있었다. 끌렸다⋯⋯라고 해야 할까. 큰 망설임 없이 표를 사고 상영관 안으로 들어갔었다.

"그⋯⋯ 아니다, 어쨌든 진짜 나 알았네요. 모르는 줄 알았는데."

무언가 말을 하려던 그녀가 이내 하고 싶었던 물음을 집어넣은 채 그에게 장난스럽게 말했다. 하도 자신을 소 닭 보듯 해서 여기 계신 분들처럼 그가 자신을 모르는 줄 알았다.

"사인은 안 해 줘도 돼요."

"칫, 제 사인받고 싶어 하는 사람이 얼마나 많은데요."

"여긴 그런 사람이 없죠."

"하긴 그러네요."

그의 말에 청윤이 작게 웃었다.

"신기해요."

"아무도 못 알아보는 게요?"

그 질문에 잠시 생각에 잠겨 있던 그녀가 입을 열었다.

"신기하다, 보다는 이상하다는 말이 맞겠어요. 아니라고 하면서 난 어딜 가나 주목받고, 특별한 사람이라고 착각했나 봐요. 아무도 나를 모르는 곳에서 살고 싶었거든요. 그런데 아니었나 봐요. 사실 상점에서 나 알아보는 사람 있었을 때, 속으로 다행이다 싶은 거 있죠. 여기서 지내면서 눈치 볼 사람도 없고, 내 마음대로 말하고 행동할 수 있어서 홀가분하고 좋았는데, 조바심이 나는 거예요. 정말 잊힌 건가 싶어서. 배우 이청윤이 아닌 나는 정말 아무것도 아닌 사람인 것 같다는 생각을 하거든요. 그래서 이연이를 연기할 때 좋았어요."

한 번 숨을 고른 청윤이 다시 말을 이었다.

"나를 버리고 이연이가 되니까 사람들의 시선이나 평가 같은 건 신경 쓰지 않게 되더라고요. 영화를 찍는 내내 이연이가 되려고 그것에만 골몰했고, 자유로웠어요. 나는 연기하는 내내 행복했는데 사람들은 그게 아니더라고요. 사람들이 알고 있는 배우 이청윤이 사라지니까 정말 철저하게 외면당했어요."

온전히 자신을 토해 냈으니 사람들도 알아줄 것이라고 믿었다. 하지만 스크린 속 예쁘지 않은 배우를 사람들은 원하지 않았다. 제 그릇 이상의 것을 바란 것이다. 새로운 모습으로 도약하고 싶었는데, 자신은 갇힌 이미지 속에서 살았어야 하는 사람이란 걸 깨달았을 뿐이었다.

"아무것도 남은 게 없었어요. 인간 이청윤은 존재하지 않는 거예요."

말을 하고 보니 더욱 상실감이 드는 것 같았다.

"인간 이청윤이 있으니까 배우 이청윤이 있는 거겠죠."

가만히 그녀의 이야기를 듣던 그가 입술을 열었다.

"아무것도 아닌 사람은 없습니다. 스스로를 그렇게 몰아붙이지 마요. 영화 속 이연이는 모진 인생을 사는 인물이지만 마음 한 곳에 희망을 가지고 있었어요. 그 섬세한 감정까지 이청윤 씨의 눈빛에서 몸짓에서 말투에서 느껴졌어요. 그런 표현은 배우이기 이전에 인간 이청윤이 있었기에 나타난 겁니다. 가십거리나 떠들어 대는 언론이나 한 면밖에 보지 못하는 사람들에게 휘둘리지 마요."

언제 보아도 거짓은 말하지 않을 것 같은 진중한 눈빛이었다. 그래서 이렇게 누구에게도 하지 않았던 약한 소리를 그에게만은 하게 되는 것 같았다.

"배우가 아닌 인간 이청윤 씨도 충분히……."

말을 하려던 그가 말을 뚝 멈췄다.

"왜 말을 하려다 멈춰요?"

풀이 죽은 그녀가 안타까워 말을 하다 보니 진심이긴 하지만 낯 간지러운 말을 할 뻔했다. 이제 말을 줄이고 싶었지만 청윤은 어떻게 해서든 그 뒷말을 들으려는 의지가 충만했다.

"말을 했으면 끝을 맺어야죠."

"충분히…… 재미있습니다."

"에? 재미요?"

나쁜 말은 아니지만 성에 차는 말은 아니었다. 그리고 자신이 무엇을 했기에 재미라는 단어를 꺼낸단 말인가. 자연스럽게 불만이 생겨날 수밖에 없었다.

"처음 하려고 했던 말, 그거 아닌 거 같은데."

"맞습니다."

입을 굳게 다문 채 열지 않을 듯 보이는 그의 모습에 그녀가 입술을 삐죽거렸다.

"살다 살다 재밌다는 말은 처음이네요. 그래도 고마워요. 차 군 이렇게 말 많이 하는 거 처음 보는 거 같은데요."

"필요한 말은 합니다."

"그 필요한 말 잘 들었습니다."

하늘을 올려다보니 밝은 빛을 내는 별이 한가득이었다. 때마침 부는 바람이 그녀의 뺨을 스쳤다.

위로받는 기분이란 게 이런 거구나. 살랑 부는 바람에도, 쏟아지는 별빛에도, 그에게도…….

"……영화는 어땠어요?"

약간의 망설임 끝에 그녀가 그에게 아까 하려다 하지 못한 질문을 던졌다. 관객 수가 그 영화의 평을 말해 주는 것 같아 딱히 영화 평은 찾아보지 않았었다. 용기를 내 질문을 해 놓고 그녀가 침을 꿀꺽 삼켰다. 어떻게 말을 할까 잠시 고민하던 그가 솔직한 제 감상평을 들려주었다.

"분명 이청윤이 나온다고 했는데 안 나오더군요."

영화 감상을 알려 달라고 했는데 그는 엉뚱한 소리를 했다. 그 감상평을 어떻게 해석해야 할지 몰라 청윤이 눈동자를 굴렸다. 그녀의 반응에 피식 웃은 그가 말을 이었다.

"한이연이 이청윤인 걸 끝날 때까지 몰랐습니다."

"거짓말."

"내가 본 연기 중에 최고였어요. 이건 진짭니다."

"무슨 최고까지."

겸손은 떨었지만 말수가 적은 그가 진중한 목소리로 하는 말에 청윤의 입가는 더없이 올라갔다.

"저인 거 못 알아본 사람 있긴 했어요."

"이청윤 인생작이라고 하더군요."

그 말은 단우도 해 줬던 말이다. 단우에게 들었을 때는 그냥 저를 위로하는 소리라고 생각했는데, 그가 하는 말에는 마음이 더없이 편해졌다.

"정말?"

"듣기로는요."

"진짜였으면 좋겠네요. 한 번도 들어 본 적 없는 말인데."

쑥스러운 듯 얼굴을 만지던 그녀의 시선이 다시 그에게로 향했다. 처음 만날 때와 똑같이 잘생긴 얼굴이지만 커피를 마시는 그의 표정이 처음 대면했을 때와는 달리 부드러워진 느낌이었다. 자신의 착각인 걸까. 설렘을 안고 뛰는 심장이 환각을 만들어 낸 것일지는 몰라도 그녀는 이 환각을 믿어 보고 싶어졌다.

"나 물어보고 싶은 게 있어요."

이청윤은 궁금한 게 많았다. 청윤이 궁금해하는 건 보통 대답하기 곤란한 것이 많았기에 그의 표정에 살짝 긴장이 어렸다.

"또요?"

"아까 낮에 나 왜 안았어요?"

사실 오늘 하루를 통틀어 가장 묻고 싶었던 질문이 마지막으로 나왔다. 자신을 애타게 찾던 그 얼굴, 자신을 안는 팔에서 느껴졌던 긴장과 안도감. 단순히 그녀의 보호자로서 느끼는 감정은 아닐 것 같았다. 대답을 기다리는 동안 마른침을 몇 번이나 삼켜도 그는 말이 없었다.

"똑똑, 계신 거죠?"

그녀가 바짝 그의 얼굴에 제 얼굴을 가져갔다. 피할 수 없게 그와 그녀의 눈이 부딪쳤다.

"불리하면 말 안 하는 버릇 나온 거예요?"

예전 같았으면 무시하고 일어섰을 것이다. 하지만 기대에 가득 찬 눈빛을, 제 얼굴에 닿는 숨결을 피할 수 없었다. 아니, 어쩌면······.

"무사해서 다행이다 싶었어요."

"무사하면 그렇게 다 안아요?"

그녀의 말에 그가 인상을 찌푸렸다. 자신을 뭘로 보고.

"그건 아니고."

"나 걱정한 거죠?"

그가 이야기하기 어렵다면 자신이 먼저 꺼내면 될 일이었다. 그의 입술은 열리지 않았지만 대답은 읽혔다. 어느새 그와 그녀의 입술이 닿을 듯 가까워져 있었다. 달과 별밖에 없는 어둠 속인데 서로의 모습은 또렷하게 보였다.

"여기서 내가 차 군한테 입을 맞추면 추행일까요? 제가 공인이라."

그녀의 말에 그가 피식 웃었다. 그 웃음에 용기를 낸 그녀가 순식간에 그의 입술에 제 입술을 붙였다가 떼어 냈다. 촉, 하고 가벼운 소리가 조용한 밤공기를 갈랐다. 갑작스러운 그녀의 행동에 놀란 듯 그의 눈이 커져 있었다.

"고, 고소하려면 해요."

"날 밝자마자 경찰서 가면 되겠군요."

장난인 줄은 알지만 그의 말에 서운해진 청윤이 입술을 삐죽했다. 그 기색에 그가 그녀의 머리를 귀 뒤로 넘기며 말했다.

"생각해 보니 경찰서 가는 건 나한테 불리하겠어요."

"불쾌……했어요?"

민영의 관리하에 살아온 인생이니 연애니, 남녀 사이의 감정 교류 같은 건 잘 알지 못했다. 물론 그녀가 좋다며 민영 몰래 다가오는 사람이 없었던 것은 아니지만, 딱히 관심을 둔 적도 없었다. 남녀 사이의 감정 교류라는 것은 연기할 때만 해 봤던지라 실제는 다른 모양이었다. 분명 그도 자신과 같은 마음일 거라 생각했는데 제가 착각을 한 건가 불안해졌다.

"사실 경찰서 갈 정도는 아니었어요."

"다, 다행이에요."

정말 안도한 듯한 표정에 시형의 얼굴이 묘하게 일그러졌다. 제 말 한마디에 우울했다, 밝아졌다 하는 그녀를 심란한 얼굴로 보던 그가 입을 열었다.

"불안했습니다."

"불안이요? 왜요?"

더욱 진중해져 가라앉은 그의 눈빛에서 치열한 고민이 읽혔다.

"나하고 이청윤 씨는 닿을 수 없는 사람이니까요."

원치 않게 이곳에 온 그녀는 언젠가 떠날 사람이었다. 떠날 그 녀에게 마음을 주어도 될지, 저뿐만 아니라 저로 인해 그녀까지 불 행해질까 걱정이 앞섰다.

"지금 이렇게 닿아 있잖아요."

그녀가 한 번 더 그의 입술을 훔쳤다. 그의 걱정이 무엇인지 알 것 같았으나, 눈치만 보며 살아온 그녀는 또다시 눈치를 보며 이 감정을 외면하고 싶지 않았다.

"이제까지 나는 나 이외의 것을 너무 많이 생각하면서 살아왔어 요. 차 군도 그랬을 거 같아."

이런 상황에서도 저를 배려하는 그의 모습이 그답다 싶으면서 도 조바심이 들었다. 그녀가 양손을 뻗어 그의 얼굴을 잡아 저와 마주 보게 만들었다. 여전히 생각 많은 얼굴이지만 저와 마찬가지 로 그녀를 원하는 열망도 가득했다. 이런 눈빛이면서 저를 거부하 는 건 어쩐지 자존심까지 상하는 일이었다.

"우리만 생각해요. 여긴…… 우리 둘뿐이잖아."

둘뿐. 이토록 유혹적인 말이 있을까. 솔직해지자면 제 마음을 흔들고 있는 그녀를, 아니 이제 흔들다 못해 제 마음속에 자리까지 잡은 듯한 그녀를 놓치고 싶지 않았다.

"여기서 내가 이청윤 씨한테 입을 맞추면 범죄일까요? 제가 납치범 누명을 쓰고 있어서."

제 말을 따라 한 듯한 그 말에 그녀가 빙긋 웃으며 말했다.

"경찰서는 안 갈게요."

그 말이 신호가 된 듯 동시에 두 사람의 입술이 움직였다. 흔한 표현이겠지만 닿은 입술은 솜털처럼 부드러웠다. 그가 아프지 않게 그녀의 아랫입술을 깨물었다. 자연스럽게 벌어진 잇새로 그의 혀가 밀려 들어왔다. 수줍게 고개를 내민 혀가 그의 혀를 반겨 주었다. 비볐다가 엉켰다가 기댔다가 두 개의 혀가 조심스러웠던 것이 거짓말이었던 것처럼 서로를 탐했다. 입술에 그치지 않고 그의 손이 그녀의 뒷머리를 붙들고, 그녀의 양팔이 그의 허리를 감았다. 농도가 짙어지는 키스에 청윤의 숨이 차올랐다.

"하아―"

청윤이 힘들어하자 그가 입술을 살짝 떼어 냈다. 그녀가 숨을 크게 쉴 때마다 그 반동으로 입술이 부딪쳤다 떨어졌다를 반복했다. 파란 밤하늘 가운데 있는 두 사람의 실루엣은 야릇하기만 했다.

"괜찮아요?"

끄덕끄덕 고개를 끄덕이며 괜찮다는 뜻으로 그녀가 그의 허리를 더욱 세게 안자, 시형이 다시 청윤의 입술을 훔쳤다. 기다란 혀가 따뜻한 입 안 곳곳을 활보했다. 볼 안쪽의 젖은 살을 빨았다가 그녀의 치아, 입천장까지 훑어 내렸다. 청윤은 그의 침입을 받아

내고 있었다. 그의 커다란 손이 그녀의 등줄기를 따라 내려왔다. 그 은밀한 터치에 오소소 소름이 올라왔다. 그와 반대로 그녀는 온 몸이 뜨거워지는 것을 느꼈다. 이 열기는 그녀와 마찬가지로 그도 뿜어내고 있었다.

입술이 떨어지고 감겨 있던 눈을 떠 그를 바라보았다. 달빛을 받은 그의 눈빛은 현실이 아닌 듯 그녀를 직시하고 있었다. 두 사람 모두 느끼고 있었다.

이 이상의 것을 원한다.

하지만 더욱 깊어지기엔 두 사람 모두 걸리는 장벽들이 있었다. 특히 그녀는 그의 이름도 몰랐고, 예상한 바가 없는 것은 아니지만 이곳에 오게 된 이유 또한 그에게서 듣지 못했다. 평범하지 않은 만남이었기에 망설여지는 것은 당연했다.

"날 원해요?"

자신이 그를 원하는 것만큼 그도 자신을 원하는지 알고 싶었다. 그녀가 그에게 느낀 호감, 설렘, 떨림을 그도 똑같이 느꼈는지 알아야 했다.

"내가 우연히 했던 모든 행동이 정답은 아니었을지 모르겠지만, 나에게 후회를 남기지 않았습니다. 당신과 이렇게 함께 있는 것 또한 마찬가지입니다."

그녀가 자신에게 오게 된 것은 자신의 선택과는 무관한 일이었다. 하지만 그녀와 있는 이 순간은 우연이기도, 자신의 선택이기도 했다. 앞으로 벌어질 일에 대한 후회는 없을 것이다.

"내 마음이 가는 대로 한 거니까."

그리고 그 말은 그녀의 물음에 대한 대답이기도 했다. 이 선택으로 인한 두려움, 걱정은 그도 마찬가지였다. 하지만 지금 이 감정을, 이 순간을, 이대로 보내고 싶지 않았다.

"마음 가는 대로⋯⋯."

깊은 키스로 부푼 입술이 앙증맞게 중얼거렸다. 분명 이성이 앞선 인간이라고 생각했는데, 품 안의 그녀 때문에 마른침이 삼켜졌다. 하지만 자신은 그녀의 선택을 기다려야 했다. 제 감정을 그녀에게 강요할 수는 없었다. 모든 것의 마지막은 감정의 합일이었다.

"우연히 만났지만 인연이 되었으면 좋겠어요."

그녀 또한 이 두근거림을 놓을 수 없었다. 자신의 말에 귀 기울여 주는 것도, 투박하게 건네는 위로도, 따뜻한 손길도 좋았다. 그래, 자신은 이 남자가⋯⋯ 좋았다.

인정하고 만 몽글한 감정에 그녀가 쪽, 하고 그의 입술을 훔쳤다. 닿았다가 떨어진 입술을 아쉬워하며 그가 그녀의 머리를 쓸고는 말했다.

"차시형입니다."

동그래진 눈으로 청윤이 그를 올려다보았다.

"내 이름."

그녀가 처음 알게 된 그의 이름에 대한 말을 할 새도 없이, 몸을 일으킨 시형은 그대로 청윤의 몸을 안아 올렸다. 그 반동으로 그녀가 그의 목을 바짝 안았다. 제 몸이 공중에 뜨는 것이 느껴졌다. 사락사락 빠른 발걸음 소리, 얼굴을 스치는 바람의 소리와 딸깍하는 현관문 소리가 눈을 질끈 감고 있는 청윤의 청신경을 더욱 예민하게 만들었다.

집에 들어서자 그는 곧장 방으로 직행했다. 방문이 열리며 한

번도 본 적 없는 그의 방 안에 들어오게 됐다. 침대 위에 조심스럽게 놓이는 제 몸을 느끼며 그녀가 천천히 눈을 떴다. 눈을 뜨자마자 보이는 것은 그녀를 내려다보는 그의 눈이었다. 분명 차갑다고만 생각하던 그였는데, 분위기 때문인지 장소 때문인지 그 눈빛이 꽤나 뜨겁다고 느껴졌다. 그의 뒤쪽에 꺼진 전등과 천장이 보였다. 눈동자를 조금씩 움직이니 깔끔하게 정돈된 그의 방도 보였다. 자신이 지내고 있는 방과 마찬가지로 침대와 서랍 몇 개만이 있는 심플한 방이었다.

"괜찮아요?"

"네?"

"여기서 괜찮을까 싶어서요."

그녀를 데리고 오고 나니 그녀가 낯선 이 방에 불안해하지 않을까 싶은 걱정이 들었다.

"안 그렇게 생겨서 은근 자상한 거 같아요. 차시형 씨."

그의 말대로 어색하긴 하였지만 두려운 기분은 없었다. 괜스레 장난스럽게 그의 이름을 끊어 불렀다. 그리고 속으로 다시 한번 그의 이름을 불러 보았다. 차시형이었구나. 그에게 말은 하지 않았지만 멋진 이름이었다.

"자상?"

"그럼 아니에요?"

"처음 듣는 말인 거 같아서."

냉혈한, 찔러도 피 한 방울 안 나올 놈 등의 단어들이 차시형을 설명할 때 나오는 단어였다.

"나쁘진 않군요."

은근이라는 단어가 붙긴 했지만 청윤에게 자신이 자상하다고 느껴진다면 다행인 일이었다. 손을 올린 그가 얼굴에 붙은 그녀의 머리카락을 떼 주었다. 그 간지러운 접촉에 그녀가 찡긋 한쪽 눈을 감았다. 그 표정이 귀여워 그가 입술을 내려 그녀의 눈가에 입을 맞췄다.

"꿈 아니겠죠."

조금만 움직였다가는 그에게 닿는 위치였다. 창문에 들이치는 달빛 탓인지 그와 함께 누워 있는 지금이 현실처럼 느껴지지 않았다.

"꿈인지 아닌지 느껴 보면 되겠네요."

그가 아까와 달리 맹렬한 기세로 그녀의 입술을 훔쳤다. 쏟아질 듯이 그의 혀가 그녀의 입 안에 들어찼고 그녀도 적극적으로 그의 혀를 맞이했다. 유연한 듯 뜨거운 혀가 부드럽고 연한 혀를 만났다. 부끄러워할 새도 없이 맞비벼진 두 개의 살덩이가 서로를 더욱 원했다.

"으음─"

입술을 빨고 타액을 들이마시는 깊은 키스에 숨이 차올랐다. 그의 입술이 그녀의 가느다란 턱선을 음미하다 목 쪽으로 천천히 내려갔다. 그가 지나간 모든 자리가 뜨거웠다.

처음 있는 일이지만 익숙한 일 같았다. 그를 만지고 그를 느끼는 일.

사락사락. 옷 벗는 소리가 이렇게 커다란 거였나. 조용한 사위라 소리는 커다랗게 들려왔다. 제 옷을 벗은 그가 그녀의 옷에 팔을 뻗었다. 침묵 속에서 긴장은 고조되는 것 같았다. 연기로는 절대 표현하지 못할 긴장감. 이 감정을 새겨 두는 거다. 속옷 차림이 된 그녀가 그를 똑바로 보았다. 이 긴장과 설렘의 원천이 바로 이 남자였다. 더욱 깊어진 밤에 의지할 것은 정말 달빛과 그밖에 없었다. 빛은 받은 그의 탄탄한 몸에 절로 몸이 꼬이는 기분이었다. 그녀의 행동이 의아한 그가 물었다.

"왜 그래요."

"묻지 마요."

긴장했던 것이 무색하게 다시 보니 그녀는 쑥스러워 어쩔 줄 모르는 얼굴이었다. 안도감에 피식 웃음이 나왔다.

"싫습니다. 그래야 이청윤 씨가 좋은지, 싫은지 알죠."

짧은 말을 건네고 그는 그녀의 목에 얼굴을 묻었다. 하얗고 긴 목에 자국을 남기며 그녀의 가슴을 아프지 않게 움켜쥐었다. 손에서 느껴지는 말랑함과 부드러움은 말로 표현할 수 없었다. 홀린 듯이 가슴을 만지다 손가락으로 가슴 끝 부분을 쥐었다. 끝 부분이 수줍게 뭉쳐졌다. 구부려져 있던 손을 살짝 편 그가 마사지를 하듯 원을 그리며 하얀 가슴을 애무했다. 자신의 눈을 마주치지 못하면서도 솔직하게 반응하는 그녀가 미치게 예뻐서 단전에 모든 피가 쏠리는 것 같았다.

탄력 있는 가슴이 그가 움직이는 대로 흔들렸다. 만개한 꽃을 만지는 것처럼 정성 들인 움직임에 점점 달아올라 그녀가 신음을 흘렸다.

"아프지 않아요?"

"묻지 말라니까."

쑥스러워 죽겠는데 계속 괜찮냐고 묻는 그의 말에 마음과 달리

퉁을 주고 말았다. 별로 개의치 않는다는 듯 그가 눈썹을 들썩이며 말했다.

"그럼 내 멋대로 할 텐데?"

"멋대로?"

"네."

짧은 대답 후 얼굴을 내린 그가 그녀의 정점을 빨기 시작했다. 그는 말 대신 행동으로 그녀에게 보여 주고 있었다. 제 가슴에 닿은 뜨거운 입술이 느껴지자마자 그는 세운 혀끝으로 그녀의 유두를 굴렸다. 거기에 그치지 않고 그의 손이 입술이 닿지 않은 쪽의 가슴으로 향했다.

"아홋."

그에게 온전히 제 가슴을 내어 주고 신음을 뱉으며 그녀가 그의 머리에 손을 넣었다. 쪽쪽 그가 입술과 손으로 자신을 만지는 소리가 방 안에 가득했다. 발끝에서부터 짜릿함이 솟구쳤다. 하얀 여체에 완전히 매료된 그는 납작한 배, 잘록한 허리, 쭉 뻗은 다리까지 그녀의 모든 것을 느끼고 싶어져 참을 수가 없었다.

입술로 그녀의 온몸 구석구석을 돌아다니며 흔적을 남긴 그가 마지막으로 도착한 곳은 그녀의 입술이었다. 아까와 달리 살짝 입술을 맞춘 후 그녀의 이마에 제 반듯한 이마를 맞대자 다음으로 코가 만났다. 그 상태로 그녀의 뺨을 만지며 한층 나른해진 목소리로 시형이 물었다.

"더 멋대로 해도 괜찮겠어요?"

대답 대신 그녀는 긍정하듯 눈동자를 내리깔았다. 발그레해진 얼굴로 눈을 피하는 그 모습이 그를 더 애태우고 있다는 사실을 알고 있을까.

"대답은요."

침묵으로 대답해 줬다 하더라도 그녀의 입으로 대답을 듣고 싶었다. 재촉하듯 허리선을 따라 내려온 그의 손이 그녀의 습지에 닿았다.

"아앗, 거긴……."

이미 젖어 흥건해진 곳이었다. 그인 것을 알아차리자마자 그녀 내부의 젖은 살이 그의 손가락을 조였다. 그녀를 안고 싶다는 욕망이 더욱 거세졌다.

"대답해요. 허락을 맡아야 멋대로 하죠."

허락과 멋대로라는 말이 성립될 수 있는 말이던가. 부조화를 느꼈지만 대답을 갈구하는 강렬한 눈빛에 끝내 졌다는 듯 그녀가 입술을 움직였다.

"괜찮아요. 시형 씨 멋대로 해도."

"살려 줘서 고마워요."

그 후에 그는 거침이 없었다. 그녀의 한쪽 다리를 들고 그대로 제 것을 그녀의 안으로 넣었다. 정성 들인 애무 덕에 그녀는 거부감 없이 그를 받아들였다.

"하앗-"

제 안을 가득 채운 그를 느끼며 그녀가 그의 넓은 등을 안았다. 그가 움직일 때마다 제 손바닥 아래 그의 근육들도 함께 움직이는 것이 느껴졌다. 차갑게만 보였던 그가 이렇게 열정적으로 자신을 안고 있었다. 자신이 짊어지고 있던 불안도, 고민도 모두 사라지는 것 같았다. 가는 다리를 그의 허리에 단단히 감은 그녀가 그를 더욱 깊게 안으며 그의 입술에 키스했다. 뜨거운 밤은 이제 시작이었다.

감겨 있는 청윤의 눈이 떠졌다. 창문을 통해 내리쬐는 햇살도, 이불에 파묻혀 나른한 기분도 좋았다. 또다시 잠들 거 같은 포근함에 미소를 짓던 그녀가 갑작스럽게 몸을 일으켰다. 제 벗은 몸을 이불로 가리고는 고개를 두리번거리며 시형을 찾았다.

"어딜 간 거야."

입을 삐죽이면서도 그를 떠올리는 그녀의 얼굴이 발그레해졌다. 일단 일어나야겠다는 생각에 이불을 감은 채 몸을 일으켰다. 침대에서 내려오니 다리 사이에서 뻐근함이 느껴졌다. 어쩐지 뻐근함이 불쾌하기는커녕 어젯밤 일이 떠오르게 하는 매개체가 되어 청윤의 얼굴이 붉어졌다.

"정신 차려, 이청윤."

열을 식히려 볼에 손을 대는데 문이 열렸다.

"일어났어요? 왜 그래요?"

그녀가 아직 잠들어 있는지 확인하려고 문을 열었다가 손을 얼굴에 대고 있는 그녀의 모습에 놀라 시형이 바짝 다가왔다. 저번처럼 몸이 아픈 건가 걱정스러웠다.

"아, 아니."

예상치 못한 순간에 들어와서 열이 있는지 확인하려 얼굴에 손을 대는 그의 행동에 놀라 양팔에 끼고 있는 이불이 아래로 떨어졌다. 다시 이불을 들어 올리려고 했지만 바깥에 드러난 제 몸 때문에 더욱 열이 오른 자신의 걱정에 꽂힌 그를 저지하는 것은 쉬운 일이 아니었다. 커다란 그의 손이 그녀의 뺨에 닿았다가 이마에 닿았다가 바빴다.

"열이 있는 거 같은데."

"저 아픈 거 아니에요."

"또 거짓말한다."

"거짓말이 아니라…… 상황을 봐요! 열 안 나게 생겼나."

그제야 그의 눈에 그녀의 상황이 보였다. 바닥에 떨어진 이불, 더욱 빨개진 청윤의 얼굴과 붉은 자국이 곳곳에 있는 그녀의 하얀 나신…….

"정말 못 살아."

점점 진해지는 그의 시선에 그녀가 빠르게 이불을 들어 제 몸을 가렸다.

"씻고 나와요."

아쉽다는 표정을 거두며 그가 말했다. 고개를 끄덕끄덕하는 정수리가 보였다. 내려다보이는 그녀의 머리통이 귀여워 피식 웃은 그가 그녀의 얼굴을 들어 입술에 쪽- 하고 입을 맞췄다. 그 바람에 이불은 또다시 바닥으로 떨어졌다.

"안 아파서 다행입니다. 더 못 괴롭히는 건 안타깝고."

그녀가 어떤 반응을 할 새도 없이 그가 방을 나갔다. 방에 남은 그녀의 얼굴이 아까와는 비교도 안 되게 빨갛게 달아오르기 시작했다.

"미쳤나 봐."

그답지 않게 솔직한 모습이 당황스러워 중얼거리며 손으로 얼굴을 감쌌다. '더 괴롭혀도 되는데.'라고 생각하는 자신은 더 미친

게 분명했다.

"같이 하죠."

공을 들여 꾸민 듯 만 듯 단장한 그녀가 식탁 쪽으로 가니 언제
나처럼 식사가 준비되어 있었다. 괜스레 민망한 마음이 들어 자리
에 앉으며 말했다.

"할 줄 아는 사람이 하면 되는 거죠."

"저도 뭐, 달걀 프라이 정도는……."

제 음식을 먹어 본 적이 있는 그의 말에 자존심이 상해 큰소리를 치
려다가 정말 동그란 모양으로 노른자까지 탱탱하게 살아 있는 그의
프라이를 보는 순간 말을 끝맺지 못했다. 자신이 했다면 분명 스크램
블이 됐을 것이다. 연예계 생활을 하며 생긴 눈치가 말하고 있었다. 여
기서 더 말하면 네가 손해라고. 그래서 그녀는 입을 다물었다.

"몸은 괜찮아요?"

빵을 한 입 무는 그녀를 지켜보던 그가 물었다. 밝은 조명 아래
서 마주했던 그녀의 불긋했던 흔적이 마음에 걸린 참이었다. 홀린
것처럼 그녀를 탐했던 지난밤의 자신에게 욕이 나왔다.

"말버릇 같아요. 괜찮냐고 묻는 거."

"안 괜찮은 거 숨기지 말라고요."

안 괜찮아도 괜찮은 척해야 해서 아픈 것도 숨겼던 그녀가 제
앞에서는 그러지 않길 바랐다.

"시형 씨한테는 안 숨길게요."

어젯밤에도 듣고 들었던 이름이지만 그녀의 입에서 나온 제 이
름이 꽤 간지러웠다. 제 이름을 되뇌며 혼자 배시시 웃는 입술이

귀여웠다. 말은 하지 않아도 제 이름이 꽤 마음에 든 모양이었다. 사실 별 감흥이 없었던 이름이었다. 그런데 그 이름이 불러 주는 사람에 의해서 다르게 느껴지기도 한다는 것은 저에게도 신기한 경험이었다. 커피 향이 남실대는 향긋한 아침이었다.

똑똑.

서재에서 컴퓨터를 보고 있던 그가 노크 소리에 몸을 일으켰다. 문을 열자 보이는 건 역시나 청윤이었다.

"나 들어가도 돼요?"

그녀가 손가락으로 서재 안쪽을 가리켰다. 제 공간에 발을 들인 순간부터 이 자그만 여자가 그만이 존재했던 이곳에서 점점 제 영역을 넓혀 가고 있었다. 그리고 마지막으로 남아 있던 저만의 공간에 그녀가 또다시 문을 두드렸다.

"안에 책이 많더라고요."

그가 자리를 비웠을 때 이곳에 들어온 적은 있었다. 서재는 그가 방보다도 오래 시간을 보내는 곳이었기에 그가 이곳에서 무엇을 하는지 궁금하기도 했고, 그와 함께 있고 싶기도 했다. 이제껏은 그런 마음을 숨긴 채 문에 시선만 주었지만, 이제는 문을 두드릴 수 있는 사람이 된 것 같았다.

"들어가면…… 안 돼요?"

물끄러미 자신을 내려다보기만 하는 그 때문에 눈치를 보며 물었다.

"볼만한 책은 없을 겁니다."

"그건 내가 봐야 아는 거죠."

선뜻 문을 열어 주지 않는 그에게 서운함이 몰려왔다. 그가 서재를 지켜 줬으면 하는 사생활의 영역이라고 한다면 지켜 줘야 하는 게 맞겠지만, 그와 친밀해졌다고 생각하여 문을 두드린 입장에서 거절당한다면 충격을 받을 것 같았다. 어젯밤의 일이 자신에게 끌려서가 아니라 밤의 마법처럼 그가 분위기에 끌려 벌어지게 된 건가 고민도 될 것 같았다.

분명 같은 마음일 것이라 생각했는데. 그러고 보니 그에게 제가 좋다거나 만나 보자거나 하는 말을 듣지 못했다.

문 하나를 사이에 두고 그녀는 갑작스러운 깨달음에 정신이 번쩍 들었다.

"혹시 싫어요?"

"뭐가요?"

"내가 시형 씨 서재에 들어가는 거요."

나 왜 눈치 보고 있지. 당당하게 굴고 싶은데 그가 무슨 말을 할지 몰라 괜스레 긴장되었다.

"들어오겠다고 말한 사람이 처음이라."

그의 얼굴에서 고민이 읽혔다. 배우로 생활하면서 거절은 흔하게 당하던 것이었다. 고르는 입장이 되기 전까지 선택을 받아야 하는 직업이었으니까. 하지만 사소한 것이라도 그에게 거절당한다고 생각하니 마음이 아팠다.

"그렇게 울 거 같은 표정을 하고 있으면 안 된다고 할 수가 없잖아요."

그가 살짝 난감한 듯 웃었다.

"들어와요."

그가 자리를 비켜 주자 그녀가 총총 서재 안으로 들어왔다. 그녀의 걸음이 그가 앉아 있던 책상으로 향했다.

"뭐 하고 있었어요?"

"일이요."

알 수 없는 표와 숫자가 가득한 컴퓨터였다. 얼마 전 프린트되어 있던 그 표가 이제 컴퓨터 화면에 있었다. 그리고 그 표를 컴퓨터 화면에서 보자 정체도 알 수 있었다.

"주식! 이거 주식 할 때 보는 표 맞죠?"

"그렇죠."

일하는 모습을 누군가에게 들키니 왠지 모르게 민망해졌다. 그가 다시 자리에 앉으며 보고 있던 프로그램을 닫았다.

"드디어 생각났다."

"뭐가요?"

"아무것도 아니에요."

과거의 일이지만 그가 없는 틈에 그의 개인 공간에 들어왔었다는 말을 하기가 꺼려졌다.

"뭐가 아무것도 아닌 건지, 들어나 봅시다."

얼른 말해 보라는 듯 시형이 뚫어져라 그녀를 보았다. 그가 화를 내지 않을까 망설이다 포기한 듯 입을 열었다.

"여기 오고 얼마 안 돼서 시형 씨 없을 때 이 방 들어왔다가 이 표를 봤거든요. 어디서 많이 본 표다 싶었는데 기억 안 나서. 이렇게 보니까 뭔지 알겠네요."

그가 화를 낼까 그녀가 빙긋 웃었다. 설마 웃는 얼굴에 침 못 뱉겠지.

"그래서 내가 범죄자가 아닐까 생각했던 거예요?"

그러고 보니 그녀가 제게 해커나 산업스파이 같은 건 아니냐고 물었던 것이 생각났다.

"이상한 걸 보고 있으니까 위험한 남자인가 싶었죠. 상상력이 풍부해서 그런 거예요."

그러더니 그녀가 혀를 날름 내밀며 민망하다는 듯 웃었다. 시장 분석을 위해 프린트해 놓은 종이로 제가 범죄자 누명까지 썼었는지는 처음 알았다.

이 섬에 들어오기 전, 그는 냉철한 판단과 적재적소의 투자로 꽤 성공한 트레이더란 평가를 받는 사람이었다. 고아의 몸으로 자수성가해 꽤 큰돈을 만질 수 있게 된 것도 그 덕이었다. 예전만큼은 아니더라도 취미 삼아 주식거래를 하곤 했다. 이곳 생활에 불만은 없지만 그도 인간이기에 심심할 때는 있었다. 그녀의 얼굴을 보고 있자니 인생 처음으로 불쑥 장난기가 솟았다.

"당에서 내린 지령이에요."

"당? 지령?"

진지한 얼굴에 그녀의 표정이 흔들렸다. 당이나 지령이란 단어가 흔히 쓰는 단어던가. 그녀에게만 알려 준다는 듯 그가 진중하게 입을 열었다.

"위에서 내려왔어요, 사실."

그의 말에 숨이 턱 막힌 것처럼 그 자세 그대로 얼어 버렸다. 설마 그와 자신이 평생 이렇게 꼭꼭 숨어서 살아야 하는 위험한 관계인 걸까. 심장이 내려앉는 것 같았다.

"……거짓말."

"응, 거짓말."

거짓말이라고 해 놓고 그가 긍정을 하자 제가 속았다는 걸 깨달은 청윤이 작은 주먹으로 그의 어깨를 팡팡 두드렸다.

"놀랐잖아요."

"그걸 믿었다는 거에 더 놀랐네요."

그가 그녀의 양 손목을 잡았다. 입술을 삐죽거리며 청윤이 볼멘소리를 했다.

"산에 사는 간첩 있다고 신고해 버릴 거예요."

"참아 줘요. 하늘을 우러러 부끄럽지 않게 살았다니까."

그에게 속은 것이 어지간히 억울했던지 아직도 인상을 찌푸리고 있는 그녀를 보던 시형이 잡고 있던 양 손목에 힘을 줘 그녀의 몸을 제 허벅지 위에 앉혔다. 단단한 허벅지를 느끼며 그녀가 그의 목을 안았다.

"혹시 주식 하다가 쫄딱 망해서 섬에 온 거예요?"

그러다 또다시 새로운 가설이 생겨났는지 그에게 물었다. 그런 것이 아니라면 그가 섬에 온 사연으로 생각나는 것이 없었다. 저는 상상하는 것도 힘들 법할 사연들을 이끌어 내는 그녀의 물음에 이번엔 그가 되물었다.

"그래 보여요?"

"그래 보인다기보다는 제 주변에 주식 해서 잘된 사람이 없거든요. 만날 앉아서 주식 거래장만 보는 건가 싶어서요. 주식 하는 남자는 만나면 안 된다고 했는데."

그에게 이래저래 심술이 나서인지 청윤의 말투가 곱진 않았다.

"누가 그런 말을 합니까."

그의 질문에 그녀가 도도하게 눈을 내리깔며 말했다.

"사람들이 그러잖아요. 패가망신의 지름길이라고."

"그래서?"

"네?"

"그래서 어젯밤 일을 다 없던 걸로 하자고요?"

말과 달리 그는 그녀의 턱을 제 쪽으로 끌어당겼다. 이런 반응을 예상하지 못했는지 그녀의 눈이 더욱 커졌다.

"난 그럴 생각 없는데."

나직한 목소리에 꿀꺽하고 침이 삼켜졌다. 잠시 말이 없던 그가 다시 입을 열었다.

"무를 수 있는 기회를 줄게요."

"아니, 그럴 의도로 말한 건 아닌데."

왜 필요도 없는 기회를 준다고. 그녀가 중얼거렸다. 자신은 그저 그에게 제대로 된 고백을 듣고 싶었다. 부지불식간에 벌어진 일이었지만 그와 밤을 보낸 것은 그에 대한 애정이 생겨났기 때문이었다. 그도 그럴 것이라는 지레짐작 말고 확언이 필요했다. 마마걸이라는 소문 때문에 그녀가 우유부단할 것이라 생각하는 사람이 많지만 그녀는 명확한 걸 좋아했다.

"미친 짓이라는 거 압니다. 이청윤 씨한테 나는 납치를 사주한 사람과 한패인 거니까. 여전히 납치를 사주한 사람의 정체와 내가 왜 그 납치에 동조했는지는 말할 수 없어요."

처음엔 그 사실을 알게 될 그녀가 불쌍해서 말하지 않았지만 지금은 그녀가 상처를 받을까 평생 묻어 두고 싶었다. 한성이 무사한 것만 확인이 되면 그녀를 일단 돌려보낼 생각이었다. 그녀의 어머니가 더 큰 죄를 짓지 않도록.

"아니, 그건……."

생각지도 못한 점을 염두하고 있었던 그의 말을 그녀는 쉽사리 받아칠 수 없었다. 그녀가 우물쭈물대는 사이 그가 다시 한번 입을 열었다.

"그래서 이런 마음은 안 된다고 부정도 해 봤는데 안 되더군요. 이청윤 씨를 안은 내 행동에 거짓이나 기만은 없습니다. 그건 꼭 말해 주고 싶었어요."

진심이 느껴지는 깊은 눈이었다. 그리고 그가 했을 많은 고민도 느껴졌다. 그의 앞에서 툴툴거린 제 행동이 창피해졌다. 그에게 모든 걸 말하면 될까. 하지만 입이 떨어지지 않았다. 그가 조심스럽게 그녀의 머리카락을 귀 뒤로 넘겨주었다. 작은 접촉이지만 스파크가 일어난 듯 짜릿했다.

"한 가지 더 욕심을 부린다면…… 이청윤 씨가 제 마음에 들어왔습니다. 계속 이대로 있어 줬으면 좋겠습니다."

울컥 무언가 올라오는 기분이었다. 이토록 자신을 생각해 주는 그에게 어찌 반하지 않을 수 있을까.

"바보예요?"

청윤이 그의 목을 와락 안았다.

"왜 욕심을 한 가지만 내요? 욕심은 끝이 없는 건데. 욕심내 달라고요!"

그녀가 눈에 눈물을 단 채 요구했다. 시형이 제 목에 감겨진 그녀의 팔을 잡았고, 자연스럽게 두 사람은 마주 보게 되었다. 커다란 그의 손이 그녀의 얼굴에 닿았고, 그녀의 눈이 감겼다. 가까이 다가온 그의 입술이 그녀의 입술에 내려앉았다. 보기 좋게 부푼 그녀의 아랫입술을 핥다가 벌어진 입술 새로 혀를 집어넣었다. 거침없이 입 안을 헤집자 약한 신음이 새어 나왔다. 그 신음에 허리를 더욱 곧추세운 그가 그녀의 옷 안으로 제 손을 집어넣었다. 보드라운 살결 아래 마른 그녀의 몸이 느껴졌다. 그의 손길이 그녀의 몸을 긴장시켰다.

"욕심내 달라는 말, 후회 안 하겠어요?"

오늘도 쉽게 멈출 수가 없을 것 같았다. 아프지 않게 그녀의 아랫입술을 깨문 그가 정말 마지막이라는 듯 물었다.

"어제도 오늘도 후회 안 해요."

그와 마찬가지로 그녀의 얼굴도 단호했다.

"그럼 정말 미친 짓 해 보죠."

이제 더는 멈출 수가 없었다.

4. 봄을 찾다

"하아……."

속옷을 헤치고 들어간 그의 손이 그녀의 가슴을 움켜쥐었다. 그의 손길 하나하나에 그녀의 가녀린 몸이 흔들렸다. 키스를 멈추지 않으며 그녀가 그의 머리카락을 헤집었고, 어느새 내려간 그의 손이 그녀의 허벅지를 쓸었다. 옷을 사이에 두고 접합하지 못하는 것이 안타까운지 점점 뜨겁게 몸이 달아올랐다. 그녀의 티셔츠가 벗겨지고, 그의 셔츠도 얼마 지나지 않아 바닥으로 떨어졌다.

"방으로 가죠."

당장이라도 그녀를 안고 싶은 마음은 굴뚝같지만 그녀가 불편할까 그녀의 몸을 안아 들었다. 착 감겨 오는 여린 감촉에 마음이 급해졌다. 두 사람 모두 서로를 갈급하게 그리고 열렬하게 탐했다.

"하아-"

침대에 눕혀지고 큰 호흡을 내쉬자 그 반동으로 그녀의 가슴이 들썩였다. 그녀의 벗은 몸을 진득해진 눈으로 보던 그가 그녀의 가슴 정점을 물었다. 그의 혀가 닿자 수줍다는 듯 그녀의 가슴 끝이 뭉쳐졌다. 유연한 혀가 뾰족해진 가슴을 희롱하듯 바쁘게 움직였다. 간지러운 듯 뜨겁고, 뜨거운 듯 보드라운 그 침략자의 움직임에 그녀가 몸을 뒤틀었다. 점점 달아오르는 몸이 느껴졌다. 말할 수 없는 기분에 휩싸인 그녀가 작은 목소리로 말했다.

"그, 그만……."

"정말 그만해요?"

약 올리는 것처럼 그가 손가락으로 그녀의 배꼽 주변을 따라 동그라미를 그렸다. 그 작은 움직임에도 예민해진 다리 사이가 수축했다.

"멈추라고 하면 멈출게요."

그다운 배려가 담긴 말이지만 그의 손은 말과 달리 그녀의 남은 옷을 벗겨 내고 있었다. 그녀 또한 그만하라는 말과 달리 엉덩이와 다리를 들어 그의 손이 하는 대로 박자를 맞춰 주었다. 그 모습에 그가 야릇한 미소를 지었다.

"말해 봐요. 내가 어떻게 할까."

몸을 살짝 일으켜 그녀의 몸에 더욱 제 몸을 붙인 그가 그녀의 귓바퀴를 핥으며 나지막하게 말했다. 제가 아는 진중한 표정에 듣기 좋은 음성을 지닌 그였지만 자신을 안을 때의 그는 저가 알던 사람이 아닌 것 같았다. 퐁당 빠져 버릴 정도로 관능적이었다. 대답을 채근하며 잘근잘근 씹히는 혀에 그녀가 어깨를 움츠렸다. 제 손 아래 있는 그의 몸이 저를 원하는 열을 뿜어내고 있었다. 어느새 몸을 키운 채 제 존재를 알아 달라고 그녀를 찌르는 그의 남성은 어떻고. 그의 모든 것들이 그녀를 유혹하고 있었다.

"안아 줘요."

애타 하는 그의 모습이 좋아 대답을 피하며 그의 몸을 만지던 그녀의 입에서 드디어 허락이 떨어졌다.

"으읏."

그녀의 허락에 다시 몸을 세운 그가 긴 손가락을 그녀의 꽃잎 안으로 밀어 넣었다. 이미 젖어 있었지만 미리 자극을 해 두어 그녀가 자신을 받아들일 때 느낄 고통을 쾌락으로 만들고 싶었다.

"이렇게 해야 덜 아플 거예요."

그녀 안의 붉은 살들이 느껴졌다. 매끈한 살이 제 손가락을 조이자 그녀 안에 들어가고 싶은 욕구가 더욱 커다래졌다. 하지만 지금 이 충족감을 그녀와 함께 느끼고 싶었다.

그녀 안에 들어간 손가락을 살짝 구부리며 그 부위를 자극하니 청윤의 입에서 더 새된 신음이 나왔다. 그녀의 흥분을 알려 주려는 듯 그녀의 안쪽에선 더 많은 꿀물이 흘러나오고 있었다.

"시, 시형 씨 얼른……."

전세는 순식간에 역전되었다. 그의 어깨를 꽉 붙잡으며 그녀가 그를 불렀다. 이제 때가 된 것이다. 거칠 것 없이 그녀의 안에서 손을 빼낸 그가 아까부터 성나 있던 제 것을 그녀의 안에 넣었다.

"훗."

"아흑."

결합이 되는 충격에 두 사람의 입에서 신음이 나왔다. 시형은 취한 사람처럼 눈이 풀어진 그녀의 얼굴을 쓰다듬고, 그녀의 입술에 깊은 키스를 퍼부었다. 제 안에 그의 혀가 말려 들어오고, 멈추지 않고 허리를 움직이는 그 때문에 정신을 차릴 수가 없었다. 그를 버텨 내기 위해 그녀가 그의 겨드랑이 아래로 팔을 넣어 시형의 몸을 바짝 안았다. 그의 남성이 제 안에 들고나는 움직임이 날것으로 느껴졌다. 숨은 더 차올랐고, 발끝부터 찌릿했다.

"시형, 시형 씨!"

"내 이름 더 불러 줘요."

가는 목소리로 저를 부르는 그녀의 음성이 미치도록 유혹적이었다. 청윤이 열락을 띤 목소리로 말했다.

"시형 씨, 시형 씨……."

"잘했어요."

허리 짓을 살짝 멈추고 그가 그녀의 머리를 칭찬하듯 쓰다듬어 주었다. 다정한 눈길과 손길. 이제껏 자신을 눌러 왔던 그 어떤 것이 스르륵 풀리는 것 같았다. 그에게 안기고, 그를 느끼고 싶었다.

"얼른……."

살짝 벌게진 그녀의 눈에 눈물이 맺혔다. 그녀의 말에 별다른 대답을 하지 않고 그녀의 눈가와 얼굴 곳곳에 입을 맞춘 그가 허리를 돌렸다. 아까와는 다른 움직임에 새로운 감각이 그녀를 자극했다.

"하아, 아웃."

하얀 다리가 그의 어깨에 걸쳐졌다. 점점 빨라지는 움직임에 그녀의 신음도 거세졌다. 두 사람은 그렇게 절정을 향해 갔다.

콧노래가 절로 나왔다. 어깨까지 흔들며 싱크대 앞에 선 그녀는 기분이 좋아 보였다.

"뭐 하고 있어요?"

아침부터 일어나 바쁘게 움직이는 청윤의 뒷모습이 의아하여 물었다. 설마 요리를 하는 건 아니겠지. 그의 눈이 불안하게 흔들렸다.

"감사의 선물? 아니, 감사 인사라고 해야 할까요?"

가까이 다가가니 그녀가 만들고 있는 건 샐러드였다. 이게 뭐냐고 그가 눈으로 물었다.

"마을 의사 선생님 가져다 드리고 싶어서요."

"왜요?"

"왜긴요. 시형 씨 팔이랑 발목 고쳐 주셨잖아요."

발목은 청윤이 찜질을 해 준 덕인지 금세 괜찮아졌고, 관리를 안 한 탓에 깊어졌던 상처도 거의 아물어 가는 시점이었다. 물론 동물에게 물린 상처인지라 흉터는 생겼지만 많이 옅어져 있었다.

"돈 다 지불했어요."

"말하는 거 봐. 의사 선생님이 시형 씨 상처를 얼마나 신경 쓰셨는데요. 여기까지 굳이 오셔서 약까지 주시고."

그에게도 말한 적이 있지만 그녀는 요리엔 소질이 없었다. 준환 덕에 시형의 상처가 잘 아물 수 있게 되었으니 보답을 하고 싶은데, 할 줄 아는 것이 마땅치 않아 그나마 자신이 할 줄 아는 샐러드를 만든 것이었다.

사실 요리라고 하기에도 민망하지만 나름대로는 야채와 과일, 고기까지 정성스레 넣은 이청윤의 인생 샐러드였다. 하지만 그의 표정은 그녀가 준환을 챙기는 것이 탐탁지 않아 보였다.

"왜요?"

"뭐가요."

"뭐가 불만이냐고요."

"불만까지는 아니고. 고생스럽게 신경 쓰니까 그렇죠."

자신이 아닌 준환을 위해 그녀가 바쁘게 움직인 것이 마음에 차지 않았다. 행여 샐러드가 쏟아질까 샐러드와 작은 용기에 따로 넣은 소스를 통 안에 잘 갈무리한 그녀가 만족스러운 얼굴로 몸을 돌리려는데 어느새 다가와 있는 그 때문에 움직임을 멈췄다. 고개를 올리니 언제부터인가 자신을 내려다보고 있는 그와 눈이 마주쳤다.

"맛있겠네."

상황적으로는 통 안의 샐러드를 두고 하는 말 같았지만 그의 시선은 그녀의 입술을 향하고 있었다. 어쩐지 이런 상황이 낯설어 숨 쉬는 것도 조심스러웠다. 그녀의 몸을 뒤에서부터 안은 자세라 피하기도 마땅치 않았다.

"그, 그래 보여요?"

숨을 온전히 뱉어 내지 못하며 말했다. 그의 단단한 몸이 너무 가까이 있었다.

"내 건 없어요?"

"내려가서 선생님이랑 먹어요."

"뭐라고요?"

불쾌한 말이라도 들은 듯 그의 인상이 구겨졌다. 나중에 시형이 나이를 먹는다면 그런 느낌이지 않을까 싶은 준환인데도, 시형은 준환을 그리 반기지 않는 것 같았다.

"같이 가야죠."

이 산에 대해 모르는 그녀가 마을로 내려가기 위해선 그의 도움이 필요했다. 별로 내려가고 싶지 않아 하는 그의 반응에 난감한 표정으로 물었다.

"나 혼자 가요?"

"혼자는 안 보내는데."

당연히 혼자는 안 보낸다. 준환에게 성의 표시를 하기 위해 그곳까지 가야 하는 게 마음에 들지 않은 것이다. 제가 보기엔 별로 한 것도 없어 보이는데, 그녀는 아닌 모양이었다.

"나중에 얼굴 보면 고맙다고만 해도 충분하지 않아요?"

"다른 사람도 아니고 시형 씨 상처니까. 선생님 덕분에 내가 시형 씨 상처에 더 신경 쓸 수 있었잖아요. 그 상처가 또 나 때문에 난 거라 마음이 안 좋아요."

"이 상처가 왜 이청윤 씨 때문에 생긴 겁니까. 순돌이 때문에 생긴 거지."

처음 그가 다쳤을 때도 미안해했던 그녀다. 지금도 계속 마음에 담아 두고 있다는 것을 알 수 있었다. 그리고 저를 치료해 준 준환에게 더 고맙다고 말하는 그녀의 말이 너무 예뻤다.

"같이 가 줄 거죠?"

알겠다는 답을 바라는 반짝이는 눈동자가 제 쪽으로 다가왔다. 이런 눈을 하면 도저히 이길 수가 없었다.

"맨입으로?"

이미 넘어갔지만 자신이 얻을 수 있는 건 얻고 가고 싶었다. 말을 해 놓고 딴짓하듯 얼굴을 돌리는 그를 보며, 시형이 원하는 걸 눈치챈 그녀가 일부러 저를 피하고 있는 그 얼굴을 제 쪽으로 잡아당겼다. 깊은 입맞춤이 이어졌다. 충분한 보상이었다.

그의 마음이 변할까 그녀는 부지런히 함께 산을 내려갔다. 사람이 살고 있다고 해도 외부인의 출입이 많지 않은 산이라 걸어가기가 쉽지 않았다.

"시형 씨, 여기 나뭇잎 봐요. 예쁘죠."

걸음은 어려워도 제대로 산의 나무를 구경하는 그녀는 산에서 폴짝폴짝 뛰노는 어린아이 같았다.

"넘어져요."

"안 넘어져요. 이건 봄 되면 꽃이 필 거 같아…… 어, 어!"

넘어지지 않는다고 자신 있게 호언장담한 지 1분도 되지 않아 그녀의 발이 미끄러졌다. 한 번은 그럴 거 같아 준비하고 있었던 그가 넘어지려는 그녀의 허리를 안았다. 몸이 살짝 뒤로 밀리며 그녀의 시야에 구름 하나 없는 하늘이 들어왔다가 이내 그녀의 허리를 잡은 시형이 들어왔다. 민망함에 그녀가 어색하게 웃었다.

"고마워요."

"일부러 넘어져도 됩니다."

그는 그녀를 타박하는 대신 장난스럽게 웃으며 말했다.

"뭐예요."

청윤이 그를 밉지 않게 흘겨보았다. 그러다 파릇한 나무들이 우거진 산들을 둘러보며 말했다.

"이 산은 시형 씨 아니면 혼자 오르고 내려가기도 힘들겠어요."

"아무도 못 오게 하려고 했으니까요. 마땅히 찾아올 사람도 없었고."

연례행사처럼 한성이 자신을 만나러 오긴 했지만, 그 외에는 이 먼 곳까지 자신을 찾아올 사람도 자신이 찾아갈 사람도 없었다. 그에 대한 상실감이나 외로움은 없었다. 그런 것은 가져 본 사람이나 느끼는 감정이다. 처음부터 이런 고독은 제 옆에 있던 것이기에 등지는 것도 쉬웠다.

"이제 아니잖아요."

그의 말이 마음에 들지 않는 듯 살짝 인상을 찌푸린 그녀가 불쑥 말했다.

"당신을 찾아올 사람을 위해서 표시 정도는 해도 좋지 않을까요? 노란 손수건 같은 걸로."

그녀가 팔을 들어 손수건을 흔드는 시늉을 했다. 그는 대답 없이 웃을 뿐이었다. 그녀의 말대로 자신이 가져 본 적 없는 것들이 허락된다면 노란 손수건 정도는 걸어 둘 수 있지 않을까 생각하면서.

산을 내려와 얼마 걷지 않아 병원 건물이 보였다. 처음 이 병원을 찾았을 때는 다친 그 때문에 너무도 멀어 보였던 이 길이 생각보다 멀지 않았다. 청윤은 병원 건물이 눈에 들어오자 들어가기 싫은 듯 몸을 천천히 움직이는 그의 팔을 끌어 병원 문 앞까지 왔다.

"그냥 주고 나와요."

"같이 들어가요."

타이르듯 그에게 말한 그녀가 먼저 빼꼼히 병원 안쪽으로 얼굴을 넣었다.

"계세요."

병원 문을 조심히 열자 진료실 안쪽에서 조금은 수다스러운 말들이 흘러나오고 있었다. 꽤 여러 명의 목소리였다. 생각지도 못한 목소리에 청윤이 몸을 움찔하자 그가 그녀의 손을 잡아 제 뒤쪽으로 숨겼다.

"일단 내 뒤에 있어요."

그녀를 안도시키려 시형이 잡은 손에 힘을 살짝 주었다. 그 묵직함에 놀란 마음이 가라앉는 것 같았다. 혹여 자신을 아는 사람이 있을까 청윤이 고개를 푹 숙였다.

"웬일인가."

그리고 누군가 병원에 온 것을 알아챈 준환이 진료실을 나왔다.

"이거 드시라고요. 저번에…… 팔 다친 거 치료해 주신 답례요."

내키지 않았지만 그녀가 해야 할 말까지 마쳤다.

"답례? 자네가? 아하……."

그에게서 나온 의아한 말에 고개를 갸웃하던 준환이 그의 뒤에 숨어 있듯 서 있는 청윤을 발견하고는 알만 하다는 얼굴로 고개를 끄덕였다.

"맛있게 드세요."

"답례까지 받았는데 그냥 둘 수 있나. 들어와. 차 군 친구도. 커피라도 한잔 마시고 가."

"아니에요. 손님 계신 거 같은데."

이곳에 계신 분들이 스크린에서만 활동하던 청윤을 잘 모른다고 해도 얼굴을 자주 노출시켜서 좋을 건 없어 보였다. 핑곗김에 얼른 집으로 돌아갈 수 있으니 그에게도 나쁜 상황은 아니었다.

"아이고, 산 총각이 여긴 웬일이야."

준환이 두 사람을 붙들고 있는 사이 진료실에서 나온 것은 이 섬마을에서 지내고 있는 아주머니들이었다. 섬에서 이런저런 노동을 하다 보니 모두 햇볕에 탄 얼굴에 멋과는 멀리 떨어진 편안한 차림새를 한 순박해 보이는 사람들이었다.

"얼마 전에 다쳤다더니 그거 때문에 온 건가."

시형의 인사에 알아서 그가 이곳에 나타난 이유를 추측했다.

"상처는 많이 나았습니다."

"근데 뒤에 처자는……."

청윤이 인사를 하기도 전에 그녀가 소문의 젊은 처자라는 것을 눈치챈 이들이 눈짓으로 대화를 했다.

"안녕하세요."

악의 없이 저에게 쏠리는 관심을 알아챈 그녀가 그들에게 먼저 인사를 했다. 꾸벅 인사를 하고 최대한 얼굴을 보여 주지 않으려 하니 인사를 받은 아주머니들이 고개를 이리저리 움직이며 청윤의 얼굴을 보려 했다. 하지만 시형의 뒤에서 고개를 숙이고 있는 청윤의 얼굴은 자세히 보기 쉽지 않았다.

"반가워요."

"그래요."

"우리가 전을 좀 해 왔는데, 의사 선생님이랑 들고 가요."

"아뇨, 괜찮습니다."

시형의 거절에도 불구하고 사람들은 아쉬움에 한 번 더 권했다.

"괜찮기는. 많이 가지고 왔어."

"제가 안 먹는 한이 있더라도 차 군은 먹이겠습니다."

시형과 청윤의 불편한 기색을 알아챈 준환이 걱정 말라는 듯 말했다.

"같이 먹어야지."

그러면서 아주머니들이 까르르 웃었다. 그러다 시간을 확인한 아주머니 한 분이 화들짝 놀랐다.

"에그머니나! 벌써 시간이. 밭에 나가야 하는데, 얼른 가자고."

"그러게. 우리 집 양반 난리 나겠네."

"얼른 가요. 산 총각 다음에 봐요. 산 처녀도."

존재감을 뿜어내던 아주머니들이 무슨 이야기를 한 건지 다시 한번 까르르 웃으며 병원을 나갔다. 갑작스럽게 고요해진 분위기가 오히려 어색하게 느껴졌다.

"다들 가셨으니 들어와. 어차피 병원 올 사람도 없어."

"아니요, 저희는……."

"시끄러워. 이 샐러드도 전도 홀아비 혼자 먹기에 많아. 음식 버리면 벌 받아."

더 들을 것도 없다는 듯 준환이 시형이 건넨 샐러드 통을 들고 진료실로 들어가 버려 시형의 거절은 끝을 맺지 못했다.

"어떡할래요?"

그가 그녀에게 물었다. 여전히 불편한 기색의 그녀에게 선택권이 주어졌다.

"잠깐 먹고 갈까요?"

그에게는 준환과 같이 먹자고 하였지만 그가 탐탁지 않아 하는 거 같으니 통만 전해 주고 다시 돌아올 생각이었다. 하지만 생각지도 못한 상황에 준환까지 저렇게 말하니 그냥 돌아가는 것도 마음에 걸렸다.

"그래요, 그럼."

준환만 있는 거라면 그녀도 크게 불편하진 않겠다 싶어 그도 고개를 끄덕였다.

"근데 우리 산 총각과 산 처녀네요. 갑돌이와 갑순이도 아니고."

티를 내지 못했지만 그들을 칭하는 말이 재미있었다. 그녀가 즐거운 티를 내자 그도 피식 웃음 지었다.

"가죠, 산 처녀 씨."

"네, 산 총각 씨."

나란히 선 두 사람이 진료실 문을 열었다.

"냄새 엄청 좋아요."

진료실에 들어가니 고소한 기름 향이 그들을 맞이했다. 진료실 가운데 펼쳐 놓은 간이 테이블엔 노릇노릇하게 익은 부추전이 올려져 있었다.

"앉아요. 의사랍시고 앉아 있어도 의사 노릇 제대로 한 건 없는데 잘 챙겨 주시거든."

준환이 진료실 한쪽 구석에 있던 플라스틱 의자를 가져다주었다. 부추전 옆에 샐러드. 조금은 의아한 조합으로 상이 마련되었다.

"감사합니다."

시형이 젓가락을 쪼개 그녀에게 먼저 건넸다. 자연스럽게 그녀를 먼저 챙기는 그의 모습에 놀란 표정을 숨긴 준환이 손바닥을 그의 쪽으로 뻗었다.

"나도 젓가락 좀 쪼개 주게나."

"손 없으십니까."

그 짧은 한마디로 준환의 부탁을 거절했다.

"제 거 쓰세요."

"아니야. 무슨 소리를 더 들으려고."

청윤이 내민 젓가락 대신 준환이 제 몫의 젓가락을 쫙 하고 갈랐다. 며칠 사이에 아주 흥미로운 일이 생겼다는 것이 피부로 느껴졌다. 그렇게 아니라고 하더니. 둘 사이가 그냥 친구로 끝난다면 제 손목을 걸겠다고 한 강 씨의 말이 떠올랐다. 강 씨의 손목은 무사하겠구나 싶어 웃음이 났다.

"정말 맛있어요."

전을 한 입 넣은 청윤이 눈을 반짝였다. 기름으로 부쳐 낸 전은 평소에 금기시된 음식이지만 이곳에선 그런 금기는 그녀에게 통하지 않았다.

"그렇지? 음식 솜씨들이 보통이 아니셔. 이 샐러드랑 궁합이 딱이구만."

준환이 아삭한 채소를 입에 넣었다. 전의 느끼함을 샐러드가 단박에 잡아 주었다.

"저도 맛있는 거를 해 드리고 싶었는데, 할 줄 아는 게 이거밖에 없어서요."

"아니야. 생각해 준 게 어디야. 환자는 아무 생각 없어 보이는데."

저격하는 말에 시형이 전을 입에 넣으며 살짝 인상을 찌푸렸다. 하지만 아랑곳하지 않고 준환이 청윤을 향해 눈을 찡긋하며 말했다.

"보호자 노릇도 힘들어, 그렇지?"

"뭐……."

보호자라는 표현이 어색하긴 했지만 따지고 보면 틀린 말은 아닌 것 같아 그녀가 긍정하듯 웃었다.

"그런데 아가씨는 이름이 어떻게 되시나. 계속 아가씨, 아가씨 할 수 없으니까."

"아…… 이연. 한이연이요."

한때는 제 이름 같았던 그 이름이 또다시 제 이름이 되었다. 이 이름을 다시 찾아 준 그를 보며 그녀가 미소를 지었고, 그도 그녀를 보며 마주 웃음을 지었다.

"이름도 예쁘시네."

"아, 감사합니다."

"내가 음료수도 하나 안 줬구만."

"물 주시면 돼요."

두 사람을 기민하게 바라보던 준환이 몸을 일으켜 진료실 안의 미니 냉장고에서 페트병 하나를 꺼냈다.

"정말 물밖에 없어."

"잘 마시겠습니다."

"줘요."

청윤이 준환에게서 페트병을 건네받자 기다린 것처럼 시형이 그 페트병을 가져가 종이컵에 물을 따라 주었다. 물을 받은 청윤의 눈에 페트병 포장지가 들어왔다.

"선생님 계십니까."

그때였다. 바깥에서 준환을 찾는 소리가 들렸고, 준환이 빠르게 진료실을 나섰다.

"왜요?"

페트병을 보던 청윤의 반가운 표정을 알아챈 그가 준환이 나가 자마자 물었다.

"단우 사진이 있어서."

"단우?"

손에 쥐고 있는 페트병을 유심히 보니 페트병을 감싼 포장지에 연예인 설단우의 광고 사진이 있었다. 청윤이 다정히 부르는 이 연예인은 남자였다.

"설단우요. 혹시 단우 몰라요? 여기서 이렇게 사진으로 보니까 왠지 신기해서."

"알아야 합니까?"

"그런 건 아니지만. 단우가 시형 씨 그 말 들으면 충격받겠어요. 자기애가 차고 넘치는 애인데. 걔 보고 있으면 정말 타고난 연예인 같아요."

"……친합니까?"

설단우 이야기를 하면서 미소를 짓는 그녀를 보며 그가 잠시 고민하다 물었다. 그의 불편한 기색을 전혀 읽지 못한 그녀가 당연하게 고개를 끄덕이며 말했다.

"네. 단우 데뷔작을 저랑 찍었거든요. 신인이라는 애가 긴장도 안 하고 연기도 잘하기에 말 트게 됐다가 친해졌죠. 사실 배우 생활하면서 친한 사람 잘 없었는데, 속마음까지 터놓을 정도로 편한 건 단우가 처음이었어요. 어느 정도였냐면 우리 둘이 자주 만나니까 열애설까지 난 거 있죠."

물론 그건 자신의 감정이고, 단우가 저에게 마음을 고백했던 적이 있다는 것까지 그에게 말할 수는 없었다. 지금은 그런 감정을 뛰어넘은 우정을 나누고 있기도 했고. 아마 그 녀석 걱정하고 있을 텐데. 매니저인 종철이도 그렇고. 이곳에 익숙해지다 보니 저를 걱정할 사람들은 밀려나 있었다. 봇물 터진 생각에 마음이 무거워져 청윤은 시형이 페트병에 붙은 단우의 사진을 노려보고 있는 것을 알아차리지 못했다.

"마을 어르신이 잠깐 뭐 좀 물어보신다고 하셔서."

이야기를 마치고 진료실에 들어온 준환이 고개를 갸웃거렸다. 잠깐 사이에 무슨 일이 있었는지 두 사람의 분위기가 심상치 않았다. 이연이란 아가씨 쪽은 우울해 보였고, 차 군은 화가 난 분위기였다. 극명히 다른 분위기로 보아 싸운 것 같지는 않았다.

"무슨 일 있었나?"

"아니에요."

준환의 물음에 청윤이 고개를 절레절레 저었다. 이상함을 느끼고 있는데 시형이 준환에게 종이컵을 내밀었다. 종이컵 안에는 넘칠 정도로 물이 가득 차 있었다.

"드세요."

"물배 채우라는 거야. 뭘 이렇게 많이 줘? 나에 대한 애정이 이렇게 넘쳤어?"

잔말 말고 받으라는 듯 시형이 종이컵을 살짝 움직이자 물이 새어 나와 시형의 팔목에 흘러내렸다. 물에 한 맺힌 것도 아니고. 더 묻지 못하고 준환이 종이컵을 받아 물을 한 모금 마셨다. 독이 든 건 아닌가 싶었지만 시원하고 맹맹한 것이 물이 맞았다. 물맛에 고개를 갸웃거리던 준환이 놀란 건 다음 순간이었다.

"시형 씨."

두 사람에게 물을 다 따라 준 그가 페트병 안에 남은 물을 병째 그대로 마시기 시작했다. 놀란 청윤이 그를 불렀지만 시형은 못 들은 양 페트병 안에 있는 물을 다 마시고 나서야 그것을 내려놓았다.

"사막 다녀왔어? 물에 원수진 사람처럼."

우드득우드득.

준환이 무슨 말을 하건 말건 시형은 다 마신 페트병을 손으로 우그러트렸다. 페트병이 찌그러지고, 단우의 사진도 같이 찌그러졌다.

"목이 많이 말랐거든요."

그리고 아무 일 없었던 것처럼 단우의 얼굴이 보이지 않게 페트병을 찌그러뜨린 후 바닥에 내려놓았다. 단우의 얼굴이 보이지 않으니 이제 저 페트병은 잘못이 없었다.

"물 더 줄까."

"아뇨, 괜찮습니다."

빠르게 시형이 거절했다. 준환이 또 그 남자배우 사진이 있는 페트병을 가져온다면 물을 또 마셔서 페트병을 구겨 버려야 했다. 하지만 더 이상 채울 배는 없었다.

"오늘 저녁 걱정 없겠어요. 그렇죠?"

"네."

딱딱한 대답에 청윤이 난감한 표정을 지었다. 감사 인사를 하러 갔다가 전을 얻어먹고, 거기에 그치지 않고 그들에게 주기 위해 전을 아예 싸서 온 아주머니들 덕분에 집으로 올라가는 길이 더욱 풍족해졌다. 하지만 앞서 걷는 그의 분위기가 갑자기 냉랭했다.

왜 그러지. 가만히 기억을 되감았다. 자신이 준환의 병원에서 시간을 보내다 오자고 한 것이 화가 났나. 싫어하는 티를 냈어도 별말은 없었는데. 그의 기분이 가라앉았던 순간을 떠올렸다.

'단우 이야기할 때였나.'

그러고 보니 제가 단우의 이야기를 꺼낸 후 그가 갑작스럽게 물을 원샷하는 등 이상 증세를 보였다.

그제야 걱정스럽게 보았던 그의 뒷모습에 배시시 웃음이 나왔다. 그것이 남자의 질투라는 거였다. 전혀 그답지 않은 모습이었기에 그런 결론이 이제야 나왔다. 이제 어째야 한다. 걸으면서도 고민에 빠졌던 그녀가 제 전공을 살려 보기로 했다.

"아!"

풀썩. 그녀가 소리를 내며 그 자리에 넘어졌다. 앞서가던 그가 넘어져 있는 그녀를 발견하고 빠르게 다가왔다.

"넘어졌어요?"

"미끄러졌어요."

그가 다쳤을지도 모를 그녀의 발목을 이리저리 살폈다. 그러자 청윤이 자신의 다리 쪽에서 시선을 떼지 못하는 그의 얼굴을 붙들어 제 쪽으로 당겨 자신의 입술을 그의 입술에 부딪쳤다.

"뭐하는 거예요?"

예상치 못한 접촉에 그의 눈이 커졌다.

"시형 씨가 저 쳐다보지도 않고 먼저 가서 그랬나 봐요."

"그건⋯⋯."

그녀의 말에 변명하려던 그가 입을 다물었다. 질투에 눈이 멀어 그녀를 챙기지 못한 책임을 통감했다.

"걸을 수 있겠어요?"

물론 걸을 수 있었다. 여배우의 눈물은 믿을 것이 못 된다, 라는 말을 싫어하는 청윤이지만 급하니 저도 모르게 연기가 나왔다. 미끄러진 건 사실이지만 실수가 아닌 고의였다. 그의 시선을 저에게로 돌리고 확인하고 싶은 게 있었다.

"단우 이야기한 게 마음에 걸렸던 거예요?"

걸을 수 있냐고 물었는데, 대답이 아닌 물음이 되돌아왔다. 그는 말없이 그녀를 바라보았다.

"기분 상하게 할 의도는 없었어요."

"그런 거 아닙니다."

"정말?"

아니. 당연히 아니지 않겠는가. 사실은 아니어도 저와 열애설까지 난 남자 사람 동생 이야기를 그렇게 반짝거리는 눈으로 한 건 무척이나 마음에 들지 않았다. 청윤의 반짝이는 눈이 얼마나 예쁜데, 제가 아닌 다른 사람을 떠올리며 그런 눈빛을 했다는 것이 예민하게 거슬렸다.

"단우랑은 정말 아무 사이 아니에요. 친한 동생이에요."

"다 친한 누나, 동생이라고 하더군요."

재차 건네는 말에 저도 모르게 불만스러운 대답이 나가고 말았다. 그녀를 믿고 안 믿고의 문제는 아니었다. 말로 표현하기 어렵지만 마음에서 분노가 들끓었다.

"차시형의 질투인 거예요?"

"⋯⋯아마도."

한심스럽긴 해도 제 감정에 못 이겨 그녀를 불편하게 만들고 싶지는 않았다. 그랬기에 얌전히 제 마음 상태를 인정했다.

저를 믿지 못한다고 그녀가 화를 내지 않을까 하였는데 그녀는 의외로 웃는 얼굴이었다.

"귀엽네요. 차시형 씨."

"안 귀엽습니다."

그녀의 눈에는 다른 사람에겐 보이지 않는 것이 보이는 모양이었다. 살면서 들어 본 적 없는 이야기를 그녀는 잘도 해 주었다.

"질투 같은 것도 할 줄 알고. 아주 잘했어요."

어린아이를 다루는 것 같은 목소리에 시형의 미간이 좁아졌다. 청윤은 질투라는 감정은 전혀 모를 것 같은 그가 내보인 그 감정이 고마웠다. 순순히 인정한 건 사랑스럽고. 콩깍지라고 해도 어쩔 수 없었다.

"그만해요."

그가 다시 산을 오르기 시작하자 그녀도 그 뒤를 쫓으며 그를 자극했다. 곱씹을수록 놀라웠다.

"왜요. 그럼 나 단우 이야기 계속해도 돼요?"

"아니요."

"단우랑 알고 지낸 시간이 길어서 할 이야기도 엄청 많은데."

"위험할 텐데요."

"뭐가요? 단우 이야기 하는 거요? 친한 동생 이야기하는 건데 위험할 게……."

그녀가 말을 마치기도 전에 갑작스럽게 걸음을 멈춘 그가 뒤로 돌아 그녀의 허리를 안고 그대로 말을 하는 입술을 제 입술로 막았다. 말을 하는 도중이라 그의 혀가 날카롭게 그녀의 입술을 가르고 들어왔다. 혀뿌리가 아릿해질 정도로 그녀를 혀를 빨아들였다. 왜 자신을 약 올리는 것이냐 항의하는 뜻이 선명히 느껴졌다. 처음엔 당황하여 멍하던 그녀도 어느새 그의 혀에 제 혀를 비볐다. 젖은 소리를 내며 두 개의 혀가 얽히고, 두 사람이 서로의 몸을 부둥켜안았다. 그녀의 입 안 보드라운 살을 빨아들였다가 입천장을 쓸었다가, 숨이 차오를 정도로 깊은 키스가 이어졌다.

"나 자극하지 마요."

입술을 뗀 후에도 열렬한 눈빛을 숨기지 않으며 그가 말했다.

"자극하면 어떻게 되는 건데요."

"이것보다 더한 걸 하겠죠."

"여기서?"

제 경고가 먹히지 않았는지 그녀는 그저 제 말뜻에만 집중하여 되물었다.

"여기서였으면 좋겠어요?"

"야외는 좀 그런데. 그래도 시형 씨 산이니까 볼 사람은 없겠네요."

완전히 핀트가 어긋난 말이었다. 하지만 진지한 그 얼굴에 더할 말을 생각하지 못한 그가 끝내 미소를 짓고 말았다. 살짝 콩- 소리가 나게 그녀의 이마에 제 이마를 부딪혔다.

"아파라. 내가 자극해서 그런 거예요?"

눈을 동그랗게 뜨고 그에게 묻는 그녀의 입가에 옅은 미소가 떠올라와 있었다. 어쩐지 장난스러워 보이는 그 표정에 졌다는 듯 말했다.

"귀엽네요. 이청윤 씨."

"난 귀여운 쪽보다는 아름다운 쪽인데."

도도한 척 말은 해도 그의 칭찬에 기분이 좋지 않을 리 없었다. 햇살 좋은 날 나무들이 둘러싸고 있는 산 한가운데서 이마를 맞댄 두 사람은 퍼즐의 한 조각처럼 어우러져 있었다.

"보는 사람도 없는데 키스 한 번 더 할까요?"

어느새 자석처럼 두 사람의 입술이 닿을 듯 가까워져 있었다. 그녀가 나직하면서도 야릇한 목소리로 물었다.

"설단우 이름만 안 꺼내면 야외에선 키스만 하는 걸로 하죠. 여기선 위험하기도 하고."

그가 먹히지 않을 협박 대신 조건부를 걸었다. 친한 동생 때문에 사랑하는 사람과 싸우는 바보짓은 청윤도 사양이었다.

"도장 찍죠."

종이에 지장을 찍듯 서로의 입술을 입술로 꾹 눌렀다. 그녀가 그의 아랫입술을 살짝 핥았다. 온몸이 단단한 그지만 입술은 그녀와 마찬가지로 여리기만 했다. 살짝 까치발을 든 그녀가 그에게 더욱 다가갔다. 아까까지 핥던 입술을 아프지 않게 이로 살짝 깨물자 입술 새가 벌어지고, 수줍게 그녀의 혀가 그의 입 안으로 들어갔다. 방금 전 그가 했던 것처럼 속의 말랑한 살을 훑고, 그의 혀와 제 혀를 얽히게 만들었다.

"흐음."

녹아내릴 것 같은 키스에 그녀가 신음을 내뱉으며 몸을 움직이다 중심을 잃고 몸을 비틀거렸다. 그 움직임에 맞춰 그가 한 손으로 그녀의 뒤통수를 감싸고 다른 한 손으로는 그녀가 넘어지지 않도록 허리를 더욱 단단하게 안았다.

낮다 하여도 산은 산이니 오르막길에 서 있는 두 사람이 불안해 보일 법도 했지만 서로를 의지한 채 안고 있는 두 사람은 오히려 동상처럼 견고해 보였다. 아무도 보는 이는 없었지만 나무가 부끄러워질 정도로 뜨거운 키스는 한동안 계속되었다.

집에 도착하니 벌써 어둑해질 시간이었다. 마을에서 산으로 올라오는데 이렇게 오래 걸린 것은 처음이었다. 그런데도 마음이 안정되는 기분이다. 시형이 피곤함에도 불구하고 그녀가 배고플까 바로 주방으로 향했던 것도 아마 그 기분에서 기인한 것일 거다. 그 결과 식탁 위에는 오늘 마을 아주머니가 주신 전과 그가 만든 밑반찬들이 올라와 있었다.

"데워도 맛있네요."

젓가락으로 전을 집은 그녀가 크게 한 입 넣었다. 뭐든 잘 먹는 그녀가 식이조절을 한다며 음식을 참아 냈을 모습이 상상이 되지 않았다. 상상하면 안쓰럽기도 하고. 그녀의 직업이니 존중해야 하는 게 맞겠지만 솔직하게 말하자면 마음에 들지는 않았다.

"많이 먹어요."

"시형 씨도요."

음식을 먹던 그녀의 눈에 문득 주방 한쪽에 놓인 병 하나가 들어왔다.

"저거 저번에 순돌이 주인분이 주고 가신 거죠?"

그녀가 손가락으로 가리킨 병을 확인한 그가 고개를 끄덕였다.

"네."

"맛있을까요?"

"쓰겠죠. 술이니까."

술을 즐기지 않으니 먹을 생각이 없어 구석에 둔 것이었는데, 그녀의 생각은 조금 다른 듯 보였다. 장난스럽게 눈에 빛을 내는 게 불안했다.

"마셔 볼까요?"

"왜요."

"아까우니까?"

그가 대답을 하기도 전에 자리에서 일어난 그녀가 술병과 잔을 가지고 왔다.

"오해할까 봐 하는 말이지만, 저 술 좋아하진 않아요."

"표정이 그게 아닌 거 같은데요."

"가끔 당길 때는 있죠. 그리고 오늘이 바로 그때예요."

쪼르륵. 커다란 병에 담겨져 있던 술이 투명한 유리병에 채워졌다. 둔탁한 붉은빛을 띤 액체였다.

"복분자 같은데요."

코를 가져다 대니 과일의 달큰한 향과 알코올의 톡 쏘는 향이 동시에 느껴졌다. 점점 그와 가까워지는 느낌이지만 그를 더 알고 싶고, 더 가까이 다가가고 싶었다. 그 매개체로 이 술만 한 것이 없을 거라는 판단이었다.

"여기요."

그의 앞에 술을 따른 술잔을 놓아주었다. 그 술잔을 보며 그가 난감하다는 듯 중얼거렸다.

"이거 줘서 어떻게 감당하려고."

그녀에게는 들리지 않을 크기의 목소리라 청윤이 눈을 크게 뜨며 되물었다.

"네?"

"아니에요."

그가 별거 아니라는 듯 고개를 저었다. 하지만 정말 다른 의도(?)는 없어 보이는 그녀에게 제 생각을 말할 수는 없었다. 말로 표현 못해도 남자에게 그렇게 좋다는 술을 눈앞에 둔 그의 표정이 어쩐지 심란했다.

"첫 잔이니까 건배해요."

그녀가 먼저 잔을 들어 올렸다. 그녀의 잔과 제 잔을 본 그가 어쩔 수 없다는 듯 잔을 들었다. 쨍- 하고 맑은 소리가 퍼졌다.

달큰한 맛이 난다고 해도 술은 술이었다. 홀짝홀짝 마시다 보니 얼큰하게 열이 올랐다. 발그레해진 얼굴로 청윤이 술을 한 모금 또 마셨다.

"그만 마셔요."

걱정스럽게 그녀를 보던 그가 말했다.

"괜찮아요. 이 정도는. 간만에 마셔서 취기가 좀 빨리 올라오는 거예요."

청윤이 검붉은 술이 든 잔을 흔들었다. 술병은 이미 반 이상 비워져 있었다. 청윤을 안고 방으로 들어가야 하는 건가 고민하는데, 그녀가 술 때문에 풀어진 표정으로 후우 하고 숨을 내쉬었다.

"여기가 정말 편해졌나 봐요."

나른한 미소를 지으며 청윤이 시형을 바라보며 말했다. 편하다고 말하는 사람치고 표정이 좋지 않아 그가 염려스러운 얼굴을 했다.

"내가 다 잊은 거 있죠. 날 걱정할 사람들."

이곳에 오기 전 제 옆에 있던 사람들이 제 걱정을 많이 하고 있을 텐데. 오늘 단우의 사진을 보기 전까지 생각도 하지 못하고 있었다. 이곳에 있는 건 분명 행복하고 마음이 어느 때보다 편안했지만 잊어버려선 안 될 것을 잊어버린 느낌에 기분이 가라앉았었다.

"미안합니다."

영문도 모르고 이곳에 온 그녀에게는 언제나 마음의 짐이 있었다. 처음 왔을 때와 달리 이곳에 있는 것을 개의치 않아 하는 그녀이기에 괜찮을 것이라 막연히 생각한 게 문제였다.

그녀는 이곳에 있을 사람이 아니다. 알고 있었지만 그녀가 내보인 어두운 내면 한 자락에 그의 마음 한구석에도 어둠이 잠식했다.

보내고 싶지 않다.

그녀를 보내야 한다고 생각하고 있었지만 솔직한 심정으로는 돌려보내고 싶지 않았다. 납치범이 아니기에 그녀 앞에 당당히 섰지만, 욕심을 부려 그녀를 제 옆에 두고 싶은 욕망에 죄스러운 기분이 들었다.

"미안하다는 말 들으려고 꺼낸 소리 아니에요. 시형 씨가 미안해할 일 아닌 거 알아요. 사정이 있다고 했잖아요."

"날 믿습니까."

그녀는 한 번도 그가 왜 납치범을 도와줄 수밖에 없게 됐는지 물어보지 않았다. 그것이 언제나 의아했지만 대답해 줄 수 없기에 왜 묻지 않는 것이냐 물을 수도 없었다.

"네."

그녀가 당연하다는 듯이 고개를 끄덕였다. 자신을 믿어 주는 그녀가 고마웠지만 그의 마음이 묵직해졌다. 그녀에게는 돌아갈 곳이 있었다. 그도 그녀처럼 애써 눌러 두었던 민 사장의 얼굴이 떠올랐다. 그녀와의 시간이 꿈같아서 외면하고 있었다.

"무슨 일이 있더라도 지켜 주겠습니다."

그녀를 무사히 돌려보내 주는 것까지가 제 역할이다. 절대 잊어서는 안 된다. 그 후의 일은 그 후에 생각해야 했다. 그의 진지한 눈빛에 술기운에도 부끄러워 눈동자를 이리저리 굴리던 청윤이 말했다.

"솔직하게 말해 봐요. 연기자 지망생이었죠?"

그러지 않고선 저런 대사를 저렇게 아무렇지 않게, 이렇게 가슴 떨리게 할 수 없을 것 같았다.

"그런 재주는 없습니다."

그의 한마디, 한마디가 순도 높은 진심이라는 것은 그녀가 제일 잘 알고 있었다. 지켜 주겠다는 말을 곱씹으며 웃음 짓던 그녀가 그의 얼굴을 뚫어져라 바라보았다.

"이제 시형 씨 이야기해 줘요."

"내 이야기?"

"네. 뭐든지."

언제나 제 이야기를 들어 주던 그에게 고마워하고 있지만 그녀 또한 그에게 듣고 싶은 이야기가 많았다. 하지만 남에게 제 이야기를 하는 것이 익숙하지 않은 그는 그녀의 말이 난감한 듯 눈썹을 찌푸렸다.

"정말 아무 이야기나 괜찮아요. 예전에 어디서 뭘 먹었는데 맛있었다, 언젠가 어디로 여행을 가 보고 싶다 이런 것들도요. 그냥 시형 씨 이야기 있잖아요."

그녀의 말에 그녀에게 제가 할 수 있는 말이 무엇이 있을까 생각에 잠겼다. 기대에 가득 찬 눈을 보고 있자니 자신이 아무 이야기도 하지 않으면 서운해할 것이 선했다. 그다지 이야기할 건 없었지만 생각나는 이야기는 있었다. 그리고 그 이야기는 한성에게도 하지 않았던 이야기였다.

"저는 고아입니다. 제가 기억하는 어린 시절의 배경은 보육원이고요. 원장님은 좋은 분이셨고, 그 또래 아이들끼리의 신경전은 있었지만 크게 신경 쓰진 않았습니다. 어렸을 때부터 혼자가 편했습니다. 어린아이가 할 생각은 아니었지만 혼자인 게 운명이 아닐까 생각했을 정도로."

잠시 말을 멈추고 그녀의 반응을 살폈다. 무슨 생각을 하는지 알 수는 없었지만 그녀의 표정에 동정은 없었다. 계속 이야기해도 되겠다 싶었다. 나서서 밝힐 일은 아니지만 또 죽을 각오로 숨길 이야기는 아니라는 생각에, 누군가 어린 시절에 대해 물어 온다면 그는 솔직하게 제가 자란 곳을 이야기했다. 사람들의 시선이야 무시하면 그만이지만 동정하는 표정은 그의 마음에 찌꺼기처럼 남아 있었다. 그녀가 그런 표정을 지었다면 그는 당장 이야기를 멈췄을 것이다.

"나중에 능력이 되면 산속에 집을 짓고 혼자 살고 싶었죠. 어떤 의미에서는 비뚤게 자란 거겠죠. 그래도 공부해서 회사 들어가고, 그때는 제가 올바른 인생을 살고 있다고 착각을 했었죠."

그의 눈이 과거 어딘가로 향해 가고 있는 듯했다.

회사에 다시던 때, 시형을 믿을 수 있다며 엄지손가락을 들어 주던 상사가 있었다. 그 상사 외에 다른 사람에게서도 유능하다는 평가를 들었다. 거기에 그치지 않고 틈틈이 경제 지식을 쌓고 주식 공부도 해서 월급 외의 돈을 꽤 벌기도 했었다. 저를 품어 준 부모는 없었지만 제대로 살고 있다고 착각하며 살았던 것도 같다.

"막연해 보이는 꿈이 아니라 현실을 살았어요. 그러다가 제 일상에 저를 버린 어머니라는 사람이 나타났죠."

"네?"

갑작스러운 등장인물에 청윤의 눈이 커졌다. 당시의 저도 청윤만큼이나 놀랐었다.

"시형아, 엄마야."

제게 부모라는 건 처음부터 없다고 생각했었다. 그래서 처음 제 어머니라고 주장하는 사람이 나왔을 때 그저 꿈을 꾸는 것 같았다. 바란 적도 없는 상황인데, 제 앞에 펼쳐져 있었다. 상상 속의 동물처럼 어머니라는 존재는 그에게 믿기지 않는 존재였다. 삐죽삐죽 난 흰머리에 비쩍 마른 몸의 중년 여자. 아버지의 학대로 어쩔 수 없이 저를 버렸다고 변명을 했던 여자는 안 그런 척하면서 제 삶에 들어왔다. 물론 처음엔 싫었다. 하지만 그 여자는 포기하지 않았고, 시형의 인생에 원래 있었던 일부처럼 자리 잡으려 하고 있었다.

"생선을 잘 먹네. 역시 물려받은 식성이 똑같은 건가."

"보육원에서 지낼 때 잘 나오는 음식이 아니었어요. 그래서 귀한 음식이라 나오기만 하면 허겁지겁 먹었죠."

"아…… 정말 미안해, 내 아가. 앞으로 엄마가 못 해 준 만큼 더 잘할게."

내 아가. 살면서 들어 본 적 없는 호칭이었다. 그런 호칭을 들으면 분명 역겨울 거라 생각했는데, 제 예상은 완전히 빗나갔다. 이보다 마음 아플 수 없다는 표정으로 하는 말에 그의 마음속 깊은 곳에 걸어 둔 빗장이 스르 열리고 있었다. 그녀에게 표현을 하진 못했지만. 잘해 주겠다는 말을 쉽게 믿었던 것도 같다. 바보같이.

"그깟 고아 새끼 하나 못 구슬려?"

유독 시형을 아껴 주던 상사가 휴게실에서 언성을 높이고 있었다. 뒤에 시형이 온 것도 모르고 통화에 골몰하고 있었다.

"의심하긴 누가. 그런 놈이 유전자 검사하자고도 안 하겠어?"

누군가에게 무언가를 사주하고 있는 듯한 상사의 뒷모습에 소리를 죽였다. 느낌이 좋지 않았다.

"거의 다 넘어왔다니까. 돈이 없기는. 주식으로 어마어마하게 벌었다고. 아니면 고아 놈이 그런 집에 살겠냐 말이야. 차시형 같은 놈일수록 마음 한번 열리면 물심양면으로 다 퍼 주는 법이야. 저번에 나 힘들다고 하니까 돈을 척 빌려주더라니까."

상사의 아내가 사기를 당해 집이 은행에 넘어갈지도 모른다는 말에 빌려주었던 돈이 떠올랐다. 너무 기가 차서 웃음만이 나왔다. 아무렇지 않은 얼굴로 자신을 속이고 조롱하는 그 얼굴을 보고 싶지 않았다.

"시, 시형아."

통화를 하던 상사가 제게 다가오는 시형을 발견하고 화들짝 놀랐다. 다가온 시형에게 맞을까 눈을 질끈 감는데, 시형은 상사 손에 들린 휴대전화를 뺏어 귀에 가져다 댔다.

-뭐? 무슨 소리야, 갑자기.

상사의 목소리가 전화기를 통해 넘어간 건지 당황한 여자의 목소리가 흘러나오고 있었다. 아니길 바랐지만 자신을 제 엄마라고 칭하던 그 목소리가 맞았다.

"당장 꺼져. 내 눈앞에 보이면 내가 둘 다 어떻게 할지 몰라."

퍽. 차갑게 전화 속 여자에게도 상사에게도 그 말을 남긴 시형이 들고 있는 휴대전화를 벽 쪽으로 던져 버렸다. 휴대전화는 두 동강이 났다. 그길로 정신없이 회사를 나왔던 것 같다. 이미 그때는 제집에 있던 여자가 흔적을 감추고 도망간 뒤였다. 그리고 집에 도착한 그의 눈에 택배 상자가 띄었다.

〈제주 은갈치〉

생선을 좋아한다는 여자의 말에 홀린 것처럼 주문했던 것이었다. 속았다는 분노와 의심 없이 거짓말을 믿어 버린 자신의 아둔함. 모든 것들이 시형을 괴롭혔다. 그 감정을 가눌 길 없던 그가 택배 상자를 패대기쳤다. 강한 충격에 갈치가 온 바닥에 나뒹굴었다. 마치 그의 마음 같았다.

"그길로 회사는 그만뒀습니다."

"아, 아니 사람의 탈을 쓰고 어떻게 그런 짓을 할 수 있어요? 얼마나 아픈 과거인데, 그걸 이용해서. 그래서 그 두 사람 어떻게 했는데요?"

"아무것도. 알아서 도망가고 피하고 하더군요."

"그게 다?"

답답하다는 듯 그녀가 가슴을 팡팡 쳤다.

"제가 기를 쓰고 무얼 하자니 내가 정말 그들에게 속았다는 걸 계속 상기해야 하니까 싫었습니다. 그 두 사람 덕분에 잠시나마…… 마음이 따뜻했었으니 그걸로 됐다 싶었죠."

"따뜻해졌으니까 더 찢기고 아팠을 거잖아요."

딱딱한 껍데기에 숨겨서 그렇지 마음이 약한 시형이다. 오히려 저런 담담한 얼굴이 제 마음까지 아프게 만들었다.

"좋아한 적이 없으니 이런 표현이 정확하진 않지만 세상이 싫어지더군요. 여기저기 여행을 다니다가 이 섬을 발견했고 이 산에서 혼자 지내는 건 어떨까 싶었어요. 그래서 실행에 옮기게 됐고. 현실도피였죠. 지금은 잘 도피했다 생각하고 있습니다."

"시형 씨."

"제 이야기는 끝입니다. 이제 괜찮아요."

그녀가 그간 제일 궁금해할 이야기를 해 주고 싶었다. 하지만 제 이야기에 우울해진 표정을 보니 그 이야기를 괜히 했나 싶었다. 갑작스럽게 자리에서 일어난 그녀가 자신에게 다가왔다.

"미안해요."

앉아 있는 그의 몸을 안아 주며 그녀가 속삭이듯 말했다.

"아무렇지 않으니까 이야기한 겁니다."

"아니, 내가 시형 씨 앞에 너무 늦게 나타나서."

예상치도 못한 말에 시형의 눈이 커졌다.

"아팠을 거잖아요. 그때 위로 못 해 줘서. 억지로 괜찮다고 말할 정도로 흉 진 상처를 만들어서."

그의 몸이든 마음이든 흉 지게 만들고 싶지 않았는데, 이렇게가 아니었다면 만날 인연이 아니었지만 그래도 그의 앞에 늦게 나타난 것이 미안했다.

"흉이 예쁘게 졌습니다."

다시는 사람에게서 위로를 찾지 않으려 택한 길이었다. 그런데

바보 같은 심장이 그녀의 말에 데워지고 있었다. 구원. 한 번도 생
각해 본 적 없는 단어가 그녀의 품에 안긴 순간 생각났다.

"세상에 예쁜 흉이 어디 있어요."

"그럼 약 발라 줘요. 그 흉도 사라지게."

이 여자와 함께 있으면 가능할 것 같았다. 그가 위를 향해 고개
를 들자 아롱아롱 눈물까지 맺혀 있는 청윤의 얼굴이 보였다. 저를
위해 눈물을 흘려 주는 그녀가 예뻐 그 눈물을 닦아 주고, 자그만
뒤통수를 잡아 제 쪽으로 다가오게 만들었다.

입술은 어렵지 않게 닿았고 뜨거워진 혀가 그대로 그녀의 젖은
혀와 얽혀들었다. 깊은 키스에 그들의 타액이 섞이고, 누구 것인지
모를 그것을 마시고 또 마셨다. 그의 커다란 손이 그녀의 척추 선
을 따라 천천히 내려오다 그녀의 허리를 안으며 그녀의 몸을 제
몸에 붙였다. 뜨거운 몸과 뜨거운 몸이 만나니 숨이 가빠 왔다. 입
술을 떼자 천천히 눈을 뜨는 그의 눈빛이 나른한 듯하면서도 뜨거
웠다.

"약 제대로 발라 줘요."

"어떻게요?"

그녀의 물음에 씨익 웃은 그가 그대로 서 있는 그녀의 다리를
안아 일어섰다. 순식간에 공중에 뜨게 된 그녀가 소리를 질렀다.

"뭐 하는 거예요?"

"그러게 왜 복분자를 먹였어요."

"내가 언제 먹였다고 그래요."

"잘잘못은 방에 가서 따지자고요."

성큼성큼 그가 방 쪽으로 걸음을 옮겼다. 억울한 감이 없진 않

지만 그를 원하는 건 그녀도 마찬가지였다. 복분자는 그만 먹은 것
이 아니었다.

***

긴 복도를 성큼성큼 걸어가는 남자가 있었다. 떡 벌어진 어깨가
양 꼭짓점을 이루는 역삼각형 상체와 길쭉한 다리, 티셔츠에 청바
지 차림이었지만 걸어가는 남자는 런웨이를 걷는 모델의 느낌이
었다. 원하는 장소에 도착했던지 문 앞에 서서 두드리려는데, 여자
의 높은 목소리가 들렸다.

"갚을 거야, 갚을 거라고!"

상대방의 목소리가 들리지 않는 것으로 보아 전화 통화를 하고
있는 듯했다. 그 소리에 남자는 쉽사리 문을 두드리지 못하고, 들
어 올렸던 손을 내렸다.

"생사람 잡지 말아요. 그 건물은 필요한 데가 있어서 판 거니까.
우리 딸만 돌아오면 이 정도 손해는 아무것도 아니라고. 그러니까
가만히 있으면 해결해 준다고. 그만 전화해!"

거친 소리를 낸 여자가 전화를 끊는 소리가 들렸다. 똑똑. 소리
로 안의 상황을 알아챈 남자가 이번엔 문을 두드렸다.

"누구시죠."

생각지도 못한 방문이었는지 안쪽에서 날카롭게 묻는 소리가
들렸다. 그에 남자가 망설임 없이 사무실 문을 열었다.

<사장 황민영>

문을 열고 들어가자마자 보이는 건 여자의 이름이 적힌 명패였

다. 청윤의 아역 시절부터 함께해 오던 매니지먼트사와 의견 충돌이 일면서 민영은 청윤을 위한 매니지먼트 회사를 세웠다. 사장으로서, 매니저로서 배우 이청윤을 잘 서포트해 주었다. 딸 이청윤에게는 그렇지 못했지만 민영 스스로는 청윤을 옆에서 지원하는 제 역할에 대한 자부심을 가지고 있었다. 그 자부심이 어떻게 변질된 건지 몰라도 딸이 사라진 지금도 민영은 한 치의 흐트러짐도 없는 모습이었다.

"안녕하세요, 사장님."

"어, 단우구나. 여긴 어떻게."

"형, 오셨어요."

단우가 문을 열고 들어가자 민영과 청윤의 매니저 일을 하고 있는 종철이 단우를 맞이했다. 이래저래 시끄러운 일 때문에 기자들이 진을 치고 있는 이 건물 앞을 거의 봉쇄해 버리다시피 하고, 그들의 눈을 피해 왔다 갔다 한 지도 한참이 지났다. 기자들은 모를 입구를 알고 들어온 단우를 보고 민영이 종철을 흘끗 노려보았다. 민영의 눈초리에 종철이 눈을 피하며 고개를 돌렸다.

"누나가 없으니까 사장님 걱정돼서요."

청윤과 막역한 동생이니 그녀가 없어 시름에 빠져 있을 민영을 위로하려 스케줄도 빼고 온 것이지만, 민영은 생각 외로 괜찮아 보였다. 딸에 집착하던 사람이 그 딸이 다른 것도 아니고 납치를 당했는데, 이 같은 반응이 맞는 것인지 판단이 서질 않았다.

"고맙구나. 정말 하루하루가 어떻게 가는지를 모르겠어."

"그렇겠죠."

경찰 수사도 진전이 없고, 청윤의 납치에 대해 루머까지 떠돌고 있는 시점이니 충분히 이해가 되고도 남음이었다.

"내가 우리 청윤이를 두고 납치 자작극을 벌였다니. 말도 안 된다고."

민영이 억울하다는 듯 머리를 부여잡았다. 세간 사람들이 떠들어 대는 소문은 단우 또한 말이 안 된다고 생각했다. 민영이면 모를까 청윤이 그런 말도 안 되는 짓을 벌일 리 없었다.

"사람들 말에 신경 쓰지 마세요. 말도 안 되는 말을 떠들어 대는 게 한두 번도 아니고."

"그래, 정말 말도 안 돼. 나도 그러려고 그랬던 건……."

단우의 위로에 흥분하며 말을 하던 민영이 중간에 말을 멈췄다. 자신도 민 사장이라는 새끼한테 속은 게 아직도 분해 저도 피해자라는 말이 나올 뻔하였다.

"네?"

"처, 청윤이 납치는 나랑 상관없는 일이라고."

저를 의아한 듯 보는 단우의 눈빛에 제 잘못을 들킨 것처럼 마음이 불편했다. 돈을 입금했음에도 청윤을 돌려보낼 생각을 하지 않는 민 사장을 찾아가 볼 생각으로 민영이 단우에게 미안한 표정을 지으며 말했다.

"단우야, 미안한데 어쩌지. 나 나가 봐야 할 거 같은데."

"네, 알겠습니다. 저도 걱정돼서 얼굴 뵈러 온 거예요."

"청윤이 무슨 일이 있어도 돌아올 거야. 내가 그렇게 만들 거야."

민영은 다부진 각오를 담은 얼굴을 하고는 가방을 챙겼다. 민영이 사무실을 나가자 남은 건 단우와 종철이었다.

"사장님, 돈 사고 치셨어?"

민영의 눈치를 보느라 말 한마디 하고 있지 못하던 종철에게 단우가 물었다. 통화 내용을 보면 무슨 일을 벌이다 돈을 빚지고, 빚쟁이들에게 독촉 전화를 받는 듯했다. 딸이 사라진 이 시점에도 민영은 어딘가에 정신을 두고 온 것처럼 불안정해 보였고 말이다.

"돈 사고까지는 아니고⋯⋯."

무언가를 알고 있는 얼굴이지만 민영의 옆에서 일하는 종철이 입을 쉽게 열 것 같지도 않았다.

"뭔가 꼬인 일이 있긴 있나 보네. 돈 때문에. 건물까지 파실 정도면 말이야."

건물을 판 돈으로도 충당이 되지 않을 정도의 빚이라면 작은 사고는 아니겠다 싶었다. 단우의 추측에 종철도 작게 고개를 끄덕였다.

"저희 사장님이 저희하고 상의하면서 일하시는 건 아니니까요."

사실 소유하고 있는 건물 중에 제일 비싼 건물을 팔았으니 지금 문제를 해결하고도 남았을 텐데, 아직 전화를 받고 있는 것이 종철도 의문이긴 했다. 청윤이 없으니 민영이 또 다른 일에 손을 댔구나 하고 짐작만 할 뿐이었다. 가만히 있어도 말을 만들어 낼 판에 이러한 민영의 행동에 돈이 없어 이청윤의 몸값을 올리고자 자작극을 벌인 것이 아니냐는 이야기가 나올 법하긴 했다. 그 말에 민영은 기자회견이라도 하겠다며 길길이 날뛰었지만, 종철 본인도 민영의 행동이 매끄럽지는 않다고 여기고 있었다.

"납치범한테 연락 온 건 아직도 없어?"

납치는 당했는데 납치범에게서 연락이 없으니 사건은 미궁이었다.

"네. 장난전화로 몇 통 온 거 빼고요."

"그런 거 가지고도 장난치는 사람들이 있어?"

"있더라고요. 정말 장난으로 하는 사람들 아니면 이거 이용해서 돈이나 뜯어내 볼까 하는 사람들이요."

사람이 사라졌는데도 그런 짓을 벌이는 사람들을 보고 정말 너무한다 싶었다. 상황은 점점 나빠지기만 하였다.

"그런 것들은 평생 감옥에서 썩게 만들어야 하는데."

"제 마음도 그러네요."

단우와 마찬가지로 오랜 세월 청윤과 일해 온 종철도 그녀에 대한 걱정으로 얼굴이 홀쭉해져 있었다. 종철의 얼굴을 보며 단우가 인상을 썼다. 역시나 민영의 반응이 마음에 걸렸다. 청윤이 꼭 돌아올 것이라 호언장담하는 것도 무언가 믿는 구석이 있는 것처럼 보이기도 했고.

'설마, 엄마가 딸을 납치하라고 시켰을까.'

하지만 이내 그 의심은 지워 버렸다. 상식적으로 말이 안 되는 그 생각을 하는 것만으로도 청윤에게 미안했다. 그저 그녀가 얼른 돌아오기를. 단우는 그 바람만 간직하자고 마음을 다잡았다.

***

"가면 언제 오는 거예요?"

아침 일찍부터 그는 육지에 나갈 준비를 했다. 그를 쫓아가고 싶었지만 그는 오늘은 안 된다는 말을 단호하게 내뱉었다. 하긴 육지에 나갔다가 제 정체를 들킬 뻔했던 게 불과 얼마 전이었다.

"오래 안 걸려요. 볼일만 보고 바로 올 거예요."

"무슨 볼일인데요?"

"필요한 게 있습니다."

정확히 말을 해 주지 않는 그의 모습에 그녀가 입을 삐죽였다.

"왜요?"

"아니에요."

물어서 뭐 하나. 저를 두고 혼자 간다고 하니 뾰로통해진 건데. 저렇게 눈치가 없어서야.

"금방 다녀올게요. 심심하면 서재에서 책 읽어요. 잘 찾아보면 읽을 만한 거 있을 거예요."

"그냥 시형 씨 침대에서 낮잠 잘 거예요."

"그건 어제도 했잖아요."

이제 그의 침대, 그녀의 침대 구분은 사라졌다. 굳이 그 사실을 상기시키는 그 때문에 민망해진 그녀가 발끈하여 말했다.

"또 잘 거예요."

"밤에 안 자고 나랑 놀아 주면 좋죠."

"시형 씨랑 안 놀아 줄 거예요."

"그건 너무 슬픈데."

그녀의 심술을 모를 리 없는 그가 그녀의 머리를 쓰다듬었다.

"오래 기다리게 안 해요. 정말 금방 올 테니까 좀만 기다려요."

제 짜증에도 인상 하나 찌푸리지 않고 타이르는 그 때문에 그녀의 마음이 무거워졌다. 항상 붙어 있던 그를 다만 몇 시간이지만 보내는 게 너무 심술이 났다. 정말 나이가 몇이니, 이 철없는 이청윤아.

"알겠어요. 너무 늦지 마요."

"먹고 싶은 거 있어요? 나간 김에 사 올게요."

"먹고 싶은 거요?"

먹을 것이라는 설레는 말에 그녀가 잠시 생각에 잠긴 표정이 되었다. 먹을 거라. 저번에 시장에 갔을 때 먹고 싶었던 게 많았는데. 그중에……

"아, 도넛."

"도넛?"

"네. 시장 가면 꽈배기랑 같이 파는 찹쌀 도넛 있잖아요. 동글동글한 거. 저번에 갔을 때 기름 냄새랑 비주얼이랑 너무 맛있어 보였는데."

"알겠어요. 사 올게요."

"있으면요."

없으면 안 사 와도 된다고 하고 있었지만 이미 잔뜩 기대하는 것이 사 오지 않으면 실망할 모습이 보였다. 만들어서라도 가지고 와야지.

"다녀와요."

청윤이 엄마를 배웅하는 아이처럼 손을 흔들어 주었다. 발이 떨어지지 않는 그가 그녀의 얼굴을 붙들고 촉 입술을 부딪쳤다가 뗐다.

"모르는 사람한텐 문도 안 열어 주고 있을 테니까 걱정 마요."

"지나가던 순돌이도 안 됩니다."

"알겠어요."

그녀의 배웅을 받으며 그가 집을 나섰다. 문이 닫히고 몸을 돌린 그녀가 삭막해진 것 같은 집을 돌아보았다.

"사람 하나 나간 건데."

중얼거린 그녀가 방문을 열었다. 침대 위엔 베개 두 개가 나란히 놓여 있었다. 풀썩 침대 위에 몸을 던지듯 누웠다. 그가 없어서 그런지 침대가 넓었다. 그에게는 심술이 나서 낮잠을 자겠다고 했지만 잠이 올 것 같지는 않았다. 그의 베개에 손을 올렸다가 그인 것처럼 베개를 꼭 안았다.

"빨리 와요."

아직 섬은 나가지도 않았을 그에게 그녀가 텔레파시를 보냈다. 벌써 보고 싶었다.

언제부터 잠이 든 건지 몰랐다. 눈을 뜨니 자신은 침대 위에 누워 이불을 덮고 있었다. 잠결에 주변을 살폈다. 책을 보다 잠든 탓에 침대 위에는 책이 덩그러니 놓여 있었다. 민망함에 그녀가 혼자 웃음을 흘렸다.

'아직 안 왔나.'

그녀가 침대에서 내려왔다. 방문을 열자 환하게 불이 켜진 거실이 그녀를 반겼다. 그 빛에 그녀의 얼굴이 환해졌다. 자신이 불을 켜지 않았으니, 불을 켠 사람은 다른 사람일 터였다.

"어디 갔지?"

거실에서는 보이지 않으니 다른 곳에 있을 것이다. 그녀가 제일 먼저 주방 쪽으로 향했다. 그가 보이지 않아 실망하며 주방을 나가려던 그녀의 눈에 검은 봉투가 들어왔다.

검은 비닐봉투 안 하얀 종이봉투에 그에게 부탁했던 도넛이 고소한 냄새를 풍기며 자리 잡고 있었다. 자신과의 약속을 잊지 않은 그를 생각하며 미소 짓는데, 그 옆에 나란히 서 있는 머그컵에 시선을 빼앗겼다.

"이건……."

땡땡이 무늬가 그려져 있는 분홍색과 파란색의 컵이었다. 그와 갔던 잡화점에서 자신이 귀엽다며 구경했던 그 컵이 확실했다. 양손에 하나씩 컵을 들어 올린 그녀가 살짝 쨍하는 소리가 나도록 컵을 부딪쳤다. 맑은 소리가 주방에 울려 퍼졌다. 얼른 그를 찾아야겠다. 그가 너무 보고 싶었다.

집 안에 없다면 바깥에 있겠지. 그녀의 머릿속에 스치는 장소가 있었다. 그녀가 재빠르게 집 밖으로 나섰다. 그녀가 떠난 자리에는 두 개의 컵이 몸을 맞댄 채 다정스럽게 세워져 있었다.

집 뒤쪽 마당에 자리한 벤치. 그 벤치가 있는 곳에서 드디어 그녀가 찾던 그를 발견할 수 있었다.

"일어났습니까."

"왔으면 깨우죠."

"밤에 나랑 놀아 달라고 하려고요."

말은 그렇게 했지만 곤히 자고 있는 그녀를 깨울 수가 없었다. 그래서 그녀가 일어나기를 기다리며 그녀에게 줄 선물을 하나하나 준비했다. 이것도 그녀를 위한 것이었다.

"이게 뭐예요?"

"촛대요. 여기까지 전기를 끌어오는 건 힘들 거 같더군요."

그가 벤치 옆에 고정하고 있는 건 길쭉하게 뻗은 철제 몸체 위쪽으로 유리 소재로 전구를 형상화한 듯 동그란 초 홀더가 걸려 있는 복고풍의 촛대였다. 고전 영화에서 볼 수 있을 법한 빈티지한 전등 모양의 홀더가 시선을 사로잡았다.

"너무 예뻐요. 갑자기 웬 거예요?"

"가로등이 없어서 아쉽다면서요."

"그 말을 기억하고 있었어요?"

그와 처음으로 이곳에 나란히 앉아서 대화를 하던 날에 자신이 그런 말을 했던 것도 같다. 자신도 잊고 있던 그 말을 기억하여 이 촛대를 사 온 그에게 그녀가 감동을 받은 건 당연한 일이었다.

"아쉬운 대로 이 촛대로 넘어가 줘요. 가로등만큼 환하진 않지만 나름 운치는 있을 거 같네요."

단단하게 촛대를 세운 그가 만족스러운 표정을 했다.

"초 한번 넣어 봐요."

날이 제법 어둑해져 촛불이 제 힘을 발휘할 수 있을 거 같았다. 홀더 안에 초를 고정하고 불을 붙이자, 초가 주황빛의 따뜻한 빛을 쏟아 냈다. 따뜻한 느낌이 나는 고운 빛이었다.

"너무 예뻐요."

짝짝짝. 신나는 얼굴로 청윤이 불빛에 박수를 보냈다. 어두운 한가운데 빛이 비추는 그녀의 얼굴에 그 또한 절로 미소를 지었다. 그녀는 언제나 빛과 함께 있길 바랐다. 비록 자신이 어둠이 될지라도.

"꽤 괜찮죠?"

"꽤라뇨. 완전 괜찮죠. 고마워요."

오늘따라 예쁜 짓만 골라 하는 그를 그녀가 와락 껴안았다.

"이게 다가 아닌데."

"또 뭐가 있어요?"

의아한 듯 묻는 그녀를 떼어 낸 그가 구겨질까 고이 가져왔던 그것을 그녀에게 내밀었다. 낯익은 글자가 쓰인 종이를 보며 청윤이 중얼거렸다.

"어? '그 날' 팸플릿인데."

분명 팸플릿 속 얼굴은 제 얼굴이 맞았다. 하지만 개봉 당시 만들었던 것과는 사진도 다르고 홍보 문구도 다른 팸플릿에 의아해질 수밖에 없었다.

"20XX년 XX월 XX일 재개봉."

이내 눈에 들어온 그 문구에 청윤의 눈이 커졌다. 설명을 바란다는 눈으로 그녀가 그를 바라보았다.

"내가 평 좋았다고 했었잖아요. 묻히기 아깝다고 재개봉을 요청하는 사람들이 많았다더군요. 그래서 몇 개의 상영관에서 개봉을 하기로 했고. 나도 우연히 시내에 나갔다가 알게 됐어요."

"말도 안 돼."

그의 말을 듣고도 그녀는 믿기지가 않았다. 모두에게 외면당했다고 생각했던 자신을 기대해 주는 사람들이 있었다.

"이청윤이 연기를 잘하는 게 말이 안 되는 일입니까."

"이거 꿈 아니죠."

"전혀."

"인정받은 기분이에요."

"인정받았죠. 배우 이청윤도, 인간 이청윤도 충분히……."

"충분히?"

기시감이 드는 상황이었다. 그때의 그는 진짜 하고 싶은 말을 숨겼지만, 지금의 그는 솔직하고 싶었다.

"충분히 매력 있고, 사랑스럽습니다."

"그걸 이제야 안 건 아니죠."

진솔함이 느껴지는 그의 말에 눈이 커졌지만 이내 들뜬 표정의 그녀가 도도한 척을 하며 말했다.

"영화…… 보러 가도 될까요"

시사회 때는 긴장으로 영화가 어땠는지, 제 연기가 어땠는지 제대로 느끼질 못했다. 하지만 이제는 용기를 내어 관객의 입장에서 스크린 속 이청윤을 보고 싶었다.

"물론이죠. 영화 보자고 데이트 신청하려고 가지고 온 거니까."

"오늘 진짜 무슨 날이에요? 시형 씨 왜 이렇게 예쁜 짓 해요?"

이 벅찬 기분은 모두 그에게서 기인한 것이다. 그를 안아 주지 않고는 견딜 수가 없었다. 또다시 그녀가 제 몸을 던지듯 그에게 안겼다. 부비부비 아이처럼 그의 품에 얼굴을 파묻는 그녀의 작은 뒤통수를 부드럽게 쓰다듬었다.

그녀가 보지 못하는 그의 표정은 그녀만큼 가볍지는 않았다. 무슨 일이 생겨도 그녀를 지켜 주겠다 다짐하고 세상 상황을 살피러 육지로 나갔었다. 그녀의 사건을 세상이 어떻게 보고 있는지, 한성에게서 무슨 연락이 없을지 걱정뿐이었다. 육지에 마련된 또 다른 집에 들어간 그는 제일 먼저 자신이 예전에 쓰던 휴대전화를 찾았다. 정지를 시키지 않아 그의 번호는 아직 살아 있었다.

충전 잭을 꽂고 휴대전화를 켰다. 부팅 화면 후 휴대전화 바탕 화면에서 메시지가 왔다는 표시가 반짝였다. 한성의 음성 메시지였다. 숨을 고르고 메시지를 눌렀다.

-형, 나 한성이. 민 사장 그 새끼가 날 속였어. 이청윤 엄마한테 돈을 뜯어내고 모든 죄를 나한테 뒤집어씌우려고 했던 거야. 나도

절대 당하지만은 않아. 가만 안 있을 거야.

흥분 상태의 한성은 연신 자신이 속았다는 말과 절대 가만있지 않을 것이라는 말만을 반복했다. 그 메시지에 놀라 전화를 걸어 보았지만 한성은 전화를 받지 않았다. 잔뜩 독이 오른 목소리가 너무도 불안했다. 한성이 어떤 행동을 취할지 알 수가 없었다. 정현까지 민 사장 손아귀에 있는 것을 알면 그는 더욱 날뛸 것이 분명했다. 휴대전화 속 한성은 민 사장에게 잡히진 않은 것 같았지만 상황이 어떻게 급변할지는 몰랐다.

이제 이 집에서 둘만의 시간을 보내는 것은 위험했다. 청윤을 일단 다른 곳에 데려가야 한다는 것을 본능처럼 알 수 있었다.

시형이 마련해 둔 육지의 집은 한성도 모르는 곳이었다. 당분간은 시간을 벌 수 있으리라 생각하며 그는 그녀에게 '그 날' 재개봉 사실을 알렸다.

이제 현실을 직시해야 할 시기였다. 긴장되는 마음을 숨기며 그가 청윤의 몸을 더욱 끌어안았다. 이 체온만을 기억하자. 그는 되뇌고, 또 되뇌었다.

***

"이게 세상 공기의 냄새인가 봐요."

영화를 보겠다는 핑계로 오 씨의 배를 타고 또다시 육지에 발을 내린 그녀가 양팔을 벌리며 말했다.

"공기가 많이 다릅니까?"

"아뇨. 똑같죠. 그냥 기분의 차이 정도?"

기분이 좋아 보이는 그녀에겐 미안했지만 정확한 상황 설명이 필요했다.

"극장에 가려면 저번에 왔을 때보다 좀 더 사람이 많은 시내 쪽으로 가야 합니다."

"네. 알겠어요."

"저쪽에 가면 택시 있을 겁니다."

별다른 말 없이 모자를 눌러쓴 그녀가 그를 쫓아 걸었다. 시장을 지나 차가 달리는 대로변까지 나왔다. 평소엔 택시가 많이 다니는 곳이라 그도 택시를 잡으려 시도했으나 택시는 대부분 다니지 않고, 있어도 모두 빈차가 아니었다.

"택시가 생각보다 잘 안 잡히네요."

"금방 잡을게요."

이럴 때는 필요 없을 거라며 차를 팔아치운 제 자신이 원망스러웠다. 연신 팔을 흔들며 택시를 잡으려 노력하는 그의 뒷모습을 안타깝게 보던 그녀의 눈에 버스 정류장이 들어왔다.

"버스 타는 건 얼마나 걸릴까요?"

"몇 정거장 되진 않을 겁니다."

"그럼 버스 타 볼까요?"

어린 시절부터 연예계 활동을 했으니 그녀가 대중교통을 이용할 기회는 극히 드물었다. 하지만 택시를 잡겠다며 노력하는 그를 보자니 마음이 불편하여 길게 가지 않으면 버스를 타고 가는 것도 괜찮겠다는 생각이 들었다.

"위험합니다."

"뭐가요? 이거랑 이게 있는데?"

걱정스러운 얼굴을 한 그에게 그녀가 얼굴을 반 이상 가리는 챙이 큰 모자와 그를 붙든 손을 가리키며 말했다.

"금방 간다면서요. 이 방향 버스인 거죠? 얼른 와요. 평일 낮이라 사람도 별로 없네요."

그의 걱정을 덜어 주려 모자를 더욱 깊이 눌러써 얼굴을 가린 그녀가 그의 팔을 잡아끌었다. 하는 수 없이 그가 그녀의 손을 붙들고 다가오는 버스에 올라탔다. 그녀의 말대로 평일 낮 시간이라 사람은 많지 않았다. 사람들의 눈에 띄지 않는 뒷자리에 두 사람이 자리 잡았다. 그 앞에는 학교가 일찍 끝났는지, 고등학생으로 보이는 여학생 둘이 휴대전화를 보고 있었다.

"헐. 야, 유채린 사진 봐. 눈, 코, 입 의느님 손 안 빌린 데가 없네."

"존나 대박. 완전 다른 사람이네."

기사로 뜬 연예인 사진을 보며 두 사람의 앞자리에 앉은 두 학생은 욕설과 함께 거친 수다를 떨었다. 티는 낼 수 없었지만 이어지는 욕설에 놀라 시형과 청윤이 같은 마음으로 서로를 바라보았다.

"아, 맞아. 어제 이청윤 엄마 기자회견하는 거 영상 봄?"

훅 치고 들어온 제 이름에 청윤의 눈동자가 흔들렸다.

"영상 안 보고 기사만. 추측성 기사 내지 말라고 겁나 울었다며. 존나 세하지 않냐. 납치범한테 몸값 요구 전화도 안 온다는 거 같던데. 이청윤이 생쇼하는 거 아니야. 어그로 끌라고?"

"추리 만화 보더니 네가 탐정인 줄 아냐? 근데 그게 진짜면 소름 돋지 않냐. 관종력이 만렙이야."

쉽게 제 이야기를 하며 두 여고생이 깔깔 웃었다. 남의 이야기 하는 게 저리 쉽구나. 저를 두고 민영이 기자회견까지 했다는 말에 심란해졌다.

"듣지 마요, 저런 말."

그가 제 쪽에서 멀리 떨어진 귀를 막고, 제 쪽의 귀에 가까이 붙어서 말했다. 갑작스러운 그의 행동에 그녀가 어깨를 움찔하는 사이 그가 그녀에게 밀어를 속삭이듯 말했다. 두 사람의 모습은 완벽히 사랑을 이야기하는 두 연인이었다.

"한이연이 세상에서 제일 예쁩니다, 한이연이 온 우주에서 제일 매력적입니다."

바로 눈앞에서 흘리는 억측과 루머들이 그런다고 들리지 않겠냐만은 그녀의 양 귀를 완전히 장악한 그는 그녀를 이연이라 부르며 세상에서 가장 달콤한 말을 해 주었다. 어이없기만 한 그의 행동에 웃음이 나며 그가 자신에게 무슨 말을 해 줄지 기대가 되어 그의 목소리에 집중하였다. 그런데 정말 거짓말처럼 앞에서 하는 이야기가 들리지 않았다.

"한이연은 미치도록 사랑스럽고, 귀엽습니다."

그의 울림 좋은 목소리에 청윤의 눈이 감겼다. 그가 깔끔하게 귀를 씻겨 주고 있었다.

청윤은 기다랗게 출력된 영화 티켓을 뚫어져라 바라보았다. '그날(재개봉)'이라는 문구에서 시선이 떨어지지 않았다. 몇 개월간 한이연으로 산 보람을 이제야 느끼게 되었다.

'이청윤 엄마 기자회견하는 거 영상 봄?'

시형은 듣지 말라고 했지만 이미 들었으니 쉽게 잊기도 어려웠다. 그 한마디 말로 현재 상황에 대한 정리는 끝이 났다. 제 납치에 대한 수사는 별다른 진전이 없고, 그 납치를 자신의 자작극으로 보는 사람도 있다는 것. 그 이야기가 의혹으로 변하니 제 엄마인 민영이 기자회견까지 한 모양이었다. 그 눈물에 진심은 얼만큼일까.

청윤의 표정이 무겁게 가라앉았다. 그런데 납치라는 단어를 두고도 사람들은 관심받고 싶어 하는 한 여배우의 연극이라 생각할 수 있구나. 참 냉정하고 비정하다 싶었다. 아니다. 그건 제 입장에서의 외침일 뿐인 건가. 조용한 섬 안에 있을 때가 편했다. 잠시 나온 세상은 이내 제 현실이 되어 자신을 내리눌렀다. 속이 답답했다.

"팝콘은 이렇게 사 오면 되는 겁니까?"

양손 가득 팝콘과 음료를 든 그가 청윤에게 다가오면서 물었다. 방금까지의 어두운 생각을 거둬 낸 그녀가 커다란 팝콘 통을 들었다.

"네, 잘했어요. 캐러멜 팝콘이다."

반가운 친구를 만난 것처럼 환한 표정의 청윤이 달콤한 캐러멜이 발라져 있는 팝콘을 입에 넣었다. 짭조름하면서도 단 팝콘이 그녀의 입에서 녹아들었다.

"너무 맛있어요. 아, 해 봐요."

영화가 시작하기도 전에 다 먹어치울 기세로 팝콘을 먹는 그녀를 보는데, 그의 시선을 느낀 청윤이 팝콘을 들어 그에게 내밀었다. 고개를 저었지만 팝콘을 먹어 보라고 채근하는 그녀 때문에 어쩔 수 없이 팝콘을 받아먹었다. 단 음식을 즐기진 않지만 따뜻하게 캐러멜이 발라져 있는 팝콘은 먹을 만했다.

"내가 주니까 더 맛있죠."

"먹기나 해요."

제 애교를 받아 주지 않는 야속한 그를 청윤이 불만 있는 눈길로 바라보았지만 이내 영화를 볼 생각에 들떠 서운한 기분은 잊어버렸다.

"어떤 기분일까요. 제 영화를 보는 기분."

영화는 장면 하나하나까지 기억이 나지만 이렇게 완벽하게 관객이 되어 제 영화를 본 적이 없어서 상영관으로 향하는 걸음이 점차 느려졌다. 두려움이 가중되며 청윤의 걸음이 끝내 멈추고 말았다. 제 영화를 보러 가는 사람들과 발 맞춰 걷고 있자니, 몸이 마음대로 움직이질 않았다.

"재밌겠죠."

그런 긴장을 알아차린 그가 캐러멜 팝콘을 들어 그녀에게 내밀었다. 앙- 하고 그녀가 팝콘을 받아먹었다.

"맛있어요."

팝콘을 꿀꺽 삼키고는 그녀가 해맑게 웃으며 말했다. 어린아이 같은 표정에 시형은 저도 모르게 웃음이 나왔다.

"가죠. 한이연이 기다리고 있습니다. 제대로 봐 줘야죠."

배우가 아니니 그녀의 기분을 온전히 이해할 수는 없었다. 하지만 그녀가 자신의 연기를 보고 자신감을 가졌으면 싶었다. 충분히 그럴 가치가 있는 연기였고, 움츠려 있는 그녀가 본래의 사랑스러운 모습을 찾았으면 싶었다.

"네."

그의 마음을 읽어 낸 듯 착실히 답한 그녀가 그의 팔에 팔짱을 꼈다. 이제껏 연기했던 배역들은 그 나름대로 그녀에게 예쁜 아이들이었지만, 때문에 남의 시선에 더욱 신경을 쓰며 살았다. 한이연은 그런 시선에서 벗어나고자 도전을 했던 역할이지만, 아이러니하게도 그랬기에 어떻게 보일지 더 신경 쓰였다. 하지만 도망가고 싶지 않았다. 앞으로 나아가기 위해서는 용기를 내야 했다. 사람들과 똑같은 보폭으로 걸음을 옮기기 시작했다.

얼굴이 정확하게 보이지 않았지만 키가 길쭉하게 큰 두 사람의 모습이 너무 잘 어울려 상영관으로 향하는 사람들이 흘끔흘끔 시선을 주고 지나간다는 것을 이미 정다운 수다를 떨며 걸어가는 두 사람은 알지 못했다.

재개봉 영화였기에 상영관은 크지 않았지만 상영관 안은 많은 사람들로 채워져 있었다. 무대 인사 하듯이 스크린 앞에 서서 크게 인사라도 하고 싶은 마음이었다. 이 사람들에게 제 영화가 어떤 감상을 남길까. 고마우면서도 두려운 마음이었다.

자리를 찾아 앉자 뒤에 앉은 두 남자들의 대화 소리가 들렸다.

"이거 진짜 보고 싶었는데."

"우리 청윤 사마를 이렇게라도 봐서 행복하다."

"미친놈. 저 영화 이청윤 안 예쁘다고 안 봐 놓고."

"연기 쩐다며. 예술을 보러 온 거지."

영화에서 시작된 이야기는 청윤의 칭찬으로 이어졌다.

"봤어요? 내 인기."

흐뭇하게 그 대화를 듣던 청윤이 뻐기듯이 시형에게 말했다. 그는 말없이 웃었다. 버스 안에서 들었던 대화 때문에 기분이 가라앉아 있던 그녀를 알고 있었다. 다른 남자들이 청윤에 대해 이야기하는 건 마음에 들지 않았지만 그녀가 기분이 풀린 듯 보이자 아무렴 어떠랴 싶었다. 사람들의 말 한마디, 행동 하나에 누구보다 상처받고, 치명타를 맞는 것이 그녀의 직업임을 다시 한번 확인했다.

"영화나 보죠."

다시 복잡해지는 마음을 숨기며 무뚝뚝하게 말했다. 상영관의 불이 꺼지고 영화가 시작했다. 모든 걸 잊고 영화에만 집중할 시간이었다. 긴장이 된 그녀가 크게 심호흡을 했다. 그녀를 다독이듯 어둠 속에서도 정확하게 그녀를 찾은 그가 청윤의 손을 부여잡았다.

두 사람의 눈이 마주쳤다. 영화가 막 시작하기 직전 상영관에 완전하게 어둠이 내려앉았고, 그 틈을 탄 두 사람의 입술이 살포시 맞닿았다.

영화는 쉴 새 없이 이어졌다. 그리고 사람들의 한숨과 함께 영화는 끝이 났다. 잠시 움직임이 없던 사람들이 자리에서 일어나 영화관을 나서기 시작했다.

"엄청 기 빨리네."

"이거 뭐야."

"진짜 대박이다."

저마다 영화의 감상을 이야기하며 두 사람을 지나갔다. 미동 없이 앉아 있는 그녀를 그가 흘끗 보았다. 영화를 보는 내내 그녀는 진지한 얼굴로 스크린 속 자신을 바라보고 있었다. 그녀가 어떤 감상으로 영화를 지켜보았을지 이번엔 그가 긴장되었다.

"이청윤…… 고생했겠다."

하고 싶은 이야기가 많은 얼굴이었지만 그녀는 그 한마디를 할 뿐이었다. 완성되어 나온 이야기를 보니 저 영화를 찍으면서 느꼈던 열정, 고민, 시름이 떠올랐고, 그것들을 안고 태어난 작품이 제가 보아도 기가 빨릴 정도의 작품이라는 사실에 흥분과 뿌듯함이 절로 나왔다. 실제로 마주하니 그토록 두려웠던 다른 사람의 시선 따위는 소용없다는 것을 깨달았다.

"잘했어요."

무뚝뚝한 듯해도 다정한 그의 목소리에 그녀의 눈에는 어느새 눈물이 고였다. 상을 받았을 때보다도 벅찬 감정이었다. 그가 입가에 웃음을 띤 채로 눈물을 흘리는 그녀를 안아 주었다. 마음이 평온해졌다. 남의 시선에 신경 쓰지 않고 온전히 자신만을 생각할 수있게 된 것 같았다.

극장을 나와 이번엔 무사히 택시를 타고 선착장 근처 시장에 들어섰다. 두 사람 사이에 오가는 말은 없었다. 그저 각자의 생각에 사로잡혀 시장 안을 걸었다.

"저기서 영화 촬영한대."

어디서부터인가 웅성웅성대더니 흥분된 목소리의 몇 사람이 빠른 걸음으로 그들을 스쳐 지나가기 시작했다. 생각지도 못한 영화 촬영을 구경할 생각에 사람들은 신난 모습이었다.

"무슨 촬영을 하나 봐요."

관심이 생긴 그녀도 사람들이 달려간 쪽으로 고개를 빼 들었다.

"가 보고 싶어요?"

"아니에요."

흥미는 생겼지만 사람이 많을 그곳에 갈 수는 없었다.

지이잉, 지이잉.

그때 휴대전화 소리가 들렸다. 시형 쪽에서 들리는 소리에 그녀의 눈이 커졌다. 분명 그는 휴대전화가 없는 걸로 아는데.

"휴대전화 있었어요?"

"쓸 일이 생겨서. 여기서 잠깐만 기다리고 있어요."

말을 얼버무린 시형은 그녀가 잡을 새도 없이 전화를 받기 위해 달려갔다. 도대체 무슨 일이 생긴 건지. 그 뒷모습을 보며 그녀가 고개를 갸웃했다. 그가 전화를 받고 돌아오면 물어보리라.

"오오."

갑작스러운 환호성과 함께 박수 소리가 들렸다. 사람들이 뛰어갔던 쪽에서 들리는 것으로 보아 촬영장에서 나는 소리인 듯했다. 무엇을 했기에 구경하는 사람들이 저런 반응인 걸까. 의식할 새도 없이 그녀의 다리가 소리 나는 쪽으로 움직였다.

역시나 멀지 많은 곳에서 촬영을 하고 있었다. 바쁘게 움직이는 배우과 스태프. 그리고 그 주변을 에워싼 사람들까지. 촬영장에서 느낄 수 있는 급박함이 그녀에게도 생생하게 느껴졌다.

액션신을 찍고 있는 것인지 와이어를 매단 남자 배우가 공중에 올라가 있었다. 그 배우를 보는 청윤의 눈이 가늘어졌다.

"설단우야, 설단우!"

"너무 멋있다."

"진짜 잘생겼다."

앞다투어 단우를 찬양하는 소리가 들렸다. 몸을 매단 와이어가 불편할 텐데도 단우는 그런 기색 없이 힘든 촬영을 이어 가고 있었다.

"짜식, 연기 많이 늘었네."

가끔 단우의 촬영장에 커피차 같은 것을 보내 준 적은 있어도 이렇게 완벽한 구경꾼이 되어 단우의 연기를 본 건 처음이었다. 카메라 앞 단우는 자신이 알던 자신감 넘치는 동생이 아닌 완벽하게 자신이 연기하는 배역에 빠져 있는 배우의 모습이었다. 그 모습이 낯설기도 하고, 기특하기도 했다.

컷 소리와 함께 그의 몸이 다시 바닥에 내려왔다. 잘 보이지는 않지만 감독과 찍은 장면을 보며 연기에 대한 상의를 하고 있을 것이다.

오늘 제 연기와 단우의 연기를 한꺼번에 본 탓인지, 그간 잊고 있던 연기에 대한 열정에 마음이 들끓었다. 당장 연기를 할 수 없는 걸 알면서도 말이다. 괜스레 흥분되는 감정을 느끼며 그녀가 촬영을 준비하는 단우를 올려다보았다. 감독의 사인이 떨어지기 전 공중에 올라 자세를 준비하는 그가 잘 보였다. 설마 여기서 자신을 알아보는 건 아니겠지.

청윤이 고개를 돌려 보았다. 저와 마찬가지로 사람들이 와글와글 단우의 연기를 지켜보고 있었다. 안도를 느끼며 고개를 들었던 청윤의 눈이 커졌다. 높이 올라 시야가 트인 곳에 선 그가 정확하게 그녀가 있는 곳에 시선을 주고 있었다. 쭈뼛, 청윤은 등골이 서늘해짐을 느꼈다.

"레디 액션!"

감독의 사인이 떨어지자 언제 제 쪽을 본 것인가 싶게 단우가 연기를 펼쳤다. 단우가 저를 알아보았을까 봐 심장이 두근두근거렸다. 여기서 저를 보게 될 것이라 상상도 하지 않았을 테니 그가 저를 알아볼 일은 없을 것이라 자위했다.

시형이 있는 쪽으로 가야 했다. 불안한 마음에 청윤은 이곳을 빠져나가려 했다. 하지만 촬영 중간에도 사람들이 계속 몰려오는 바람에 인파를 헤치고 나가는 건 쉽지 않았다. 그사이 단우가 촬영을 끝냈는지 스태프들이 다음을 준비하기 위해 바쁘게 움직이고 있었다. 시형이 저를 걱정하고 있을 터였다. 정말 힘들게 그녀가 사람들 사이를 헤쳐 나왔다.

청윤이 원래 있던 곳으로 걸음을 옮기려는 찰나, 제 손목을 잡고 저를 끌고 가는 이가 있었다. 촬영장을 주시하고 있는 어느 누구도 그녀의 상황을 알지 못했다. 소리도 지르지 못하고 청윤은 남자를 쫓을 수밖에 없었다.

"정말 이청윤이야?"

구석진 골목에 와서야 모자를 쓴 남자가 모자를 벗었다. 설단우였다.

5. 위기

놀란 눈의 단우가 청윤을 내려다보고 있었다. 무척이나 놀랐던 지 무슨 말을 해야 할지 몰라 그는 입술만 뗐다 붙였다를 반복했다. 청윤 또한 예상치 못한 만남에 당황스러운 듯 보였다.

"이청윤 맞냐고."

"단우야."

청윤의 대답에 단우의 이마가 찌푸려졌다. 꿈인가 싶으면서도 저를 보고 있는 건 분명 그 이청윤이 맞았다. 무엇을 먼저 물어봐야 하나 고민하는데 청윤 쪽의 행동이 빨랐다.

"미안해, 나중에 말하자."

그러더니 시장 안쪽으로 뛰어가기 시작했다. 바람을 휘날리며 사라진 그녀의 뒷모습을 그가 황당한 눈빛으로 바라보았다. 쫓아가야 하는 것인가. 잠시 고민하던 단우도 몸을 움직였다. 야속하게도 시장엔 사람이 많았다. 누가 알아볼세라 모자를 고쳐 잡은 그가 앞서 나가는 그녀를 따라 뛰었다.

스피드 면에선 단우가 유리했지만, 마른 몸을 이용하여 사람들을 피하며 달리니 그녀의 뒤를 바짝 따라온 그도 그녀를 잡기가 쉽지 않았다. 팔을 뻗어 잡으려 하면 멀어졌고, 가까이 다가가면 그녀가 피한 장애물에 걸렸다. 이청윤과 이런 추격신을 찍게 될 줄이야. 체력이 떨어지는지 그녀의 속력이 줄어들기 시작했다.

됐다.

그가 팔을 뻗어 그녀를 잡으려는 찰나, 그녀가 잽싸게 몸을 돌려 시장 내 건물들의 뒤편으로 이어진 골목으로 달려갔다. 저 멀리 보이는 골목은 막다른 길이었다. 숨을 돌린 그가 다시 그녀가 달려간 곳으로 뛰었다. 막다른 골목으로 달려갔으니 그녀는 금세 잡을 수 있을 것이다.

철컥.

생각과 달리 이번에도 그녀는 쉽게 그의 손에 잡히지 않았다. 골목의 끝자락에 건물 창고를 막아 놓기 위해 설치한 듯 활짝 열린 녹슨 철제문 안으로 들어간 그녀가 문을 닫고는 잠갔다.

문 뒤에 숨은 그녀가 가쁜 숨을 내쉬었다.

"이제 숨바꼭질 그만하자."

저가 있는 곳까지 따라온 단우의 목소리가 문을 타고 넘어왔다.

"나중에 말하자니까. 그냥 모른 척해 주라."

"말이 되는 소리를 해. 누나라면 지금 이 상황이 이해가 되겠어?"

그의 걱정을 알 것 같았지만 쉽사리 말을 할 수 있는 것도 아니었다.

"납치당했다고 하는 누나가 왜 여기에 있는 건지…… 아니, 도대체 어떻게 된 상황인지 설명을 해 봐."

사고는 누구에게나 생길 수 있는 것이다. 하지만 단우는 제 가까운 사람이 사고에, 그것도 흉악 범죄의 피해자가 될 수 있을 것이라 생각해 본 적이 없었다. 그런 저를 비웃기라도 하듯 속을 내보일 수 있을 정도로 친한 누나인 청윤이 납치의 피해자가 되었다. 그런 청윤이 나타나지 않아 전전긍긍했던 사람으로서 이렇게 청윤을 보게 될 수 있을 거라 예상하지 못했다. 무탈한 그녀를 보니 안심이 되긴 했지만 그녀의 무사함을 확인하니 이해할 수 없는 부분들이 꼬리에 꼬리를 물고 나타났다.

"지금은 너한테 뭐라고 할 수 있는 말이 없어."

서로 비밀이 없는 사이라고 믿었다. 하지만 문 뒤에 숨어 저와의 대화를 거부하는 그녀의 모습은 오늘 하루 종일 시끄럽게 떠들어 대던 그 이야기에 힘을 실어 주었다. 일전에 민영을 보며 느꼈던 꺼림칙함까지 더해지니 의심이 확신으로 바뀌려 했다.

"이 납치가 정말 누나 자작극이야?"

"그런 거 아니야."

"그런 게 아니면 뭔데. 지금 누나의 이 행동은 방금 뜬 기사가 맞다고 하는 거랑 다른 게 뭐가 있냔 말이야."

"기사라니?"

실망스러운 어투로 이야기하는 단우의 말에 그녀의 눈동자가 흔들렸다.

"누나를 납치했다는 사람이 언론 쪽에 제보를 했대. 누나 쪽 사주를 받고 누나를 납치한 거라고. 자작극이라는 거잖아."

"말도 안 되는 소리야. 나는 몰랐다고."

"그래, 나도 말도 안 되는 소리라고 생각했어. 그런데 지금 누나 행동을 봐."

단우의 눈에는 납치를 당한 청윤이 아무렇지 않게 사람들 속을 활보하고 있는 이 상황이 이상해 보였다. 흔히 납치라고 부르는 것과는 동떨어진 상황이었다.

"어떻게 해석해야 하는 건데."

비난이 묻어나는 목소리였다. 청윤이 치아로 아랫입술을 짓이겼다. 생각지도 못한 만남, 예상하지 못한 이야기에 청윤의 머릿속이 뒤죽박죽이었다. 단우에게 어떻게 설명해야 하는 건지 갈피조차 잡을 수 없었다.

"지금 초조한 얼굴로 이리저리 달리는 남자가 있는데, 누나 찾는 거야? 저 사람이 납치범인 거야?"

"아냐! 그 사람은."

"그 사람?"

납치범을 부르는 것으론 적당하지 않은 호칭이었다. 단우의 미간에 주름이 지어졌다. 그런 단우의 귀에 풀이 죽은 듯한 목소리가 들려왔다.

"그 사람은 그냥 재수 없게 엮인 거야."

"저 재수 없게 엮인 사람이 누나랑 지금 같이 있기는 한 거고?"

뭐가 어떻게 된 것인지 추론을 해낼 수가 없었다. 골치가 아프다는 듯 단우가 손을 들어 모자를 벅벅 긁었다. 모자를 쓰지 않았다면 그의 머리는 엉망이 됐을 것이다.

"응. 그리고…… 그 사람이 좋아졌어."

문 뒤에서 크지 않지만 확신에 찬 목소리가 흘러나왔다. 어이가 없어 단우가 코웃음을 쳤다. 도대체 뭘 하자는 건지.

"이대로 사랑의 도피라도 하겠다고? 지금 돌아가는 상황 몰라?"

"지금 이 사건이 내 자작극이라는 루머에서, 납치범까지 등장한 기사가 됐다며."

기사 이야기에 충격을 받은 듯 보였던 그녀는 다시 차분해진 것 같았다.

"누나!"

하지만 그 차분함에 답답함을 느낀 단우가 큰 소리로 청윤을 불렀다. 잠시 숨을 고른 그가 냉정한 목소리로 말했다.

"나는 누나 사랑도 응원하고, 어떤 사람이 뭐라 해도 누나 편이야. 그래도 이건 아니야. 무슨 복잡한 상황이 있는지 몰라도 이건 현실 도피밖에 안 돼. 누나 걱정하는 사람들은 생각 안 해?"

진심 어린 말이기에 청윤은 섣불리 입을 움직일 수 없었다. 이어지는 침묵에 답답함을 느끼며 단우가 몸을 돌렸다. 땀에 젖은 채 골목 안으로 들어온 키 큰 남자가 있었다. 단우가 빠른 시선으로 남자를 훑었다. 분명 시장 안을 뛰어다니던 그 남자였다.

'배우야? 뭐 저리 멋있어. 그래도 나만큼은 아니지만.'

단우가 속으로 중얼거렸다.

"누나가 곤란하다면 더 묻지 않을게. 무사하다는 것도 확인했으니까. 그런데 지금 상황에선 아무것도 안 돼. 제대로 정리하고 깔끔하게 시작하란 말이야."

청윤에게 하는 말이지만 시선은 시형에게 향했다. 단우의 질책 어린 시선을 그는 말없이 감내하고 있었다.

"나 가 볼게."

문 뒤의 청윤이 걱정되었지만 자신이 할 수 있는 것도 없었다. 뚜벅뚜벅 단우가 청윤이 있는 곳과 반대 방향으로 걸음을 옮기기 시작했다.

"제 말 명심하시죠."

시형에게만 들릴 정도로 작게 말한 단우가 그를 스쳐 지나갔다. 모자를 다시 눌러쓴 단우가 시장 안 인파 속으로 들어갔고, 남은 건 시형과 청윤이었다.

그는 조심스럽게 청윤이 있는 곳으로 더 가까이 다가갔다. 갑자기 사라진 그녀를 찾으러 백방으로 뛰어다니다 골목 안의 수상한 사람을 발견하였다. 이야기를 하고 있는 것은 그녀와 친하다는 설단우였고, 문 뒤에 청윤이 있었다. 한숨을 내쉰 그가 문을 두드리려 손을 들었다. 하지만 문은 두드리지 못했다.

서럽게 울고 있는 가녀린 소리가 문틈으로 조금씩 새어 나오고 있었다. 당장이라도 문을 열고 그녀를 위로해 주고 싶었지만 그럴 수가 없었다.

시형은 한성의 음성 메시지를 받고, 혹시 한성이 연락을 할지 몰라 휴대전화를 챙겨 들고 다녔다. 그리고 오늘 휴대전화에 기다리던 한성의 번호가 떴다. 그녀를 혼자 두는 것은 불안했지만 그녀 앞에서 전화를 받을 수도 없었기에 그녀를 혼자 두고 통화 버튼을 눌렀다.

"정한성?"

-이야, 역시 그 잘생긴 형 전화였구만.

민 사장이다. 한성의 휴대전화로 저에게 전화를 건 민 사장의 목소리에 시형은 머리카락까지 쭈뼛 서는 기분이었다.

"정한성 어딨어?"

-어디 있기는 우리랑 있지. 내가 이 새끼한테 시킨 일이 있는데, 일을 하고는 딱 잠수를 타 버렸잖아. 그래서 찾는 데 고생을 좀 했지. 아니, 글쎄 그동안 교통사고가 나서 의식이 없었다고 하더라고.

그간 한성이 연락이 안 된 이유가 그것이었나. 시형이 전화를 든 손에 힘을 주었다.

"그래서."

-꼬리 감추고 사라지니까 영 못 찾겠더라고. 의식을 차려서는 내 주변을 맴돌면서 내 조사를 하고 다니는 거 같기에 그냥 뒀지. 알아서 꼬리가 잡히겠다 싶었거든.

그때 한성은 민 사장이 청윤을 납치한 모든 죄를 자신에게 씌우려고 한 것을 알게 되어 자신에게 연락을 취한 것인 듯했다.

-마침 얼마 전에 정한성 마누라가 애를 낳았다기에 죽치고 기다리고 있으니까 알아서 기어 나오더라고. 부정이 무서워. 그렇지?

"정한성 건드리지 마."

-안 건드려. 아직은. 휴대전화를 뒤지다 보니 그쪽한테 연락을 한 적이 있었더라고. 내 돈줄 어딨어.

민 사장의 비열한 목소리에 시형의 턱이 굳어졌다. 돈줄은 분명 청윤을 말하는 것이었다. 네까짓 게 입에 올릴 수 있는 사람이 아니라고 소리치고 싶은 걸 꾹 참았다.

"무슨 소리야"

-아이고, 형님도 오리발 작전인가 봐. 정한성이 거의 불기 직전

인데, 친한 형이 곤란해질까 봐 입을 열었다 닫았다 하네.

퍽 하는 소리와 함께 한성의 비명으로 짐작되는 소리가 전화를 타고 들렸다.

"뭐하는 짓이야?"

-이 새끼가 쓸데없는 짓을 하는 바람에 우리 쪽도 많이 곤란하단 말이지. 언론에 숨겨야 하는 걸 제보했거든.

민 사장의 말에 시형의 미간이 구겨졌다. 한성이 가만있지 않겠다고 한 게 그 이야기였나. 시형의 눈동자가 빠르게 흔들렸다.

-내 돈줄 가지고 있는 형님이랑 통화를 하면 일이 쉽게 풀릴 줄 알았지. 우리 애들이 정한성 아이 병문안을 갈까 하는데.

잔인한 말에 한성이 악에 받쳐 안 된다고 하는 소리가 들렸다. 그 목소리에 시형도 놀라 한성을 불렀다.

"한성아!"

-시끄러워서, 원.

민 사장이 혀를 차는 소리가 들렸다. 눈앞에 민 사장이 있다면 그 혀를 뽑아 버리고 싶은 마음이었다.

"돈이 필요한 거면 내가 줄게. 아무도 건드리지 마."

하지만 현재 키를 쥐고 있는 건 민 사장이었다. 민 사장이 한성도, 청윤도 건드리지 않는다면 제 전 재산을 그에게 줄 수 있었다.

-구미가 당기긴 하는데, 아까도 말했듯이 정한성이 일을 벌여놔서 수습을 하려면 그 여자가 필요해. 웬만하면 정한성 족쳐서 알아내기 전에 그 여자 데리고 와. 상관도 없는 여자잖아. 뭘 망설이는 건데.

시형에게 청윤은 만나기 전과 만나기 후로 인생이 나뉘는 소중

한 사람이었다. 한성이 걱정돼도 그녀를 넘겨줄 수는 없었다.

"알아서 찾아봐. 나는 몰라."

시형은 차갑게 전화를 끊었다. 휴대전화를 쥔 그의 손이 잘게 떨렸다. 두 사람을 지킬 방법이 떠오르지 않았다. 정현과 아이까지 물고 늘어지니 한성은 청윤이 있는 곳을 말할 것이고, 청윤을 납치한 납치범은 한성이 될 터였다.

사람을 버릴 땐 가차 없고 냉혹한 사람이다. 처음부터 이런 상황까지 염두하고 한성을 끌어들였을 것이다. 쓰레기 같은 새끼. 분한 마음이 도무지 가라앉질 않았다. 하지만 당장 할 수 있는 것이 없는 스스로가 너무 한심했다.

그런 마음으로 그녀 앞에 설 용기가 없었다. 그녀의 울음소리가 날카롭게 그의 마음에 박혔다. 그가 철제문 손잡이를 조심스럽게 쥐었지만 그는 그 문을 열지도, 두드리지도 못했다.

그렇게 얼마간 있었을까. 울음소리는 잦아졌다. 훌쩍이는 소리가 들리고 감정을 추스른 그녀가 문을 열고 나왔다. 나오자마자 저를 기다리고 있는 그를 보고 놀라는 얼굴이 되었다.

"어, 언제부터 있었어요?"

제 감정에 취해 그가 자신을 찾고, 기다리고 있을 것이라는 생각은 못 했다.

"화났어요?"

화가 난 건지 그는 말이 없었다. 절로 그의 눈치가 보이는 상황이었다.

"여기에 영화 촬영을 하러 온 게 단우였던 거 있죠. 그거 구경하다가……"

횡설수설 변명을 했지만 그것만으로는 자신이 이곳에 혼자 있던 이유를 설명할 수 없었다. 짧게 한숨을 쉰 그녀가 변명이 아닌 사실을 말했다.

　"사실은 단우를 만났어요. 모른 척하려고 했는데, 저를 딱 알아본 거 있죠. 그래서 도망가다가 여기까지 왔어요. 다리 길이 차이가 나서 금방 잡힌 거 있죠."

　가볍게 이야기했지만 그는 여전히 그녀를 가만히 내려다보았다. 그의 시선이 향하는 곳이 붉게 변해 버린 제 눈가라는 건 어렵지 않게 알 수 있었다. 그가 단우와의 대화를 들었는지 알 수 없었지만 제가 울었다는 건 알았을 것이다.

　"또 찾아다니게 만들었네요. 미안……."

　청윤의 미안하다는 말이 끝을 맺기도 전에 그가 그녀를 와락 안아 버렸다.

　"설단우 기사에 악플 좀 써야겠습니다. 설단우 마음에 안 듭니다."

　그녀의 눈물에 대한 이야기는 하지 않았다. 제 괴로움을 드러내는 건 그녀를 힘들게 할 뿐이었다. 그랬기에 분위기를 바꿔 보려 그가 나직하지만 장난스러운 어투로 말했다.

　"악플은 안 돼요. 얼마나 사람 피를 말리는데요."

　질투를 하는 것 같은 그의 목소리는 마음에 들었지만 제가 아끼는 동생이 악플을 받는 것은 막아 주고 싶었다.

　"그럼 애정 없는 비판 댓글 정도로 하죠."

　"나한테만 달아요. 애정 넘치는 선댓으로."

　"얼마든지."

그녀의 입가에 희미하지만 웃음이 떠올랐다. 이렇게라도 미래의 불안을 덮을 수 있음에 감사했다.

"오늘은 집에 가지 말죠."

그 말에 놀란 그녀가 그의 품에서 살짝 벗어나며 물었다.

"네? 우리 노숙해요?"

그녀의 말에 그가 고개를 저었다.

"산속 오두막 말고, 다른 집으로. 내가 노숙하는 한이 있어도 이청윤 씨는 절대 노숙 안 시킵니다."

"애정 넘치는 선댓을 직접 들려주는 거예요?"

"애정이 느껴졌습니까?"

그의 말에 고개를 끄덕인 그녀가 질 수 없다는 듯 말했다.

"시형 씨하고 있으면 저도 노숙을 해도 상관없어요."

"애정이 넘치는군요."

그가 그녀의 모자를 다시 정리해 주었다. 얼굴의 반 이상을 덮어 얼굴이 정확히 보이지 않는 것을 확인한 그가 그녀의 손을 이끌었다.

"가죠."

맞잡은 손, 배려하는 보폭과 같은 속력의 걸음. 이 순간이 너무 행복했다.

"여기예요?"

그가 그녀를 데려온 곳은 시내에 위치한 현대식 고층 오피스텔이었다. 비밀번호를 누르고 물 흐르는 것처럼 자연스럽게 집 안으로 들어왔다. 처음 들어오는 공간에 그녀가 빠르게 집 안을 살폈다. 집은 꽤 널찍한 원룸으로 된 곳이었다. 전체적으로 하얀 벽에 깔끔한 주방, 기본 가전과 가구만 갖춘 곳으로 사람의 손은 많이 타지 않은 느낌의 공간이었다.

"깨끗하네요."

"앉아요."

어색한 얼굴로 그녀가 침대 위에 앉았다. 할 일 없이 집 안을 둘러보고 또 둘러보았다.

"배고프죠?"

"아니에요. 간식 많이 먹었잖아요."

하루에 너무 많은 일이 있어서 입맛이 없기도 했다. 그녀의 마음을 읽은 것처럼 그는 더 이상 묻지 않았다. 눈치를 볼 필요가 없는 공간에 앉아 있으니, 애써 미뤄 두었던 상념들이 떠올랐다. 텔레비전 리모컨 하나만 눌러도 단우가 말한 기사의 내용을 확인할 수 있을 것이다. 하지만 사실이 아닌 말로 저에 대해 떠들어 댈 사람들의 이야기를 마주할 자신이 없었다.

누가 제보를 한 것일까. 시끄러운 사건으로 관심을 얻고 싶은 사람인 걸까, 아니면 정말 자신을 납치해 온 사람인 걸까. 시형은 그 사실을 알고 있을까. 그 이야기를 해 줘야 하는 것일까.

끝없는 질문들이 청윤의 머릿속을 괴롭혔다. 답을 낼 수 없는 질문들에 머리가 더욱 아파 왔다. 자신이 받아들여야 하는 진실을 알 수가 없었다.

"바람 쐬러 갈래요?"

시형이 저녁을 거부한 채 복잡한 얼굴로 앉아 있는 그녀에게 물었다.

"어디로요?"

바깥에 또 나가자는 건가. 아까까지 밖에 있다 왔는데. 지친 기분에 고개를 저으려는데 그가 나갈 장소를 알려 주었다.

"위로."

그가 검지를 들어 하늘을 가리켰다. 그녀의 표정이 더욱 어리둥절해졌다.

엘리베이터에서 내리자마자 보이는 문을 열자 벤치와 각종 식물로 테라스처럼 꾸며 놓은 건물의 옥상이 그들을 맞이했다. 뚜벅뚜벅. 대리석으로 된 돌길을 따라 걸으니 유리로 높게 만들어 놓은 난간이 있었다. 그 유리 난간 너머로 높고 낮은 건물들이 만들어 낸 불빛이 보였고, 더 멀리 검게 변한 바다가 펼쳐져 있었다. 바람을 타고 흘러온 바다 내음이 청윤의 후각을 자극했다.

"시원해요."

높이 올라오니 바람은 연신 불어왔다. 바람을 느끼기 위해 청윤이 양팔을 십자로 벌렸고, 그런 그녀의 모습을 그가 흐뭇하게 바라보고 있었다.

"영화배우 애인이 이 장면에서 계속 그렇게 서 있을 거예요?"

눈을 감은 채로 하는 그녀의 말에 의아한 표정을 짓던 시형이 그 말의 의미를 깨닫고 살짝 당황스러운 얼굴이 되었다. 고민하던 그가 천천히 양팔을 벌린 그녀의 뒤쪽으로 가서 그녀의 허리에 손을 올렸다. 그렇게 한 시대를 풍미했던 영화의 명장면이 재연되었다. 바다 기운을 품고 있는 바람에 청윤의 머리카락이 흩날렸다.

"하늘을 나는 기분이에요?"

기분이 좋아 보이는 얼굴에 그가 내친 김에 영화의 대사까지 비슷하게 건넸다.

"그냥…… 속이 탁 트이는 기분이요."

"속이 답답했습니까?"

설단우와의 만남이 그녀에게 어떤 영향을 주었을 것이다. 언제나 솔직했던 그녀가 껍데기 안에 숨어 있는 것이 여실히 느껴졌다. 그는 그녀의 생각이 알고 싶었다.

"내 납치가 자작극이라고, 내 사주를 받은 사람이 나타났대요. 그걸로 아마 시끌시끌하겠죠."

보지 않으려 한 현실이 그녀의 눈앞에 있었다. 눈을 감은 채 그녀가 입을 열었다. 그녀도 알고 있다는 말에 그의 눈동자가 흔들렸다.

"연예계 활동을 하면서 억울한 일들이 많았어요. 내 의도와 다르게 방송이 나가서 욕을 먹은 적도 있었고, 처음부터 있지도 않은 일들이 일어난 것처럼 퍼지기도 했고요."

감은 눈을 뜨지 않고 그녀가 말을 이었다.

"그래도 대중 앞에 서는 직업이니까 다 감내해야 한다고 생각했는데, 처음으로…… 이 직업을 택한 걸 후회했어요. 연기 같은 거하지 말고 조용히 살걸. 나는 그저 엄마의 사랑을 받고 싶은 작은 아이였어요. 엄마의 사랑을 받으려면 대중의 사랑을 받아야 한다고 생각했죠. 어리석게도."

"이청윤 씨에게 어머니는 어떤 사람입니까."

배우 이청윤을 말할 때 꼭 빠지지 않고 등장하는 것이 청윤의 엄마인 민영이다. 하지만 이제껏 그녀는 한 번도 제 엄마에 대한 이야기를 한 적이 없었다. 처음으로 등장한 엄마라는 단어에 그가 조심스럽게 물었다.

"엄격하고 무서운 사람이지만 엄마는 제 롤모델이었어요. 사랑받고 싶었고, 동경했어요. 엄마가 아니었다면 지금의 저는 없었어요. 그리고 엄마에게 저는 전부일 거예요. 그래서 본인이 하는 모든 선택은 저를 위한 선택이라고 생각하죠. 그게 엄마가 살아가는 이유인 걸 아니까 나는 엄마를 막지 못했어요. 그리고……."

청윤이 말을 멈췄다. 그에게는 차마 할 수 없는 치부와 같은 말이었다. 치부의 상징처럼 그가 제게 건넨 가방이 떠올랐다. 하지만 등 뒤에 서 있는 그는 괴로워하는 그녀의 표정을 보지 못했다.

"그리고 나는 그런 엄마가 안타까워요."

청윤의 말에 그도 나름대로 복잡한 얼굴이었다. 청윤을 곤란하게 만든 이 납치극도 청윤을 위한 일이라고 말할까. 청윤의 어머니에 대해선 알지 못하니 쉽사리 말을 할 수는 없었다. 하지만 그 납치를 사주한 사람이 제 어머니라는 걸 알게 된다면 청윤은 큰 충격을 받게 될 것이다. 그 사실만은 어떻게 해서든 그녀가 모르게 해야 했다. 이제 더 이상 그녀를 혼자 울게 하고 싶지 않았다.

쉬이잉.

이번엔 아까와는 다른 날카로운 소리를 내는 날 선 바람이 불어왔다. 바람에 청윤의 몸이 휘청이자 그가 바람을 막아서며 그녀의 몸을 지켜 주었다. 한동안 바람은 계속 불어왔다.

낯선 곳이라 그런 것인지 쉽사리 잠에 들지 못했던 그녀가 그의 품에서 잠들고 얼마 지나지 않아 그의 휴대전화가 몸에서 불을 뿜었다. 무음으로 해 둔 탓에 소리가 나지 않아 살짝 뒤척이긴 하였으나 그녀는 잠에서 깨지 않았다. 안도의 한숨을 쉬고 휴대전화 액정에 뜬 번호를 확인한 그가 전화를 들고 베란다 쪽으로 나갔다. 문을 닫으니 소리는 완벽하게 차단이 되었다.

"네, 전화 받았습니다."

-자네 괜찮아?

전화를 받자마자 들리는 건 다급한 준환의 목소리였다. 제 번호를 알려 준 적이 없는 준환에게 걸려 온 전화에 의아한 듯 시형의 미간이 좁아졌지만 수화기 너머로 '전화를 받았어요?'라고 묻는 오 씨의 목소리에 대충 상황은 그려졌다. 오 씨에게는 배 때문에 연락을 하기 위해 전화번호를 알려 주었다. 문제는 이 한밤중에 오 씨와 준환이 같은 공간에서 저에게 전화를 걸어 온 것이었다. 예감이 좋지 않았다.

"무슨 일이 있습니까."

-있었지. 검은 양복 입은 남자들이 섬에 들이닥쳐서 자네를 찾았어.

"네?"

시형이 놀라 되물었다. 저도 모르게 자고 있는 청윤 쪽을 바라보았다. 그녀는 미동도 없이 잠들어 있었다.

-자네 집이 어디 있냐고 한바탕 난리였지.

웬만한 일에 놀라지 않는 준환도 남자들의 등장에는 많이 놀랐던지 목소리에 긴장이 서려 있었다.

"그래서 어떻게 됐습니까."

-산에 자네 집이 있다는 거까지는 몰랐나 봐. 강 씨가 자기 옆집 있잖아. 그 집이 자네 집이라고 했지. 한참 뒤지더니 강 씨가 경찰

부를 거라고 하니 돌아가긴 돌아갔어.

조만간일 거라고 생각했지만 이렇게 바로 들이닥칠 것이라고는 생각 못 했다. 마을 어르신들도 많이 놀랐을 터였다.

"죄송합니다."

저 때문에 조용하던 섬이 시끄러워진 것이 못내 죄송스러웠다.

-자네한테 큰일 난 거 아니냐고 하도 성화셔서 연락해 본 거네.

말은 그렇게 해도 준환의 목소리에도 걱정과 안도가 배어 있었다.

"괜찮습니다."

-이연 처자도?

"……네."

-일단 한시름 났구만.

"감사합니다. 당분간은 섬에 들어가지 못할 것 같습니다."

-그래. 절대 들어오지 마.

이제 그들이 어떤 식으로 압박해 올지 두려움에 소름이 오소소 돋았다.

-뭐가 됐든 몸조리 잘하게.

무거운 마음으로 전화를 끊었다. 정말 지독하기가 그지없는 놈들이었다. 청윤을 이곳에 숨겨 둔다 해도 한성이 민 사장의 손에 잡혀 있는 것이 걸렸다. 상황이 좋아지기는커녕 최악으로 향하고 있었다.

어떻게 해서든 지켜야 했다. 제 목숨을 거는 한이 있어도.

불안하던 눈빛이 차분하게 가라앉았다. 무언가 결심을 한 그의 얼굴에 차가운 달빛이 내려앉았다.

햇빛이 잠든 청윤의 얼굴에 쏟아졌다. 따뜻한 알람에 감겨 있던 청윤의 눈이 천천히 떠졌다. 정신이 돌아오니 달그락달그락 소리가 들렸다. 졸린 눈을 비비며 고개를 내리니 원룸 구조 탓에 바로 싱크대 앞에 선 그가 보였다. 곧은 허리와 떡 벌어진 어깨가 완벽한 역삼각형을 이루고 있는 등은 그대로 안겨 들고 싶을 만큼 넓고 듬직했다. 바쁘게 움직이는 긴 다리와 그가 팔을 움직일 때마다 함께 반응하는 견갑골에 절로 시선이 따라다녔다.

산속 집에서도 먼저 일어나 요리를 하는 쪽은 언제나 그였다. 하지만 장소가 달라져서 그런 것일까, 일어나자마자 보이는 것이 저를 위해 요리하는 그의 뒷모습이라 그런 것일까. 심장박동이 기분 좋게 올라갔다. 설레고 벅찬 마음. 아침에 일어나 처음 이런 기분을 느낄 수 있는 게 얼마나 큰 행복인가 생각했다.

"일어났어요?"

등 뒤에서 느껴지는 따사로운 시선에 그가 몸을 돌리자 하얀 이불에 파묻혀 저를 바라보고 있는 청윤과 눈이 마주쳤다.

"네."

"그러면 일어나지 뭐 하고 있어요."

그녀에게 말을 걸면서 그가 그녀 쪽으로 다가왔다. 말간 얼굴로 저를 보고 눈웃음을 짓고 있는 그녀는 침구 CF에서 갓 나온 거처럼 청량했다.

"시형 씨 뒷모습 구경하고 있었죠."

"재미있었어요?"

털썩. 그가 침대에 앉았다. 반쯤 몸을 일으킨 그녀의 결 좋은 머리카락을 손으로 빗어 주었다. 손가락 사이에서 흩어지는 머리카락의 감촉이 부드러웠다. 조명인 듯 그녀의 뒤에서 비추는 햇살이 마치 그녀에게서 뿜어져 나오는 것 같았다. 아름다운 그녀의 모습은 현실이 아닌 꿈인 것 같았다.

"매우 감명받았죠."

그건 자신이 할 말이었다. 그는 짐짓 아무렇지 않은 척 말했다.

"그럼 구경이 아니라 감상 쪽이 더 맞겠네요."

멋있는 그림을 구경이라 하지 않으니 그의 말대로 감상이라는 단어가 더 알맞은 말일 수 있겠다 싶었다.

"맞아요. 차시형 감상."

으랏차, 하는 소리와 함께 그녀가 몸을 일으켰다. 양팔을 쭉 뻗으며 기지개를 켜는 것도 잊지 않았다. 웃음 띤 얼굴로 저를 바라보는 그에게 물었다.

"왜요? 이청윤 감상 중이에요?"

"아뇨, 이청윤 구경이요. 재밌네요."

"나는 감상이라고 해 줬는데, 너무한 거 아니에요? 그리고 저 재밌다고 하는 사람은 시형 씨밖에 없어요."

"내가 정확하게 보는 거죠. 인간 이청윤을."

청윤이 불만스럽다는 듯 입을 삐죽거렸다. 그 모습에 피식 웃어 버린 그가 그녀의 한쪽 뺨에 손을 올려 제 쪽으로 끌어당겼다. 가까워진 거리에 청윤이 숨을 삼켰다. 자다 일어나 입에서 단내가 날까 봐 입을 벌릴 수 없었다.

"그럼 이건 어때요. 이청윤 음미."

그의 입술이 점점 다가왔다. 눈을 감지 못한 채 눈동자를 굴리며 고민하던 그녀가 끝내 제 입술을 손으로 틀어막고 그를 피했다.

"지금은 안 돼요. 음미가 아니라 우웩, 할지도 몰라요."

놀라 몸이 굳어 있는 그를 두고 그녀가 후다닥 화장실로 향했다. 문을 닫고 들어가자마자 격하게 양치를 하는 소리가 들리자 그가 소리 내어 웃고 말았다.

"역시 재밌어."

그의 웃음은 그녀가 샤워를 마치고 나올 때까지 이어졌다. 샤워를 마친 그녀가 젖은 머리를 수건으로 말리며 나왔다. 침대에서 일어난 그는 다시 주방에 돌아와 아일랜드 식탁 위에 아침을 준비하고 하고 있었다. 그의 얼굴을 보기가 민망해 헛기침을 한 그녀의 손놀림이 더욱 빨라졌다.

"머리 다 뽑으려고 그러는 겁니까."

터져 나오려는 웃음을 삼킨 그가 그녀 쪽으로 다가왔다. 그녀의 손에 들린 하얀 수건을 뺏더니 그녀의 머리를 꼼꼼히 말려 주기 시작했다.

"제가 해도 돼요."

"내가 할 겁니다."

마사지를 하는 것처럼 손가락을 들어 그녀의 두피를 만져 주고 길게 늘어뜨린 머리카락에 남은 물기를 수건으로 팡팡 두드리며 흡수시켰다. 어린아이의 머리를 말려 주는 것처럼 그의 손길은 세심하고 빈틈이 없었다. 그 야무진 손길에 몸이 절로 나른해지는 것 같았다.

"전직 미용사세요?"

"사람 쪽보다는 기계 쪽 같은데. 드라이어."

진지한 얼굴로 하는 말에 그녀는 풋 하고 웃음이 터졌다. 그녀의 웃음에 미소를 지은 그가 다시 한번 그녀의 머리를 시원하게 만지며 허리를 숙였다. 눈에서 꿀이 떨어진다. 문장으로 표현하면 그 정도쯤 될 것이다.

뚫어져라 저를 직시하고 있는 그의 눈빛에 몸이 간지러웠다. 청윤의 눈동자가 이리저리 헤매다 자리를 잡고 그를 바라보았다. 이 눈이 몸이 시릴 정도로 차가웠던 적도 있었다. 분명 같은 사람의 눈빛인데도 확연히 다른 느낌이 신기했다.

마주 보고 있으면 절로 눈을 돌리리라 생각했던 그는 쉽사리 눈과 몸을 움직이지 않았다. 언제까지 이렇게 있어야 하는 건지 쑥스러워 몸이 배배 꼬일 정도였다.

"왜요?"

"이청윤 음미 중입니다."

"네?"

"아까 하려던 거 마저 하겠습니다."

촉, 하고 그의 입술이 그녀의 입술에 닿았다 떨어졌다.

이걸로 끝? 양치까지 했는데. 짧게 끝난 입맞춤에 청윤의 입술이 아쉬운 듯 꼬물거렸다. 그의 입술을 뚫어져라 바라보았다. 무슨 생각을 하는지 입술은 예쁜 호선을 그리고 있었다. 말을 하려는 듯한 입술을 제가 훔쳐 버릴까 고민하는데, 아까까지 미소 짓던 입술이 그대로 제게로 달려들었다.

젖은 머리 속으로 파고든 손이 청윤의 고개를 살짝 젖히고, 그 반동으로 벌어진 입술 새로 감춰 두었던 붉은 혀를 집어넣고 살살이 파고들었다. 맞닿은 붉은 돌기가 마찰을 일으키고, 과즙을 베어 물듯 입 안의 살을 깨어 물고 쪽쪽 빨았다.

점점 깊어지는 키스에 숨이 차오르고 야릇한 신음이 흘러나왔다. 음미보다는 탐미에 가까운 움직임으로 그녀를 마시고 또 마셨다. 살짝 입술이 떼어지고, 가쁜 숨이 섞였다. 우뚝하게 솟은 코끝이 닿았다.

"하고 싶은 거 있어요?"

코를 떼어 내지 않으며 뭔가 아쉬운 듯 그녀의 입술을 살짝 부딪친 그가 물었다.

"하고 싶은 거요?"

"기왕 이렇게 된 거 자유 시간 얻었다고 생각하고, 이청윤 씨를 아무도 알지 못하는 곳에 가게 되면 가고 싶었던 장소요. 시장 말고."

그런 곳이라면 많았다. 다른 인물이 되어 어느 곳이든 갈 수 있었지만 이청윤으로 갈 수 있는 곳은 많지 않았다. 고민하던 그녀의 머릿속에 생각나는 장소가 한 군데 있었다.

"있긴 한데."

"어디요."

"도서관이요."

"도서관?"

역시나 의외의 곳이라 생각했던지 그가 되물었다.

"제가 의외로 책을 좋아해요."

괜히 새침하게 그녀가 말했다. 그녀의 볼을 살짝 어루만진 그가 잠시 생각에 잠기더니 고개를 끄덕였다.

"밥 먹고 움직이죠."

"어디를요?"

"지식의 샘터로."

제가 말을 하긴 했지만 갑작스럽게 도서관으로 가자고 하는 그를 믿을 수 없다는 듯 그녀가 바라보았다.

<샘터 작은도서관>
"정말 도서관이네요."
"들어가죠."
밥을 먹고 그와 함께 나선 길 끝에 있는 것은 분명 도서관이었다. 사람들이 많이 드나드는 공공도서관 대신 주민 센터 건물 위층에 위치한 작은 도서관. 도서관 명판을 멍하니 보는 그녀를 그가 끌었다.

버릇처럼 조심스럽게 모자를 고쳐 쓰고 두 사람은 도서관 안으로 들어왔다. 대부분의 공공도서관처럼 아동과 성인을 위한 자료실이 나눠져 있는 것이 아니었다. 문 앞에 들어오자마자 보이는 것은 성인들을 위한 자료 공간이었고, 안쪽으로 알록달록한 서가와 캐릭터들이 그려진 사인물이 붙어 있는 아동들을 위한 자료 공간이었다.

주변을 둘러보니 데스크에서 대출반납 업무를 하는 직원과 자리에 앉아 책을 펴 놓고 개인 공부를 하는 사람들, 서가 안에서 책을 고르는 사람들이 있었다. 다양한 사람들이 각자의 책에 빠져 있었다.

아무도 저에게 관심 없는 곳에 들어오니 마음이 평온해지는 기분이었다.

"저기 한번 가 볼까요."
그의 손에 이끌려 온 공간이었지만 그 안에서 그를 이끄는 건 그녀였다. 여러 책을 보고 싶었지만 아무래도 가장 먼저 발길이 가는 곳은 소설이 있는 곳이었다. 반짝반짝한 얼굴로 그녀가 서가에 가지런히 꽂힌 책들을 쓸어 보았다. 눈을 감고 숨을 들이쉬자 종이 냄새가 폐에 가득 찼다.

다시 눈을 떠 훼손이 되지 않게 비닐로 싸인 책 하단의 청구기호를 유심히 보았다. 공공도서관에 비하면 크지 않은 곳이었지만, 알차게 책들이 꽂혀 있었다. 주변에 사람들이 없는 것을 확인한 그녀가 그에게 말했다.

"전 도서관 책 냄새가 너무 좋아요. 이렇게 가득 꽂혀 있는 책도 좋고. 내가 책 부자가 된 거 같거든요."

"저도 좋아해요."

그러면서 그의 시선이 향하는 건 서가가 아닌 그녀의 얼굴이었다. 그와 있다 보면 참을 수 없는 웃음이 나오는 순간이 많았다. 그의 눈길을 피하며 손가락을 들어 책을 살펴보던 그녀의 눈에 반가운 책이 들어왔다.

"혹시 이 책 알아요?"

그녀가 고른 것은 까만 표지에 스산한 집 그림이 그려져 있는 미스터리 소설이었다. 그녀와 어울리지 않은 책에 시형의 한쪽 눈썹이 휘었다.

"알긴 하는데, 본 적은 없어요."

베스트셀러로 서점가에서 꽤 인기가 있던 책이라는 건 기억하고 있었다.

"저 사실…… 이 작가 팬이에요."

제 이미지와 어울리지 않아 아무도 모르게 읽었던 책이었다. 청윤은 그 이야기를 그에게 속삭였다. 이야기를 시작한 김에 그녀는 정말 누구에게도 하지 않았던 비밀 이야기 하나를 더 꺼냈다.

"그리고 저 어렸을 때 꿈이 작가였어요."

묻어 왔던 꿈이었는데, 이렇게 책 속에 파묻혀 있으니 잊으려 했던 그 꿈이 다시 떠올랐다.

"저는 이야기를 실현하는 사람이잖아요. 어릴 때부터 이야기를 많이 봐서 그런가, 제가 이런 이야기를 만들어 보면 어떨까 궁금하더라고요."

"써 봤어요?"

그녀가 고개를 저었다.

"연기 외에 다른 일 하는 걸 엄마는 싫어할 테니까."

그러면서 쓸쓸하게 웃었다. 머릿속에서 그려지다 사라진 이야기는 많았다.

"이제는 이청윤 씨가 하고 싶은 걸 해요."

"제가 할 수 있을까요."

거부해도 엄마 민영에게 종속되다시피 했던 삶이었다. 잠깐 민영에게서 떠나 있었다고 해도 민영의 영향력은 쉽게 사라지는 것이 아니었다.

"할 수 있습니다. 충분히."

그녀의 뒤쪽으로 한 걸음 다가온 그가 그녀의 손을 잡아 서가에 꽂힌 책에 올렸다.

"청윤 씨의 이야기가 될 수도 있어요."

겹쳐진 손을 보다 그녀가 살짝 목을 돌려 그를 올려다보았다. 가까이 선 두 사람의 모자챙이 부딪쳤다. 모자가 만들어 낸 그늘

224

아래 두 개의 눈동자가 만났다. 언제나 저를 일으켜 주는 그의 신뢰가 눈을 통해 전달되어 왔다. 엄마의 꿈이 아닌 나의 꿈.

"내가 하고 싶은 거 다 해도 돼요?"

"물론."

혼자서도 충분히 날아갈 수 있는 그녀가 남이 만든 날개에 이끌려 가지 않길 바랐다. 그녀가 훨훨 날아갈 수 있기를 그 또한 간절히 바랐다.

많은 책을 읽을 수는 없었지만 책을 읽으며 도서관에서 보낸 시간은 충만했다. 뿌듯한 마음으로 오피스텔로 돌아가던 청윤이 고개를 숙였다. 뚜벅뚜벅 걸어가고 있는 저와 그의 발이 보였다. 그녀가 왼발을 움직이면 그도 왼발을 움직이고, 그녀가 오른발을 움직이면 그도 오른발을 움직였다.

"우리 똑같이 움직이고 있어요."

그녀의 시선을 따라 그의 시선도 그들의 발로 향했다.

"걸을 때 발을 똑같이 움직이면 같은 곳으로 간다던데."

"가고 있잖아요."

"무드 없기는."

그가 얄밉다는 듯 살짝 흘겨보고는 잡고 있던 손을 놓아 버리고 앞서 걸어 나갔다. 통통 걸어가는 뒷모습에 그가 웃음 지었다.

"잠깐 물 좀 사서 가요."

큰 보폭으로 그녀를 따라잡은 그가 오피스텔 앞에 있는 작은 슈퍼를 가리키며 말했다. 오피스텔에 물이 떨어진 것이 생각났다.

"기다리고 있어요."

"알겠어요."

고개를 끄덕이는 그녀를 확인하고 빠르게 슈퍼 안에 들어가 냉장고에서 페트병을 가지고 나왔다. 슈퍼 주인은 텔레비전에 빠져 그가 다가오는데도 관심을 주지 않고 있었다.

-얼마 전 발생한 배우 이청윤 씨의 납치 사건이 이청윤 씨의 자작극이라는 의혹이 불거지는 가운데, 취재를 위해 이청윤 씨의 집을 찾은 기자들과 진실을 알고 싶은 팬들이 이청윤 씨의 집 앞을 떠나지 않고 있습니다.

아나운서의 말을 끝으로 자료화면으로 넘어간 텔레비전 속에는 청윤의 아파트 건물 앞에서 진을 치는 기자들과 '이청윤은 나와라.'라는 피켓을 든 수십 명의 팬들이 있었다.

-우리를 기만하지 마!

잔뜩 실망하고 화가 난 듯한 남자가 그렇게 외치고는 집 앞 아파트 현관문에 계란을 던졌다. 놀란 사람들이 웅성대는 사이 또다시 던져진 계란이 현관문 유리에 깨져 떨어졌다. 자극적이고 충격적인 영상에 시형의 인상이 찌푸려지고, 청윤이 볼세라 슈퍼를 나가려다 멈칫하고 말았다. 그를 기다리다 슈퍼로 들어온 청윤이 그 영상을 뚫어져라 바라보고 있었다. 그가 빠르게 그녀의 눈을 가리려 했지만 그녀가 그의 손을 피했다.

영상을 볼수록 생기를 잃어 가는 눈에 시형은 서둘러 그녀를 슈퍼 안에서 데리고 나왔다. 그의 힘에 딸려 나왔어도 머릿속에는 이미 저를 비난하는 사람들과 저를 향해 던지듯 가차 없이 계란을 던지는 사람들의 영상이 반복되고 있었다. 제가 봐도 충격이던 그 영상을 본 그녀의 심정은 가히 상상할 수도 없었다.

그녀의 어깨를 감싸 안다시피 하여 오피스텔까지 데려왔다. 그

사이에도 두 사람의 발은 같은 리듬으로 같은 쪽 발을 움직이고 있었지만 그녀의 눈엔 보이지 않았다. 그녀를 침대에 앉히고 그 앞에 무릎을 꿇어앉은 그가 그녀를 올려다보았다.

"이청윤 씨."

청윤의 눈은 그를 향하고 있지 않았다. 초조해진 마음으로 그가 다시 한번 그녀를 불렀다. 사시나무가 떠는 것처럼 가늘게 떨리는 몸이 안쓰러웠다.

"청윤아, 청윤아 나 봐 봐."

커다란 손이 그녀의 얼굴을 감싸 안아 그를 바라보게 만들었다. 음울했던 그녀의 눈동자가 그제야 움직여 그를 바라보았다.

"그 사람들한테 나는 거짓말쟁이예요."

어느새 그녀의 눈에 눈물이 맺혔다.

"거짓말쟁이 아니야. 내가 알아."

저를 향하는 손가락질. 자신은 아무 잘못이 없는데 왜 그런 손가락을 당해야 하는지 이해할 수 없었다.

"이제 괜찮을 거야."

울음을 참으려 끅끅거렸지만 울음을 참는 건 쉽지 않았다.

"너무 무서워. 그 눈들이 나를 향하면……."

너는 모두를 속였어. 너는 최악의 사람이야.

악의 가득한 말들이 그녀에게 향했다. 불신 가득한 눈이 그녀를 가리켰다. 견딜 수 없을 정도로 두려웠다. 어린아이처럼 눈물을 흘리는 그녀가 더욱 안타까워진 시형이 무릎을 반만 세워 그녀를 안아 버렸다.

흘린 눈물에 그의 어깨가 금세 젖었다. 이 눈물을 멈출 수 있다면 무슨 짓이라도 할 수 있을 거 같았다. 세상이 그렇게 그녀를 몰아붙이고 있을 줄은 몰랐다. 그녀와 함께라 모든 매체를 확인할 수 없으니 민 사장 쪽에만 촉을 세우고 있던 것이 실수였다. 그가 그녀의 눈물을 마셨다. 제 몸의 수분을 모두 흘려 버릴 것처럼 그녀는 울었다. 끝없이 눈물을 흘리다 보면 그녀가 받은 상처가 사라질까. 하지만 그것으로 그녀의 마음이 후련해지진 않을 것이라는 건 알았다.

맑은 이슬이 그의 입술에서 사라졌다. 고개를 숙여 눈물을 흘리던 청윤이 천천히 고개를 들었다. 걱정스러운 눈으로 저를 바라보는 그와 눈이 마주쳤다. 젖은 속눈썹 위로 따뜻한 입술이 내려앉았다. 그녀가 눈을 감자 눈물방울이 뚝 떨어졌다. 안쓰러움을 숨기지 못한 손이 그 눈물을 닦았다.

그녀가 그를 이끌어 제 옆에 앉게 했다. 이번에 움직인 쪽은 그녀의 입술이었다. 느릿하게 제 입술을 시형의 입술에 맞대고 아랫입술을 핥았다. 노크를 하는 듯한 움직임에 그의 입술이 열리고, 그 안으로 들어간 혀가 어렵지 않게 얽혔다. 저를 배려하는 보드라운 키스에 몸이 달아오르는 것 같았다. 그녀의 팔이 그의 허리를 안고 몸을 붙였다. 그의 뜨거워지는 몸에 그녀가 더욱 깊게 키스했다.

"내 이름 불러 줘요."

젖은 입술을 떼어 낸 그녀가 그에게 말했다. 그의 손길이, 그의 체온이 좋았다. 그에게 안겨 모든 걸 잊고 싶었다.

"청윤아."

영상 속 사람들이 차갑게 불러 댔던 그 이름이 그의 입을 거쳐 따뜻해졌다. 제 안에 그를 품고 싶었다.

"계속 불러 줘."

"우리 예쁜 청윤이."

청윤의 마음을 읽은 것처럼 그는 자신이 낼 수 있는 최대한의 따뜻하고, 감미로운 목소리로 그녀의 이름을 불렀다. 어느새 두 사람의 몸은 침대 위에 겹쳐져 있었다.

"괜찮겠어?"

그녀를 원했지만 심리적으로 불안한 그녀였다. 이 상황이 그녀에게 후에 괴로운 일로 남을까 봐 염려되었다.

"될 대로 되라는 심정으로 안아 달라고 하는 거 아니야. 당신한테 안기면 위로받는 거 같아. 당신만이 나를 어루만져 줘."

"미안해."

그의 사과에 그녀가 고개를 저었다. 그건 자신의 현실이다. 그를 원망하지도 않았고, 그가 미안해할 것도 아니었다.

"내가, 내가 더 미안해."

오히려 조용했던 그의 삶을 흔든 것은 자신이었다. 단우에게 말한 대로 그는 재수 없게 제 일에 엮인 거였다. 휘말리지 않아도 될 일에 발을 담그게 만들어 자신이 더 미안했다. 괜찮다는 말 대신 그는 세상에서 가장 귀한 보석을 만지듯 그녀의 이마에, 코에, 볼에, 입술에 키스를 했다.

그는 배우여야만 특별해질 수 있다고 믿던 자신을 꾸미지 않은 모습 그대로 특별한 사람으로 만들어 주는 사람이었다. 그녀가 간절한 손길로 그에게 매달렸다.

한 겹 한 겹, 그들을 두르고 있던 옷가지들이 벗겨졌다. 서로의 몸이 부딪히고 숨이 섞였다. 이 세상에 두 사람밖에는 존재하지 않았다. 손 아래에서 그의 고동치는 심장이 느껴졌다. 그리고 그 심장은 무척이나…….

"뜨거워."

그 뜨거움에 그녀가 커다랗게 숨을 들이마셨다.

"나 때문에 뜨거워진 거지?"

"응."

"나도 뜨겁지."

그녀도 그의 손을 심장 위치에 갖다 대었다. 그녀 또한 그의 심장처럼 거칠고 뜨겁게 뛰고 있었다.

달궈진 분위기는 야릇한 긴장감을 만들어 냈다. 누가 먼저랄 것도 없이 탐나는 몸을 부둥켜안았다. 뜨거워진 몸은 서로를 받아들일 준비를 끝낸 상태였다. 열렬히 그녀를 탐하던 그의 허리가 들렸다가 그대로 저를 기다리던 샘을 향해 달려갔다. 달콤한 신음과 함께 두 사람의 몸은 하나가 되었다. 열기 가득한 몸을 느끼며 그녀가 느른하게 눈을 떴다. 제 몸의 일부인 양 저에게 들어온 그에게 하고 싶은 말이 있었다.

"사랑해."

그의 움직임이 멈췄다. 그럼에도 그녀는 멈추지 않았다.

"사랑해. 사랑해요, 시형 씨."

그녀가 그의 몸을 더욱 세게 안았다. 굳은 채 멈춰 있던 그가 다시 움직였다. 그의 시선은 오직 열락에 몸부림치는 그녀에게 향해 있었다. 이 부푼 감정, 애절함, 열감. 그것은 모두 한 가지로 통했다.

"사랑해. 나도."

실체를 드러낸 감정이 더욱 부풀어 올랐다.

"청윤아, 사랑해."

말의 힘은 실로 놀라웠다. 그 한마디에 청윤의 내부가 그를 더욱 조여들었고, 두 사람의 신음이 올라갔다. 점점 고조되는 감정, 더욱 치받는 쾌감에 두 사람의 절정이 금세 다가왔다. 가련하면서도 환희에 젖은 밤의 일이었다.

모든 것을 쏟아 낸 후 그녀는 곤히 잠들어 있었다. 어스름한 새벽, 깨어 있던 그가 그녀의 얼굴을 매만졌다. 따뜻하고 보드라운 감촉에 입꼬리가 살짝 올라갔다 내려갔다.

이제 준비는 끝이 났다. 조금이라도 그녀와의 시간을 늘리고 싶어 망설이고 있던 것이 사태를 악화시킨 것 같아 마음이 좋지 않았다.

새벽빛에 반짝이는 그녀의 이마를 마음에 담았다. 그다음엔 눈을, 코를, 입술을 그녀의 모든 것을 제 마음에 새겨 두고 싶었다. 자신이 죽어도 잊어버리지 않도록.

"흐음."

잠투정처럼 숨을 내쉰 그녀가 잠결에 그의 손을 찾았다. 시형이 그녀의 손을 잡자 그녀의 입가에도 작은 미소가 지어졌다. 저를 무너뜨리는 미소와 손길을 놓고 싶지 않았다. 하지만 그녀를 지키기 위해서 가야 했다.

조심스럽게 그의 입술이 그녀의 입술에 내려앉았다. 그가 그녀에게 남기고 가는 건 마음뿐이었다. 그 외에 어떤 것도 그에게는 허락되지 않았다.

"사랑해."

그의 자그만 욕심이 그녀는 모르게 나타났다 사라졌다. 그의 눈에서 굵은 눈물 한 방울이 떨어졌다.

***

쾅쾅-

소란스러운 문소리가 들렸다. 그 소리에 청윤의 눈이 떠졌다. 아침마다 저를 반겨 주던 그의 뒷모습이 보이지 않았다. 그러는 사이에도 문소리는 시끄럽게 울렸다.

"시형 씨."

이런 소음은 그와 있던 공간에서 전혀 없던 일이었다.

쾅쾅쾅.

문소리는 분명 제가 있는 곳을 열어 달라 말하고 있었다. 열어 줘도 될까. 그러면 자고 있는 저를 깨우려 저렇게 문을 두드리지 않을 것이다.

"청윤아."

그때 들리는 목소리는 분명 저도 알고 있는 목소리였다. 홀린 듯이 그녀가 문을 열자 밝은 빛이 쏟아졌다. 그리고 그 빛을 등지고 선 건…….

"엄마?"

청윤이 모습을 드러내자마자 민영이 그녀의 몸을 안았고, 뒤이어 민영의 뒤에 있던 남자들이 집 안으로 뛰어 들어왔다.

"공범은 없습니다."

총을 쥔 남자들이 서로를 엄호하며 집 안을 훑었고, 무전기로 청윤 외에 아무도 없다는 것을 보고했다.

-피해자 신병 확보해.

그 보고에 딱딱한 목소리가 무전기를 통해 흘러나왔다. 하지만 청윤의 신경은 다른 곳에 있었다.

'집이 더러워지는데.'

신발을 신은 채로 그와 저의 공간에 들어온 남자들이 마음에 들지 않았다. 한 소리를 하고 싶은 마음을 누르는데 제 몸을 곳곳이 살펴본 민영이 청윤에게 말했다.

"고생했어. 엄마가 미안해."

울음이 섞인 목소리의 엄마가 눈에 들어왔다. 제 앞의 상황이 전혀 현실 같지가 않았다.

6. 누명

새벽녘이었다. 딸인 청윤은 어디로 갔는지 찾지 못했고, 매일같이 기자들과 투자자들에게 시달려 하루하루가 가시밭길 같았다. 침대에 누운 민영은 잠에 들지 못해 뒤척였다. 쉽게 잠들지 못하는 밤, 방 안 어둠을 가르고 휴대전화가 울렸다. 청윤의 뒤를 캐고 다니는 기자겠지 싶어 무시하던 민영이 몸을 일으켰다. 이 늦은 시간까지 전화를 걸어 저를 괴롭히는 인간을 그냥 두자니 속이 부글부글 끓었다. 칼날 위에 서 있는 듯 신경이 뚝 끊어지는 기분이었다.

"여보세요."

분풀이라도 할 생각으로 그녀가 전화를 받았다.

-늦은 시간에 전화드려 죄송합니다.

"누구시죠?"

무언가를 캐내겠다는 무례한 목소리가 아니라 나직하고 정중한 목소리에 화를 내려던 민영이 멈칫했다.

-저는 지금 이청윤 씨와 함께 있는 사람입니다.

군더더기 없는 말이었다. 갑작스럽게 들려온 믿을 수 없는 말에 민영이 되물었다.

"뭐라고요?"

잘못된 욕심의 말로였다. 돈을 주었음에도 민 사장은 차일피일 청윤을 데려다준다는 날짜를 미루기만 했고, 그사이에 청윤 측의 사주를 받아 청윤을 납치했다는 제보자가 나타났다. 꽤 구체적인 제보 내용은 아무렇게나 꾸며 낸 말이 아니었다. 민 사장을 쫓아가도 그는 그저 모른다는 말만 되풀이하는 통에 지금 당장 이 사태를 해결하지 않으면 가만있지 않겠다며 엄포를 놓은 상황이었다. 민 사장에게 퍼부어 대긴 했지만 불리한 건 제 쪽이었다. 억측과 비난, 추궁 사이에 있어 요 며칠 밖으로 나가기도 어려웠다.

"당신이 신문사에 제보한 사람이야? 원하는 게 뭐야. 돈이야? 민 사장이 또 돈 뜯어내라고 시키든?"

끊기지 않은 전화임에도 상대방은 말이 없었다. 그사이에도 민영은 원망과 비난을 쏟아 냈다.

-같이 있다고 했지, 납치한 사람이라고는 하지 않았습니다.

짧은 한숨을 내쉰 후 남자가 말했다.

"당신이 납치를 했건 안 했건 우리 청윤이 지금 어디 있어. 우리 청윤이한테 손끝 하나만 대 봐. 내가 절대 가만있지 않을 거야."

-그 말을 먼저 하셨어야 했습니다.

진중한 목소리에 민영의 얼굴이 화락 달아올랐다. 딸과 함께 있다는 사람의 등장에 딸의 걱정을 뱉었어야 하는 것이 순서긴 했다. 하지만 저딴 납치범에게 그런 충고 따위 듣고 싶지 않았다.

"네가 무슨 상관인데. 말 돌리지 말고 청윤이나 얼른 제자리로 돌려놔."

-안 그래도 그럴 생각입니다.

민영의 격앙된 말에도 전화 속 남자는 차분히 말을 꺼냈다.

-이 납치극의 시작이 어머니라는 건 청윤 씨는 모릅니다.

"뭐? 누가 그따위 소리를 해. 민 사장이 그래? 그 새끼가 날 엿 먹이려고 그런 소리 한 거야. 돈 필요해서 우리 애 납치해 놓고, 나한테 덤터기 씌우려고."

일단 무작정 오리발을 내밀었다. 이 남자가 어디까지 아는지 정확히 모르는 상태에서 자신의 잘못을 인정할 수 없었다.

-증거는 있습니다.

한성이 저에게 청윤을 데려다주던 날 민 사장과의 대화를 녹음했다고 했었다.

"무슨 증거가 있다고……."

지은 죄가 있으니 민영의 말이 점차 줄어들었다. 정말 밝혀져 버린다면 어떻게 해야 하지. 우리 청윤이는 어쩌고. 그렇게 된다면 청윤은 이대로 세상에 나오지 않는 편이 나을 것이다.

-협박을 하려고 전화를 한 게 아닙니다. 저는 이청윤 씨가 그 사실들을 모르길 바랍니다.

"당신이 뭔데, 그런 걱정을 하죠?"

제 약점을 쥐고 있는 건 저쪽이었다. 실물을 확인하지 못했지만 증거가 있다는 말에 두려운 마음이 드는 건 어쩔 수 없었다.

-이청윤의 깊은 팬이라고 하겠습니다. 제가 지금 이 상황을 벗어날 수 있도록 해 드리겠습니다. 이청윤 씨의 어머니가 제 부탁을

들어주신다면.

　의중을 알 수 없는 그의 말에 민영의 눈동자가 흔들렸다. 이 말을 믿어도 되는 것인가. 마수에 걸린 건 아닐까. 불신과 걱정이 한꺼번에 밀려왔다.

　-어떻게 하시겠습니까.

　남자가 물었다. 처음부터 끝까지 목소리를 높이는 일 없이 저를 압도했다. 이 남자가 정말 청윤을 데리고 있다면, 정말 모든 걸 알고 있다면.

　민영이 숨을 크게 내쉬었다. 처음 듣는 목소리임에도 남자가 거짓말을 하고 있는 것 같지 않았다.

　"들어는 보죠. 그쪽이 어떤 생각인지."

　-내일 제가 이청윤 씨의 납치범으로 경찰서에 자수를 하러 갈 겁니다.

　말을 들은 민영의 눈이 커졌다. 납치범이 등장한 것만으로도 청윤이 납치극을 벌였다는 이야기는 들어갈 터였다.

　"그러면요."

　-제가 이청윤 씨가 있는 곳을 알려 드릴 테니 이청윤 씨를 데리고 오면 되는 겁니다. 그리고 민 사장에게 연락을 해서 지금 데리고 있는 이청윤의 진짜 납치범을 놓아 달라고 하시면 됩니다. 민 사장에게도 절대 피해가 안 가게 한다고 하면 민 사장도 순순히 말에 따를 겁니다.

　민영이 휴대전화를 쥔 손에 힘을 주었다. 민 사장에게 속았다는 사실에 화가 나기보다 남자의 제안에 침이 꿀꺽 삼켜졌다. 분명 솔깃한 제안이었다.

"납치범이 따로 있다면서 왜 이렇게까지 하는 거죠."

그야말로 전화를 건 남자의 무조건적인 희생이었다. 제가 이 납치에 가담되어 있다는 것까지 알고 있으면서 아무리 제 딸의 팬이라도 이렇게까지 하는 것이 이해가 되지 않았다. 민영의 물음에 잠시 말이 없던 남자가 말했다.

-손가락질당하게 하고 싶지 않습니다.

그의 말에 민영이 말을 잇지 못했다.

-이 모든 사실을 이청윤 씨는 몰라야 합니다. 그럼 제가 기꺼이 납치범이 되겠습니다.

이것으로 이 상황을 벗어날 수 있을까. 허튼 말을 하는 것 같지 않은 목소리에 민영은 지푸라기라도 잡고 싶었다.

"좋아요. 그렇게 하죠."

-일단 제가 주소를 찍어 드리겠습니다. 경찰들과 함께 가세요. 혼자는 무서울 테니까. 그리고 이 사건에 이청윤 씨가 나서지 않게 해 주세요.

"청윤이는 걱정 말아요."

청윤에 대해 제일 잘 알고 있는 사람이 자신이다. 청윤을 찾는 순간, 청윤은 이번 일에 나서지 않도록 할 생각이다. 남자가 말하지 않아도 그건 자신의 몫이었다. 이 남자가 누구인지 생각하고 싶지 않았다. 드디어 이 상황에서 벗어날 수 있다. 민영은 전화를 끊는 순간까지도 그 생각에 사로잡혀 있었다.

전화 속 남자가 보낸 문자를 따라 청윤을 찾아가니 정말 청윤이 그곳에 있었다. 민영이 나서서 청윤을 먼저 데리고 나오고, 경찰들이 자수를 한 남자 이외에 다른 공범이 없는지 확인했다.

집에서 벗어나자마자 민영은 놀랐을 청윤을 경찰서 대신 집으로 데려간다고 선포했다. 경찰도 후에 조사를 위해 연락하겠다며 병원에 가 보라는 말로 청윤을 순순히 보내 주었다. 그 덕분에 청윤은 다시 예전에 타고 다니던 밴 안에 몸을 실을 수 있었다.

"누나, 괜찮아요?"

자신이 구출됐다는 사실이 믿기지 않는 건지 어딘가 혼이 빠진 듯 보이는 청윤을 보며 그녀의 매니저인 종철이 물었다. 아무것도 들리지 않는 사람처럼 청윤은 말이 없었다. 청윤의 어깨를 끌어안은 민영이 운전석에 올라타는 종철에게 말했다.

"종철아, 일단 집으로 가자."

"병원 안 가시고요?"

"지금 어디를 가든 기자들이 진 치고 있을 거 몰라? 일단 집으로 가."

민영의 날카로운 말에 민망한 얼굴이 된 종철이 알겠다고 대답하며 시동을 걸었다.

"종철아."

"네, 누나."

살짝 인상을 찌푸린 청윤이 민영을 밀어내며 종철을 불렀다. 그 반가운 목소리에 종철이 빠르게 대답했다.

"네 휴대전화 좀 빌려줄래?"

"어디 전화하시게요?"

대답 없이 제 휴대전화를 기다리고 있는 청윤에게 그는 주머니 안 휴대전화를 내밀었다. 휴대전화를 쥔 채 그녀는 쉽사리 버튼을 누르지 못하고 심호흡을 했다. 이 휴대전화를 통해 제가 봐야 하는 현실이 너무도 두려웠다. 자동차는 유려한 종철의 운전 실력 덕에 부드럽게 앞으로 나아갔다.

"왜 그러니, 청윤아."

투명인간 취급을 하는 것처럼 민영의 말에는 대답하지 않은 청윤이 휴대전화의 인터넷 버튼을 눌렀다. 그녀가 검색을 할 필요도 없었다.

〈오랜 납치의 종지부…… 범인의 자수로, 배우 이청윤 무사히 구출〉

화면을 보는 청윤의 눈동자가 빠르게 떨려 왔다. 자수. 그 한 단어만이 그녀의 눈에 들어왔다. 기사는 배우 이청윤을 납치했던 피의자 A씨가 죄책감을 이기지 못해 오늘 새벽 경찰서에 자수를 했다는 내용이었다. 믿을 수 없는 내용에 청윤은 소리도 내지 못했다. 관련 기사를 꼼꼼히 보던 청윤이 이번에 포털 사이트 검색창에 커서를 놓았다.

<이청윤 납치>

그 두 단어를 검색창에 넣었을 뿐인데 빠른 속도로 관련 기사가 정렬되었다. 그와 행복한 시간을 보내고 있을 무렵 이런 일이 벌어지고 있었구나.

마음을 추스를 새도 없이 청윤이 처음부터 기사를 읽어 나갔다. 납치 사건이 벌어진 후의 사건 정황과 수사 상황, 지라시처럼 돌았던 납치 자작극에 대한 의혹, 눈물 어린 민영의 기자회견과 납치가 자작극이라고 폭로한 납치범의 제보. 그리고 그 모든 걸 뒤엎은 납치범의 체포. 그 모든 상황이 인터넷 뉴스 속에 상세히 적혀 있었다. 지금은 안정을 취하기 위해 집에 돌아가고 있다는 제 기사가 사이트 메인에 올라와 있었다.

돌아와 버렸다. 제 현실에. 숨이 막히는 것 같아 청윤이 크게 숨을 내쉬었다 뱉었다를 반복했다. 그 와중에도 기자들을 피해 종철이 집 주변을 배회하며 몰래 건물 안으로 들어갈 틈을 노렸다. 청윤이 집으로 오고 있다는 소식에 많은 신문과 일간지의 기자들이 진을 치고 있었다.

"그만 봐."

차를 타고 오는 내내 휴대전화만 붙들고 있던 청윤이다. 민영이 막으려 했지만 청윤은 악착같이 휴대전화를 놓지 않았다. 집에 도착해서 민영은 청윤의 손에 들린 휴대전화를 뺏어 종철에게 건넸다.

"아파트 뒤쪽 문 열어 달라고 경비원분께 말씀드릴게요."

항상 잠겨 있는 뒷문 쪽으로 몰래 들어갈 생각으로 종철이 아파트 경비에게 전화를 걸었다. 통화가 끝날 즈음 가만히 앉아 있던 청윤이 말했다.

"문 열어."

"네?"

청윤이 억지로 문을 열려고 했고, 놀란 민영이 그녀를 잡았다.

"놔! 나 경찰서로 가야 해."

"누나, 왜 이래요."

"그 사람은 아무 잘못 없어!"

"이청윤 정신 안 차려? 종철아, 내려서 청윤이 좀 잡아."

두 사람이 막으려 해도 청윤의 힘은 쉽게 막을 수 없었다. 이토록 이성을 잃은 청윤은 처음이었다. 종철이 그녀를 말리기도 전에 청윤의 힘으로 차 문이 열렸다. 당황도 당황이지만 이곳에서 소란을 부렸다가는…….

"저기, 이청윤 차 아니야?"

큰 소리로 기자 하나가 외쳤다. 여기서 기자들을 마주쳐서는 안 된다.

"종철아, 얼른 청윤이 데리고 들어가!"

"네."

"이거 놓으라고. 나 가야 한다고!"

"누나, 조용히요."

기자 무리가 청윤 쪽으로 달려왔고, 종철이 청윤을 붙들고 있는 것을 확인한 민영이 기자들의 시선을 분산시키기 위해 운전석에 앉아 차의 시동을 걸었다.

"나 그 사람한테 가야 해."

여자인 청윤이 종철을 뿌리칠 수는 없었다. 청윤을 거의 안아 들다시피 한 종철이 그녀를 아파트 건물 안으로 데리고 들어갔다. 그를 위해 아무것도 할 수 없는 제 상황에 청윤은 절규했다. 이러려고 저를 그리 안타까운 눈으로 보았을까, 이러려고 제게 사랑한다고 했던 걸까.

"종철아, 나 좀 보내 줘!"

청윤이 애원하며 종철에게 아픈 고함을 질렀다. 금방이라도 숨이 끊어질 듯 그녀는 위태로워 보였다.

감금은 납치가 끝난 뒤에야 이루어지는 것 같았다. 그와 있던 그곳은 집을 나와 봤자 산밖에 없었지만, 그 어떤 곳보다 자유로웠고 평온했다. 이 집에 다시 돌아온 순간부터 청윤은 가슴에 무언가 막아 놓은 듯 답답하기만 했다. 오늘도 방 안에 앉아 창밖만을 바라보았다.

그가 밥은 제대로 먹고 있을지, 잠자리가 불편할 텐데 잠은 잘 자고 있는지. 그의 걱정 말고는 할 수 있는 것이 없었다. 민영은 청윤이 어떤 매체도 보지 못하게 막았다. 그래서 그저 지금까지도 제 집에 진을 치고 있는 취재진을 보며 아직 밖이 시끄럽겠구나 예상할 뿐이었다.

민영은 청윤이 온 뒤에도 얼굴조차 보지 못할 정도로 바빴다. 청윤이 돌아왔으니 그녀의 무사함을 알리고 그에 수반되는 계약이나 활동 일정들을 조율하고 있을 터였다. 이 상황에도 민영은 딸 이청윤이 아닌 배우 이청윤이 먼저였다. 그것이 청윤에게도 당연한 일이라 서운할 마음이 생길 구석은 없었다. 그저 민영에게 해야 할 말이 있는데 하지 못해 답답할 뿐이었다.

"누나, 오늘은 죽 한번 드셔 보세요."

음식이 넘어가지 않아 청윤은 며칠째 밥을 먹을 수 없었다. 저의 거절에도 계속 식사를 들고 오는 종철의 애원에 어쩔 수 없이 음식을 먹으려고도 해 봤으나, 입 안이 까끌해서 잘 넘어가지도 않았다. 억지로 먹는다 해도 중간에 음식을 토하거나, 심하게 체해 앓아누웠다.

"안 넘어갈 거 같아."

"무사히 돌아오셨는데, 왜 그러시는 건데요."

무사히.

그 단어가 그렇게 미울 수가 없었다. 몸은 원래 있던 곳으로 돌아왔어도 제 마음은 그와 있던 그 산장에, 그 오피스텔에 두고 왔다. 무사히라는 말은 틀렸다.

"꼭 실연당한 사람처럼……."

답답하다는 듯 말을 잇던 종철이 말을 멈췄다. 실연이라니. 몇 개월을 납치당해 종적을 감춘 청윤에게 할 소리는 아닌 것 같았다.

"실연……."

종철의 말에 청윤이 힘없이 웃었다. 그녀는 그를 잃은 걸까. 청윤이 고요하게 생각에 잠겼다.

"연을 잃지 않았어. 절대 안 놓을 거고."

"그게 무슨 말이에요."

선뜻 이해하기 힘든 말이었다. 청윤을 데려오던 날 납치범이 잡혔다는 말에 오열하던 청윤이 떠올랐다. 저를 납치한 사람이 잡혔는데, 피해자가 보이는 일반적인 반응은 아니었다.

설마 하는 얼굴로 저를 보는 종철에게 청윤이 다시 입을 열려는 찰나 민영이 방으로 들어왔다. 엄마의 얼굴에 시형을 생각하며 풀어졌던 표정이 다시 굳었다.

"오늘은 음식이 넘어가?"

언제나 음식은 조금만 먹으라고 말하던 민영이 청윤에게 밥을 먹었느냐고 물었다. 하지만 지금 청윤에게 그런 물음이 들릴 리 만무했다. 드디어 마주한 엄마의 얼굴에 청윤이 몸을 일으키며 대뜸 말했다.

"엄마, 나 나가게 해 줘. 경찰서 가야 해."

"안 돼."

"왜. 이건 내 사건이잖아."

"괜찮아. 굳이 네가 나서지 않아도 돼. 윤 변이 다 알아서 할 거야."

"뭘 알아서 하는데. 감금돼서 숨도 제대로 못 쉬고 있었다고?"

민영의 뜻에 따라 회사 소속 변호사가 할 말은 뻔했다. 극악무도한 납치범으로, 미친 스토커로 언론 곳곳에서 떠들어 대고 있을 게 분명했다. 저는 그런 납치범에게 잡혔다가 가까스로 살아난 가련한 스타 배우일 것이고. 저 때문에 시형이 그런 수모를 당하는 걸 볼 수 없었다.

"그 사람은 정말 아무 잘못 없어. 내가 가서 그 오해를 풀어야 해."

간곡하게 애원하는 딸의 모습에 한숨을 쉰 민영이 물었다.

"뭐가 달라지니."

타이르는 어조에는 딸의 이런 행동을 이해할 수 없다는 뉘앙스가 스며 있었다.

"그 남자가 잘못이 있든 없든 널 데리고 있던 사람이라는 건 변함없어. 우린 피해자야. 너는 모르겠지만 우리가 그동안 얼마나 많이 시달렸는데."

가만히 민영을 바라보던 청윤이 무슨 생각을 하는지 알 수 없는 얼굴로 말했다.

"이렇게 만든 건 다 엄마잖아."

심장이 쿵 내려앉을 것만 같은 말이었다. 선고처럼 내려진 청윤의 말에 민영의 눈동자가 흔들렸다.

"뭐?"

"내가 납치당한 거 다 엄마가 벌인 일이잖아."

"누, 누가 그런 말을 한 거야. 설마……."

당황해 말을 하려던 민영이 말을 멈췄다. 청윤이 어떻게 그걸 알게 된 걸까. 전화를 했던 그 남자 생각이 났지만 절대 청윤이 알지 못했으면 하는 건 진심 같았다. 민 사장을 만났나. 하지만 납치되어 있었다던 오피스텔에서 청윤을 데려온 후로 저와 종철 이외에 만난 사람은 없었다. 짧은 순간에도 민영의 머릿속에 많은 추측들이 떠올랐다 사라졌다.

"정말 맞나 보네."

처음 보는 엄마의 당황하는 모습에 청윤은 제 생각이 맞았음을 확인했다.

"납치당해 있는 동안 나한테 보낸 가방, 하나부터 열까지 엄마 취향이었어. 그 취향대로 산 세월이 얼만데. 못 알아보면 등신이지. 내가 납치된 상황을 교묘하게 마케팅에 이용했더라. 그 기자회견에 진심이 있었어?"

말을 하면 할수록 청윤의 목소리는 흥분으로 올라갔다. 납치된 비극적인 여배우의 이야기는 세간의 관심을 끌었고, 그 배우가 마지막으로 찍었다던 영화에까지 영향을 미쳐 재개봉이라는 결과를 만들어 냈다. 처음부터 끝까지 저는 민영의 손에 놀아났다. 제 엄마 때문에 시형은 극단적인 선택을 하며 자신을 지켜 주려 했다.

"청윤아, 엄마 말 좀 들어 봐."

"우리가 정말 피해자야? 어떻게 우리가 피해자 이야기를 해. 엄마는 그저 엄마 허영을 채우려고 딸을 이용한 것도 모자라서 죄 없는 사람한테까지 죄를 뒤집어씌운 거야! 너무 창피하고 부끄러워서 얼굴을 들 수도⋯⋯."

짝!

빨간 자국이 난 청윤의 얼굴이 돌아갔다. 하얀 얼굴에 너무도 선명히 자리한 자국에 민영이 제 손을 보았다. 청윤에게 손찌검한 스스로의 행동에 민영 자신이 더 놀랐다. 하지만 이내 감정을 숨기고 청윤에게 말했다.

"네가 추락하는 꼴을 볼 수가 없었어. 매일같이 어리고 새로운 애들은 나오고 있고, 너보다도 훨씬 떨어지는 애한테 네가 밀렸어. 나는 네가 계속 빛나길 바랐어."

"아니지. 엄마는 엄마가 만든 인형인 내가 외면당하는 걸 견딜 수가 없었던 거야. 내가 외면당하는 건 엄마가 외면당하는 거니까. 엄마 체면이, 엄마 자존심이 더 중요했던 거야. 내가 무슨 상처를 받든, 무슨 일을 당하든 상관없었던 거야."

"아니야. 아무 일도 없을 거라고 했어!"

"아무리 그렇다고 해도 이런 짓을 해! 용서받을 수 있을 거라고 생각해? 나는 엄마 절대 용서 못 해!"

절규와 같은 외침이 집 안에 울렸다. 청윤의 눈에 자리 잡은 건 실망을 넘어선 혐오다. 어떻게 청윤이가 나한테 저런 눈빛을 하지. 민영은 믿을 수가 없었다.

잘못된 선택이었다는 건 안다. 하지만 내가 그런 미친 선택을 한 게 누구 때문인데. 청윤은 최정상에 있었다. 그 자리에 있은 지 얼마 되지 않아 내려오는 것을, 제대로 누리지도 못하고 내려오는 것을 청윤 또한 감당할 수 없을 거라고 생각했다. 하지만 청윤은 제게 다른 말을 하고 있었다.

"내가 누구 때문에!"

"누구가 아니라 엄마 때문이라고. 단지 엄마가 계속 돋보이고 싶었을 뿐이야."

"그래서 경찰서 가서 엄마를 신고하겠다고? 그래! 엄마가 관심 좀 끌어 보려고 딸아이를 납치하는 자작극을 벌였다고 신고해!"

청윤과 이렇게 극한으로 치받은 적이 없었다. 민영의 몸이 비틀거렸다. 평소라면 걱정하며 달려왔을 청윤은 완전 다른 사람 같은 눈을 하고 있었다.

"필요하면 해야지."

사망 선고처럼 날카로운 청윤의 말이 그대로 가슴에 박혔다. 눈앞이 흐릿해지는 기분이다. 크게 휘청인 민영의 몸이 바닥으로 곤두박질쳐졌다. 숨을 죽이고 대화를 듣고 있던 종철이 쓰러진 민영의 몸을 안아 들었다. 충격적인 사실을 알았지만 사장님을 모른 척할 수 없었다. 119에 신고하는 종철을 지켜보던 청윤도 그 자리에 주저앉았다.

절망.

지금 제 심정을 표현할 수 있는 단어는 오직 그 한 가지뿐이었다.

***

자수를 한 후 시형은 모든 혐의를 인정하고 어떤 질문에도 같은 말만 반복하고 있었다. 경찰 조사가 진행되면서 그가 말한 장소에서 청윤이 발견된 점, 시형이 진술한 납치 수법 등 사건에 대한 증거들이 나오면서 시형은 경찰 조사 후 검찰에 송치되었다.

조사를 위해 검사실에 불려온 시형은 사건 담당인 조윤한 검사와 마주 앉아 있었다. 윤한의 눈빛이 굳게 입을 다물고 앉아 있는 시형을 훑었다. 여자들을 꽤나 울렸을 것 같은 외모지만 절대 가볍거나 음험해 보이진 않았다. 하지만 눈앞의 남자는 직장을 다니다 그만두고 집에서 은둔 생활만 하던 사회 부적응자에, 편집증을 가진 최악의 남자로 모든 사람들이 떠들어 대고 있었다. 저도 차시형을 보기 전까지는 그들 중 한 사람이었다.

검사는 사건만을 봐야지 피의자에 대한 어떤 평가나 판단을 해서는 안 된다. 검사 생활을 하며 나름 원칙으로 삼고 검사 일을 하고 있지만 눈앞의 남자는 그 원칙을 내세우기가 힘들었다. 그것은 진실을 파헤치고 알아내야 하는 검사의 촉이었다. 원칙이 촉보다 앞서는 순간. 그 순간을 하필 꽤 시끄러운 사건에서 느끼고 말았다.

"차시형 씨."

"네."

"국선 변호사도 선임하지 않는다고 하고, 사건에 대해서는 혐의를 인정하는 것 외에 다른 말씀을 하지 않고 있으시다고요."

"네, 해야 할 말은 다 했습니다."

시형의 심지 굳은 눈빛이 윤한의 날카로운 눈빛을 그대로 받아들였다. 그 행동에 윤한이 작게 한숨을 내쉬며 물었다.

"정말 다 하신 겁니까? 납치 감금 장소가 ○○동 소재의 오피스텔이 맞습니까?"

"네."

그 동네 CCTV를 이 잡듯이 뒤져 두 사람의 모습을 발견했다. 하지만 두 사람이 ○○동에서 발견되는 날짜의 공백이 너무 컸다. 마치 다른 곳에서 지내다가 가끔 ○○동에 온 것처럼. 아무리 집에만 있었다고 해도 그게 가능한 일인가. 고개가 절로 갸웃거렸다. 게다가 아무리 협박을 했다 해도 CCTV 속 다정한 모습이 너무도 부자연스러웠다. 피해자, 피의자 관계가 아닌 누가 봐도 연인의 모습이었다.

"그 안에서 뭘 했습니다. 2차 범죄를 저질렀나요."

"그건 아닙니다."

그건 이청윤 측의 변호사도 했던 말이다. 조사를 위해 이청윤을 불러 달라고 해도 청윤이 큰 충격으로 밖에 나오기 힘들다며 모든 조사는 변호사와 진행했다. 차시형이 유일하게 부정하는 범죄. 범죄의 피해자라 해도 해당 범죄는 여배우인 청윤의 이미지에 큰 타격을 줄 수 있었다.

"그럼 뭘 했습니까."

시형의 입은 움직이지 않았다. 이청윤을 납치해 온 차시형은 그 오피스텔에 이청윤을 가둬 놓고 시간이 날 때마다 청윤을 잠깐 보고 나오곤 했다고 주장했다. 발견 당시 청윤은 묶인 상태도 아니었고, 그 오피스텔은 현관문 안쪽 잠금장치를 제외하곤 다른 잠금장치는 존재하지 않았다. 그런데 이청윤은 왜 도망가지 않았을까. 그것에 대해 아무리 물어도 시형은 묵비권만 행사했다.

분명 다른 무언가가 있다.

"변호사도 없이 묵비권을 행사하는 건 차시형 씨한테 무조건 불리합니다."

"압니다."

시형은 단답 이외엔 입을 열지 않았다. 이대로면 이청윤 측에서 어떻게 떠들어도 그 변호사의 말이 이 사건의 진실이 된다. 윤한은 그가 숨긴 진실을 너무도 알고 싶었다. 속까지 갑갑하여 윤한이 넥타이를 풀었다.

"좋습니다. 고문할 수도 없고 오늘 조사는 여기까지 하죠."

졌다는 듯 윤한이 두 손을 들었다. 이내 윤한이 펜을 던지며 일어서는 시형을 불렀다.

"차시형 씨."

시형이 말없이 윤한을 보았다.

"이건 비공식적인 질문입니다. 조서엔 올라가지 않을 겁니다."

가장 궁금했던 물음이 하나 있었다.

"왜 그랬습니까."

시형이 살짝 고개를 들어 윤한을 보았다. 그 질문에 누군가를 떠올린 듯 시형의 얼굴에 처음으로 표정이 나타났다.

'웃은 건가.'

시형의 웃음에 윤한이 놀란 감정을 추스르는 사이, 그가 그윽해진 눈빛을 보내며 무겁게 다물렸던 입술을 열었다.

"사랑하니까."

그 한마디를 한 채 시형이 등을 돌렸다.

*　*　*

북적북적. 고급 아파트 현관문 앞에는 사람들이 잔뜩 있었다. 그리고 얼굴 곳곳에 멍이 난 한성이 긴장된 얼굴로 그들을 바라보고 있었다. 분명 이청윤을 취재하기 위해 몰려든 기자들일 것이다. 청윤을 만나기 위해 그녀의 집 앞으로 온 것이지만 쉽사리 만날 수 있을 거 같지 않았다.

청윤을 시형에게 맡기고, 청윤의 짐을 물에 있는 시형의 집에 두고 오는 길에 한성은 교통사고를 당하고 말았다. 그 사고로 한성은 의식불명 상태로 신원 미상의 환자가 되어 긴 시간 병원에 누워 있어야 했다. 시간이 흘러 한성이 정신을 차렸을 때는 소름이 끼칠 정도로 시간이 많이 흐른 뒤였다. 자신이 벌인 일, 정현에 대한 걱정이 한꺼번에 몰려와 무엇부터 해결해야 할지 알 수 없었다.

정신을 차리지 못한 기간 동안 이청윤은 정말 사라진 사람이 되어 있었고, 민 사장은 눈에 불을 켜고 자신을 찾고 있었다. 민 사장에게 이 납치극을 얼른 끝내자는 말을 하러 찾아간 날, 한성은 그와 함께 민 사장 아래에서 일했던 동생에게서 민 사장의 속셈을 듣게 되었다.

이청윤을 납치한 후 이청윤의 엄마에게 돈을 뜯어내고 사건을 마무리 짓기 위해 자신을 납치범으로 몰아갈 생각을 하고 있었다. 나쁜 새끼. 자신을 끝까지 이용하려고 하는 민 사장을 가만둘 수 없었다. 제가 상대하기에 민 사장은 질이 나쁘고, 저 혼자 힘으로 맞서기엔 힘든 상대였다. 그래서 제가 벌인 짓을 제보했다.

그 때문에 민 사장이 더 불을 켜고 저를 찾으려 했고, 자신은 숨어 다녀야 했다. 기사가 터지고 경찰서까지 가려 했지만 용기가 나지 않았다.

민 사장 쪽 사람들 때문에 정현을 보고 싶은 마음을 망설이고 있는 차에, 예정일보다 빠르게 정현이 아이를 낳았다는 말을 듣게 되었다. 그래, 아이 얼굴 한 번만 보고 자수를 하는 거다. 민 사장 쪽 사람들이 있다고 해도 자식 얼굴은 보고 싶었다. 얼굴을 잘 가리고 들어가면 어쩌면 걸리지 않을 수도 있을 거다, 라는 마음으로 찾았던 병원에서 한성은 민 사장이 보낸 사람들과 마주쳤고 끝내 도망가지 못했다.

"이청윤 어디 있냐고."

고문을 당한 듯 온몸이 망신창이가 된 한성에게 민 사장이 물었다.

"이청윤 내가 데리고 온다고. 내가 알고 있으니까, 나 좀 풀어 줘."

괜히 저 때문에 이 사건에 말려든 시형이 곤란해질까 봐 한성은 청윤을 두고 온 장소를 말하지 않았다. 애원하는 한성의 말을 비웃으며 민 사장이 입술을 비틀었다.

"한 번 튀었던 새끼를 어떻게 믿고. 무슨 수작질이야!"

말도 안 되는 소리 말라는 듯 민 사장이 소리쳤다.

"지금 풀어 주면 이청윤 데리고 오고, 경찰서 가서 자수도 할 거야. 이제 도망 못 가는 거 알아."

정현도, 아이도, 시형도 저 때문에 다치지 않길 바랐다.

"네 휴대전화 뒤지다 보니까 너랑 보육원에서 같이 있었다던 그 형님이 연락을 많이 하셨더라. 이청윤 데리고 있는 거 그 새끼지?"

민 사장의 입에서 나온 시형의 이야기에 발작하는 것처럼 한성이 고개를 저었다.

"아니야. 전혀 관계없어."

"그렇게 나오시겠다? 확인해 보면 알겠지."

잔인한 얼굴로 민 사장이 한성에게 뺏은 휴대전화를 들었다. 시형에게 하는 말이지만 실상은 저를 협박하기 위한 말이었다. 정현과 아이까지 두고 하는 말에 한성은 버틸 도리가 없었다.

모든 정보를 들었으니 민 사장이 자신을 죽일지도 모른다고 생각했다. 하지만 어쩐 일인지 민 사장은 자신을 무사히 풀어 주었다. 그리고 제가 무사히 민 사장 쪽에서 풀려나게 된 것이 시형 때문이었다는 걸 알게 되는 데 그리 많은 시간이 걸리지는 않았다.

상처투성이로 돌아온 저를 정현은 말없이 안아 주었지만 이대로 있을 수는 없었다. 시형에게 모든 죄를 뒤집어씌우고 내 아이에게 부끄러운 아빠가 될 수는 없었다. 간밤에 무릎을 꿇고 정현에게 고해성사하듯 제가 무슨 짓을 저질렀는지 이야기했다. 충격을 받은 정현의 몸이 흔들렸다.

"정말 미안해, 정현아."

"그래서 오빠는 뭘 하고 싶은 건데."

"모든 걸 바로잡고 싶어. 자수⋯⋯해야 할 거 같아."

"시형 오빠가 갔다며. 안 가면 안 돼?"

정현의 눈에 눈물이 맺혔다. 이기적이라는 걸 알지만 시형이 이미 모든 걸 덮어쓰기로 했으니 이대로 두었으면 싶었다. 하지만 그럴 수 없다며 무릎을 꿇은 한성은 정현에게 빌었다.

"그럼 나는 평생 후회하면서 살 것 같아. 우리 아이한테 부끄러운 아빠가 되고 싶지 않아. 너한테도 정말 면목이 없다."

남편의 애원에 정현은 알겠다는 답을 끝까지 하지 않았다. 하지만 이른 시간 한성이 나가는 소리에 잠든 척 눈물을 흘렸다.

한성은 집 안으로 갈 수 있는 방법이 없을까 골똘히 생각했다. 자수하기 전 이청윤을 만나 용서를 빌고, 선처를 구하고 싶었다. 지은 죄에 대한 벌을 받겠지만 청윤 측에서 이야기를 해 준다면 조금의 감형이라도 받을 수 있지 않을까, 라는 희망이 있었다. 뻔뻔하게 보이겠지만 자신을 용서할 수 없다면 시형이라도 봐 달라고 이야기하고 싶었다. 그는 저와 한패가 아니라고, 자신이 협박해서 엮이게 된 것이라고 할 참이었다.

일단 기자들을 피해 들어갈 방법을 강구해 보자는 생각으로 한성이 아파트 쪽으로 걸음을 옮기는데, 기자들만 신경 쓰다 마주 오는 사람을 보지 못해 어깨를 부딪치고 말았다.

"죄송합니다."

큰 키에 모자로 얼굴의 반을 가린 남자였다. 자신의 사과에 고개를 꾸벅하고 빠르게 걸어가는 남자의 뒷모습을 본 한성이 갑자기 무슨 생각인지 그 남자를 쫓아가기 시작했다. 긴 다리로 단숨에 제 차로 돌아온 남자가 차 문을 열고 차에 타기 직전이었다.

"잠시만요."

저를 붙드는 낯선 남자에 경계의 빛을 늦추지 않은 남자가 모자를 더욱 눌러쓰며 물었다.

"뭡니까."

"설단우 씨죠."

역시 이 외모가 가린다고 가려지는 외모는 아니었다. 낭패라는 듯 단우의 얼굴이 구겨졌다. 며칠째 집에 갇혀 지낸다는 청윤이 걱정되어 찾아갔다가 진을 치고 있는 기자들을 보고 괜히 제가 등장하면 상황만 더욱 시끄럽게 만들 것 같다는 생각에 발걸음을 돌리던 중이었다.

"네, 맞는데. 제가 지금 사인을 해 드릴 수 있는 상황이 아니라서요."

아니라고 발뺌해 봤자 쉽게 비슷한 얼굴을 찾을 수는 없을 것이다. 괜한 입씨름을 하고 싶지 않아 단우가 청하지도 않은 요청을 거절하며 차에 타려고 했다. 하지만 남자는 포기하지 않고, 사인이 아닌 다른 요청을 해 왔다.

"이, 이청윤 씨랑 친하시죠? 이청윤 씨를 만나게 해 주세요."

이건 또 무슨 소리. 당황스러운 말에 단우가 모자를 살짝 들어 남자를 보았다. 저보다 큰 덩치에 빈말이라도 인상 좋으시네요, 라고 할 수 있는 외모는 아니었다. 손에 수첩이나 카메라를 들고 있지 않은 것으로 보아 기자로는 보이지 않았다.

"그 이야기를 왜 저한테 하시는 겁니까."

하지만 청윤의 상황이 지금 곤란하니 낯선 남자에게서 나온 청윤의 이름에 단우가 경계하는 기색을 숨기지 않으며 말했다. 저를 이용해 청윤에 대한 정보를 얻으려는 기자들의 농간일지도 모른다는 생각에 단우가 빠르게 주변을 훑었다.

"이청윤 씨랑 친하시지 않습니까."

"그런 이야기는 이청윤 씨 소속사 통해서 하세요."

"이청윤 씨에게 직접 이야기해야 합니다."

"도대체 무슨 말을 하시려고요."

"이번 납치 사건에 대한 이야기입니다."

단우의 인상이 찌푸려졌다. 아무리 보아도 그날 보았던 남자는 아니었다. 그 남자는 사건을 수습하기 위해 경찰서로 들어갔으니까. 도대체 뭐가 어떻게 된 것인지 알 수가 없었다. 오늘 처음 보는 남자가 청윤의 납치 사건에 대해 들먹였다. 거짓말을 하는 눈 같지는 않았지만 성급하게 남자를 청윤에게 데려갈 수도 없었다.

"그게 무슨 이야기입니까."

"이청윤 씨한테만 말해야 하는 겁니다."

청윤과 공공연하게 친한 사이라고 말하는 사람이라고 해도 함부로 떠벌릴 수는 없는 이야기였다.

"그쪽이 청윤 누나한테 무슨 이야기를 할 줄 알고요."

그 남자가 자수를 하는 바람에 속이 문드러지고 있을 청윤이다. 결의에 찬 눈을 보니 좋은 이야기가 아니라는 건 알겠다. 납치라는 단어에서 좋은 이야기가 나오는 게 힘들겠지만. 청윤이 이 이상 힘들지 않았으면 했다.

"여기 있습니다. 납치 사건의 진상."

제가 청윤과 닿을 끈은 아무리 찾아도 보이지 않았다. 설단우를 놓치면 자신이 이청윤을 만나는 건 불가능한 일이 돼 버리고 만다. 하는 수 없이 한성은 단우에게 청윤을 납치하기 전 저와 민 사장의 대화가 담긴 파일을 건넸다. 혹시 몰라 파일을 백업해 두고 휴대전화에는 그 녹음 파일을 삭제해 둔 덕에 민 사장에게 잡혀 갔어도 들키지 않았다. 어차피 제가 경찰서에 가면 다 밝혀질 일이긴 했다.

약간의 두려움을 담고 침을 꿀꺽 삼킨 단우가 재생 버튼을 눌렀다. 황민영의 사주로 이청윤을 납치하라고 이야기하는 남자의 목소리가 생생히 들리고 있었다. 단우의 입이 벌어졌다. 딸을 두고 어떻게 이런 짓까지. 충격에 단우는 할 말을 잃었다.

-그러니까…… 지금 저한테 배우 이청윤을 납치하라는 말입니까?

-그래.

-그런 짓은 할 수 없어요.

-걱정하지 마. 네가 말한 그 짓을 시킨 게 이청윤 엄마라고. 우리가 할 건 이청윤을 납치했다가 며칠 후에 돌려보내면 돼.

-엄마가 그런 일을 시켰다고요?

-납치당했다고 하면 얼마나 언론에서 관심을 갖겠어. 이청윤이 바라는 것도 그거고.

-관심을 받겠다고 그런 말도 안 되는 일을 한다고요?

-이 이상 관심 둘 건 없어. 네가 이 일만 해 주면 이제 너하고 내가 만날 일을 없을 거야. 네 아이 생각을 해야지.

그 협박에 어쩔 수 없이 납치를 수락하는 눈앞의 남자 목소리가 마지막이었다.

"지금 경찰서에 잡혀 있는 남자는 납치범이 아닙니다. 이청윤 씨에게 이 진실을 알려 줘야 합니다."

듣고도 믿기지 않는 충격적인 진실이다. 청윤이 감당할 수 있을까. 하지만 청윤이 알아야 하는 일이기도 하지 않을까. 갑작스럽게 상황에 단우는 깊은 고민에 빠지고 말았다.

"이걸 주면서 무슨 말을 하려고 하시는 겁니까."

"그 사주를 받아서 이청윤 씨를 납치한 건 접니다."

"지금 잡혀 있는 남자는요."

"제 친형 같은 사람입니다. 제가 부탁을 해서 어쩔 수 없이 이청윤을 데리고 있어 준 겁니다."

"그것도 납치 공조죠."

단우의 지적에 한성이 당황하여 말을 바꿨다.

"아니, 제, 제가 협박을 했습니다. 제가 경찰서에 가기 전에 이청윤 씨에게 사과를 하고 그 형만이라도 용서해 달라고. 그 말을 하려고 합니다."

눈앞의 남자는 그 친형 같은 남자가 청윤을 데리고 있다가 마음이 맞아 버렸다는 걸 알지 못하고 있는 듯했다.

그래, 그렇게 된 거라는 거지. 이청윤 납치 사건의 진실을 이청윤보다 더 적나라하게 알게 돼 버렸다. 난감한 단우가 크게 한숨을 쉬었다.

'누나, 미안해. 이 일은 누나가 감당하지 못할 거 같다고 내가 덮을 수 있는 일이 아닌 거 같아.'

충격받을 청윤에겐 미안했지만 이 일을 두고 마지막 결정을 해야 하는 건 청윤이어야 했다. 결심을 굳힌 단우가 제 휴대전화를 들었다.

"어, 종철이냐. 나 설단우. 지금 청윤 누나, 뭐 하고 있어?"

통화를 듣자 하니 청윤의 매니저인 것 같았다. 단우의 통화를 듣는 한성이 긴장으로 커다란 몸을 잔뜩 굳혔다. 절로 침이 삼켜졌다. 이렇게 된 이상 도망갈 수는 없었다.

7. 너를 만나러 가는 길

불안한 눈으로 종철은 청윤을 바라보고 있었다. 창문 밖을 바라보고 있는 청윤은 어쩐지 불안해 보였다. 이상하다고 생각했었다. 집에 다시 돌아온 이후로 청윤은 민영과 눈을 마주치지 않았다. 민영의 눈을 바라보지 못한 적은 있어도 그녀가 그 눈을 자발적으로 피하는 것은 본 적이 없었다.

'그런 이유라면…… 충분히 그럴 만도 하지.'

청윤과 민영의 악에 받친 대화가 떠올랐다. 중간에 막아 보려 하였지만 막을 수 없을 만큼 엄청난 기 싸움이었다. 이청윤이 변했다. 비단 민영의 눈을 피한 것만이 청윤의 변화는 아니었다. 그녀는 아무리 민영이 큰 잘못을 했더라도 그런 식으로 민영에게 가시를 드러내는 사람이 아니었다. 엄마 뒤만 졸졸 쫓아다니는 아이 같았던 사람이 갑작스럽게 성숙해진 느낌이랄까. 눈빛이며 분위기며 강인하고 단단해졌다. 다른 사람이 된 것처럼.

"엄마는."

창밖으로 향한 시선을 움직이지 않으며 청윤이 종철에게 물었다.

"병원에서 의식 찾으셔서 회사 들어가신대요."

민영이 의식을 놓아 버린 후 구급대원들이 출동하면서 한바탕 시끄러운 소란이 일었다. 이청윤이 충격에 쓰러졌다고 잘못된 이야기가 돌아서 인터넷은 또 청윤의 이야기로 가득했다. 민영은 아마 회사에 돌아가자마자 잘못된 기사에 대한 정정 보도를 내고 있을 것이다. 강압적이긴 해도 삶의 모든 것이 청윤에게 맞춰져 있는 분이셨다.

"저기, 누나."

잠시 고민하던 종철이 청윤을 불렀다. 그제야 왜 그러냐는 듯 그녀의 눈이 종철에게 향했다.

"저도 사장님이 저지른 짓이 말도 안 된다고 생각해요. 그래도 사장님 혼자 잘되자고 그런 건 절대 아니실 거예요."

"그 이야기 그만하자."

듣기 싫다는 표정을 숨기지 않으며 청윤이 다시 고개를 돌려 버렸다. 종철이 저도 모르게 침을 삼켰다. 오랜 시간 청윤과 일해 왔던 종철이다. 날이 잔뜩 서 있는 청윤에게 제 말이 어떻게 들릴지 긴장됐지만, 미워해도 모든 걸 다 알고 미워했으면 싶었다.

"누나 없는 동안에 밥도 못 드시고, 잠도 못 주무셨어요. 매일같이 경찰에 연락하고 닦달하고. 절대 그게 거짓이라는 생각 안 해요."

"왜?"

"네?"

청윤의 고운 미간이 찌푸려졌다. 저를 납치하라고 시킨 것이 엄마고, 시형은 저를 맡았다. 말하기도 부끄러운 짓을 저지른 엄마에 대한 이야기를 하고 싶지 않아 납치에 대한 이야기는 피했다. 의문이 생기지 않도록 납치에 관한 모든 생각을 막았다고 하는 게 정확했다.

납치를 시킨 사람이 엄마이니 당연히 민영도 제 소재에 대한 것을 알고 있을 것이라 생각했는데, 민영이 저를 찾으려 경찰을 닦달했다는 소리에 의아함이 들었다. 그리고 눌러 놓았던 의문들이 생겨났다. 도대체 시형은 왜 우리 엄마를 도와주었을까. 이렇게 이는 사이기에 이 위험한 일에 끼어들게 된 것일까. 완벽하게 맞춰진 퍼즐이라고 믿고 있던 것이 사실은 군데군데 피스가 빠진 퍼즐이었다. 청윤의 얼굴에 혼란스러움이 떠올랐다.

"왜 그래요, 누나."

"아니야. 엄마가 그동안 내가 있던 곳을 몰랐다, 그거지."

청윤의 중얼거림에 종철이 고개를 끄덕였다.

"연기라면 남한테 보일 때만 하면 되는 거잖아요. 누나 없는 내 내 정말 혼이 나간 사람 같았어요. 게다가 요즘 사장님 상황도 안 좋고요."

"무슨 소리야."

"소송을 당하셨어요."

찬물에 맞아 정신이 번쩍 든 얼굴로 청윤이 종철을 바라보았다.

"영화 '그 날' 찍을 때요. 제작비 부족해서 촬영 중단됐던 적 있잖아요."

청윤이 새로운 캐릭터에 도전한다고 해서 투자자들이 처음에 살짝 관심을 가졌으나, 워낙에 상업성은 떨어졌던 영화기에 제작비 부족으로 영화를 찍지 못했던 위기가 있었다. 연기에 재미를 붙이는 중에 영화가 엎어질 위기에 처하자 꽤 초조했었다.

"그때 투자자들 만났던 게 사장님이세요."

"엄마가?"

"네. 누나도 나오고, 그 영화감독이 신인이어도 촉망받는 사람이라고 발 벗고 나서서 설득하셨어요. 투자 좀 해 달라고. 어렵게 투자받기는 했는데 알다시피 투자금 회수는 안 됐잖아요. 그때 그 일로 투자자들이 노발대발하면서 책임지라고 사장님한테 소송을 걸었어요. 어차피 투자는 본인들이 한 거라 말이 안 되긴 하는데, 화풀이하는 거죠."

그 영화를 찍는 내내 민영은 청윤을 이해하지 못하겠다며 몰아붙였다. 때문에 청윤은 그런 민영의 얼굴을 보고 싶지 않아 아예 영화 촬영장 주변에 집을 얻고 그곳에서 생활하며 촬영을 이어 나갔다. 그래서 민영이 저를 위해 그렇게 노력했는지 알지 못했다.

"잘못을 떠나서 소송이라는 게 여간 신경 쓰이는 게 아니잖아요. 누나 찾기 전까지도 돈 내놓으라고 시달리셨어요. 거기에다가 어디에 쓰실 건지 돈을 마련해야 한다면서 건물도 파시고."

"갑자기 그게……."

생각지도 못한 이야기들에 청윤은 머리가 띵해져 옴을 느꼈다. 들어도 믿을 수 없는 이야기뿐이었다. 그때였다. 종철의 휴대전화가 울렸다.

"네, 형. 여기 계시죠. 네? 지금이요?"

누구의 전화인지 종철이 휴대전화 송화기 부분을 손으로 가린 채 청윤을 바라보았다.

"누구 전화야?"

"단우 형인데, 지금 잠깐 만날 수 있냐고 하시는데."

"지금?"

"네, 집 앞이시라고. 들어갈 테니 문 열어 달래요. 할 말이 있으시대요."

머릿속이 뒤죽박죽이라 누군가를 만나는 게 꺼려졌지만 지금 저 못지않게 혼란스럽고 제 걱정을 하고 있을 단우를 그냥 돌려보내기도 마음이 편치 않았다.

"그래. 들어오라고 해."

"괜찮으시겠어요?"

"응. 단우인데, 뭐."

청윤과 단우의 친분은 종철도 익히 알고 있기에 별다른 말 없이 곧 문을 열어 주겠다고 말하고 전화를 끊었다. 종철이 단우를 데리고 오겠다며 집을 나서고, 청윤은 주방으로 가 찬물을 떠 숨도 쉬지 않고 들이켰다. 찬 기운이 머리에서 발끝까지 퍼졌다. 요 근래 감당할 수 없는 자극들이 청윤을 뒤흔들었다. 시형과 함께했던 이 청윤으로 돌아가고 싶었다.

또다시 닿은 시형의 생각에 목이 메어 왔다. 하지만 그녀는 목이 따끔해지도록 터져 나오려는 울음을 삼켜 냈다. 혼자 질질 짜며 울 시간이 없었다. 자신이 할 수 있는 일, 자신이 해야 하는 일에 집중해야 했다.

삐리릭- 하는 소리와 함께 문이 열렸다. 종철과 단우가 차례대로 집 안으로 들어오고 처음 보는 남자가 두 사람의 뒤를 따랐다.

"누나, 괜찮아?"

청윤과 눈이 마주치자 단우가 물었다.

"응. 네가 걱정하는 것보다는. 그런데……."

그리고 모르는 남자의 등장에 청윤이 고개를 갸웃거리며 물었다. 단우의 새로운 매니저인 건가 생각하는데 단우가 그 남자에 대해 설명하기도 전에 단우 뒤에 서 있던 남자가 청윤에게 다가왔다.

"안녕하십니까."

우렁차게 인사를 하고는 그대로 그녀의 앞에 무릎을 꿇었다. 처음 보는 남자의 돌발 행동에 놀란 청윤이 몸을 뒤로 물렸다.

"뭐하시는 거예요?"

"시형이 형…… 아니, 지금 납치범으로 잡혀 있는 사람은 납치범이 아닙니다. 사실 이청윤 씨를 납치한 사람은 접니다."

갑작스러운 남자의 말에 청윤의 눈이 커졌다.

"무슨 말씀을 하시는 거예요?"

당황스러운 얼굴로 남자를 내려다보던 청윤의 눈에 남자가 끼고 있는 반지가 들어왔다. 커다란 손에 맞지 않는 얇은 실가락지. 있는 돈 없는 돈 털어서 산 한성 부부의 결혼반지였다.

청윤이 빠르게 납치당하던 날의 기억을 떠올렸다. 뒤에서부터 저를 덮쳤던 그 힘을 뿌리치려 했을 때 두껍고 커다란 손과 맞지 않는 얇은 반지를 만졌던 기억이 있었다.

그래, 이 남자다. 자신을 납치해 그 섬으로 데려간 사람.

"이야기드리고 싶은 게 있어서 찾아왔습니다."

"일어나세요. 그 이야기 얼른 듣고 싶네요."

비어 있던 퍼즐이 제 발로 걸어왔다. 침착해지려 청윤이 크게 숨을 내쉬었다. 한성과 둘만 말하고 싶다고 하며 청윤은 종철과 단우에게 집에서 잠시 나가 줄 것을 부탁했다. 청윤의 걱정에 두 사람은 망설였지만 잠시만 나가 달라는 청윤의 목소리에 힘이 상당해서 거부할 수는 없었다.

"이거부터 들어 보세요."

두 사람이 집에서 나간 후 긴장한 듯 떨리는 손으로 한성이 단우에게 들려주었던 녹음 파일을 청윤에게 건넸다. 저를 본 청윤이 기절을 하거나 나가라고 윽박부터 지르리라 생각했는데, 텔레비전 화면에서 보았던 그 모습 그대로 차분하고 신비한 얼굴 그 자체였다. 그 분위기에 기가 죽었던 한성도 조심스럽게 이야기를 시작했다. 민 사장에 대한 이야기, 그가 제게 했던 제안, 납치한 그녀를 숨겨 둘 장소로 시형의 집에 간 이야기까지. 이제야 모든 게 하나로 이어졌다.

"모든 게 저 때문입니다. 형이 대신 자수를 했다는 말에 너무 놀라서. 형은 잘못 없습니다. 벌은 다 제가 받겠습니다."

다시 무릎을 꿇은 한성이 이번엔 바닥에 엎드려 청윤에게 사과했다. 하지만 그의 사과는 청윤의 귀에 들리지 않았다.

"정말 바보 같아."

나직하게 중얼거린 청윤이 양손으로 제 얼굴을 감싸 쥐었다. 자신이 받은 상처를 혼자 감내하더니 제 주변 사람들이 상처받을까 시형은 제 인생을 내던졌다. 그는 청윤이 이 납치 사건에 그녀의 엄마가 연루되어 있다는 것을 모른다고 생각했으니, 그녀가 그 사실을 알지 못하도록 그리고 자작극으로 몰아가는 언론을 잠재우면서 정한성이라는 동생을 지켜 주기 위해 그런 선택을 했던 것이다.

혼자서 감당하고, 모든 걸 결정한 당신이 미워. 하나도 안 고맙단 말이야.

그가 제 앞에 있었으면 분명 그런 말을 했을 것이다. 고개를 든 청윤이 한성을 불렀다.

"정한성 씨."

"……네."

"바로 경찰서에 갈 생각이세요?"

"네. 용서해 주십시오."

"용서가 안 되는데 어떡하죠?"

"그, 그……."

아무것도 몰랐던 청윤에게는 큰 충격일 터였다. 하지만 어떡해서라도 청윤을 설득하기 위해 한성이 눈동자를 굴렸다.

"형만이라도 어떻게 안 되겠습니까."

"그 형이 용서가 안 된다고요. 나는."

"무슨 말씀이신지."

당황한 한성이 어찌할 바를 모르는 표정으로 청윤을 바라보았다. 청윤은 멋대로 사라진 그를 가만둘 수 없었다.

나는 당신이 숨기고 싶었던 진실을 알아 버렸고, 정한성 씨도 당신 생각대로 있을 거 같진 않아. 당신 원하는 대로는 안 될 것 같아.

"제 부탁 하나 들어주세요. 그렇다면 정한성 씨가 말한 선처 생각해 볼게요."

"어떤 부탁이시죠."

알 수 없는 부탁에 또다시 침이 절로 삼켜졌다. 무언가 결심한 듯한 청윤의 얼굴에 한성의 표정에도 긴장이 드리웠다.

***

시형의 양쪽 팔을 잡은 경관 두 사람이 시형을 이끌고 있었다. 조사를 위해 가던 검사실이 아닌 다른 곳으로 향하는 움직임에 시형의 한쪽 눈썹이 치켜 올라갔다.

범행을 인정하고 있음에도 담당 검사는 무엇이 그리도 마음에 들지 않는지 자신을 불러 조사를 진행하곤 했다. 거짓말엔 소질이 없으니 검사와 마주 보고 거짓을 말하는 것은 시형에게도 꽤 곤혹스러운 일이었다.

조사실.

오늘의 목적지는 이곳이구나. 평소와 다른 곳이었지만 시형은 별다른 반응 없이 경관이 열어 준 문 안으로 들어갔다. 문을 열자마자 보이는 것은 사건 담당 조윤한 검사였다. 그의 맞은편으로 걸어가려던 시형의 걸음이 멈췄다.

"왜……."

생각지도 못한 인물에 시형이 말도 제대로 맺지 못했다. 조윤한 검사의 대각선 위치에 먼저 자리를 잡고 있다가 제가 들어오자 자리에서 일어선 사람이 있었다.

"앉아요, 차시형 씨."

보고 싶은 마음에 환상을 만들어 낸 것이 아니라면 제 눈에 보이는 것은……

"이청윤 씨도 자리에 앉으시죠."

윤한의 말에 저도 모르게 흥분했던 것을 상기한 청윤이 자리에 앉았다. 그런 청윤의 모습을 시형이 믿을 수 없다는 듯 바라보았다.

"제정신이에요?"

시형이 앉아 있는 윤한에게 소리쳤다.

"피해자를 왜 여기에 부릅니까. 조사는 나하고만 해도 충분하지 않습니까."

제 죄는 인정했고 청윤 측과 진술이 다른 것도 없는데, 청윤이 왜 이곳에 있는지 이해할 수 없었다. 원래 자리로 돌아가기 위해 힘든 시간을 보내고 있을 그녀가 이곳에까지 온 것을 참을 수 없었다. 시형이 제 손에 채워진 수갑을 가리려 몸을 살짝 비틀었다. 그녀에게 이런 모습을 보여 주고 싶지 않았다.

"그걸 결정하는 건 접니다. 앉으시죠."

딱딱한 로봇 같던 그가 이렇게까지 감정을 드러내는 것은 처음이었다. 그를 바라보고 선 그녀는 금방이라도 그에게 달려가고 싶은 걸 참는 듯 책상을 꾹 붙들고 몸을 떨고 있었다.

"조사 거부하겠습니다."

청윤의 앞에 앉아서 조사를 받을 수는 없었다. 궁지에 몰린 기분이 되어 시형이 돌아서려 하였다.

"앉아요, 차시형 씨."

뒤돌아선 시형에게 청윤이 말했다. 움직이던 다리가 멈췄다. 시형이 청윤의 눈을 보았다. 여기가 어디라고 이곳에 왔느냐 하는 염

려의 눈빛이었다. 자신보다 이청윤을 먼저 걱정하는 차시형이다. 그래서 청윤은 이대로 그를 둘 수 없었다.

"지금 그렇게 나가면 내가 검사님께 무슨 말을 할 거 같아요?"

잔뜩 고집이 내려앉은 눈에 시형의 눈이 흔들렸다. 도대체 그녀가 무슨 생각인지 읽히지 않았다. 하지만 확실한 건 그의 뜻대로 절대 움직이지 않겠다는 결심이 느껴졌다.

금방이라도 문밖으로 나갈 듯했던 시형이 청윤의 맞은편에 앉았다. 그녀와 눈을 마주치지 못한 채 고개를 내리깐 그의 얼굴을 청윤이 유심히 보았다. 그저 얼굴을 보는 것만으로도 마음이 미어졌다.

"검사님."

시형에게서 시선을 떼지 않으며 그녀가 윤한을 불렀다.

"네."

"여기는 밥이 안 나오나요."

홀쭉해진 그의 얼굴이 마음에 쓰였다.

"먹지 않는 사람을 억지로 먹이지는 않겠죠."

애틋한 두 사람을 난처하듯 보던 윤한이 사건 자료를 뒤져 보기 시작했다. 그 침묵의 순간, 먼저 입을 연 것은 시형이었다.

"여기가 어디라고 옵니까."

"당신이 있잖아요."

윤한이 사건 자료에서 손을 뗐다. 두 사람이 개인적인 이야기를 하라고 부른 것이 아니었다. 하지만 서로가 걱정돼 죽겠다는 얼굴을 하고 있는데 저지할 수도 없었다. 역시 제 느낌이 맞았다. 청윤이 이곳에 오게 된 건 제 뜻이 아닌 이청윤의 뜻이었다. 차시형을 보게 해 달라고. 그리고 이 사건에 대해 꼭 해야 할 말이 있다는 것이 이청윤의 청이었다.

검사는 추악하든 아름답든 억울한 사람이 없도록 사건의 진실을 파고들어야 하는 직업이었다. 때문에 이 사건에 가장 깊숙이 연루되어 있는 이청윤의 말은 굉장히 중요했다. 그래서 기꺼이 이 자리를 만들었다. 어쩐지 제가 나설 타이밍이 오지 않는 것은 아쉽지만 말리고 싶지도 않았다.

"그렇게 가면 내가 고마워할 줄 알았어요?"

"내가 벌인 짓에 대한 벌을 받으려는 거뿐입니다."

그 단호한 말에 청윤의 눈썹이 찌푸려졌다.

"그리고 나는 당신이 벌인 짓을 보면서 인형처럼 가만히 있기만 하면 되는 거고?"

죄책감이 느껴지는 자조 섞인 말이었다. 그 불안한 목소리에 시형이 고개를 내저었다.

"그런 게 아닙니다."

"그런 게 아니면 뭔데. 당신이 벌 받겠다고 가 버리면 혼자 남은 나는 뭐가 되는 거냐고. 인형처럼 살지 말라고 해 놓고, 당신이 나를 그렇게 만들었잖아."

눈물 맺힌 청윤의 눈에 원망이 가득했다. 말을 하려던 시형이 제 입술을 아프게 깨물었다. 널 지키려고, 네가 아픈 게 싫었다고 말하고 싶었지만 장소가 적절치 못했다. 시형의 주먹이 가늘게 떨렸다. 저 눈물을 닦아 주고 싶었다. 울지 말라고 따뜻하게 안아 주고 싶었다. 하지만 피해자와 피의자. 자신들의 신분이 그 마음을 막고 있었다.

"내가 벌을 받으면 모든 게 다시 돌아갈 겁니다."

"아니. 벌을 줘도 내가 줄 거야."

언제나 웃길 바란 여자가 저를 쏘아보며 말하고 있었다.

"당신이 원하는 대로는 절대 안 될 거야!"

흥분을 참으려 했지만 청윤의 목소리는 점점 높아졌다. 그녀의 모든 감정을 시형이 받아 주고 있었다.

"이제 그만하시죠."

마음이 너무 깊어서 날이 선 대화가 돼 버렸다. 이 이상 들을 대화는 없었다. 윤한이 눈짓으로 경관들에게 시형을 데리고 가라고 말했다. 경관들이 다가오자 시형은 순순히 자리에서 일어섰다. 그녀를 등진 그가 나가기 전 말했다.

"아프지 말고, 그때의 일은 잊고 살아요."

기억하는 건 제 몫이다. 그녀가 빛날 수 있다면 다시는 빛을 보지 못한다고 해도 괜찮을 것 같았다. 생각지도 못한 만남에 당황스럽긴 했지만 얼굴을 볼 수 있어서, 목소리를 들을 수 있어서 행복했다.

"내가 하고 싶은 대로 할 거예요. 당신이 말한 것처럼."

시형의 뒷모습을 그녀가 뚫어져라 바라보았지만 그는 끝까지 돌아보지 않았다. 멀어지는 그의 발걸음 소리가 들리지 않을 때까지 그녀는 침묵을 지켰다. 시형의 작은 조각 하나라도 새겨 두려 했다.

"이청윤 씨."

저는 없는 사람인 것처럼 차시형을 향해 신경을 곤두세우고 있는 그녀를 윤한이 불렀다.

"죄송합니다."

"괜찮으십니까."

"네, 살겠어요."

그에게 있는 말 없는 말 쏟아 냈어도 그의 얼굴을 볼 수 있어서 숨이 쉬어지는 기분이었다.

"차시형 씨와는 어떤 사이입니까."

자신과 그가 일반적인 피해자와 피의자가 아니라는 것은 눈치 챘을 것이다. 윤한의 질문에 그녀가 몇 번이나 숨을 크게 쉬었다 뱉었다. 윤한에게 하려 준비한 말을 다시 정리하고는 윤한의 눈을 바라보았다.

"……사랑하는 사이요."

"오늘 제게 하려고 하는 말도 그것과 관계가 있는 건가요."

"네."

고개를 끄덕인 청윤이 이야기를 시작했다. 그녀의 이야기에 윤한이 초조한 듯 쥐고 있던 펜을 괴롭혔다. 난감함에 그의 눈살이 찌푸려졌다.

"이청윤, 뭐 하는 짓이야!"

어디서 들었는지 조사를 위해 검찰로 들어간 청윤을 취재하려는 기자들이 진을 치고 있었다. 윤한과의 이야기를 끝내고 건물에서 나오자 기자들이 질문 세례를 퍼부었다. 입을 다물고 종철의 엄호를 받으며 차 안에 올라타자 어느새 차 안에 있던 민영이 청윤에게 소릴 질렀다.

"윤 변한테 이 사건에서 손 때라고 했다며. 가서 무슨 이야기를 한 거야."

"왜, 불안해?"

민영의 분노에 청윤이 차갑게 되물었다. 벙싯벙싯 대답을 하지 못하는 민영에게 청윤이 무슨 생각인지 잘됐다는 듯 말했다.

"마침 잘 왔어. 안 그래도 엄마한테 할 말 있었는데."

"뭐?"

제 말을 모두 무시할 듯했던 청윤이 먼저 대화를 청했다.

"집은 그렇고. 종철아, 일단 회사로 가자."

"네."

"이청윤!"

"지금은 별로 말하고 싶지 않아. 눈 좀 붙일게."

가만히 눈을 감고 있는 청윤은 민영이 아무리 불러도 눈을 뜨지 않았다. 완벽하게 벽을 쳐 버린 제 딸의 행동에 민영은 불안한 마음이 들어 입술을 씹었다. 제 딸이 너무 낯설었다.

분위기는 황량했어도 차는 미끄럽게 회사 건물까지 도착했다. 아무도 알아차리지 못하도록 회사 건물로 들어온 청윤과 민영이 사무실까지 올라왔다.

"앞으로 어쩔 셈이야. 지금 언론에 노출돼서 좋을 게 있을 거 같아?"

사무실 문을 닫자마자 민영이 청윤을 몰아붙였다. 피곤한 얼굴로 청윤이 되받아쳤다.

"처음부터 내가 나섰어야 할 일이야."

그 단호한 말에 민영이 타이르는 어조로 말했다.

"네가 엄마한테 실망했다는 거 알아. 하지만 청윤아, 절대 나만 좋자고 그런 일을 벌인 건 아니야."

"그래, 날 위한다는 명분이 첫 번째였겠지."

"그땐 정말 엄마 정신이 어떻게 됐었나 봐. 엄마가 잘못했어. 엄마가 어떻게 하면 용서해 줄래."

"내가 엄마를 용서할 자격 같은 거 없는 거 같아."

"청윤아."

"엄마가 그런 짓까지 하게 만든 건 나야. 내 잘못도 있어. 엄마를 막지 못했으니까. 그래서 그 죄를 받으려고 해."

"그게 무슨 말이야."

모든 것을 통달한 사람처럼 하는 말에 민영이 당혹스러운 표정을 지었다.

"나, 그 사람을 사랑해."

그런 민영에게 청윤이 말했다. 딸의 말이 이해가 되지 않는 듯 민영이 미간을 찌푸렸다. 딸이 말하는 그 사람이면 설마…….

"그 사람이라니. 설마 그 납치범?"

"납치범 아니야. 납치를 한 건 다른 사람이고. 그 사람은 나를 보호해 주고 있었던 거야. 나를 지켜 주려고 감옥에 간 거고."

충격을 받은 듯 민영이 몸을 비틀대며 제 딸에게 말했다.

"보호라니. 그것들은 나한테 돈을 뜯어내려고 너를 이용한 거야."

민 사장이 제 수중에 청윤을 데리고 있는 척했으니, 민영에게는 민 사장과 자수를 한 사람이 똑같은 사람이었다. 그런 사람을 딸이 사랑한다니 말도 안 되는 이야기였다.

"민 사장 이야기하는 거지? 중간에 상황이 꼬여서 민 사장도 나를 놓쳤어. 그 사람은 민 사장이랑 연관 없어."

그 협박에 엄마는 돈을 구하려 백방으로 뛰어다녔다. 자신이 놓은 돌부리에 걸려 넘어진 것이다.

"민 사장을 네가 어떻게……. 청윤아, 정신 차려. 이건 아니야."

청윤의 입에서 나온 민 사장의 이름에 어찌할 바를 모르던 민영이 청윤의 손을 붙들었다. 다른 사람처럼 변해 버린 제 딸이 금방이라도 제 눈앞에서 사라질 거 같았다.

"내가 그 사람에게서 도망갈 마음이 있었으면 충분히 도망칠 수 있었어. 근데 내가 안 그랬어. 그 사람이랑 함께 있고 싶었으니까."

그녀에게는 돌아올 수 있는 몇 번의 기회가 있었다. 하지만 그녀는 그와 함께하는 것을 택했었다. 마음이 앞선 그 선택이 지금의 이 상황을 만들었던 걸까 의구심이 들었지만, 다시 돌아간다고 해도 그녀는 그 선택을 했을 것이다.

"그리고…… 엄마가 무슨 짓을 해도 나는 엄마의 죄를 밝힐 수 없어."

미운 엄마지만 청윤은 엄마를 저버릴 수 없었다. 잘되든 잘못된 것이든 엄마의 선택에는 언제나 제가 있었다. 엄마가 끌어안고 있는 저에 대한 집착, 잘못된 애착들을 자신이 막았어야 했다. 그것이 너무 후회되었다. 전에 시형에게 하지 못한 말이 그것이었다. 이 모든 게 자신 때문에 벌어진 일이었다.

"그래서 내가 안고 가려고."

"너 뭘 하려고 그러는 거야?"

그가 저를 지키려고 했듯이 자신도 그를 지키고 싶었다.

"엄마한테는 세상이 주는 벌이 아닌 내가 벌을 주려고."

청윤의 말에 민영이 이해가 안 된다는 표정을 지었다.

"나는 그 사람을 다시 찾으러 갈 거야."

"안 돼!"

"나는 엄마를 떠날 거야. 엄마는 딸을 납치 사건에 휘말리게 한 죄책감을 안고 살아. 그게 내 벌이야."

엄마에게서 배우 이청윤을 빼앗는 일. 그것은 감옥에 가는 것보다, 사람들의 비난을 받는 것보다 민영에겐 가혹한 벌일 것이다. 딸이 주는 벌에 황망해진 민영이 사무실을 나가려는 청윤을 붙들었다.

"내가, 내가 다 밝힐게. 이렇게 엄마 버리면 안 돼."

"이미 늦었어. 처음으로 내가 하고 싶은 대로 결정한 일이야. 방해하지 마."

이보다 후련할 수 없다는 얼굴로 청윤은 저를 붙들고 있는 엄마의 손을 떼어 냈다.

"잘 지내, 엄마."

청윤이 사무실을 나섰다. 너무 단호해서 손을 뻗을 수 없는 그 뒷모습에 민영이 자리에 주저앉아 울음을 토했다. 그 울음소리를 들으면서도 청윤은 걸음을 멈추지 않았다. 저를 속박하던 그 그림자에게서 한 걸음씩 벗어나고 있었다.

***

호텔 방 안, 청윤은 커다란 창 앞에 서 있었다. 햇살 아래 높고 커다란 건물들이 삐죽삐죽하게 우뚝 서 있었다. 파란 하늘 아래 회색 도시가 이질적으로 느껴졌다.

"누나."

종철이 청윤을 불렀다. 집을 나온 청윤은 이 호텔에서 머물고 있었다. 검찰 조사 후 집에 들어가지 않고 호텔에 머무는 그녀에 대한 이야기로 시끄러웠지만 청윤은 이곳에 있었다. 민영이 끊임 없이 청윤에 대한 이야기를 물었지만 종철은 입을 다물었다. 자신 은 민영의 부하 직원이 아닌 청윤의 매니저였다. 청윤을 제일 우선 순위로 생각해야 했다.

"응."

"기자들 기다리고 있어요."

청윤의 부탁으로 기자회견을 마련했다. 그 기자들이 지금 청윤 을 기다리고 있었다.

"응, 가자."

청윤이 걸려 있는 검은색 재킷을 입었다.

"정말 가야 하는 거죠?"

오늘 청윤이 할 이야기를 알고 있는 종철이 머뭇거리다가 물었 다. 아쉬워하는 그의 얼굴에 청윤이 안타까운 듯 살짝 미소를 지었 다.

"종철아."

"네."

"미안. 그래도 어쩔 수 없어."

"그렇겠죠."

이미 마음을 다잡은 청윤이 제 말을 들을 리가 없지 않겠는가. 청윤이 오늘 하고자 하는 말을 미리 들은 종철은 청윤이 걱정되었 다.

"저번에 내가 말한 거나 생각해 봐."

"나중에요. 지금 당장은 저도 쉬고 싶어요. 저도 배우 이청윤 때문에 마음고생했다고요."

"그래. 생각 바뀌면 말해 줘. 이야기해 놓을 테니까."

거울 앞에 선 청윤이 옷매무새를 가다듬었다. 거의 화장을 하지 않은 민낯에 검은색 상하의를 입은 청윤은 수수하면서도 단정해 보였다. 신비로우면서 여성스러운 평소의 이미지와는 완전 다른 차림새였다. 하지만 마지막이 될지도 모르는 카메라 앞에서 청윤은 그들이 기억하는 모습으로 나서기는 싫었다.

"가자."

모든 마음의 준비를 끝낸 청윤이 또각또각 구두 소리를 내며 방을 나섰다. 오늘 이후로 어떤 일이 벌어질지는 아무도 몰랐다. 어떤 일이 벌어지든 감당해야 한다며 마음을 다잡은 그녀가 어느새 기자들이 기다리고 있는 기자회견장 앞에 섰다. 커다란 나무 문 앞에 그보다 몇 배는 작은 청윤이 서 있었다.

들어가기 전 무슨 생각인지 청윤이 휴대전화를 들어 파일 하나를 열었다. 'rec.1' 이름의 녹음 파일이었다. 자신이 납치범임을 밝히러 왔던 한성에게 청윤은 부탁이 있다고 말했다.

'무슨 부탁이십니까.'

'자수하지 마세요. 그 대신 그 녹음 파일을 제게 넘기시고, 정한성 씨가 가지고 있는 녹음 파일은 모두 지우세요.'

'대체 왜.'

'그 파일을 제게 넘기시면 정한성 씨에게 피해가 가는 일은 없을 겁니다.'

'아뇨, 저는…….'

'제발 들으세요. 시형 씨가 지키고 싶었던 정한성 씨를 나도 지켜야겠으니까.'

'시형 씨요?'

그녀의 입에서 자연스럽게 나온 시형이라는 이름에 한성은 당황한 듯 보였다. 하지만 그런 것은 눈에 들어오지 않았다. 망설이는 한성에게서 파일을 얻어 냈다.

버튼 몇 개를 누르자 휴대전화 위로 팝업창이 떴다.

<녹음파일 1개를 삭제합니다.>

이 파일이 사라지면 진실을 입증할 어떤 증거도 없어지게 된다. 망설임 없이 그녀가 삭제 버튼을 눌렀다. 이제 남은 건 제 몫이었다.

들숨을 크게 들이마신 그녀가 기자회견장 문을 열었다. 모든 시선과 렌즈가 그녀를 향했다. 소속사를 통해 소식을 전하던 이청윤이 갑작스럽게 기자회견을 열었다. 모든 걸 젖혀 놓고 달려오기 충분했다. 감정이 드러나지 않은 얼굴로 청윤이 자리에 앉자 기다렸다는 듯이 기자들이 카메라 셔터를 눌렀다.

"먼저 바쁜 시간을 내어 자리해 주신 기자분들께 감사하다는 말씀을 드립니다."

높지도 낮지도 않은 톤을 유지하며 청윤이 입을 뗐다. 배우 이청윤의 마지막 신이다. 오늘은 그간 한 적 없는 완벽한 연기를 마치고 돌아가야 했다.

"궁금해하고 계실 이번 납치 사건에 대한 이야기입니다."

한 템포 말을 멈춘 청윤이 숨을 크게 들이쉬고 본론을 꺼냈다.

"오랜 배우 생활을 하며 저는 깊은 슬럼프에 빠져 힘든 시간을 보내고 있었습니다. 집 안에 스스로를 가두고 밖에 나가고 싶지 않았습니다. 쏟아지는 관심도 두려웠습니다. 심리적으로 불안정했던 저는 올곧지 못한 방법으로 이 세상에서 사라지려고 했습니다. 모든 사건은 제가 꾸민 일입니다. 그렇게 사라지면 완전하게 사라질 수 있다고 여겼습니다."

청윤의 생각지도 못한 말에 당황한 기자들이 웅성거렸다. 그럼에도 청윤은 말을 멈추지 않았다.

"그리고 제가 잠적했던 곳에서 그 사람을 만났습니다. 저를 납치했다며 자수를 한 사람이 제가 말씀드린 그 사람입니다. 그 사람을 만나 매일매일이 행복했습니다. 제가 벌인 짓이 얼마나 무서운 짓인지 생각하고 싶지 않을 정도로요. 그러다 제 납치에 대한 의혹 기사가 났고, 괴로워하는 저를 보다 못한 그 사람이 가짜 납치범 누명을 쓰게 되었습니다. 밝혀야 한다고 생각하면서도 두려운 마음에 용기를 내지 못했습니다. 심려를 끼쳐 죄송합니다. 이 시간 후 일어날 모든 책임은 제가 지도록 하겠습니다."

청윤이 고개를 숙여 사과했다. 충격적인 고백에 멍하던 기자들이 정신을 차리고 그녀의 얼굴을 찍어 댔고, 빠르게 그녀의 고백을 기사로 내기 위해 손을 놀렸다. 고개를 숙인 청윤의 눈에서 맑은 눈물이 흘렸다. 사랑하는 사람이 누명을 쓰게 만든 참담함과 제가 저지른 잘못에 대한 후회, 반성, 두려움이 느껴졌다.

"검찰 조사에서 그런 진술을 하신 겁니까?"

"자수를 한 그 사람은 어떻게 만나게 되신 겁니까?"

"갑작스럽게 그 이야기를 하실 결심을 하게 된 계기가 무엇입니까?"

질문들이 쏟아졌지만 대답을 하지 않고 청윤은 몸을 일으켰다. 종철이 와서 청윤을 부축하자 그녀의 몸이 비틀거렸다. 기력을 소진한 청윤이 종철에게 몸을 기대어 기자회견장을 빠져나갔다. 끈덕진 기자들의 질문이 이어졌지만 끝까지 들려오는 대답은 없었다.

기자회견장에서 나온 그녀는 바로 윤한을 만나기 위해 움직였다. 조사실에서 윤한과 청윤이 마주 보고 있었다.

"기자회견 잘 봤습니다."

"바쁘신데 그걸 보셨네요."

"차시형 씨랑 같이 봤죠."

"시형 씨도요?"

"턱 빠지겠던데요. 엄청 놀라더군요."

그런 얼굴은 본 적이 없어 보고 싶다는 생각을 하는 건 제가 너무 철이 없는 거겠지. 그래서 청윤은 윤한에게 다른 질문을 했다.

"이제 시형 씨는 어떻게 되는 건가요?"

"콩밥을 먹여 볼까요."

그 많은 경찰들과 수사관들이 고생한 걸 생각하면 그렇게 하고 싶은 심정이었다.

"그럼 저랑 같이 먹여 주세요."

시형과 함께라면 무엇이든 감수하겠다는 청윤의 의지가 느껴졌다. 도도하게만 보였던 여배우가 사랑에 빠진 여자가 되자 용감한 사람이 되었다.

"허위 진술로 공무집행 방해를 하긴 했지만 이청윤 씨의 진술로 납치 감금 혐의를 적용하긴 힘들 겁니다."

그의 말에 청윤이 다행이라는 표정을 지었다.

"대신 이청윤 씨가 기소될 겁니다. 불구속으로 진행하겠지만."

"네, 그렇게 돼야 맞는 거였어요."

"얼굴 안 봐도 되겠어요?"

마지막으로 본 그의 얼굴이 너무 야위어서 걱정되었다. 하지만 청윤은 고개를 저었다.

"아직은요. 해결해야 할 일이 있어서요. 잘 부탁드립니다."

확실히 배우는 배우였다. 살짝 미소 띤 얼굴로 저를 보는 청윤의 얼굴에, 솔직히 말하자면 마음이 설레었다. 선을 긋듯 윤한이 엄중한 표정을 지으며 말했다.

"미인계는 안 통합니다."

"공평하게 대해 주세요. 제가 미인계를 써야 하는 사람은 한 사람뿐이라."

그녀의 말에 졌다는 듯 윤한이 고개를 절레절레 저었다. 앞으로 지나야 할 험난한 난관이 있는 사람치고 표정이 가벼워 보였다. 무슨 생각이 들었는지 윤한이 고개를 갸웃거리며 물었다.

"그 기자회견 때 흘린 눈물은 그 사람을 위한 미인계였던 겁니까."

"그건 노코멘트예요."

그에게 제 맘대로 한다고는 했으나 그가 제 뜻대로 움직이게 만들려면 제 눈물이 필요하긴 하였다. 청윤의 일은 이제부터 시작이었다.

***

"형! 여기야, 여기."

구치소를 나오자 어디서 소식을 들은 것인지 한성이 시형을 맞이하고 있었다.

"여기 어떻게 왔어."

"당연히 와야지. 여기."

다시 세상 밖으로 나온 시형이 감격스러운 듯 눈이 시뻘게진 그가 하얀 두부를 시형에게 내밀었다. 따끈따끈한 두부에서는 모락모락 김까지 나고 있었다. 그 두부를 보고서야 자신이 세상에 나왔다는 것이 실감 났다.

"맛있네."

"형, 정말 고마워. 그리고 무사해 줘서."

"징그러."

눈물을 훔치는 한성의 모습에 괜스레 민망한 시형이 인상을 찌푸리며 말했다. 그러고는 주변을 둘러보았다. 혹시 저를 취재하려고 취재진들이 오지 않을까 걱정했던 것이 무색하게 고요했다.

"이청윤 씨가 기자들한테 가짜 정보를 뿌려 달라고 했대. 검사님한테. 나오는 날짜랑 시간을 잘못 알려 주라고. 검찰 측에서도 더 이상 시끄러운 건 싫으니까 그렇게 해 준 것 같아."

청윤의 기자회견으로 시끄러웠을 세상이 보지 않아도 그려졌는데, 자신이 조용한 자유를 누릴 수 있게 된 것은 청윤의 덕분인 듯했다. 뜬금없이 저를 부른 윤한이 휴대전화로 청윤의 기자회견을 들어 주었을 때 얼마나 놀랐던지. 청윤이 그런 일까지 벌일 것이라 생각하지 못했었기에 당황스럽고 놀라운 데다 화도 났더랬다. 가만히만 있으면 전으로 돌아갈 수 있었을 텐데. 왜 그런 일을 벌여 힘든 일을 만드는지 이해할 수도 없고, 답답도 했었다.

하지만 이내 저나 청윤이나 다를 바가 없다는 것을 깨달았다. 사랑하는 사람이 다치고 비난받는 걸 보고 싶지 않았던 거다. 자신이 그랬고, 청윤이 그랬을 것이다. 막상 제가 청윤이 되었다고 생각한다면 피해 있으라고 말하기는 힘들었을 거였다. 제가 사랑하는 여자가 강단 있고, 결단력 있는 사람이라는 것을 간과한 탓이었다.

　"형 모셔다 주려고 차도 딱 빌려 왔지."

　"정현 씨랑 아기는."

　"집에. 형이 아니었다면 정말 어떻게 됐을지……."

　"됐어."

　이 이상의 신파는 그만이었다. 됐다는 듯 시형이 손사래를 쳤다. 그럼에도 한성은 눈물을 닦았다.

　"평생 가도 이 은혜는 못 잊을 거야. 형한테도, 이청윤 씨한테도."

　"청윤이 만났어?"

　아까부터 청윤에 대해 하는 말이 친근했다.

　"응. 형이 나 대신 잡혀 들어갔다고 생각하니까 가만있을 수가 있어야. 그래서 만났는데, 나한테 나서지 말라고 하더라고."

　그러고는 그 기자회견을 했다는 말이었다. 그 후에 그녀의 소식은 알 수 없었으므로 걱정이 되었다. 보고 싶기도 하고.

　"지금 이청윤 씨는 호텔에서 지내면서 검찰 조사받고 있어."

　"다 알고 있어? 납치의 배후까지."

　"응. 이청윤 씨는 집을 나왔고, 황민영은 집에 틀어박혀 있다나 봐. 매니저 말로는 황민영 연락이 와도 안 받는데. 저를 잃는 게 엄마한테는 큰 벌이라고 하면서."

"그래."

"이청윤 씨한테 갈까?"

당연히 그가 처음 가고 싶은 곳은 청윤이 있을 곳이라고 생각했다. 하지만 의외로 시형은 고개를 저었다.

"아니야. 집에 돌아갈래. 여기 너무 답답하다."

"왜?"

"이제 내게 남은 역할은 기다리는 거야."

그녀가 이 자리에 나타나지 않았다는 것은 저를 보고 싶지 않다는 표현이거나, 아직 볼 수 없다는 의지의 표현일 것이다. 청윤이 생각 없이 엄청난 내용의 기자회견을 했다고 생각하지 않았다. 분명 계획이 있을 것이고, 그 계획에 당장 자신을 만날 생각이 없다는 것은 눈치챘다. 그러니 제가 할 일은 그녀가 마음의 준비가 될 때까지 언제고 그녀를 기다리는 일이었다.

"괜찮겠어?"

"괜찮아야지."

꽤 오래 집을 비웠으니 청소며 뭐며 해야 할 일이 많을 것이었다. 차에 타기 전 잠시 생각에 잠겼던 시형이 한성에게 말했다.

"잠깐만 어디 좀 들렀다가 가자."

"어디?"

"뭐 좀 살 게 있어서."

"뭐?"

한성의 물음에 그가 씨익 웃었다.

"길을 만들려고."

그 사람이 내게 올 수 있도록 길을 만들 생각이었다. 그 결심에 시형의 입술에 기분 좋은 미소가 걸렸다.

***

시간은 무섭도록 빠르게 흘렀다. 그사이 시형은 무혐의로 풀려났지만 그는 청윤을 만나러 오지 않았다. 그녀 또한 그를 찾지 않았다. 그녀에게는 윤한에게 말한 대로 해야 할 일이 있었다. 무섭게 청윤에게 들이치던 언론들도 청윤이 성실히 조사를 받고, 새롭게 밝혀지는 것이 없자 점차 관심이 사라지기 시작했다.

얄궂게도 사람들의 시선을 끌 만한 사건 사고는 매일같이 일어났다.

-장소민 스폰서 리스트 문건 관련 소식입니다. 몇 년 전 안타깝게 목숨을 끊은 신인 배우 장소민이 남긴 유품 속에 있던 리스트는 자신이 성 접대를 했던 영화감독, 드라마 연출자는 물론 정치인의 실명까지 거론돼 있었습니다. 검찰은 그 리스트에 적힌 인사들을 상대로 소환 조사를 할 계획이라고 밝혔으며, 장 씨 외에도 신인 여배우의 성 접대를 알선한 브로커 민 씨에 대해서도 구속영장을 발부할 예정이라고 하였습니다.

텔레비전 뉴스에서는 유명 인사라고 할 만한 사람들이 줄줄이 검찰청 앞 포토라인에 선 모습이 방영되고 있었다. 무슨 생각을 하는지 알 수 없는 표정으로 청윤은 뉴스를 보고 있었다. 묻힐 뻔했던 젊은 여배우의 안타까운 진실에 대한민국이 연일 시끄러웠다. 안쓰러운 한숨을 내쉬는데 그녀의 전화가 울렸다.

"응. 웬일이야."

-두부라도 사 들고 가야 하는데.

"두부는 무슨."

전화를 건 사람은 단우였다. 청윤은 납치 자작극으로 인해 위계적 공무집행방해죄로 조사를 받았으나, 본인이 먼저 죄를 인정하고 크게 뉘우치고 있다는 점, 부당한 이득을 얻으려 그와 같은 일을 벌인 것이 아니라는 점을 참작하여 기소유예 처분을 받게 되었다.

-이제 끝이네. 뉴스 보고 있지?

"응, 봤어."

민 사장이라는 인물을 잡기 위해서 청윤은 있는 인맥 없는 인맥 다 끌어다가 은밀하게 그에 대한 조사를 시작했다. 워낙 구린 일을 많이 하는 인물인 줄은 알았지만, 순진한 배우 지망생들을 꼬드겨 그런 추잡한 짓을 했을 줄이야. 그 줄로 나이트 관리나 하며 밑바닥을 전전하던 사람이 영화판에 거물인 양 등장하려고 했다는 사실에 욕지거리가 나올 뻔했다. 안 좋은 일에 다시 이름이 오르내리게 된 후배 배우에겐 미안했지만 제가 당한 일을 밝힐 마음으로 모진 결심을 했던 아이이니 이해해 주기를 바랐다.

-우리 형이 고맙다고 전해 달래. 누나 아니었으면 밝혀지지 못했을 거라고.

검사인 단우 형의 도움을 받아 사건은 세상에 드러나게 되었다. 민 사장에 대한 복수심으로 벌인 일이기에 감사 인사를 받기는 열 없었다.

"아니야. 제대로 벌줘서 다시는 그런 일로 상처받는 친구들이 생기지 않게 해 달라고 전해 줘."

-응. 이슈가 또 다른 이슈로 덮여졌네.

"이제 이슈메이커 생활도 끝이지."

청윤의 사건은 이제 종결이었다.

-연기는…… 안 할 거지?

"더 하고 싶은 연기가 없어서 말이야. 응원할게."

사랑하는 사람을 구하고자 했던 마지막 연기. 그것은 이청윤 배우 인생에서 최고로 만족스러운 연기였다. 이제 연기에 미련은 없었다.

-누나가 행복하면 그걸로 됐지, 뭐.

묻고 싶은 말은 많았지만 단우는 굳이 청윤에게 묻지 않았다. 엄마의 품에서 벗어난 그녀는 거칠 것 없이 본인이 원하는 걸 이루어 내고 있었다.

"응. 지금 너무 홀가분해. 너는 종철이 괴롭히지 말고 잘 지내."

-내가 얼마나 잘해 주는데.

억울하다는 듯 단우가 목소리를 높였다. 이제 더는 매니저가 필요 없어진 청윤이 종철에게 단우의 매니저 자리를 소개해 주었다. 가끔 돌발행동은 해도 수더분하고 제 사람은 확실하게 챙기는 게 설단우였다. 그녀가 단우와 통화를 하는데, 누군가 호텔 방문을 두드렸다.

똑똑.

단우와 통화를 끊고, 청윤이 문 앞에 섰다. 누구인지를 확인한 그녀가 바로 문을 열었다. 그녀의 방에 들어선 사람은 한성이었다.

"오셨어요?"

"네."

"앉으세요. 얼굴이 더 좋아지신 거 같아요."

머리도 자르고, 매일매일 자라는 아이 얼굴을 보는 것이 낙이라고 말하는 한성의 표정은 한결 밝아져 있었다.

"다 청윤 씨 덕분입니다. 청윤 씨가 소개해 주신 일자리도 정말 좋습니다."

"다행이네요."

한성의 편안해진 웃음에 청윤도 미소를 지었다.

"그런데 어쩐 일이세요?"

"이거 먼저 받으시죠."

연락도 없이 방문을 한 한성이 의아해 묻자 잠시 머뭇거리던 그가 봉투 하나를 그녀에게 건넸다. 봉투의 내용을 알 수 없어 멍하니 바라보고 있자 한성이 봉투를 열어 보라는 눈짓을 했다. 그 눈짓에 청윤이 봉투를 열었다. 봉투 안에는 기차표가 들어 있었다. 기차의 목적지에 시선이 멈췄다.

"설마."

"이제 가셔야죠. 제가 섬까지 들어갈 수 있도록 부탁해 놨습니다."

그가 있는 곳으로 가는 표였다. 분명 기뻐할 거라고 생각했던 청윤은 난감한 표정을 지으며 표를 내려놓았다. 의외의 반응에 한성이 놀란 표정이 되었다.

"가도 될까요."

그에게 가야겠다고 생각하면서도 그를 힘들게 했던 저를 생각하면 미안해서 망설여졌다. 그에게 가기 전에 정리해야 할 일은 다 마쳤지만, 그가 저를 어떻게 볼지 두려웠다. 그가 자신과 엮인 것을 후회하고 있지 않을지, 저를 보고 싶어 하지 않는 건 아닌지. 막상 그에게 가야겠다고 생각하니 이런저런 생각이 많아졌다.

"가고 싶으신 거죠?"

하루에도 수십 번씩 그를 보러 가고 싶었다.

"그럼 가셔야죠."

한성이 자신감 있는 목소리로 말했다. 이제 기다리는 것이 자신의 역할이라고 했던 시형의 말을 똑똑히 기억하고 있었다. 그가 기다린다고 했다면 목에 칼이 들어와도 기다릴 사람이라는 건 누구보다 자신이 잘 알고 있었다.

"분명 이청윤 씨를 기다리고 있을 겁니다. 차시형은 그런 사람이니까."

청윤이 다시 기차표를 바라보았다. 세상 차가운 것 같아도 마음을 준 사람에겐 제 전부도 내어 주는 사람. 그런 사람이 청윤이 사랑하는 남자였다. 자신이 이렇게 용기를 낸 건 모두 그의 덕이었다. 그런 그를 만나게 된 건 제 행운이었다.

"한성 씨."

"네."

"그 사람을 만나게 해 줘서 고마워요."

스크린 속에서 온갖 만남을 겪어 온 그녀지만 상상해 본 적도 없는 인연으로 그를 만났다. 한성이 아니었다면 정말 있을 수 없던 만남.

청윤이 표를 다시 들었다. 참을 수 없게 그가 보고 싶었다.

***

"달라진 건 별로 없지?"

"네."

"산 총각 혼자 돌아왔기에 다들 아쉬워했어."

"죄송해요. 어쩌다 보니까 인사도 못 드리고 갔어요."

그녀를 마중 나온 것은 오 씨였다. 여전히 이곳에서 청윤은 산 처녀일 뿐이었다. 그 변함없음에 웃음이 났다.

"앞으로 자주 보게 될 텐데. 산 총각이 매일같이 이 선착장에 나와 있는 이유가 그거였나 싶네."

"정말요?"

"갈 데가 있는 게 아니고, 오길 기다리고 있던 거였나 봐."

알 만하다는 얼굴에 청윤이 살짝 얼굴을 붉혔다. 제가 오길 기다리고 있는 그 사람을 한시라도 빨리 만나러 가고 싶었다. 그와 걸었던 기억을 더듬어 산 입구까지 도착했다.

"이제부터가 문제네."

그녀 혼자 산을 오르는 건 처음이었다. 산이라는 게 길도 비슷하고, 예전에 한 번 길을 잃어버렸던 기억이 있으니 산을 올라가는 것이 두려워 침이 꼴깍 삼켜졌다. 하지만 이 산을 올라야 그를 볼 수 있다.

그와 함께 걷던 그 길을 기억해 보는 거다.

두려움을 이겨 내고 그녀가 한 걸음을 옮겼다. 빽빽한 나무들이 보이고 청윤이 발을 내딛는 순간, 시야에 들어온 광경에 그녀의 눈이 커졌다.

'이 산은 시형 씨 아니면 혼자 오르고 내려가기 힘들겠어요.'

'아무도 못 오게 하려고 했으니까요. 마땅히 찾아올 사람도 없었고.'

'이제 아니잖아요. 당신을 찾아올 사람을 위해서 표시 정도는 해도

좋지 않을까요? 노란 손수건 같은 걸로.'

언젠가 그와 산을 내려오며 했던 대화가 떠올랐다.

노란 손수건…….

나무에 노란 손수건이 매어져 있었다. 마치 자신이 그를 만나러 갈 수 있도록 길을 만들어 낸 것 같았다.

나뭇가지에 매어 놓은 손수건을 따라 그녀가 다리를 움직였다. 저를 위해 만들어 놓은 이 길을 걸으니 그와 함께 걷는 듯한 기분이었다. 벅찬 마음에 다리가 아프지도, 숨이 차지도 않았다.

"다 왔다."

하나도 변한 것 없이 그의 집이 있었다. 여전히 푸르르고, 여전히 아름다운 집에 청윤의 눈에 눈물이 고였다. 천천히 다리를 움직였다. 그녀가 도착한 곳은 집의 뒤편에 위치한 벤치였다. 텔레파시라도 통한 듯 오랜만에 본 그가 눈을 감고 벤치에 앉아 있었다.

한 걸음, 한 걸음.

다시 한번 용기를 낸 그녀가 그를 향해 다가갔다. 그 작은 인기척에 눈을 뜬 시형이 그녀를 바라보았다. 그의 눈이 커졌다. 자신이 꿈을 꾸는 건가 의아해하는 얼굴이라 청윤이 미소를 지었다. 분명 미소를 지었는데, 그녀의 눈에선 눈물이 흘렀다. 어느새 자리에서 일어선 그도 그녀를 향해 걸어왔다. 같은 발을 움직이며 두 사람은 서로를 향해 걸어가고 있었다.

"길 안 잃어버리고 왔어요?"

사정거리 안에 서로가 있었다. 그가 청윤에게 물었다.

"길이 생겼더라고요."

그녀가 고개를 끄덕이고, 한 발자국 가까이 다가갔다.

"기다리는 사람이 있어서 만들어 놨어요."

그의 다리도 또다시 한 발자국 움직였다.

"그래서 그 기다리는 사람 왔어요?"

우뚝. 부딪칠 듯 가까운 거리에서 완전히 마주 선 두 사람이 뚫어져라 서로를 바라보았다.

"방금."

그 대답에 청윤이 시형의 목을 와락 껴안았다. 시형도 그녀를 놓치지 않기 위해 마주 안은 팔에 힘을 주었다. 이제 납치극은 끝이 났다.

8. 함께

　산속의 집은 변한 것이 없었다. 집에 들어오자마자 청윤이 집을 둘러보았다. 심플하면서도 깔끔한 그 모습 그대로 그의 손길이 하나하나 닿아 있었다.

　"변한 게 하나도 없어요."

　"하나 있어요."

　그의 말에 청윤이 고개를 갸웃했다. 미소를 지은 그가 청윤을 데리고 그의 방에서 이제 그들의 방이 된 그곳으로 들어갔다. 다른 인테리어는 달리진 것이 없었지만 방의 중심에 놓인 침대 이불이 심심한 하얀 이불에서 은은한 분홍색을 띤 이불로 바뀌어 있었다. 폭신해 보이면서도 과하지 않은 꽃 모양의 자수는 청윤의 취향 그 자체였다.

　"너무 예뻐요."

　보드라운 이불을 만져 보던 그녀가 풀썩 이불 위에 누워 팔다리

어떤 황홀경 295

를 이불 위에 댄 채 팔 벌려 뛰기를 하듯이 움직였다.

"구름 위에 누운 것 같아요."

저를 내려다보고 있는 그와 눈이 마주치자 기쁜 듯 방긋 웃었다.

"구름은 얼음이에요. 딱딱하다고요."

분위기 깨게 굳이 사실을 알려 주는 그 말에 아까 전의 표정을 지운 그녀가 그를 살짝 흘겨보았다.

"비유 몰라요, 비유?"

그러면서도 살짝 몸을 침대 한쪽으로 옮긴 그녀가 비어진 자리를 손으로 팡팡 두드렸다.

"옆에 누워요, 낭만 없는 차시형 씨."

제 쪽을 향해 뻗힌 손을 잡으며 그도 그녀처럼 침대 위에 누웠다. 잡는 걸로는 어쩐지 부족해서 그가 얇은 손가락 사이사이 제 손가락을 넣어 꾹 쥐었다. 그녀도 그와 마찬가지로 얽혀 있는 손을 바라보았다.

"오래 걸렸어요. 이 손을 잡는 게."

"그래도 잡았으니까 괜찮아요."

"늦어서……."

미안하다고 하려는데 그가 그녀의 말을 끊었다.

"아니, 안 늦었어요."

이렇게 만나서 서로의 체온을 느끼고 있는데, 미안하다는 말은 어울리지 않았다. 그 마음을 읽은 것인지 청윤도 더 이상 말을 잇진 않았다.

"시형 씨, 이제 큰일 났어요."

"뭐가?"

"이제 안 놓을 거니까. 시형 씨랑 있으려고, 나 다 놓고 왔어요."

몸을 반쯤 일으킨 청윤이 일으켜진 몸을 그의 몸 위에 기댔다. 그가 제 몸 위에 올려진 청윤의 어깨를 잡았다.

"이번엔 당신이 나한테 납치된 거예요. 당신 몸도, 마음도 내 허락 없이 아무것도 못 해요."

"기꺼이 당해 줄게요."

청윤이 원하는데 못 해 줄 것은 없었다. 납치를 했다는데도 웃어 버리는 바보 같은 남자를 보던 청윤이 천천히 그의 입술 쪽으로 제 입술을 가져갔다. 그녀가 은밀하게 손을 움직여 누워 있는 그의 뒷목을 잡고, 남은 손을 그의 단단한 어깨에 가져갔다.

조심스럽게 맞닿은 접촉은 점차 농밀해졌다. 서로의 붉은 혀를 옭아매며 달콤하게만 느껴지는 타액을 삼켰다. 처음부터 한 몸이었던 것처럼 서로를 꼭 안았다. 시형의 손이 그녀의 셔츠를 헤치며 들어왔다. 커다란 손이 매끈한 그녀의 속살을 거침없이 쥐었다가 쓸었다.

"흐응."

그의 터치가 쏟아지자, 그녀의 입술에서 나온 야릇한 소리가 방 안을 가득 채웠다. 그녀를 더 느끼고픈 그가 안은 자세 그대로 몸을 돌려 그녀의 가녀린 몸을 제 품 안에 가뒀다. 입술이 잠시 떨어졌다. 가슴을 들썩이며 크게 숨을 쉰 그녀가 아쉬운 얼굴로 손가락으로 그의 다부진 입술 선을 따라 그렸다. 다시 한번 서로의 입술을 머금으려던 두 사람이 밖에서 들리는 소리에 멈칫 행동을 멈췄다.

"차 군, 차 군 집에 없나?"

시형을 찾는 소리와 함께 누군가 집 문을 두드렸다.

"누구 온 거 같은데요."

그건 그도 알았다. 누구인지도 알겠다. 이대로 모른 척 그녀와 하던 일을 하고 싶지만, 쉽게 포기하고 내려갈 사람이 아니라는 걸 알기에 그가 큰 한숨을 쉬고 몸을 일으켰다.

"나가 봐요."

청윤이 옷을 추스르며 그에게 말했다. 그녀도 그와 마찬가지로 아쉬운 얼굴이었다.

"남은 건 조금 있다가 해요."

당장 흥이 깨져 버렸지만 그녀와 보낼 시간은 많았다. 천천히 일어선 그가 거실 쪽으로 나갔다.

"무슨 일이십니까."

"산 처녀 다시 왔다면서."

역시나 문을 열자 보이는 건 강 씨였다. 오 씨에게 청윤이 왔다는 이야기를 듣고 반가움에 잔뜩 들떠 제집까지 올라온 모양이었다.

"네. 그게 왜요?"

"다시 돌아온 거 반갑다고 인사하려고 왔지."

"이장님이 왜요."

강 씨의 대외적 직함은 이장이었다. 시형의 물음에 서운하다는 듯 강 씨가 말했다.

"차 군 몽달귀신 안 만든 거 고맙다고 하려고."

"그걸 왜······."

"안녕하셨어요?"

왜 신경 쓰지 않아도 되는 일을 신경 쓰냐며 한 소리 하려던 시형의 말은 청윤의 목소리에 묻혔다.

"오 씨 어르신한테 산 처녀 왔다는 말 들었거든. 뭍에서 험한 일이 많이 있었나. 볼이 더 홀쭉해졌네."

"잘 지내셨죠."

"나야 매일 똑같지. 이제 뭍에는 안 가고 여기 있는 건가."

정확한 사정은 알지 못하지만 뭍으로 나가 몇 개월 만에 돌아온 시형에게도, 그보다 더 늦게 들어온 청윤에게도 큰일이 있었다는 것은 마을 사람 모두가 알고 있었다. 게다가 섬에 돌아오고 나서 산에서 생전 안 내려오던 사람이 시간 날 때마다 부두에 나가 시간을 보내니 그 안타까움은 배로 늘었다. 그러다 드디어 청윤이 섬으로 돌아왔다는 말에 만사 제쳐 놓고 시형의 집에 올라온 참이었다.

"네, 그렇게 될 거 같아요."

"그래, 잘 왔어. 이제 여기서 지내게 됐으니, 산 밑에 사람들한테 제대로 인사할 마음은 없나."

"인사요?"

"마침 오늘 우리 집에서 마을 사람들 모아 놓고 저녁 먹을 생각이었거든. 온 김에 같이 저녁이나 먹자고."

갑작스러운 이야기에 청윤이 시형을 보았다. 시형 또한 강 씨의 제안이 난감한 듯 표정이 좋지 않았다.

"뭐 눈치를 봐. 산 총각 안 온다고 하면 산 처녀 혼자라도 와. 이웃들끼리 잘 지내자 인사하는 게 뭐 어때서 그래. 알겠지?"

"알겠습니다."

강 씨가 재차 이야기하자 거절하지 못한 청윤이 고개를 끄덕였다. 산 처녀가 오니 산 총각은 무조건 참석이었다.

"그럼 조금 있다 보자고."

"차라도 하고 가시죠."

"차는 무슨. 됐어."

만족스러운 미소를 지은 강 씨가 미련 없이 문을 닫고 집을 나갔다. 사람 하나 나갔는데 주변이 조용해진 기분이었다.

"어쩌다 보니 초대받았네요."

"왜 간다고 한 겁니까."

"저희 정말 걱정하셨던 거 같아서요. 앞으로 계속 여기서 지낼 거니까 인사도 드리고."

"매체에 관심 없는 분들이니까 거의 청윤 씨 못 알아봤지만, 혹시나 아는 사람이 있을 수도 있어요."

"나 이제 배우 아니에요. 그만뒀다고요."

이제 사람들의 시선에 갇혀 원하는 것을 포기하는 삶을 살고 싶지 않았다.

"평생 눈치 보면서 살았어요. 이제 사람들이랑 어울리면서 살고 싶어. 여기 올 때 기차를 타고 왔거든요. 사실 저 알아보는 사람들도 있었고, 사진 같이 찍어 달라는 사람도 있었는데 다 거절했어요. 인터넷에 이청윤 성격 나쁘다고 올라올 수도 있겠죠. 근데 그게 뭐."

그녀가 어깨를 으쓱했다. 예전이라면 마음을 졸이며 인터넷 기사 댓글을 보고 있었을 것이다. 하지만 이제 아무렴 어떠랴 싶었다.

"강해졌네요."

"이게 다 시형 씨 덕분이에요. 그리고 내 리스트 중에 하나라고요."

"리스트?"

청윤이 주머니에 고이 접어 두었던 종이를 꺼냈다. 종이에는 청윤이 하고 싶은 것들이 빼곡히 적혀 있었다.

"내 버킷리스트요. 이웃들과 잘 지내기."

그녀가 손가락을 가리킨 곳에 정말 그녀가 말한 문구가 적혀 있었다.

"그러니까 시형 씨도 적극 동참해 줘요."

"여부가 있겠습니까."

그의 대답에 그녀가 웃어 버리고 말았다. 이 리스트는 그를 만나게 되면 그리고 자유를 얻게 되면 그녀가 하고 싶은 것을 생각날 때마다 적어 놓은 것이다. 이제 이것들을 하나하나 실행해 가며 살아갈 일만 남았다.

"뭐 적은 겁니까."

"안 돼요."

"적극 동참하려면 무슨 내용인지 알아야죠."

"필요할 때마다 내가 말할게요."

"이렇게 비밀 만들기 있습니까."

"제가 좋아하는 캐릭터가 이런 말을 해요. 비밀은 여자를 여자답게 만든다. 필요한 비밀은 만들 거예요."

그러면서 청윤이 낱장으로 된 리스트를 고이 접어 갈무리했다. 힘으로 뺏으려 든다면 충분히 뺏겠지만 시형은 청윤의 비밀을 지켜 주고 싶었다. 자신은 그녀의 비밀을 지켜 줄 의무가 있는 사람인 것이었다.

＊＊＊

시형과 함께 강 씨의 집으로 온 청윤은 놀라고 말았다. 넓은 마당에 섬사람들 모두가 모인 듯 시끌벅적했다.

"형님, 김치 기가 막히게 익었네."

"좀 줄 테니까 가져가."

"안녕하세요."

음식 준비가 모두 끝나지 않아 서로 도와 음식을 하는 섬사람들 사이로 청윤이 인사를 하며 다가갔다. 준환의 병원에서 마주친 적이 있는 아주머니들이었다.

"산 처녀지? 저번에 제대로 얼굴 못 봤는데, 이제야 얼굴 보네."

"어쩜 이렇게 곱대."

청윤의 얼굴을 처음으로 마주한 아주머니들의 눈이 절로 동그래졌다. 민망한 웃음을 지은 청윤이 가마솥 앞에 있는 강 씨의 부인인 채옥에게 물었다.

"혹시 도와 드릴 거 없어요?"

"손님인데 앉아 있어."

"아니에요. 다들 하시는데요. 이거 상에다 두면 되는 거죠? 시형 씨."

"이거 내가 들게요."

싹싹하게 대답한 청윤이 음식이 담긴 그릇을 들었고, 자연스럽게 시형까지 부르자 다가온 그가 나머지 그릇을 들어 청윤과 함께 상차림을 도왔다.

"우리 신랑이 산 총각 반만 닮으면 좋겠구만."

솔선수범하여 일을 하는 시형을 본 채옥이 수다 삼매경에 빠진 강 씨를 흘겨보며 큰 소리로 말했다. 아무래도 나이대가 부엌일은 여자가 해야 하는 것이라는 생각이 박혀 있는 분들이었다. 하지만 아내들의 눈초리와 청윤과 함께 아주머니들을 돕는 시형의 모습에 가만있으면 바가지가 제대로 긁히겠다는 생각이 든 남자들이 쭈뼛쭈뼛 몸을 움직였다. 모두 도와서 차리니 상은 금세 차려졌다. 상에 앉은 모두가 기분 좋은 미소를 짓고 있었다.

"자자, 여기 주목."

밥을 먹기 전, 박수를 치며 사람들의 시선을 끈 강 씨가 이야기를 시작했다.

"오늘 이렇게 와 주셔서 감사합니다. 우리 막내 아들 녀석이 공무원 시험에 떡하니 붙어서 자식 대신 애비인 내가 이렇게 자리를 마련하게 되었습니다."

모두가 강 씨 부부를 축하하며 큰 박수를 보내 주었다. 아들이 오랫동안 준비해 온 시험에 붙은 기쁨에 강 씨의 얼굴에도 웃음꽃이 가득했다.

"귀한 시간 내서 오셨으니, 맛있는 음식 잔뜩 드세요. 아, 그리고 오늘은 특별한 손님도 있습니다. 저기 산 총각."

강 씨가 시형을 가리키자 사람들의 시선은 절로 시형에게 몰렸다.

"같은 섬에 지내면서도 이렇게 마주 앉아서 밥 먹는 건 처음이지? 앞으로 자주자주 얼굴 보면서 살자고. 그런 김에 일어나서 인사나 좀 혀 봐."

"아니요, 그렇게까지."

"나도 처음 여기 왔을 때 했어. 얼른 일어나."

"시형 씨 간단하게 인사만 해요."

거부하려는 시형을 양옆에 앉은 준환과 청윤이 부추겼다. 모두가 제 인사를 기다리는데 뻗대고 앉아 있기도 힘들었다. 난감한 표정으로 시형이 일어섰다.

"안녕하십니까. 이곳에 온 지도 시간이 꽤 흘렀는데 인사가 늦었습니다. 차시형이라고 합니다. 앞으로 잘 부탁드립니다."

짧은 인사에도 반가운 이방인을 향한 박수가 쏟아졌다.

"다음으론 곧 새댁이 될 거 같은 산 처녀."

시형의 인사 후에 불린 건 청윤이었다. 민망하게 웃었지만 예상하고 있었던 듯 그녀가 자리에서 일어났다. 일어선 청윤이 저를 향하는 사람들의 눈을 둘러보았다. 따듯한 호의와 정다운 기대가 느껴지는 눈빛들이었다.

"저도 인사가 늦었습니다. 사실 제 진짜 이름은 이청윤입니다. 진짜 제 이름을 밝힐 수 있는 상황이 안 돼서 부득이하게 다른 이름을 말씀드렸습니다. 죄송합니다."

"사정 있으면 그럴 수도 있지."

"사연 없는 사람 있나?"

몇 사람의 추임새에 앉아 있는 모두가 그럴 수 있다는 듯 고개를 끄덕끄덕하였다. 저를 이해해 주는 듯한 환대에 청윤이 울컥 나오려는 눈물을 참으며 말을 이었다.

"앞으로 자주 얼굴 뵐 것 같습니다. 잘 부탁드립니다. 감사합니다."

"그런데 두 사람 혼인은 언제 하는 거야. 설마 식도 안 하고 같이 살기부터 하는 거야?"

어르신들이 대부분인 곳이다 보니 아직 결혼도 하지 않은 남녀가 한 공간에 지내는 것이 선뜻 이해가 되지 않는 듯 보였다.

"식을 하긴 하는 거지?"

가만히 앉아 있던 오 씨가 두 사람에게 물었다. 갑작스럽게 튄 주제에 시형도, 청윤도 당황하여 서로의 얼굴만 바라보고 있었다. 그와 함께하기 위해 왔지만 그런 구체적인 일들까지 입에 올린 적은 없었다.

"그 사정이라는 게 식을 못 올리는 사정인 거야? 형편이 안 돼?"

강 씨의 물음에 시형이 재깍 고개를 저었다. 분명 섬의 어르신들은 좋은 분들이지만, 남의 일에 너무 관심을 가져 곤란할 때가 있었다.

"그런 거 아닙니다."

"그럼 결혼해 버려."

"네?"

"두 사람 확실히 이야기를 혀 봐. 결혼 생각까지 있는 것이야?"

너무 앞서간 이야기에 청윤이 어떤 대답을 해야 하나 고민하는데, 시형의 입이 먼저 열렸다.

"하고 싶습니다."

그런 말을 하면서도 쑥스러운지 그는 청윤 쪽을 바라보지 못했다. 그 대답에 놀라워할 새도 없이 청윤에게 질문이 넘어왔다.

"산 처녀는? 생각 없어?"

"요즘 젊은 사람들이 한다는 살아 보고 정할 거다, 뭐 그런 거야?"

"아니에요!"

그를 찾아온 건 그런 가벼운 마음이 아니었다. 부정을 한 그녀도 부끄러운 감정을 숨기지 못하고 고개를 끄덕였다.

"저도 결혼……하고 싶어요."

"됐구만, 됐어."

잔잔한 섬 일상에 찾아온 젊은 연인의 결혼 이야기에 섬사람 모두가 흥분 상태가 되었다.

"말 나온 김에 혼례 치르면 되지."

"아니, 그게 무슨."

그가 사람들을 저지하려 했지만 이미 신이 난 사람들을 막을 수는 없었다.

"재고 따지고 그런 거 하면 될 것도 안 되는 법이야. 쇠뿔도 단김에 빼야지."

"우리 혼례 치르는 데 있잖아. 모래사장 쪽."

"음식이랑 옷은 우리 쪽에서 준비할 수 있어."

가만히 뒀다가는 당장 내일이라도 결혼식을 치를 거 같은 분위기에 시형이 그들을 진정시키려 했다.

"잠시만요."

"왜, 마음에 안 차는겨? 아무래도 젊은 사람들은 드레스랑 턱시도 입고 하는 게 나으려나."

"아니요. 그런 문제가 아니라, 결혼을 갑자기 정하는 게 아무래도……"

시형의 거절에 신나 했던 사람들의 얼굴에도 실망이 퍼져 드는데, 그 사이에서 튀어나온 목소리가 있었다.

"전, 괜찮아요."

"청윤 씨."

"나랑 결혼할 생각이라면서요. 끌 거 뭐 있어요. 이렇게 하는 것도…… 재미있을 거 같아요."

결혼에 대한 환상이라면 저보다는 청윤 쪽이 더 많을 것이 분명했다. 하지만 아무렇지 않은 얼굴로 번갯불에 콩 구워 먹듯이 하는 결혼식을 찬성하는 그녀를 이해할 수 없었다.

"재미로 정할 일이 아니에요."

"나랑 당신 마음이 같은데 식 같은 건 아무렴 어때요. 안 해도 상관없다고 생각했는데, 기회 왔을 때 잡아야죠."

그의 곁에만 있을 수 있다면 결혼식 같은 건 안 해도 된다고 생각했다. 워낙에 시끄럽게 만난 두 사람이니 그런 평범한 일 같은 건 꿈을 꿀 수 없었다. 그런데 이렇게 주변에서 결혼식을 도와준다고 하니 다시없을 기회 같았다. 그녀의 마음을 읽은 것인지, 그도 생각에 잠긴 얼굴이 되었다.

"사람들 앞에서 잘 살겠습니다, 하고 인사하면 그게 혼례인 거지."

"옳소!"

강 씨의 말에 사람들은 다시 시끌벅적해졌다. 좋다고 답한 청윤의 말이 기름이 되어 섬사람들의 결혼 이야기는 빠르게 진행되었다.

"정말 괜찮아요?"

"어릴 때부터 드레스 많이 입었어요. 드레스에 미련 없고, 한복 입고 결혼하는 것도 신선하고 좋은데요?"

청윤은 정말 개의치 않는 듯 보였다.

"주례는 우리 중에 가방끈 제일 긴 이 선생님이 하는 걸로 하자고."

"저까지 가야 합니까."

이름이 등장한 준환이 거절하려 했지만 그럴 분위기는 아니었다.

"당연한 거죠."

"이제 빼도 박도 못합니다. 군말하지 마시고, 받아들이세요."

청윤까지 설레는 얼굴로 섬 아주머니들과 이야기를 하고 있으니, 시형도 어쩔 수 없이 받아들여야 하는 현실을 인정한 얼굴이었다.

"자, 주례비는 이 술로 하지."

준환이 시형에게 술잔을 내밀자 시형도 별말 없이 널찍한 술잔에 막걸리를 따랐다. 자신들과 어울리지 않는 시끌벅적한 결혼식이 될 것 같았다.

***

소금기 머금은 바람이 부는 바닷가였다. 크진 않지만 바다와 하늘이 맞닿아 있고, 시원한 파도 소리와 하얀 포말이 조화를 이루는 곳이 오늘의 결혼식장이었다.

식을 치를 공간 옆쪽으로 커튼으로 가려진 신부 청윤의 대기실이 있었다. 앉아 있는 청윤의 주변을 준환의 병원에서도 만났던 아주머니 세 명이 둘러싸고 있었다.

"곱네, 고와."

새하얀 드레스 대신 상아색의 저고리와 분홍빛의 한복 치마를 입고 있는 청윤을 보며 세 사람 모두 만족스럽게 웃었다. 하나부터 열까지 섬마을 사람들이 챙겨 주어 결혼식 준비는 어렵지 않게 진행되었다.

"살짝 짧긴 해도 괜찮네. 우리 둘째 딸 결혼하면 입으려고 맞춘 건데. 아직 결혼을 못 해서 못 입었어."

채옥의 옷을 빌리긴 했어도 그런 사연이 있는 옷이라고는 생각을 못 해서 청윤이 놀라고 말았다.

"그런 옷인데 빌려주셔도 돼요?"

"당연히 되지. 이제 정말 산 새댁 되겠네. 산 총각 말이야, 젊은 사람이 이런 촌구석에 왔을 때는 분명 세상 평지풍파 다 겪었다는 거잖아. 그런 사람이 마음도 안 열고 산 위에서만 살기에 우리끼리는 사실 걱정을 많이 했거든. 몹쓸 생각 같은 거 하지 않을까 하고 말이야. 산 처녀 오고 나서는 생전 우리한테 말도 안 걸던 사람이 말을 걸기도 하고, 표정 같은 것도 한결 편해져서 다행이라고 생각했어. 그런데 두 사람 섬 나가고 검은 사람들 와서 난리 치고, 그 뒤에 산 총각 혼자 돌아와서는 산 처녀 기다리고 있는 거 보니 마음 안 좋았거든. 평생 저렇게 외롭게 사는 건가 해서. 젊은 사람들 눈에는 오지랖 같아 보이겠지만, 세상 산 세월이 더 많으니까 그렇게 외롭게 사는 게 얼마나 안타깝고 불행한 줄 알거든. 이렇게 두 사람이 다시 만나는 거 보니까 우리가 다 좋은 거야. 막 뭐라도 해 주고 싶던 차에 이렇게 이야기가 나와서 노인네들 오지랖 제대로 부려 본 거지, 뭐."

섬 밖에서 살 땐 한 번도 느껴 보지 못한 정다움이 있었다. 누군가는 가족도 아닌 사람들을 그렇게 물심양면으로 도와줄 수 있느냐 생각할 수도 있겠지만, 이곳에선 이런 이웃 간의 정이 가족 간의 정만큼이나 끈끈했다.

"정말 감사해요."

그 살가움이 이제껏 느껴 보지 못한 엄마의 정인 것 같아 청윤은 눈물이 핑 돌았다.

"감사는. 이렇게 좋은 날 우는 거 아니야."

"울기 싫어도 눈물 나는 날이지, 뭐."

"채옥 형님, 결혼식 날 울고불고하면서 입장하다가 치마 밟고 넘어졌잖아."

"기억 안 나!"

채옥의 과거를 들추는 말에 양옆의 아주머니들이 까르르 웃음을 터트렸다. 갑작스럽게 부끄러운 과거를 들킨 채옥이 제 과거를 부인했지만, 오랜 세월 동기간처럼 지낸 이들의 웃음은 쉬이 멈추지 않았다.

"하여튼. 그런 쓰잘데기 없는 것만 잘 기억해."

타박을 하면서도 채옥도 그들과 함께 웃어 버리고 말았다. 청윤도 소녀처럼 귀여운 그들의 모습에 눈물이 맺혔던 것을 거둬 내고 웃어 버리고야 말았다. 그렇게 웃음이 넘치는 대기실에 청윤의 옷과 비슷한 빛깔의 한복을 입고 그 위에 두루마기를 걸친 시형이 조심스럽게 들어왔다.

"신랑 왔네."

"그러게, 벌써 시간이 이렇게 됐네."

두 사람의 입장 시간이 다 됐음을 깨달은 세 사람이 서로 눈짓으로 나가자는 신호를 보내고는 대기실을 나갔다. 세 사람이 나가자 대기실엔 고요함이 찾아왔다.

"조금 있다 올 걸 그랬나 봅니다."

"아니에요."

시형이 보통의 신부화장보다는 옅은 화장에, 고운 빛이 나는 옷을 차려입은 청윤을 바라보았다. 홀릴 정도로 예쁜 건 알고 있었지만, 정말 빛이 날 정도로 청윤은 아름다웠다. 한복 차림이라 그런 것인지 단아하고도 여성스러운 모습이 더욱 부각되었다.

"나 괜찮아요?"

"날개 나와서 날아갈 것 같습니다."

"그런 칭찬도 할 줄 알아요?"

평소의 그라면 하지 않았을 칭찬까지 하자 청윤의 얼굴에 더욱 진한 미소가 지어졌다.

"정말 이렇게 결혼해도 괜찮아요?"

결혼이라는 것이 여자의 판타지임을 시형 또한 잘 알고 있었다. 청윤이 이렇게 외딴섬에서 그것도 남이 빌려준 한복을 입고 결혼하는 것에 대해 불만을 가지고 있지 않을까. 그리고 인생 처음인 결혼을 이런 식으로 번갯불에 콩 구워 먹듯이 하는 것에 대해 청윤이 말은 하지 못해도 실망하고 있는 건 아닐까 걱정이었다.

"결혼한다고 여기 알아보고 저기 둘러보고 의견 안 맞아서 싸우고, 그런 것도 매력은 있다고 생각하는데요. 우리처럼 결혼하는 사람들은 드물잖아요."

"많진 않겠죠."

"특별하잖아요. 난 그렇게 생각할래."

"가족들이나 아는 사람들 모시고 축하받으면서 하고 싶지 않아요?"

시형이 말하고 싶었던 사람이 민영이라는 것을 한 번에 눈치챘다. 그의 말에 청윤의 표정이 오늘 처음으로 굳었다.

"별로. 그리고 이곳에 가장 와야 할 사람의 얼굴을 아직 보고 싶지 않거든요."

"청윤 씨."

단호히 쳐내는 말에 시형이 청윤을 불렀지만 섣불리 말을 하지 못했다. 자신도 그 일에 관련해서는 청윤의 어머니를 온전히 이해하지 못했기에 당사자인 청윤은 더할 것이라는 것을 알았다. 그래서 쉽게 용서를 하라거나 어머니의 얼굴을 보자거나 하는 말을 할 수 없었다. 마음이 받아들이지 못하는 사과는 진정한 용서를 끌어낼 수 없는 법이었다.

"청윤 씨가 하고 싶은 대로 해요. 그래도 어머님께 감사한 마음은 있어요. 난 그 덕에 청윤 씨 만난 거니까."

어떤 강요 없이 차분한 목소리로 말하는 그를 보며 청윤이 웃었다. 그의 말대로 그들은 민영의 잘못된 행동이 아니었다면 전혀 접점이 없었을 사람들이기도 했다. 민영을 용서하지 못해도 그 점에 대해서는 그와 마찬가지로 고맙다고 생각했다.

여러 아픔을 겪고 두 사람은 서로를 만났다. 앞으로 이곳에서 또다시 어떤 위기가 올 수도 있고, 아픔이 올 수도 있지만 모든 걸 이겨 내고 행복하고 기쁨이 가득한 집을 만들고 싶었다.

"둘만의 시간을 방해한 건 미안하지만 얼른 나오라고. 다 기다리고 있어."

강 씨가 대기실 커튼으로 얼굴만 내밀어 재촉을 하고 두 사람의 대답을 들을 새도 없이 다시 나갔다. 자신들보다 바쁜 강 씨를 보다 눈이 마주친 두 사람이 마주 웃었다.

"가죠."

시형이 그녀에게 손을 내밀었다. 이 손을 잡기 위해 여러 위기가 있었지만 두 사람은 다시 만났고, 앞으로도 함께하기로 하였다. 이제 그녀가, 그가 잡아야 할 손은 서로를 향해 내밀어진 손이었다.

"그래요, 가요."

청윤이 망설임 없이 그의 손을 잡았다. 두 사람이 천천히 앞으로 걸어가기 시작했다.

커튼을 젖히고 밖으로 나가니 드넓은 바다가 보이고, 하얀 천을 깐 버진로드 양옆으로는 그들을 축하해 주기 위해 마을 사람들이 앉아 있었다. 진짜 결혼식장처럼 의자를 놓으려 했으나 마땅한 의자가 없어 잔치할 때처럼 넓은 돗자리를 깔았다. 그리고 장만한 음식을 상 위에 놓고 편하게 음식을 먹으면서 식을 진행하기로 한 탓에 사람들 모두 화기애애한 분위기 속에서 그들을 맞이해 주었다.

"음식 먹으면서 결혼식도 보고. 호텔 결혼식 못지않네."

"호텔 결혼식이 뭐야. 맛있는 음식에, 이 풍광에 내가 가 본 식장 중에서 최고구만."

"맞아요, 맞아."

만족스러운 하객들의 말소리를 들으며 두 사람이 나란히 섰다.

"산 처녀, 아니 신부 보는데 하늘에서 선녀가 내려온 줄 알았네요. 저런 신부를 얻은 신랑은 평생 신부 업고 다녀야겠습니다."

사회를 맡은 강 씨가 너스레를 떨자 하객들 모두 웃음이 터졌다. 평소라면 강 씨의 말에 못마땅한 표정을 지었을 시형이지만 방금 강 씨의 말은 인정한다는 듯이 고개를 끄덕였다. 그 옆에 청윤은 민망한 얼굴로 시선을 바닥으로 내리깔고 있었다.

연기를 하며 결혼식 장면은 몇 번이나 찍어 봤었는데, 막상 제결혼식이 되니 심장이 쿵쾅거려 정신이 없었다. 사람들 앞에 서는 것이 이토록 긴장된 적은 없었는데 다리가 후들거릴 정도였다.

"신랑, 신부 입장!"

흔한 행진곡은 없었다. 오롯이 사람들의 축하한다는 눈빛을 행진곡 삼아 두 사람은 천천히 발걸음을 떼었다. 긴장에 보폭이 좁은 청윤을 배려하며 시형도 걸음을 늦췄다. 두 사람의 사이를 인정받는 이곳에는 두 사람의 느린 행진을 타박하는 사람 또한 없었다. 모두들 잘 어울리는 한 쌍의 남녀를 지켜보며 흐뭇한 미소를 짓고 있었다.

두 사람은 드디어 그들을 기다리고 있는 주례 준환의 앞에 도착했다.

"바로 주례사가 있도록 하겠습니다. 의사 선생, 시작하시오."

빠른 결혼식을 지향하는 강 씨의 말에 모두들 만족한다는 듯 웃었다. 앞의 절차를 생략하고 주례를 시작하라는 말에 순간 당황하는 표정을 지었지만, 준환도 알겠다며 고개를 끄덕였다.

"사실 제가 주례를 할 나이는 아닙니다. 생각해 보니 저보다 어른도 많은 이곳에서 주례를 한다고 나서는 것이 주제넘었던 것은 아닌가 싶기도 했습니다. 그래도 주례비도 받았는데 안 할 수는 없어서 내 인생에서 처음이자 마지막 주례사를 짧게 하도록 하겠습니다. 살아 왔던 환경도, 인생의 길도 달랐던 두 사람이 만난 것은 하늘의 인연이 아니었나 싶습니다. 그런 두 사람이 서로와 함께 가기로 결정한 건 하늘의 뜻이 아닌 두 사람의 뜻이겠지요. 사랑하라고 사는 인생 아니겠습니까. 서로 아끼고 배려하고, 무엇보다 사랑하면서 사십시오. 오늘 두 분을 위해 고생해 주신 하객 여러분께 잘 살겠다고 말하고 절 한 번 올리는 걸로 성혼서약을 대신하겠습니다."

절하는 것은 예상하지 못했지만 오늘 이 자리를 마련해 주신 분들께 큰 감사는 드리고 싶었다. 하객 쪽으로 몸을 돌린 시형이 큰 소리로 말했다.

"배려하고 아끼는 마음으로 이 마음 변치 않고 살겠습니다."

청윤과 눈으로 신호를 주고받은 후 시형과 청윤은 하객들을 향해 절을 했다.

"신랑이 목소리가 커서 보기 좋구만."

"힘도 좋겠어."

"이 양반이, 주책이야."

어느새 두 사람의 결혼식은 마을 사람 모두의 잔치가 되었다. 절을 하는 두 사람의 모습에 연신 흐뭇한 미소를 보이는 사람도 있었고, 괜스레 눈물이 나는지 찔끔거리는 눈물을 닦아 내는 사람도 있었다.

"이 시간부로 두 사람이 부부가 되었음을 선포합니다."

준환의 말을 마지막으로 두 사람을 축복하는 박수가 크게 터져 나왔다. 잘 살아라, 축하한다, 기분 좋은 덕담들이 두 사람에게 쏟아졌다. 순식간에 끝난 결혼식이었지만 마음이 뭉클해진 청윤의 눈에서 눈물이 흘렀다.

"우리 부부 됐네요."

눈물을 닦아 주는 그에게 그녀가 말했다. 그 말에 시형이 빙긋 웃었다. 그러다 궁금한 것이 생각난 듯 물었다.

"이것도 리스트에 있었어요?"

그와 만나면 하고 싶은 것을 적어 놨다던 그녀의 리스트에 그와의 결혼이 있었는지 궁금했다. 리스트 공유를 끝내 거부한 그녀로 인해 이청윤의 버킷리스트는 보지 못한 상태였다. 그의 질문에 그녀가 빙그레 웃으며 대답했다.

"1번이었어요."

"다행이군요."

그녀와 함께해 나갈 모든 것이 기대되었다. 살면서 이토록 미래가 기대된 것은 처음이었다. 그들을 축하하듯 바다도 시원스러운 파도를 박수처럼 보내고 있었다.

모든 식이 끝나고 뒤풀이 장소는 강 씨네 집이었다. 큰 행사를 잘 치렀다는 안도감에 사람들 모두가 들뜬 상태였다. 들뜬 사람들 사이로 서로에게 닿지 못하고 있는 신혼부부도 있었다. 피로연 자리까지는 지키고 가라는 말에 강 씨의 집에 온 것까지는 좋았는데, 시형은 강 씨 외 남자들이 있는 상에, 청윤은 채옥 외 여자들이 있는 상에 떨어져 앉고야 말았다. 고개를 돌려 마주 본 두 사람의 눈빛이 애틋했다.

"그래도 오늘 결혼하고 첫날밤인 사람들을 이렇게 붙들고 있으면 안 되는데."

"앞으로 살아갈 날 많은데, 뭘."

"맞아, 맞아. 한잔하라고."

그러면서 시형에게 술이 건네졌다. 슬쩍 버리고 싶지만 대접에 주는 막걸리라 따로 버릴 곳도 마땅치 않았다. 평소처럼 칼같이 거절하자니 자신들을 위해 고생해 주신 섬의 어른들이라 그럴 수도 없었다.

"앞으로도 계속 섬에 사는 거지?"

막걸리를 마시고 살짝 인상을 찌푸린 그에게 시형과 같은 테이블에 앉아 있던 어르신이 물었다.

"그럴 예정입니다."

어디서 사는 것이든 시형은 청윤이 하자는 대로 할 생각이었다. 청윤이 이곳에서 계속 지낼 생각을 하고 있으니 이곳에 사는 건 당연한 일이었다.

"그래. 이 섬에 젊은 사람들이 있으니 괜히 보기 좋아. 나중에 애 생겨서 뭍으로 나가기 전까지는 있어."

그들에게 섬은 작은 세상이었다. 더 큰 세상을 찾아 섬을 떠난 사람들도 있고, 자식 교육 때문에 외지로 떠난 사람들도 많았다. 지금 이 섬에 있는 주민들도 그런 연유로 섬을 떠났다가 자식들을 분가시키고 돌아온 사람들도 상당 부분 있었다. 떠난 사람은 떠난 사람대로 남은 사람은 남은 사람대로 의지하며 살고 있었지만, 새로운 주민이 섬에 들어온 것은 그들에게 무척이나 반가운 일이었다.

"앞으로는 산에만 있지 말고, 자주자주 내려와서 노인네들하고도 놀아 달라고."

"네, 알겠습니다."

"이야, 결혼이 좋네. 그 까칠하던 산 총각, 아니지. 산 신랑이 이렇게 순순히 대답을 다 하고."

"그러게나 말이야."

딱딱한 표정을 짓고 있던 시형이 자신들의 말에 긍정적으로 대답을 하자 섬마을 사람들은 말을 하고도 놀라고 말았다.

"아, 오늘 잠은 저기 우리 옆집에서 자라고. 우리가 신혼 방으로 잘 꾸며 놨으니까. 취중에 산 올라가는 건 위험해."

강 씨의 말에 모두들 절대 산 위의 집은 가지 말라며 고개를 끄덕였다. 그들이 말하는 옆집은 강 씨가 예전에 살았던 집으로, 강 씨의 자식들이 오면 그 집에서 지내는 터라 보일러나 수도나 모두 정상적으로 작동하는 곳이기에 하룻밤 묵기에는 부족함이 없었다.

"네, 감사합니다."

"그런 의미로 또 한 잔."

즐기지 않는 술이지만 주는 대로 마시니 술은 술술 들어갔다. 간만에 마신 술에 몽롱함을 느끼며 시형이 청윤 쪽을 바라보았다. 청윤 쪽 또한 저와 다르지 않았다. 아니, 아주머니들이 모여 있는 곳이 더 시끌벅적 소란스러웠다. 이제 다들 얼큰하게 취했으니 도망가도 되지 않을까 싶은데, 기회가 쉽사리 오지 않았다. 게다가 청윤은 저와 마찬가지로 주는 술을 홀짝홀짝 마시며 취한 듯 높은 음의 웃음을 짓고 있었다.

"다들 얼큰하게 취하셨네요."

병원에서 할 일이 있다며 자리에 없던 준환이 시형의 옆자리에 앉으며 말했다.

"아이고, 선생님 오셨습니까."

"자네는 아직도 있어?"

인사를 하면서도 아직 이곳에 있는 시형을 의아한 눈길로 보았다.

"그렇게 됐습니다."

대충 돌아가는 상황을 보고, 가고 싶어도 갈 수 없는 그들의 사정을 눈치챌 수 있었다.

"오늘 정신없었지?"

피식 웃은 준환이 시형에게 술잔을 내밀었다. 왜 이러냐는 눈길로 준환을 보았지만 시형은 별말 없이 술을 받았다. 그사이 화장실을 가려는 것인지 자리에서 일어선 청윤을 발견했다. 저도 모르게 시형의 엉덩이가 들썩이다 주변의 눈치를 보며 앉았다.

"가 봐."

시형에게만 들릴 만한 목소리로 준환이 말했다. 준환이 같이 앉아 있는 분들을 막아 주겠다는 뜻이 분명히 전해졌다. 그 말에 마음이 편해진 시형이 몸을 움직였다.

"화장실 좀 다녀오겠습니다."

"어딜? 도망가려는 거 아니야?"

그 움직임에 강 씨가 취한 와중에도 예리하게 눈빛을 보냈다.

"에이, 설마요. 생리현상은 믿어 줘야죠. 신경 쓰지 마시고, 저나 한잔 주시죠. 잔 비었습니다."

"이 선생님이 술을 달라고 하시는데, 마다할 수 없지요."

강 씨의 눈이 준환을 향하자, 재빠르게 일어선 시형이 청윤이 사라진 쪽으로 걸음을 옮겼다. 붙들고 있을 땐 언제고, 다들 술에 취해 두 사람이 사라진 것을 깨닫지 못하고 있었다.

화장실 안에서 거울로 취한 제 얼굴을 본 청윤이 정신을 차리려는 듯 고개를 절레절레 저었다. 이렇게 기분 좋게 취한 게 얼마 만이더라. 빨갛게 변한 제 얼굴이 재밌어 청윤은 혼자 웃음 지었다. 사람들 틈에서 이렇게 눈치 보지 않고 웃었던 때가 언제더라. 생각하니 아득하게 느껴졌다.

그나저나 이제 슬슬 시형과 둘만의 시간을 보내고 싶은데, 어떻게 빠져나가야 하지. 고민에 빠진 청윤이 화장실을 나와 다시 술자리로 돌아가려 하는데 불쑥 나온 그림자가 그녀의 뒤를 덮쳤다. 놀라 소리 지르려 하는 그녀의 입을 검은 그림자가 막았다.

"소리 지르면 안 돼요."

"시형 씨?"

놀란 가슴을 부여잡고 뒤를 돌아보니 시형의 얼굴이 보였다. 그의 반듯한 얼굴에 청윤이 저도 모르게 웃어 버리고 말았다.

"들키면 또 끌려간다고요. 왜 웃습니까."

이렇게 중요한 시점에 저를 보며 웃음 짓는 그녀의 얼굴에 시형의 얼굴에도 희미한 미소가 떠올랐다.

"시형 씨 보니까 좋아서요. 견우와 직녀도 아니고. 술 마시니까 좋았어요? 나는 쳐다보지도 않고."

틈틈이 시형에게 나오라는 눈초리를 보냈지만 그는 술을 마시느라 정신이 없어 몰래 입술을 삐죽였던 그녀였다. 하지만 그녀의 말에 억울한 건 그도 마찬가지인 듯했다.

"그건 내가 하고 싶은 말입니다."

"몰라요."

빨갛게 익은 볼에 붉은 입술을 삐죽이는 청윤이 너무도 사랑스러웠다. 볼터치를 한 것처럼 그녀는 볼만 붉어진 상태였다. 그가 저도 모르게 그녀의 볼을 만졌다.

"뭐 하는 거예요."

"귀여워서요."

"난 귀여운 게 아니라……."

"아름다운 거 아는데, 지금은 귀여워요. 무척이나."

볼멘소리를 하려고 해도 그가 이렇게 말하니 표정을 구기고 있을 수 없었다. 사랑하는 남자의 칭찬은 여자를 약하게 만들 수밖에 없었다.

"일단 도망부터 가죠."

"우리 둘이 나가면 또 붙들리지 않을까요."

나갈 수 있는 입구는 화장실이 있는 뒷마당이 아니라 앞마당 입구뿐이었다.

"담을 넘어가야죠."

놀라는 그녀의 손을 붙들고 그가 한쪽 담벼락으로 향했다. 그 담 옆에는 그들의 첫날밤을 보낼 장소로 꾸며 놓은 그 집이 있었다. 주인이 같은 집이니 낮은 담으로 구역만 나눠 놓고 있었다.

"내 손 잡고 올라와요."

높지 않은 담이지만 먼저 담 위로 올라간 그가 그녀가 쉽게 올라올 수 있도록 손을 뻗었다.

"결혼한 날 이렇게 담 넘는 부부는 우리밖에 없을 거 같아요."

제 상황이 웃겨 청윤이 웃음기 가득한 목소리로 말했다.

그녀가 손을 잡자 그가 어렵지 않게 그녀를 끌어 올려 담 위에 앉혀 주었다. 그녀가 담 위에 앉은 것을 확인한 그가 맞은편으로 내려가 청윤의 허리를 잡아 담에서 내려 주었다.

"사실 나 혼자도 담 넘을 수 있는데."

그의 도움을 받는 것이 민망할 정도로 낮은 담이었기에 청윤은 자신을 안고 있는 그를 올려다보며 말했다. 그를 향해 짓는 웃음이 예뻐 그가 그녀의 입술에 쪽, 가볍게 키스했다.

"알아요. 내가 해 주고 싶었어요."

여전히 소란스러운 사람들의 소리를 뒤로하고 그들은 두 사람을 위해 준비해 놓은 방으로 향했다. 문을 열고 들어가자 신혼부부를 위해 마련된 빛 고운 비단 이불에 놀라고 말았다. 따뜻하게 데워진 방에 은은한 빛이 도는 비단 이불이 신혼부부를 위한 방이라고 알려 주는 것 같았다.

"이불 되게 좋아요."

기분 좋은 미소를 지으며 청윤이 이불을 쓸어 보았다.

"이청윤이 더 좋습니다."

무뚝뚝한 말투지만 담긴 뜻은 정반대였다. 그 말에 청윤이 쑥스러워 웃어 버리고 말았다.

"그게 뭐예요."

타박처럼 대꾸했지만 그의 말이 싫지 않은 듯했다. 그녀의 옆에 그가 다가와 앉았다. 그의 검은 눈동자와 그녀의 고동색 눈동자가 마주쳤다. 흐르는 침묵에 꿀꺽하고 침이 삼켜졌다. 어느새 시형이 청윤에게 가까이 다가왔다. 두 사람의 입술이 닿기 직전 번뜩 그녀가 그의 입술을 막았다.

"나, 씻고 올게요."

눈을 감으려던 청윤은 자신이 방금 전까지 막걸리를 마시고 알딸딸한 채 있었다는 것을 떠올렸다. 그냥 술도 아니고 막걸리라니. 새색시와는 어울리지 않는 주종에, 술 냄새였다.

시형이 대답할 새도 없이 그녀가 방을 나가 버렸다. 홀로 남겨진 시형은 눈만 깜박거렸다. 언젠가 겪었던 상황이지만 그녀를 막을 방도도 없었다. 시형의 입에서 허망한 한숨이 새어 나왔다.

"나도 씻고 올게요."

청윤이 수건을 들고 방으로 들어오자 일어선 건 시형이었다. 새신랑 기다리는 마음이 그런 것일까. 그와 같은 공간에 있는 것이 처음도 아닌데, 심장이 두방망이질을 해 댔다. 속옷 차림으로 그를 기다려야 하는 것일까.

"그건 너무 노골적이잖아."

저 혼자 빨간 딱지가 붙을 만한 생각을 하고 청윤이 이불 안으로 들어가 발을 굴렸다. 민망하긴 하지만 어차피 벗을(?) 옷가지라는 생각에 잠시 고민에 빠졌다. 그가 오지 않을까 방문을 보며 청윤이 살짝 떨리는 손으로 속옷만 남겨 둔 채 옷을 벗어 잘 개어 놓았다. 오늘은 새색시니까. 그것이 모든 상황을 관통할 수 있는 주문인 양 청윤이 중얼거렸다.

그래도 속옷 바람으로 그를 앉아서 기다리는 것은 자신이 없어 이불 안에 들어가 그가 오기만을 기다렸다. 피부에 닿는 이불은 포근했고, 덮고 있는 이불은 따뜻했다. 몸이 따뜻하니 술기운이 올라오는 것인지 나른해진 기분에 눈이 감겼다.

"정신 차려. 자면 안 돼."

정신이 들도록 볼을 꼬집어도 보았지만 아픔은 잠시뿐이었다. 한번 들이친 수마는 청윤을 쉽사리 놓아주지 않았다. 끝까지 안 되는데, 를 중얼거리던 청윤의 눈이 천천히 감기기 시작했다.

"청윤 씨."

청윤이 눈을 감고 얼마 지나지 않아 방으로 들어온 시형이 청윤을 보고 황당한 웃음을 지었다. 그래도 첫날밤이지 않냐고 피력을 하며 깨워 보려 하다가도 곤히 잠든 얼굴이 예뻐 깨울 수도 없었다. 얼굴 믿고 첫날밤에 잠든 겁니까, 하고 따져 묻고 싶어도 그럴 수는 없는 노릇이었다.

"예뻐서 봐줍니다."

청윤의 옆에 누우려다 그녀가 속옷 차림인 것을 발견하고 난감한 듯이 미간이 좁아졌다. 이런 차림으로 잠에 든 건 제가 청윤에게 큰 잘못을 한 것이라는 반증이 아닐까 싶은 생각까지 들었다. 이불 속 청윤의 보드라운 여체를 홀린 사람처럼 보던 시형이 고개를 저으며 그녀의 옆에 자리 잡으며 누웠다.

찬물로 씻어도 몸 안의 열은 가라앉지 않았다. 하지만 아내라 하여도 자고 있는 여자를 취할 수는 없었다. 정확히는 취하고 싶어도, 자는 얼굴마저 예뻐 건드릴 수가 없었다.

크게 심호흡을 한 그가 그녀의 얼굴에 붙은 머리카락을 떼 주었다. 그녀와 나란히 누워 있는 것만으로도 제 열망은 이루어진 것이나 다름없었다.

평생 청윤을 기다려야 할지도 모른다고 생각했었다. 평생까지가 아니라고 하더라도 그녀가 그의 곁에 오는 건 긴 시일이 걸릴지도 모른다고 여겼다. 하나 제 예쁜 아내는 그가 오래 기다리지 않도록 제게 빨리 돌아와 주었다. 그것만으로도 그는 행복했고, 그녀에게 평생 충성을 맹세하리라 다짐했다.

그랬기에 잠이 든 그녀를 원망할 마음은 없지만…….

"첫날밤인데 손만 잡고 자네요."

아쉬운 마음은 누를 길이 없었다. 고이 잠든 그녀의 손을 쥐었다. 작고 보드라운 손을 느끼며 그가 중얼거렸다. 잠이 오지 않으리라 생각했는데 술기운 때문인지 어쩐지 그도 그녀처럼 눈이 감겼다. 이청윤 씨, 내일 아침에 보죠. 그 찰나의 순간, 그렇게 중얼거린 시형도 잠에 빠져들었다. 그렇게 그들이 함께할 많은 날들이 공식 시작되었다.

청윤은 밤중에 한 번도 깨지 않고 아침 해가 밝아서야 잠에서 깨어났다. 잠이 덜 깬 눈으로 주변을 둘러보던 그녀가 몸을 반쯤 일으켜 저를 내려다보는 시형을 보고 놀라고 말았다. 그의 눈을 보자마자 제가 어제저녁 그가 씻으러 간 사이 잠에 든 것이 떠올랐다.

"잘 잤어요?"

"어…… 그런 거 같아요. 시형 씨는요."

"나도. 누가 먼저 잠들어 준 덕분에 힘 안 쓰고 푹 잤네요."

분명 웃으며 하는 말인데 왠지 서늘하게 느껴지는 건 저의 괜한 착각일 터였다.

"다, 다행이네요."

"난 잘 모르겠는데."

그러고 보니 속옷 차림 그대로였다. 어젯밤엔 무슨 용기였는지 모르지만 아침이 되니 민망해서 괜스레 이불을 추어올려 턱까지 가렸다.

"추워요?"

그녀의 마음을 읽어 낸 것처럼 그가 물었다. 제 얼굴을 어색하게 보며 피하려고 하는 그녀를 보니 저답지 않은 장난기가 생겨났다.

"조, 조금."

"그럼 지금 이불 말고 더 따뜻한 이불로 줄까요."

그렇게 말하며 그가 그녀 쪽으로 몸을 움직였다. 그의 돌발행동에 그녀가 피하려 했지만, 그의 긴 팔을 벗어날 수는 없었다.

"아내가 춥다는데, 가만있을 수 없죠."

그녀가 덮고 있던 이불을 거두고 그가 그녀의 몸 위에 이불처럼 올라탔다. 그녀가 무거울까 시형이 그녀의 얼굴 양쪽에 팔을 내려 단단히 지지하고 살짝 상체를 들어 올렸다. 그의 몸 밑에 깔린 것도 깔린 것이지만, 그가 저를 부른 호칭에 더욱 눈이 커졌다.

"아내요?"

"그럼요. 차시형 아내 이청윤, 이청윤 남편 차시형."

분명 당연한 명제인데 곱씹으며 청윤이 배시시 웃음 지었다.

"듣기 좋네요. 아내 이청윤."

언제나 연기를 할 때면 스스로가 배역에 몰두했다고 생각했지만, 그와 마주하고 있는 지금 이제껏 자신은 사랑을 연기했을 뿐이라는 걸 뼈저리게 느꼈다. 연기론 절대 이 행복을 표현할 수가 없을 것 같았다.

쪽.

그 티 없는 웃음에 시형도 따라 웃었다. 눈빛만으로 서로가 같은 감정을 느끼고 있다는 것을 알아차릴 수 있었다. 그 마음이 고마워 그가 가볍게 그녀의 입술을 훔쳤다.

그의 키스에 눈을 감았다가, 떨어지는 입술을 저도 모르게 따라 가려던 그녀가 눈을 떴다. 말랑한 입술이 닿는 감촉이 아쉬웠다. 그녀의 마음을 알아차리기라도 한 듯 살짝 떨어졌던 입술이 금세 다시 찾아들었다. 입술이 닿고 벌어진 틈새로 그의 혀가 침범했다. 기다렸다는 듯 그녀의 혀가 그의 혀를 감쌌다. 샅샅이 젖은 내부를 돌아다니는 날랜 움직임에 청윤이 얕은 숨을 내뱉었다. 그와 닿는 모든 것이 설레고, 마음이 부풀어 올랐다.

"씻지도 않았는데."

그보다 먼저 일어나서 씻었어야 하는데, 넋 놓은 것처럼 잠에서 깨지 않았다는 것이 민망했다. 그녀가 깨어나기 전 씻은 것인지 그에게서 기분 좋은 비누 향이 나고 있었다. 그 향기에 초조해진 그녀가 몸을 일으키려 했지만 어제도 당해 놓고 오늘도 당할 시형이 아니었다. 일어서려는 그녀의 어깨를 눌러 제 품에 가뒀다.

"상관없어요. 이번엔 도망 못 갑니다."

씻으러 가는 것은 포기한 청윤이 무언가 생각을 하더니 그에게 말했다.

"도망 못 가, 해 봐요."

어린아이에게 말을 가르치는 것처럼 또박또박 제가 듣고 싶은 말을 그에게 전했다. 생각지도 못한 말에 시형의 표정이 묘하게 변했다. 그가 경찰서에 가기 전 그녀의 이름을 다정히 불러 준 목소리가 듣고 싶었다. 물론 지금도 다정했지만, 그가 격의 없이 말을 놓는 쪽이 청윤은 더 좋았다.

"뭐하려요."

그렇게 기대에 부푼 얼굴로 보니 쉽사리 그녀가 원하는 대로 해 주는 것이 아쉬웠다. 그의 말에 역시나 청윤이 불만스러운 듯 입을 삐죽거렸다.

"뭐 하긴. 나도 반말하려고 그러죠. 차시형! 인마."

그녀의 말에 시형이 웃음을 터트렸다. 욕먹고 웃는 게 미친놈처럼 보이긴 했지만, 제가 원하는 반응을 보여 주는 그녀를 보니 웃음이 멈추질 않았다. 아니, 어쩌면 청윤과 있는 순간순간이 시형에겐 웃을 일로 가득했다.

"까분다, 이청윤."

그가 청윤의 이마에 제 이마를 콩 하고 박으며 말했다. 그의 커다란 손이 그녀의 볼을 쓸었다.

"더 까불어 볼 수도 있어."

어쩐지 도전적으로 말한 청윤이 자신의 얼굴에 닿아 있는 손 위에 제 손을 올리더니 그를 제 쪽으로 끌어당겼다. 입술이 만나고, 수줍게 나온 청윤의 이가 그의 아랫입술을 아프지 않게 깨물었다. 아픔보다는 똑똑 노크를 하는 것 같은 느낌에 그의 입술이 열리고, 청윤의 혀가 곧장 그의 혀를 마주 안았다.

조심스러웠던 키스가 어느새 속력을 높였다. 혀뿌리가 아릿해지도록 혀가 뒤섞이고, 입술을 빨았다. 상대에게 더욱 다가가고 싶은 두 개의 몸이 서로를 부둥켜안았다. 그가 속옷 차림이라 외부에 노출된 청윤의 매끈한 허리를 쥐었다. 허리선을 타고 올라간 손이 브래지어를 풀고 고개를 내민 가슴을 쥐었다. 그가 가슴 끝을 쥐자 그곳이 더욱 뭉쳐지는 것이 느껴졌다.

"청윤아, 까부는 건 나중에 하자. 얼마든지 받아 줄 테니까."

키스만으론 부족하다. 시형의 머릿속은 그 생각으로 가득 찼다.

밀가루 반죽을 만지듯 청윤의 젖가슴을 놓지 않으며 그의 입술이 청윤의 하얀 목덜미에 내려앉았다. 저를 감싸고 있던 옷을 벗고 청윤에게 달려들었다. 이 잘빠진 몸 구석구석에 제 흔적을 남기고 싶었다. 붉은 자국으로 길을 만들면서 그의 입술이 그녀의 가슴 끝을 물었다. 유륜을 따라 혀를 굴리며 벌어진 다리 사이에 무릎을 가져갔다. 그 움직임에 다리를 오므리려던 그녀의 움직임이 막혔다.

"시형 씨!"

그를 밀어내려고 했지만 어느새 그의 손은 아직 벗겨지지 않은 작은 속옷을 향해 있었다. 지금이라도 박아 넣고 싶지만 성급하게 굴 수는 없었다. 그녀의 안을 느끼며 그가 손가락으로 가려진 음핵을 눌렀다. 살갗이 아닌 천의 감촉이 함께 느껴지니 더욱 자극이 되어 다리 끝까지 찌릿했다.

"아흥."

손 하나에 제 온몸이 지배당하는 느낌이었다. 그와 몸을 섞으며 몇 번이고 느꼈던 쾌락이지만 여전히 적응되지 않고, 기대가 되는 감각이었다. 그가 좀 더 나를 만져 주길, 내 안에 들어와 주길. 간절해지는 마음은 곧 몸의 반응이 되어 그녀의 아래도 점점 젖어 들어가기 시작했다. 은밀한 그의 손이 이제 그녀의 속옷 안으로 들어가 음모를 헤치고, 그녀의 비부 안에 들어갔다.

"여전히 좁아."

축축해진 내부가 그의 손가락을 반갑게 맞이해 주었지만 그를 받아들이기에 그녀의 안은 좁았다. 흥분한 질벽이 부르르 떠는 것이 느껴졌다. 그 작은 진동에 그녀의 다리까지 부들부들 떨려 왔다. 그리고 그 떨림은 애원이 되었다.

"얼른, 들어와 줘요."

다시 얼굴을 올려 청윤에게 키스를 퍼부은 그가 그녀를 완전히 나신으로 만들고 자리를 잡았다. 키스를 하며 마주친 눈이 솔직하게 그를 원하고 있었다. 좁은 내부를 꿰뚫어 그녀를 아프게 만들어야 하는 미안함이 그 눈을 보는 순간 사라지는 것 같았다. 이미 하늘을 뚫을 듯한 기세인 그의 페니스는 그녀 안에 들어갈 생각에 군침을 삼키고 있었다.

조금이라도 그녀의 고통을 줄여 보고자 그녀의 다리를 활짝 벌린 그가 선단만 그녀의 안에 넣었다 뺐다를 반복했다. 하지만 들어왔다 나갔다 하는 것이 그녀에겐 더욱 자극이 되는 모양이었다. 청윤이 그의 허리에 제 다리를 감고 야릇한 한숨 같은 목소리로 말했다.

"그냥 넣어 줘요."

"괜찮겠어?"

그대로 박고 싶은 것을 참느라 시형도 죽을 맛이었던지라 청윤의 그 말이 반가웠다. 고개를 끄덕이는 그녀를 확인한 그가 살짝 허리를 들었다가 그대로 페니스를 그녀의 안으로 찔러 넣었다.

"흐윽."

발끝에서 머리끝까지 날 선 감각이 청윤을 덮쳤다. 그리고 제 안을 가득 채운 그를 느끼며 청윤이 그의 등을 끌어안았다. 그가 허리를 움직이자 그녀 안에서 마찰하는 소리가 방 안에 울려 퍼졌다. 완벽하게 하나가 된 몸이 주는 충족감은 세상을 다 준다고 해도 느낄 수 없는 감동이었다.

"흐읏, 좋아요?"

성직자처럼 금욕적인 얼굴을 하고 있는 시형이 보이는 쾌락은 청윤에게 더한 자극이었다.

"죽어도 여한 없을 정도."

"나랑 오래, 하아. 살아야지. 여기서."

"청윤아, 이청윤."

퍽퍽. 그의 움직임이 더욱 거세졌다. 그녀를 품에 안고 열락에 젖어 그녀를 부르고 불렀다. 이청윤, 그녀는 제게 다시없을 사랑이고 여자였다.

"시……형 씨."

저의 욕구 충족보다 중요한 건 청윤의 만족이었다. 새된 목소리로 저를 부르는 청윤의 목소리에서 이제 모든 걸 분출할 순간임을 알았다. 그의 허리 짓이 속력을 높였고, 그녀의 안에 저를 쏟아 넣었다. 시형이 청윤을 안고 그녀의 귀에 속삭이듯 말했다.

"사랑해."

"나도 사랑해요."

그녀도 지지 않고 그의 귀에 속삭였다. 그러다 웃음기 가득한 목소리로 시형에게 말했다.

"신혼 첫날 아침이 더 야한 거 같아."

"앞으로 더 야해질 예정인데?"

그의 말에 장난치지 말라며 어깨를 때렸지만, 내심 그와 보내게 될 야한 날들이 기대되었다. 아직은 새색시였으니까 말이다.

***

컴퓨터 모니터 앞에 앉아 있는 청윤의 표정은 심각했다. 청윤의 버킷리스트 중에 원하는 글 써 보기를 실천하려고 모니터 앞에는 앉았는데, 막상 글을 쓰려고 하니 막막했다. 분명 연기를 할 때는 쓰고 싶은 글이 잔뜩 있었는데, 그때 메모라도 해 둘걸 하는 후회가 밀려왔다.

"잘 안 돼?"

글을 쓰겠다고 양손 걷어붙이고 방 안에 들어간 청윤을 응원하기 위해 시형이 과일을 깎아 방 안으로 들어왔다. 방문을 열자 보이는 건 검정 커서만 깜박이는 하얀 모니터 앞에서 머리를 부여잡고 있는 청윤이었다.

"모르겠어요."

"뭘."

"내가 뭘 써야 할지를요. 그냥 막연하게 글이 쓰고 싶었는데, 앉으니까 소설을 쓰고 싶은 건지, 에세이를 써야 하는 건지, 시나리오를 써야 하는 건지 모르겠어요."

"그 모르겠는 마음이라도 써 봐. 그러면 정말 쓰고 싶은 글이 생각나지 않을까."

시형이 가져온 사과를 포크로 찍어 청윤에게 건넸다. 포크를 받은 청윤이 와삭 사과를 씹으며 다시 한번 모니터를 노려보았다. 이래서 목표가 중요하다고 하는 건가 보다. 막연하게 글을 쓰고 싶다, 이 마음으로는 글을 쓰는 것이 힘들었다.

〈힘들다.〉

고심 끝에 그 세 글자를 적었다가 지웠다.

"왜?"

"힘들다, 힘들다 이런 말을 쓰면 글을 쓰기가 더 싫어질 거 같아요."

뭔가 좋은 방법이 없을까 고민하며 청윤이 의자에 몸을 기댔다.

청윤이 의자에 몸을 기대자 삐걱하는 짧은 소리와 함께 의자 등받침이 뒤로 넘어갔고, 청윤의 몸도 의자와 같이 기울었다. 시형이 청윤의 뒤쪽으로 다가와 허리를 숙였다. 입술을 부딪칠 듯이 그가 다가오자 그녀의 눈이 켜졌다.

"가자."

하지만 입을 맞추는 대신 그가 그녀에게 말했다.

"어딜요?"

"머리 식히러."

그가 의도하는 바를 알 수 없어 청윤은 그 자세 그대로 눈만 끔뻑거릴 뿐이었다.

"볼일 끝나면 연락하라고."

선착장에 배를 댄 오 씨가 시형에게 말했다. 알겠다는 대답 소리를 들으며 청윤은 시끌벅적한 풍경을 둘러보았다. 지나다니는 사람이 많은 거리의 모습에 긴장이 되어 침을 꿀꺽 삼켰다.

"어디로 가는 거예요?"

긴장으로 손이 차가워졌지만 청윤은 짐짓 아무렇지 않은 척 물었다. 그에게는 당차게 기차를 타고 내려왔다고 한 적이 있지만, 아직까지 사람이 많은 곳에 가는 건 부담스러운 일이었다.

"머리 식히기 전에 인증부터 받으러 가자."

"혼인신고?"

"응. 그런데 괜찮아?"

잡은 손이 차가워진 것을 눈치챈 그가 물었다.

"당연하지."

"나 혼자 나올 걸 그랬네."

시형이 안타까운 목소리로 말했다. 마을에서야 공식적으로 부부가 되었지만, 아직 서류로는 인증을 받지 못한 상태였다. 사실 그 혼자 다녀오려고 했지만, 청윤이 하루 종일 컴퓨터를 붙들고 고민하는 것을 보고 있으니 같이 바람이나 쐴 겸 나갔다 오는 것도 나쁘지 않겠다 싶었다. 그래서 청윤에게 나가자고 말한 것이었는데, 청윤의 반응에 걱정이 되었다.

"나 같이 나와서 얼마나 좋은데요. 이거 내면 빼도 박도 못한다는 거죠?"

말을 바꾸려는 듯 청윤이 가방에서 미리 적어 온 혼인신고서를 꺼내 보였다. 두 사람의 인적사항과 증인인 강 씨와 오 씨의 사인까지 꼼꼼하게 확인했다. 그에게 걱정을 끼치고 싶지 않은 청윤의 마음이 느껴졌다. 하는 수 없이 그가 고개를 끄덕이며 말했다.

"무르는 건 이제 안 돼."

"내가 할 말이에요. 얼른 가요, 나한테 코 꿰러."

종이를 잘 갈무리해서 넣은 청윤이 그의 팔짱을 끼었다. 그와 처음 이곳을 왔을 때가 생각났다. 그때를 생각하니 한결 마음이 편해졌다.

"심장이 꿰었는데, 코가 무슨 대수라고."

그가 중얼거리는 소리를 들으며 청윤이 활짝 웃었다.

생각보다 사람이 많은지 시형은 오지 않고 있었다. 함께 들어가서 신고를 하고 싶었지만 혹여 저를 알아본 사람들 때문에 관공서 안이 혼란해질까 청윤은 밖에 남아 시형을 기다리기로 했다. 건물 옆쪽으로 사람들이 쉴 수 있도록 만든 쉼터에 앉아 청윤은 불어오는 바람을 맞고 있었다. 주변에 아무도 없으니 청윤의 표정은 더욱 편안했다.

"저기 혹시……."

하지만 청윤의 평화는 그리 오래가지 않았다. 감고 있던 눈을 뜨며 쳐다본 곳에는 관공서 직원인 듯 공무원증을 맨 앳된 얼굴의 여자가 있었다.

"청윤 언니 아니세요?"

사람들이 저를 알아볼까 얼굴을 가리는 모자를 쓰고 있었지만, 혼자 있다는 생각에 모자를 살짝 벗은 것이 문제인 듯했다. 부정할 것이냐 도망갈 것이냐. 그것도 아니면…….

"제 이름을 묻는 거라면 맞아요."

피하는 대신 청윤은 당당히 대처하는 쪽을 선택했다. 청윤의 긍정에 여자가 거의 울 듯한 얼굴로 청윤의 손을 잡았다.

"저, 언니 진짜 팬이에요. 사인 좀…… 펜이 없구나."

펜을 가져오겠다고 자리를 뜨면 청윤이 사라질 것만 같았다. 제 팬이라 말하는 아가씨에겐 미안했지만 이제 제가 모르는 이에게 사인을 하는 일은 없었다.

"미안해요. 이제 나는 배우가 아니라서."

"아, 그렇죠."

청윤의 거절에 찬물 맞은 얼굴이 되어 여자가 고개를 끄덕였다. 제가 좋아하는 배우의 은퇴가 실감이 난 것인지 여자의 눈에 눈물이 차올랐다. 고해성사처럼 청윤에게 말했다.

"언니 나오는 영화는 몇 번씩 보고, 팬클럽에도 들고, 언니가 마지막이라고 팬미팅 열었을 때도 저 갔거든요. 많이 힘드셨을 텐데, 저희 생각해 주셔서 너무 고마웠어요. 언니가 준 액자는 잘 가지고 있어요."

배우로서의 활동을 그만한다고 공식 발표를 하고, 저를 응원해 주던 팬들이 마음에 걸려 팬미팅을 열었다. 그들에게 청윤이 선물한 것은 청윤의 여러 일상 컷이 담겨 있는 슬레이트 모양의 액자였다.

"그렇게 말해 줘서 고마워요."

배우 이청윤을 기억해 주고, 추억할 것이라 말하는 앳된 팬을 보며 청윤은 마음이 따뜻해짐을 느꼈다. 저를 미워하고, 해하려고 하는 사람만 있었던 건 아니다. 잘 알지 못하는 자신을 지지해 주고 사랑해 주던 사람들도 참 많았다. 이제는 한 사람의 여자가 되었지만 그들의 기억 속 이청윤은 오래 간직될 것이다.

"나랑 사진 한 장 찍을래요?"

"정말요?"

"대신 어디 올리지 말고 가지고만 있기로."

"저희 부모님이랑 남자 친구한테만 보여 주면 안 될까요."

"좋아요."

그 귀여운 물음에 청윤이 웃음 짓고 말았다. 주머니 안에서 휴대전화를 꺼내 든 여자가 청윤 쪽으로 다가갔다.

"제가 찍어 드릴까요."

여자가 달달 떨리는 손으로 휴대전화 버튼을 잘 누르지 못하자 보다 못한 청윤이 자신이 찍을 생각으로 휴대전화 쪽으로 팔을 뻗으려 할 때였다.

시형은 신고를 마치고 청윤이 기다리고 있다고 말한 곳에 왔다가 사진을 찍는 데 애를 먹고 있는 청윤과 그녀의 팬을 보았다.

"신고 다 끝났어요?"

"응. 처리는 한 일주일 걸릴 거 같대."

자신들을 향해 다가오는 남자의 얼굴을 보자마자 해사하게 웃는 청윤의 모습에서, 이 남자가 청윤이 배우 인생, 아니 제 인생을 걸고 사랑한다고 말한 남자라는 걸 알아차렸다.

"대박이다, 진짜."

덕후는 절대 계를 못 탔댔는데. 이래서야 평생 쓸 행운을 오늘 다 쓰게 된 건 아닐까 싶은 걱정까지 들었다. 진상 민원인 때문에 열이 받아 열을 식히러 나온 것이었는데, 그 민원인이 다시 온다면 세상 친절하게 대해 줄 수 있을 것 같았다.

"예쁘게 찍어 줘요."

휴대전화는 곧장 그에게 향했다. 청윤이 모자를 벗고 손가락으로 긴 머리를 대충 빗어 내렸다. 풍성한 머리가 청윤의 어깨에 사르락 떨어지고, 향긋한 향기가 주변에 흩어졌다. 청윤이 다시 스크린으로 돌아오면 이런 모습일까 싶어진 여자가 청윤에게 말했다.

"언니, 저 지금 너무 행복해요."

생각지도 못한 말을 들은 양 청윤의 눈이 커졌다. 수줍게 웃은 팬이 청윤에게 팔짱을 꼈다.

"찍습니다."

사진을 찍는 시형도, 찍히는 두 여자도 모두 입가에 기분 좋은 미소가 걸쳐졌다.

"언니 정말 감사합니다."

액정 속 사진을 보고 또 보고 얼굴에 웃음을 숨기지 못한 여자가 꾸벅 허리까지 숙이고 인사를 했다.

"아니에요. 내가 더 고맙죠."

"두 분 진짜 잘 어울려요."

양 엄지손가락을 들어 올리며 뒤돌아 가기 아까운 듯 뒷걸음질로 자리를 벗어나고 있었다.

"언니 평생 좋아할 거예요. 이청윤 포에버!"

큰 소리로 외쳐 놓고 놀란 팬이 입을 틀어막고 주변을 살폈다. 그 모습에 청윤도, 시형도 웃음이 터졌다.

팬은 하나였지만 기억에 남은 팬미팅을 한 후 청윤이 향한 곳은 시내의 서점이었다. 어디 들를 데가 있다고 한 시형을 먼저 보내고 청윤은 서점에 들어갔다. 청윤을 두고 가는 것이 미안한지 시형은 계속 청윤을 돌아보았다. 같이 가자고 하면 됐을 테지만, 그답지 않게 그 말을 하지 않아 의아는 했다. 물론 이유가 있으리라 생각했지만.

서점 안에는 사람이 많지 않았다. 안도의 한숨을 쉰 청윤이 신작 코너로 향했다. 서점 앞에 붙은 포스터를 보고 가만있을 수 없었다. 문학 신작 코너를 둘러보며 원하는 책을 찾았다.

<미스터리 소설 작가 정(Jung)의 신작>

책 띠의 글을 속으로 읽으며 팔을 뻗는데, 다른 방향에서도 책을 향해 뻗는 손이 있었다.

"어?"

책에 닿아 있는 자그마한 손을 따라 올라가니 가느다란 목이 돋보이는 숏커트 스타일을 한 발랄한 느낌의 여자가 있었다. 사람을 편안하게 해 주는 미소를 지으며 여자가 말했다.

"먼저 집으세요."

"네, 감사합니다."

모자를 눌러쓴 청윤이 책을 집었다. 청윤이 책장을 넘기며 내용을 훑어보는데, 그때까지도 청윤의 행동을 유심히 보고 있던 여자가 조심스럽게 말을 걸었다.

"저기……."

"네?"

또 저를 알아봤을까 싶어 경계하는 티를 숨기지 않으며 대답했다.

"이 작가 좋아하세요?"

이 여자는 청윤을 알아보지는 못한 것 같았다. 여자가 가리킨 책을 바라보았다. 전에 시형과 도서관에 갔다가도 이야기한 적 있지만 청윤은 정(Jung)이라는 필명을 가진 작가의 팬이었다. 장르 소설 분야 중에서도 마니아층이 많은 미스터리 소설의 작가 중에서도 가장 대중적으로 사랑을 받고 있는 작가였다.

"네, 좋아해요."

어쩐지 만족스럽다는 얼굴로 고개를 끄덕이던 여자가 다시 한번 조심스럽게 물었다.

"왜인지 여쭤 봐도 될까요."

혹시 출판사 직원인가 싶었다. 청윤은 책을 쓸어 보며 가만히 제가 읽었던 책을 떠올려 보았다.

"주인공들은 모두 결핍을 가진 인물들이잖아요. 그래서 쓸쓸하기도 하고 우울하기도 한데, 읽다 보면 아릿해지고 마음이 따뜻해지죠. 묘한 분위기의 글이에요. 저도 그런……."

조곤조곤 이야기하던 청윤의 말이 멈췄다. 끊긴 말에 여자가 고개를 갸웃거렸다.

"네?"

"아니에요. 무엇보다 재미있잖아요. 글이."

"그렇죠? 저도 많이 좋아해요."

마치 제 칭찬을 들은 것처럼 싱그러운 미소를 지은 여자가 말하는데 누군가 그들에게 다가왔다.

"정아."

여자의 일행인 듯 남자가 여자의 어깨에 손을 올렸다. 발랄한 느낌의 여자와는 반대로 서늘하면서도 세상사에 무심한 듯한 냉소적인 느낌의 남자였다. 시형만큼은 아니더라도 꽤 사람들의 시선을 받았을 만한 생김새였다. 물론 청윤 본인의 사심이 많이 들어간 감상이었다. 객관적으로는 시형과 우열을 가리기 힘들 만한 생김새의 남자였다.

"응, 섭아."

"뭐 하고 있어."

"네 책…… 아니, 책 보고 있었지. 가자. 실례 많았습니다."

청윤에게 작게 고개 숙여 인사를 한 여자가 남자의 팔짱을 끼고 자리를 떠났다. 무슨 이야기를 하는지 기쁘다는 얼굴로 하는 말에 남자의 얼굴에 옅은 미소가 떠올랐다.

"웃을 줄도 아는 사람인가."

웃으니 첫인상의 서늘한 느낌은 약해졌다. 눈길이 가는 두 사람을 지켜보던 청윤이 좀 더 안쪽으로 걸어갔다.

"청윤아."

"왔어요?"

아예 바닥에 앉아 책을 읽고 있는 청윤을 어렵게 찾은 그가 그녀를 불렀다.

"어디 다녀온 거예요."

생각보다 늦게 온 시형을 향해 청윤이 입술을 삐죽 내밀었다. 대답을 회피하며 그가 미안하다며 사과를 해 왔다.

"이게 다 뭐야."

청윤이 펼쳐서 보고 있는 것은 극본과 시나리오 작법서들이었다.

"정했거든요."

"뭘?"

"내가 쓰고 싶은 글."

여자에게 이야기를 하며 청윤은 깨달을 수 있었다. 자신은 사람들의 마음을 편하게 해 주고 싶었다. 당장은 이루기 힘든 꿈일지 몰라도 공부를 해 보는 것도 의미 있는 일이겠거니 싶었다. 제 꿈을 펼치기에는 제가 오랫동안 몸담았던 세계와 연관 있는 시나리오 쪽이 머릿속 이야기를 표현하는 데 좋지 않을까 하는 생각이 들었다. 어린 시절부터 시나리오라면 지겹도록 보았고, 시나리오 작가 역할을 맡은 적이 있어 연기를 위해 시나리오 공부를 했던 적이 있었다.

물론 그 잠깐의 공부로 시나리오를 써 낼 수는 없겠지만, 그래도 시도는 해 보고 싶었다. 고민하던 것을 끝낸 청윤이 뿌듯하다는 듯 웃었다. 그 웃음이 귀여워 시형이 저도 모르게 그녀의 머리를 쓰다듬었다.

"더 보고 싶은 건 없어?"

"네, 없어요. 빨리 집에 가요."

집에 가서 뭐라도 끼적이고 싶은 마음이었다. 그녀의 말에 고개를 끄덕인 시형이 청윤이 골라 놓은 책을 들었다. 무게가 상당했다.

"제가 반 들게요."

"안 도와줘도 돼. 내가 들어 주고 싶어."

제 책을 그가 드는 것이 미안했지만 계속 제가 든다는 말에도 시형은 고개를 저었다.

"그럼 이 책은 내가 들게요."

청윤이 든 건 아까 골라 든 정(Jung)의 책이었다. 다른 글들과 같이 어두운 느낌의 표지지만 청윤이 좋아하는 노아 시리즈였다. 품 안에 두툼한 책을 안은 청윤이 종종 앞서 걸어가는 시형을 쫓았다.

***

"바람 너무 시원해요."

옥상의 문을 연 청윤이 양팔을 벌리며 바람을 맞이했다. 청윤이 집의 옥상을 발견한 건 얼마 전의 일이었다. 청소를 하다 2층 구석에 잠겨 있는 문을 발견했고, 그에게 물으니 옥상으로 통하는 문이라고 했다. 딱히 올라갈 일이 없어서 봉인하듯이 잠가 놓았다고.

그 대답에 문을 열고 올라가니 봉인해 두기엔 너무 아까운 옥상 공간이 있었다. 그 후 종종 두 사람은 옥상에 와서 둘만의 소풍을 즐기곤 했다.

산 내음을 머금은 바람이 청윤의 얼굴을 간지럽혔다. 저 멀리 보이는 바다에 해가 드리워져 황금빛 물결이 일렁였다. 그 모습을 보면서 청윤이 피식 웃음을 지었다.

"사실 여기 처음 왔을 때도 이렇게 넋 놓고 봤었어요. 납치당했는데도."

그도 그녀를 처음 봤을 때가 생각났다. 잔뜩 두려움에 떨고 있는데도 제게 대거리를 했던 그 당찬 얼굴을 잊으려야 잊을 수가 없었다.

"나 눈탱이 밤탱이 될 뻔한 날?"

그의 말에 청윤이 움찔한 표정이 되었다. 그러고 보니 그를 처음 본 날 그를 피해 도망가려다 그런 일도 있었다.

"일부러 그런 건 아니었잖아요. 알지도 못하는 장소에 그것도 납치가 돼서 왔는데, 그 정도 방어는 당연한 거지."

"잘했어. 그래도 아팠어."

이제야 말하지만. 괜스레 따끔거리는 것 같은 눈가를 만지고 그가 말했다. 그의 엄살이 귀여웠다. 와락, 하고 청윤이 그의 허리를 안았다.

"앞으로도 잘못하면 혼낼 거예요."

"무서워서 잘못하지도 못하겠네."

"당연하죠."

그렇게 협박까지 안 해도 이청윤에게는 꽉 잡혀 살리라 하고 있던 참이었다.

그를 안은 자세 그대로 그녀의 시선이 다시 바다로 향했다. 그녀의 눈동자도 바다를 닮아 황금빛으로 빛나고 있었다. 시형은 바다 대신 그녀를 보고 있었다.

"그때도 그렇고, 지금도 그렇고 황홀한 풍경이에요."

그러다 저를 보고 있는 그와 눈이 마주쳤다. 그윽하게 내려다보는 눈빛이 따사로웠다. 무언가 이야기할 듯 망설이던 그가 말 대신 주머니 안에 손을 넣었다. 그 바람에 청윤이 안고 있던 팔을 풀고 한 걸음 물러섰다.

"결혼할 때 제일 중요한 걸 못 줘서."

결혼식이 워낙 순식간에 준비돼서 치러지는 바람에 그녀에게 제대로 된 선물 하나 하지 못했다. 그가 주머니에서 꺼낸 것은 작은 상자였다. 살짝 떨리는 손끝으로 상자를 여니 영롱한 반지 두 개가 있었다. 특히나 여자의 것으로 보이는 반지는 가느다란 링 정 가운데 박힌 큰 다이아와 주변의 조그만 다이아가 조화를 이루어 예쁜 꽃 모양을 만들어 내고 있었다. 심플한 듯하지만 묵직한 다이아가 숨겨지지 않는 화려함을 자랑했다.

"오늘 나 서점에 있으라고 하고, 이거 사러 갔던 거예요?"

저를 혼자 두고 간 그가 서운해 그의 뒷모습을 보고 못마땅한 표정을 지었던 것이 미안했다.

"응. 같이 가서 고를까 했는데, 깜짝 선물로 주고 싶어서."

쑥스러운 듯 작게 헛기침을 한 그가 그녀의 작은 손에 반지를 끼워 주었다. 사이즈는 안성맞춤이었다.

"너무 예뻐요."

청윤의 하얀 손에 끼워진 반지는 더욱 빛을 발하고 있었다. 홀린 듯이 청윤은 반지를 보고 또 보았다.

"괜찮아?"

청윤에게 비밀로 하고 주얼리숍에 기세 좋게 들어간 것까지는 좋았는데, 처음 골라 보는 여자 보석에 하나같이 예쁘고 반짝거려서 정신이 아득해졌다. 청윤을 떠올리며 그녀에게 어울리겠다 싶은 반지를 선택한 것인데, 다행히 그녀의 마음에 쏙 든 모양이었다.

"응. 역시 보는 눈 있어요. 반지도, 여자도."

젠체하듯 그녀가 도도하게 턱을 들었다. 그 모습을 보던 시형은 반지를 낀 손에 촉, 하고 가벼운 키스를 했다. 살갗에서 느껴지는 뜨거운 감촉에 절로 마른침이 삼켜졌다.

"눈이 높거든."

여전히 허리를 숙여 그녀의 손을 쥔 채로 고개를 든 시형이 말했다. 그의 입가에 느른하게 걸쳐진 미소가 시선을 사로잡았다. 자신도 눈이 꽤 높은데, 남자를 참 잘 골랐구나 하는 생각이 들었다.

그녀의 생각을 아는지 모르는지 허리를 편 그가 다시 한번 청윤에게 속삭이듯 말했다.

"나한텐 이청윤의 모든 게 황홀경이야."

"대사 뺏겼다. 여기가 황홀했던 건 다 시형 씨 때문이었던 거 같아요."

청윤도 그의 손에 그녀의 것에 비하면 심플한 반지를 끼워 주고, 시형이 했던 것처럼 그의 손등에 키스를 했다. 더운 숨을 뱉고 고개를 드는데 제 쪽으로 천천히 다가오는 그가 보였다. 자연스럽게 그녀의 눈이 감기고, 두 사람의 입술이 맞닿았다.

서로를 안은 손 위에 끼워진 반지들도 햇빛을 받아 밝은 빛을 뿜어냈다. 반짝이는 황홀경이었다.

에필로그

오 씨의 배가 오늘은 새로운 손님을 태우고 섬 안으로 들어가고 있었다.

"항상 이렇게 신세를 지네요."

오 씨와 안면이 있는 한성이 운전을 하는 오 씨에게 감사 인사를 했다. 그를 따라 단우와 종철도 오 씨에게 인사를 했다. 운전을 하던 오 씨가 별거 아니라는 듯 손사래를 쳤다.

"아냐. 시형이 부탁인데. 그런데 나머지 분들은 시형이랑 어떻게 아는 사이인가?"

"아, 저희는 청윤 누나랑 아는 사이예요. 예전에 같이 일하던 사이요."

"직장 동료였나 보구만."

종철이 단우와 자신을 가리키며 말하자 오 씨가 고개를 끄덕였다. 산에 살고 있는 젊은 부부가 섬 밖에서 무슨 일을 했었고, 어떤 사연으로 이 섬에 오게 됐는지는 물어보지도, 알려고 하지도 않았다. 이렇게 같은 곳에서 살게 된 것을 인연이라고 생각하고, 먼저 말하지 않는 사연은 묻지 말자는 게 섬사람들의 암묵적인 약속이었다.

오 씨가 아까부터 모자에 선글라스까지 끼고 말없이 서 있는 단우를 쳐다보았다. 그 시선에 단우도 선글라스 너머의 오 씨를 바라보았다. 선글라스와 모자를 쓰긴 했지만 딱히 얼굴을 가리려고 하지 않았으니 저를 안다면 바로 알아볼 수 있을 것이다. 청윤은 이곳의 어른들은 텔레비전을 잘 보지 않아 연예인은 잘 모른다고 하긴 했지만, 영화에만 출연한 청윤과 달리 자신은 드라마도 출연했으니 혹시나 하는 기대가 있었다.

"자네."

오 씨가 단우의 얼굴을 자세히 보려는 듯 고개를 단우 쪽으로 움직였다.

"네?"

"키가 훤칠하니 여자깨나 울리게 생겼네."

그 외의 말은 없었다. 분명 저를 알아보고 하는 말은 아니었다. 그리고 그 말은 어린 시절부터 꽤 들어 온 말이었다.

"울리지 않으려고 노력은 하는 중입니다."

"결혼은 아직이고?"

"네. 총각입니다."

"이런 청년이 임자 만나면 제대로 잡혀 살던데. 시형이 봐 봐. 하긴 시형이 처음 봤을 때도 젊은 놈이 여자깨나 울렸겠거니 했는데 수도승처럼 살다가 청윤이한테 제대로 잡혀 살고 있잖아. 시형이나 자네나 얼굴이 멀끔하긴 한데, 키는 시형이 쪽이 더 클라나."

오 씨의 말에 단우의 눈살이 찌푸려졌다. 그 반응에 눈치 빠른 종철이 단우의 편을 들었다.

"키는 단우 형님이 더 클 거 같은데요."

"차시형 본 적 없잖아."

"아, 그건 그렇죠."

"시형이 형이랑 비슷하신 거 같은데요."

눈치 없는 한성이 제 이마 쪽에 손을 대며 덧붙였다. 외모는 두 사람에게 달릴지 몰라도 키는 훨씬 큰 것을 강조하는 모양새였다. 종철과 한성이 그러거나 말거나 시형과 비교당한 충격에 단우의 입술이 앙다물어졌다. 배는 그렇게 바다 위를 달리고 있었다.

"조금만 더 올라가면 보일 겁니다."

섬에 도착한 후 집 위치를 알고 있는 한성이 앞장서서 세 사람은 산을 올랐다. 산이라고는 등산로가 잘 정비된 곳만 올랐던 종철이 야산과 같은 산새를 둘러보았다. 그래도 사람이 지나다닌 흔적과 나무에 매달린 손수건으로 길을 잃진 않겠다 싶었다.

"저기 보이네요."

높은 산은 아니지만 걷다 보니 숨이 차올랐다. 차차 숨이 가빠질 즈음 한성이 손가락으로 가리켰다. 정말 산 중턱 공간에 외따로 집이 있었다. 동화책에서나 보던 산속의 이층집은 신비로운 분위기를 자아내고 있었다. 단우도 종철과 같은 생각이었는지 그들의 집을 유심히 바라보고 있었다.

"시형이 형, 형수님!"

이 집을 몇 차례 온 한성만이 망설임 없이 집 문을 두드렸다. 그

소리에 안쪽에서 기척이 들렸다. 먼저 문을 열고 나온 건 체크무늬 앞치마를 한 청윤이었다. 머리를 질끈 높이 묶고 밝은 미소를 짓고 있는 그녀는 싱그러움 그 자체였다.

"다들 왔어요? 오는 데 힘들었죠."

"힘들긴요. 누나, 여기 공기 진짜 좋네요."

"그래. 가만히 있어도 막 건강해지는 기분이야. 일단 들어가."

집 안으로 들어간 한성과 종철을 확인한 청윤이 그때까지도 들어가지 않고 있는 단우를 보고 의아한 표정을 지었다. 평소라면 나 같은 스타가 이 집에 왕림해 주는 걸 고마워하라며 장난스럽게 말했을 단우의 표정이 심상치 않았다. 저와 시형을 보는 것이 탐탁지 않았나 싶어진 청윤이 그에게 물었다.

"왜 그래, 어디 안 좋아?"

"누나."

"응."

"차시형 씨, 키가 몇이야?"

생각지도 못한 질문에 청윤의 눈이 커졌다.

"형, 우리 왔어."

"그래, 고생했어."

한편 주방을 나오던 시형이 한성과 종철을 발견하고 인사를 했다. 한성의 눈이 시형이 걸친 앞치마에 멈췄다. 시형은 청윤과 마찬가지로 체크무늬의 앞치마를 걸치고 있었다.

"커플로 앞치마 한 거야?"

"왜, 문제 있어?"

뻔뻔스럽게 대답했지만 민망한 듯 시형이 헛기침을 했다. 주제를 바꾸고 싶은지 종철에게 인사를 했다.

"말씀 많이 들었습니다. 차시형입니다."

청윤이 종종 이야기하던 전 매니저로, 현재는 설단우의 매니저 일을 하고 있다고 했다. 종철과 인사를 마친 시형이 아직 들어오지 않은 한 인물을 떠올렸다.

"설단우 씨는?"

"들어왔습니다."

청윤과 단우가 집 안으로 함께 들어왔다. 단우와 무슨 이야기를 했는지 웃음기 머금고 있는 청윤의 표정에 시형의 인상이 살짝 찌푸려졌다. 하지만 표정을 풀며 시형이 먼저 단우에게 손을 내밀었다.

"오랜만이네요."

"네, 그러네요. 그런데 키가 어떻게 되십니까."

인사를 하자마자 들은 것은 생뚱맞은 질문이었다. 시형이 당황스러운 표정을 짓자 청윤이 부연 설명을 덧붙였다.

"오는 길에 오 씨 아저씨께서 시형 씨가 더 커 보인다고 말을 했나 봐요. 하여튼, 설단우. 그게 그렇게 눈을 번뜩일 일이야?"

못 말린다는 듯 청윤이 고개를 절레절레 저었다.

"단우 형 185 정도 되지 않아요?"

"186.1."

종철의 말에 정확하게 소수점까지 말하는 단우를 보며 시형이 피식 웃었다.

"전 186.7입니다."

"정말 시형 씨가 크긴 크네."

청윤의 말에 종철과 한성이 웃었다. 부글대는 속을 숨기며 단우가 시형에게 손을 내밀었다.

"어쨌든 같은 186이군요."

"0.6센티 제가 크지만요."

시형의 말에 찌릿 단우가 그를 노려보았다. 그 신경전에 다시한번 고개를 절레절레 저은 청윤이 분위기를 바꾸려 다른 이야기를 꺼냈다.

"잠깐 앉아 계세요. 음식 거의 다 됐거든요."

"뭘 많이 하셨나 봅니다."

"저희 집에 초대한 첫 손님이신데, 제대로 대접해야죠."

싹싹한 한성의 말에 청윤이 미소를 지으며 말했다. 단우는 물끄러미 그런 청윤을 바라보았다. 사실 말도 없이 결혼식을 치르고 결혼식 사진을 휴대전화로 받았을 때는 서운하기도 했지만, 에너지 넘치는 청윤을 보고 있으니 제 서운함은 아무것도 아닌 것처럼 느껴졌다.

"음식 말이야, 우리 밖에서 먹으면 안 돼? 산 보면서 먹으면 더 맛있을 거 같은데."

단우의 제안에 청윤이 시형 쪽으로 시선을 주었다.

"상이 있긴 한데, 의자가 마땅한 게 없는데."

생전 손님이 오는 집은 아니기에 마땅한 식탁과 의자가 없었다. 시형의 말에 한성이 상관없다는 듯 말했다.

"서서 먹으면 되는 거죠. 야유회 온 거 같고, 더 맛있을 거 같은데요."

"저희 같이 준비하면 금방 될 겁니다. 상이 어디 있습니까."

종철이 거들며 말했다. 단우까지 합심하여 창고 쪽으로 상을 가지러 나갔다. 집 안에 남은 두 사람은 서로를 보며 웃었다.

"사람이 많으니까 시끌시끌하네요."

그녀의 들뜬 목소리에 시형이 고개를 끄덕였다. 섬사람들과도 잘 지내고 있지만 섬 바깥의 사람들을 보고 싶어 할 청윤을 위해 마련한 자리였다. 기뻐하는 청윤을 보니 시형 또한 기분이 들뜨는 것 같았다.

"확실히. 음식 거의 다 됐으니까 앉아 있어."

"끝까지 같이 해야죠. 무슨 그런 섭섭한 소리를."

아직 서툰 솜씨지만 주방에서 그와 요리하는 것을 즐기는 청윤이다. 쉬라는 그의 말을 들을 리 없었다.

"시형 씨, 이거 한번 먹어 봐요."

청윤이 노릇노릇하게 튀겨 낸 동태전 하나를 시형에게 내밀었다. 뜨거워하면서도 시형이 전을 먹었다. 살짝 간이 세긴 했지만 동태전은 성공이었다. 옛날의 그 볶음밥을 생각하면 청윤의 요리 실력은 날로 일취월장이었다.

"맛있어."

"정말요? 짤 거 같아서 걱정했는데."

"간도 딱이야. 자, 이거."

시형도 질 수 없다는 듯 보쌈과 함께 먹으려고 무친 겉절이를 고기와 함께 청윤의 입에 넣어 주었다. 따끈한 고기에 조화를 이루는 매콤한 겉절이는 눈을 뜨이게 했다.

"둘이 먹다가 셋이 죽어도 모르겠어요."

"산장 미스터리 찍게 되는 건가."

"우리 둘은 꼭 살아남아요."

"우리가 주인공이니 살아남겠지."

은밀한 이야기를 하듯 시형이 다가와 청윤의 귀에 속삭이자, 청윤이 까르르 웃음을 터뜨렸다. 저를 보는 그의 눈빛이 정다웠다. 천천히 다가오는 그의 모습에 눈을 감는데, 그들 사이에 끼어드는 목소리가 있었다.

　"신혼부부께서 우릴 죽일 생각을 하고 있는지 몰랐네요."

　움찔 놀란 두 사람이 소리가 나는 쪽으로 고개를 돌렸다. 그곳엔 팔짱을 끼고 두 사람을 바라보고 있는 단우가 있었다. 놀란 청윤이 단우를 향해 소리치듯 말했다.

　"죽일 생각이라니. 뭔 소리야."

　단우가 어깨를 들썩이고는 시형을 향해 말했다.

　"사이좋으시네."

　"신혼부부인데 사이좋은 게 당연한 거 아닙니까. 앞으로도 좋을 테지만."

　"자신만만하시네."

　"당연하죠."

　"시끄럽고, 음식이나 들고 가."

　"알았어."

　청윤의 일갈에 단우가 식탁 위의 접시를 들었다. 아직 김이 모락모락 나는 잡채의 향에 군침이 돌았다. 단우가 음식을 들고 나가자 종철과 한성도 차례대로 들어와 음식을 가지고 나갔다. 하나같이 다 맛있어 보인다는 칭찬을 하며 음식을 날랐다.

　여러 사람이 움직이니 상은 금방 차려졌다. 서서 먹는 건 아무래도 조금 불편할 듯하여 집 안에 있는 의자들을 죄다 끌어다 가져와 테이블에 둘러앉았다.

"음식 정말 맛있습니다."

"이렇게 초대해 주셔서 감사합니다."

한성과 종철이 엄지손가락을 들어 보였다.

"아니에요. 저희야말로 감사하죠."

"늦었지만, 결혼 축하드립니다. 제가 한 잔 드려도 되죠?"

한성이 강 씨에게서 얻어 온 복분자주를 청윤의 잔에 따라 주었다. 투명한 잔에 검붉은 술이 차올랐다.

"네, 연락 못 드려서 죄송해요."

"그러실 수도 있죠. 아무래도 시끌벅적하게 결혼할 수는 있는 상황은 아니시잖아요."

섬 밖에서는 여배우 이청윤이 어디로 갔는가에 대한 말이 주기적으로 떠올랐다. 기차를 타고 남해 지역으로 내려갔다는 제보를 마지막으로 청윤이 어디로 사라졌는지는 밝혀진 바가 없었다. 그렇게 세상과 담을 쌓고 살아가는 그들이 화려한 결혼식을 하기 힘들 것이라는 건 당연한 말이었다.

"청윤이 누나랑 시형이 형 진짜 잘 어울리십니다."

복분자주 몇 잔에 취기가 오른 종철이 시형에게까지 친근한 호칭을 쓰며 말했다. 서로를 향한 정다운 말이 이어지는 가운데서도 단우는 말 한마디 하지 않은 채 음식을 먹고 있었다.

"한잔하시죠."

시형이 먼저 다가와 단우에게 술잔을 내밀었다.

"좋죠."

술이 채워지자마자 단우가 꿀꺽하고 술을 마셨다. 다시 한번 시형이 술잔을 채웠다.

"음식은 입에 맞으십니까?"

"네. 이청윤이 했을 거 같진 않네요."

어느새 청윤은 종철과 한성과 술잔을 기울이며 수다 삼매경이었다. 어색해하던 것이 무색하게 술의 마법으로 세 사람의 얼굴엔 웃음꽃이 피어 있었다.

"같이 했습니다."

잔 안의 술을 보며 단우가 입을 열었다.

"사실 청윤이 누나가 도망자처럼 이런 곳에 사는 건 싫었습니다."

청윤의 인생을 두고 제가 이래라저래라 할 자격은 없지만 모든 영화(榮華)를 버리고 한 남자만을 위해 세상을 등진 것이 마음에 들진 않았다. 배우도 그만뒀는데, 뭐하러 사람들의 눈을 피해 이곳에 와야 하는 것인지 이해가 되지 않기도 했다.

"청윤이도 이곳을 좋아합니다."

자신 또한 청윤의 날개를 꺾을 생각은 없었다. 청윤은 저뿐만 아니라 이 섬을 선택한 것이다.

"네, 그런 것 같습니다. 억지로 이곳에 온 건지 알았는데, 연기를 할 때보다 더 행복해 보여서 어쩐지 심술이 났습니다."

연기를 하고 역할에 빠진 청윤이 좋았고, 그런 청윤을 보며 마음에 담기도 했었다. 연기가 천직이라고 생각했던 청윤이 남자 때문에 모든 걸 포기한 것이 탐탁지 않았기에 섬에 오는 내내 마음은 가라앉았다. 하지만 이 섬에 오고 온몸으로 난 행복해요, 를 말하는 청윤을 보니 제가 잘못 생각했었구나 싶긴 했다. 여자로서가 아닌 인간 대 인간으로서 좋아하는 누나 이청윤이 행복하다면 중요한 건 아무것도 없겠구나 싶었다.

"청윤이가 행복할 수 있다면 전 뭐든 할 겁니다."

무슨 이야기를 하는지 박수까지 치는 청윤을 보는 시형의 눈에 부드러움이 내려앉았다. 청윤을 위해서라면 세상 사람들의 비난을 받으며 공개처형이라도 받을 수 있었다.

"그러셔야죠."

그런 시형을 단우가 바라보았다. 사랑에 빠진 남자의 눈. 어떤 희생도, 모진 고난도 이겨 나갈 것이라는 단단한 마음이 느껴졌다. 절대 변함없을 거 같은 눈이지만 청윤을 위해 약간의 간 정도는 쳐도 무방하지 않을까 싶었다.

"아시겠지만, 청윤 누나 인기 많았습니다. 사실 저도 청윤 누나 좋아했던 사람 중 하나고요. 그런 여자를 아내로 맞이한 겁니다."

청윤에게 차인 과거는 제 흑역사긴 하지만 청윤을 위해 밝혔다. 나같이 괜찮은 남자가 좋아했던 여자를 아내로 맞이했으니 누나에게 잘하라는 메시지였다. 자신이 청윤을 좋아했던 이야기는 들어 보지 못했던지 단우의 말에 시형의 미간이 살짝 좁아졌다. 하지만 옛 과거를 들먹이는 좀생원 같은 모습을 보여 줄 수 없어 시형이 표정을 풀며 말했다.

"제가 청윤이 마음도 얻고, 키도 설단우 씨보다 크군요."

내가 너보다 우위라는 말에 이번엔 단우의 표정이 구겨졌다. 그러다 무슨 생각이 난 건지 단우가 시형에게 술을 내밀었다.

"한잔하시죠."

기꺼이 받아 든 시형이 술을 입 안에 털어 넣고 단우에게 내밀었다. 어쭈, 하는 얼굴이었지만 단우도 술잔을 받았다. 주거니 받거니 경쟁하듯 술이 채워지고 비워지고가 반복되었다. 주량 하나는 자신 있는 단우였다. 술 대결은 내가 이길 거다 하는 의지가 불타올랐다. 유치한 자존심 싸움의 시작이었다.

탁.

술잔을 내려놓은 시형이 흐려지는 정신을 붙들려 고개를 휘휘 저었다. 인간인지, 술통인지 알 수 없는 설단우는 표정 하나 변하지 않고 술을 마시고 있었다. 주량이 약하다고 생각한 적 없는데 강적이다 싶었다.

"힘드신 거 같은데, 그만 드릴까요."

"아니요, 괜찮⋯⋯."

습니다, 라고 맺지 못한 말을 끝으로 시형이 테이블 위에 쓰러졌다. 그런 시형을 보며 단우가 짧게 휘파람을 불었다. 꽤 센 상대였지만 이긴 건 자신이었다. 단우가 승리를 만끽하는데 단우의 등에 매서운 타작이 내려앉았다.

"너, 우리 시형 씨한테 무슨 짓 했어?"

"이청윤 손 매운 거 봐. 내가 뭔 짓을 해. 나랑 술 대결하다가 누나 남편이 나한테 진 거지."

"너 같은 말술을 누가 이겨. 정말 못 살아."

연예계에서도 알아주는 주당으로 뽑히는 것이 단우였다. 시형을 깨우려고 하는 청윤을 단우가 막았다.

"좀 있다가 내가 방까지 모셔 줄 테니까 냅둬."

시형을 비롯하여 한성과 종철도 술에 취해 정신이 없어 보였다. 청윤이 취한 세 남자를 보며 작은 한숨을 쉬었다.

"차시형 씨도 술 세네. 간만에 무리했다."

팔을 쭉 편 단우가 스트레칭을 하듯 몸을 이리저리 움직였다.

시형이 불편할까 그의 몸을 들어 제 어깨에 기대게 만들고 있는 청윤에게 말했다.

"집 좋네."

"응. 웬만한 집은 비교도 못 하지."

사랑스럽다는 얼굴로 청윤이 시형의 볼을 쓸었다. 청윤의 눈빛은 방금 전 시형의 눈빛과 같았다.

"결혼 축하해."

"응, 기다렸어."

네가 그 말을 해 주길.

언제나 자신을 지지해 주던 단우에게서 축하한다는 말이 나오지 않아 내심 서운하던 참이었다. 저를 생각하는 마음이라는 걸 알았지만, 누구보다 축복받고 싶은 사람이었다.

"늦게 말해서 미안. 이런 거 저런 거 다 떠나서 누나가 행복한 거 같아서 다행이야."

단우의 인정에 청윤이 누구보다 밝은 미소를 지었다.

"나 정말 행복해."

그녀를 보던 단우가 이야기를 할까 말까 고민하는 얼굴이 되었다. 행복해 보이는 청윤에게 꺼내기 미안하지만, 또 자신만 알고 있자니 걸리는 이야기였다. 그런 단우의 기색을 눈치챈 청윤이 물었다.

"나한테 할 이야기 있어?"

"황 사장님 말이야."

"그 이야기라면……."

그녀에게 민영은 여전히 목에 박힌 가시 같았다. 찌릿하고 아파서 외면하고만 싶었다.

"나한테 일주일에 한 번꼴로 연락 와. 안부 전화라고 하는데, 누나 소식 궁금하셔서 그런 거 같아."

"받아 주지 마. 연락 안 된다고 해."

냉정히 말하는 청윤의 마음을 모르는 건 아니었다. 어떤 이유를 붙여도 민영은 용서받을 수 없는 짓을 했다. 하지만 조심스럽게 청윤에게 연락 온 것이 없냐고 묻는 말을 듣는 건 아무래도 마음을 약해지게 만들었다.

"알았어. 황 사장님 이야기 알려 줘야 하는 거 아닌가 싶어서 오지랖 좀 부려 봤어."

"나중에…… 내가 궁금해지면 물어볼게."

그것이 언제가 될지는 알 수 없었다. 가만히 생각에 잠겨 있던 청윤이 결심을 한 듯 단우에게 말했다.

"결혼한 건…… 말씀드려 줘."

마음이 움직이지 않는 용서를 하고 싶지 않으니 청윤이 할 수 있는 건 딱 이 정도였다.

"그래."

연락되지 않는다고 말하라고 했으면서 그런 핫한 소식을 전해 주라고 하는 것이냐, 하는 핀잔은 하지 않았다. 청윤의 마음이 열리지 않은 상태에서 강요를 할 수도 없었다. 그 어떤 것보다 청윤의 뜻을 따라야 하는 문제였다. 어쩌면 시형조차도 건드릴 수 없는 것을 제가 말할 수는 없는 노릇이었다.

"아, 너는 연애 안 해?"

침울한 분위기를 바꿔 보려는 듯 청윤이 물었다. 장난기도 많고 가벼워 보여도 사람과의 관계에 있어서는 진중한 것이 설단우였다. 그가 마음을 여는 상대는 지극히 소수였다. 청윤의 물음에 단우가 심드렁하게 대꾸했다.

"여자 안 울리려고. 내 매력에 여자들이 헤어 나오지 못해서 말이야."

"사랑을 하면 말이야. 내가 안 가려고 해도 몸이 움직인다. 정수리만 봐도 좋아."

청윤의 말에 단우가 코웃음을 쳤다. 자신에게 그럴 일은 벌어지지 않을 거라는 듯한 행동이었다.

"안 봐 주면 몸 닳고, 울리지 않으려고 미친 짓도 하게 될 거야."

"됐거든."

이번엔 예언과도 같은 말을 한 청윤이 두고 보라는 듯 코웃음을 쳤다. 그런 건 자신의 이미지에 큰 손상이라며 단우는 진저리를 쳤지만, 청윤은 제가 아끼는 동생에게도 사랑의 행복을 알려 주는 여자가 얼른 나타나길 바랐다.

다음 날 아침.

혼자 주방에 있는 청윤이 보글보글 끓고 있는 북엇국을 심각한 표정으로 바라보고 있었다. 음식은 언제나 시형의 몫이고, 옆에서 보조만 하던 그녀였다. 예상치도 못하게 메인 셰프가 되어 음식을 하려니 고민이 짙었다.

"좀 짠가."

재료를 하나씩 넣을 때마다 레시피를 찾아보면서 하느라 오히려 제대로 순서가 지켜졌는지 자신이 없었다. 국을 끓이면서도 계속 맛을 보니 이제 혀 감각까지 둔해진 것 같았다. 청윤이 국자에

국을 떠서 호호 불어 맛을 보려고 하는데, 뒤에서부터 청윤을 안아 오는 힘이 있었다.

"맛있네."

국은 시형의 입에 들어갔다. 요리에 열중하느라 그가 다가오는 것도 알지 못했다. 씻고 내려온 것인지 그에게선 바디워시 향이 났다.

"언제 일어났어요. 맛 정말 괜찮아요?"

제 허리를 안은 그의 손에 제 손을 얹은 그녀가 물었다.

"내가 요리왕이랑 살았네."

"놀리지 마요."

"진심인데. 아침부터 고생했어."

"고생은요. 무슨 술을 그렇게 마셨어요."

그와 단우의 신경전을 알지 못하는 청윤이 그에게 핀잔을 줬다. 어린애 같은 승부욕에 치기 어린 행동을 한 것이 아침에 돼서야 열없어졌다.

"그러게. 이렇게 정신 놓을 때까지 마신 건 처음이야."

"단우는 못 이겨요."

살짝 고개를 저으며 하는 말에 시형의 미간이 찌푸려졌다. 실제로도 지긴 했지만 설단우의 편을 드는 듯한 청윤의 말에 삐죽 심술이 솟았다.

"설단우가 너 좋아했던 거 왜 말 안 했어."

"단우가 그 이야기를 해요? 자기 흑역사라고 절대 그 이야기는 안 하는데. 다 지난 일이에요. 그거 신경 쓰였으면 단우 못 보죠."

두 사람이 연애 감정은 사라지고 현재는 격의 없는 사이라는 걸 알지만, 청윤처럼 아무렇지 않은 일인 양 굴긴 어려웠다. 그 감정이 반영되어 청윤을 안은 그의 팔에 힘이 들어갔다.

"이거 질투예요?"

"그런 거 같네."

"세상 쓸데없는 짓이에요. 단우랑 날 질투하는 건."

"알아."

"그걸 아는 사람이 그래요?"

말은 그렇게 했지만 순수하게 질투하는 마음을 드러내는 그가 마냥 싫진 않았다.

"청윤아."

"응?"

"이 섬에 있는 거 괜찮아?"

생각해 보니 이 섬에 있는 것에 대해 청윤에게는 물어본 적이 없었다. 답답하게도 느껴질 수 있는 이 섬 생활을 선택한 이유가 저 때문이라면 그는 떠나야 한다고 생각했다.

"괜찮다 뿐이에요? 정말정말 좋아요. 제가 예전에 있던 곳은 대가가 있어야지만 움직이던 곳이었어요. 그런데 여기는 완전 다른 세상 같아요. 따뜻하고, 즐거워요."

"연기도 좋아했었잖아."

"단우가 뭐라고 한 거예요? 연기보다 더 좋은 걸 찾았어요. 내가 나로 살아갈 수 있는 이유들이요."

제 마음을 편하게 해 주기 위해 하는 소리가 아니라는 건 느껴졌다.

"그래도 떠나고 싶으면 언제든지 말해."

허리를 숙인 그가 그녀의 목에 얼굴을 묻으며 말했다.

"그럴 일은 없을 거 같은데. 사실 난 당신 옆이면 어디라도 좋아요."

청아한 음성으로 하는 예쁜 말에 시형이 고개를 들어 그녀를 바라보려고 했다. 고개를 돌리자 보이는 건 청윤의 입술이었다.

"키스하고 싶다고 생각했죠."

"지금도 하는 중이야."

평온하던 시형의 눈빛이 위험하게 내려앉았다. 금방이라도 입을 맞춰 올 듯한 그의 눈빛에 청윤의 눈빛이 주방 바깥쪽으로 향했다.

"다들 깨서 내려오면 어떡해."

"신혼부부 집에 왔으니 이 정도는 감수해야지."

그 말을 한 후 그대로 그의 입술이 청윤의 입술로 내려앉았다. 부드럽게 입술을 가른 혀가 따뜻한 입 안에 안착했다. 눈을 감은 채로 그의 혀를 받아들이던 청윤도 애가 탄 심정이 되어 제 혀를 그의 혀에 비볐다. 어느새 청윤의 손은 그의 뒤통수를 안아 그를 더욱 깊이 끌어들였다. 주방은 북엇국이 끓는 열기가 아닌 다른 열기로 후끈 달아올랐다.

멈칫.

주방에 들어서려던 단우가 주방 안의 풍경에 움찔하며 몸을 물렸다. 단우를 따라 내려온 종철은 갑작스럽게 단우가 걸음을 멈추자 그의 등에 얼굴을 부딪쳤다.

"오……."

왜 그러느냐며 묻기도 전에 뒤돌아선 단우가 종철의 입을 막았다. 헤드록을 걸듯 종철의 머리를 팔로 안은 단우의 힘에 종철은 끌려갈 수밖에 없었다. 신혼부부 집에 온 이상 이런 모른 척은 필수였다.

세 사람을 배웅하기 위해 청윤과 시형도 선착장에 나왔다.

"다들 조심해서 들어가세요."

청윤의 인사에 한성이 청윤의 손을 붙들었다. 그의 목소리엔 물기가 배어 있었다.

"두 분 잘 지내는 모습 보니까 너무 좋습니다."

두 사람이 만나는 데 지대한 공을 세우긴 했지만, 제 잘못으로 인하여 두 사람이 겪은 모진 풍파를 생각하면 죄책감에 언제나 목이 메어 왔다. 그런 자신을 용서해 주고 인간답게 살게 해 준 두 사람은 제겐 은인이었다.

"눈물 바람 그만해."

말은 차갑게 해도 진정하라는 듯 한성의 어깨를 툭툭 두드리는 손은 다정했다.

"다음에 정현 씨하고 애기랑 같이 와."

"응. 꼭 올게."

"저도 꼭 보고 싶어요. 너희들도 또 와. 짝 한 명씩 데리고. 혼자는 안 들여보내 줄 거야."

한성에게 말을 한 청윤이 이번엔 종철과 단우 쪽을 바라보며 말했다. 청윤의 말에 종철이 손가락으로 단우를 가리키며 말했다.

"저는 가능할 거 같은데, 단우 형은 힘들 듯요."

"뭐?"

"형, 잘난 척 받아 줄 사람은 저나 사장님밖에 없어요."

"나타나겠지. 그 잘난 척 고쳐 줄 사람이."

"날 있는 그대로 사랑해 줄 사람을 만날 거야."

"평생 이 섬엔 안 오겠네."

"못 오는 거죠."

종철과 청윤이 합심하여 놀리자 단우가 두고 보라는 듯 목소리를 높였다.

"두고 봐. 오래 안 걸려."

"제발 좀 그래 주라."

발끈하는 단우의 모습이 재미있어 청윤이 지지 않고 맞받아쳤다. 그 사이로 오 씨의 재촉이 끼어들었다.

"얼른 타시오."

"가 봐. 기다리신다."

종철과 한성이 배 쪽으로 향하고, 남은 단우가 청윤에게 봉투 하나를 건넸다. 황금빛으로 된 고급진 느낌의 봉투였다. 청윤의 옆에 선 시형도 의아한 표정으로 봉투를 내려다보고 있었다.

"뭔데. 돈이야?"

"돈 주고도 못 구하는 내 영화 VIP 시사회 티켓."

봉투를 열고 보니 정말 단우의 말대로 영화 티켓이 있었다. VIP 시사회라면 기자들이며 유명 연예인들이 오는 자리가 아니던가.

청윤과 시형의 눈이 마주쳤다. 난감함에 순간 어떤 표정을 지어야 하는지 알 수 없어 희미하게 웃는데, 청윤의 마음을 읽어 낸 듯 단우가 덧붙였다.

"두 사람을 위한 티켓이야. 영화관 대여했어."

"뭐?"

"사람들 눈에 뜨일 리 없어. 그 표에 약도 있으니까 보러 가. 죄진 것도 아니고, 뭐 사람들 눈에 뜨이면 어때. SNS에 얼굴 잠깐 나오는 거지."

"참 쉽게 말하네."

"다들 누나 팬이지 누나를 비난하는 사람은 없어."

"알아."

얼마 전 평생 제 팬을 하겠다고 약속한 팬을 보지 않았던가. 이청윤 포에버를 외치던 귀여운 목소리가 떠올라 청윤이 웃음 지었다.

"평범하게까지는 힘들어도, 자유롭게는 살아. 나 갈게. 차시형 씨 또 봅시다. 그때도 한잔해요."

"얼마든지요."

"잘 가. 아, 단우야."

"응?"

"아니야. 나중에 이야기해."

"싱겁긴. 진짜 간다."

질척대지 않는 깔끔한 인사를 남긴 채 단우가 배를 탔고, 그가 탄 것을 확인하자마자 배는 떠났다.

"오늘은 조용하겠네요."

점점 작아지는 배를 보다 보니 어쩐지 코끝이 시큰해져 청윤이 괜히 장난스럽게 말했다.

"둘이서 재밌게 놀자."

"좋아요. 이거 어떡하죠?"

청윤이 시형에게 영화표를 들어 보였다. 상영관이야 두 사람밖에 없겠지만 가는 길이 문제였다. 표에 적힌 영화관은 저번에 두 사람이 갔던 곳보다 더 번화가에 있었다. 이번만큼은 괜찮은 척하기가 힘들었다.

"어떻게 하고 싶은데?"

"가고 싶어요. 이 영화 찍는 거 봤거든요."

시형과 처음 영화를 보러 갔던 날, 단우와 마주치기 전에 그가 연기하던 것을 본 기억이 있었다. 보는 것만으로도 꽤 멋진 액션신이라 완성된 영화도 기대가 되긴 했다.

"아니면 공부 겸 해서 보는 건 어때? 설단우 씨한테 시나리오 이야기하려고 했던 거 아니야?"

단우가 배를 타기 전 그를 부른 청윤이 하려다 하지 못한 이야기를 바로 알아들은 건 시형이었다.

"사실은 그랬는데, 나중에 내가 쓴 걸 모르게 보여 줄 거예요. 지인 버프 있는 건 싫거든요."

"그래. 설단우가 시나리오에 분명 반할 거야."

뚫어져라 표를 보던 청윤이 마음을 먹은 듯 시형을 올려다보았다.

"데이트해요."

"얼마든지."

"가서 캐러멜 팝콘이랑 나쵸랑 오징어랑 잔뜩 먹어요. 영화관 가서 음식 잔뜩 먹기도 내 버킷리스트에 있었는데."

"그래, 배 터지게 먹자. 내 팔짱 끼면 다 괜찮아질 거야."

끝난 듯하면 나오는 버킷리스트 이야기였다. 그녀의 말에 그가 동조해 주었다. 앞으로 그녀와 지워 나갈 리스트들이 궁금해졌다.

"맞아요. 당신이랑 있으면 다 괜찮을 거야."

청윤이 다정하게 시형에게 팔짱을 끼었다. 단우의 말대로 스스로 만든 족쇄에 갇혀 지내고 싶지는 않았다. 그와 함께할 데이트에 대한 기대로 배시시 웃음까지 났다. 바다가 그녀의 용기를 응원하듯 시원한 바람을 보냈다. 행복한 바람이었다.

외전. 로맨스는 해피엔딩

준 병원.

그저 마을 병원이라고만 들었지, 이렇게 병원에 이름이 있는 줄은 몰랐다. 병원장이 이 섬에서 지낸 시간보다도 오래된 나무판자에 적힌 이름을 보던 청윤이 문을 열고 들어갔다.

"선생님."

진료실 문을 열고 들어가자, 책을 읽던 준환이 고개를 들었다.

"청윤 씨, 왔어요."

"네. 저 놀러 왔어요. 들어가도 돼요?"

"손님을 박대할 수 있나. 들어와요."

안경을 벗으며 준환이 일어섰다.

"신랑은?"

"오 씨 아저씨랑 뭍에요."

은행에 갈 일이 생긴 오 씨가 은행 업무를 하는 것이 어렵다며 시형에게 같이 가줄 수 있냐고 부탁을 하여 그는 오늘 오 씨와 뭍에 나갔다. 항상 그들이 뭍에 나갈 일이 생기면 선뜻 도와주는 오씨의 부탁이니 시형도 당연하게 함께 나섰다.

"아, 은행에 적금 든다고 하시더니 시형이랑 같이 나간 거구만."

"네."

"여기. 줄 게 녹차밖에 없네."

하얀 커피 잔 안에 든 것은 녹차 티백이었다. 녹차의 고소한 향에 청윤이 빙긋 웃음을 지었다. 시형과 오 씨를 배웅하고 집으로 가려던 청윤은 시형이 없는 집에 가는 것은 심심할 것 같아 산책하듯이 마을이 돌아다니다 준환의 병원이 있는 곳까지 걸어왔다. 그러다 예전엔 발견하지 못한 간판을 보고, 어쩐지 반가운 마음에 병원 문을 연 것이었다.

"녹차 좋아해요."

"다행이네. 섬 생활은 어때?"

시형 없이 준환과 이야기하는 것은 처음이었다. 시형과 마찬가지로 이 섬 출신이 아니라는 말을 들어서 그런지 준환의 이야기가 궁금했다. 몸이 하나라 여러 인생을 경험할 수 없어서 그런지 배우 때부터 흥미로운 인생을 산 사람의 이야기를 듣는 것을 좋아했다. 특히나 글을 쓰자고 마음을 먹어서인지, 다양한 이야기를 수집하듯이 듣고 싶은 욕망은 더욱 커졌다.

"좋아요."

"젊은 사람이 있기에 섬은 따분하고 답답하지 않나."

"전혀요. 사실 뭍에 있을 때도 딱히 자유롭게 살진 않았거든요."

마을 어르신들은 여전히 청윤이 섬 밖에서 꽤 유명한 연예인이라는 사실을 알지 못했다. 준환 또한 그러리라 생각하며 청윤이 과거를 생각하는 듯 흐린 미소를 띠며 말했다.

섬에 있을 때보다는 섬 밖에 있을 때, 청윤은 사람들의 시선과 엄마의 간섭에 통제받는 삶을 살았다. 많은 관심을 받았기에 그런 통제는 당연하다 여기며 살았던 시절도 있었지만, 지금은 그런 것들에서 벗어나 온전한 자신을 찾은 기분이었다. 그래서 이 섬이 더 좋았고 말이다.

"아무래도 노출이 많이 되는 직업이니 어쩔 수 없었겠지."

"네?"

무언가 알고 있는 것처럼 말하는 준환의 말에 청윤의 눈이 커졌다. 놀란 얼굴이 웃긴지 준환이 장난스러운 얼굴로 말했다.

"영화나 드라마 볼 시간은 많지 않아도 원시인은 아니었어. 사실 처음에는 못 알아봤지만."

"그럼 어떻게 아셨어요?"

"본명 알려줬잖아. 그때 아차 싶었지. 걱정 마, 다른 분들한테는 말 안 했으니까."

준환이 쉽게 말을 하고 다닐 사람이 아니라는 건 이미 알고 있었다. 허를 찔린 말에 청윤이 괜스레 뒷목을 만지며 대답했다.

"여기서 저 아는 분 만나니까 엄청 신기해요. 사실 처음에 여기 왔을 때 저를 아무도 못 알아봐서 자존심 상했거든요."

"연세들도 있으시고, 텔레비전 드라마도 잘 안 보시는 분들이야."

"알아요. 그래도 저 알아봐 주셔서 감사해요."

청윤이 꾸벅 인사까지 하자 준환이 웃음을 터트렸다.

"내가 이청윤 마지막 자존심을 지켜줘서 영광이구만."

"그럼…… 제가 여기 오게 된 이유도 알고 계세요?"

"아니, 찾아보진 않았어."

두 사람이 떠나고 청윤을 찾으러 왔던 검은 남자들도 그렇고, 잘나가던 배우가 사랑을 찾아 이 섬에 오게 된 데에는 필시 여러 이야기가 숨어 있을 거라는 생각은 했다. 하지만 당사자가 하지 않은 이야기를 찾아보는 악취미는 없었다.

"네, 저희 이야기는 제가 해 드릴게요. 말만 하세요."

"얼마든지 들어 주지."

그 말에 웃은 청윤이 준환을 보며 잠시 고민하는 표정을 지었다. 하고 싶은 말이 있는 것을 티 내는 그녀의 행동에 준환이 이유를 물었다.

"저도 해 주시면 안 돼요?"

"무슨 이야기?"

"선생님 이야기요. 이곳에 어떻게 오게 되셨는지."

청윤의 부탁에 준환은 난감한 얼굴이 되었다. 그 표정에 제가 실수를 한 것인가 싶어 급하게 말을 덧붙였다.

"선생님이 이야기하고 싶으실 때요. 문득 내 이야기를 하고 싶을 때가 있잖아요."

"안 믿길 텐데."

"네?"

"내가 여기 오게 된 사연. 보통 사람들은 못 믿을 이야기야. 나도 꿈같아서."

준환이 그렇게 말하니 호기심은 더욱 증폭되었다.

"제가 보통 사람보다 조금 예쁘지 않아요?"

청윤이 엄지와 검지로 조금이라는 표시를 만들어 자신이 보통 사람과는 약간 다름을 어필했다. 청윤의 말에 피식 웃어 버린 준환의 눈은 어느새 지금이 아닌 과거를 향하고 있었다. 꿀꺽. 그의 이야기를 기다리며 청윤이 저도 모르게 침을 삼켰다. 제 흥미를 적나라하게 드러내 이야기하는 사람의 김을 빼고 싶지 않았다.

"젊었을 때의 나는 나밖에 모르던 놈이었어. 이기적이고, 세상에서 나 혼자만 잘난 놈. 의사라는 직업 하고는 어울리지 않는 성격이었지."

과거 자신이 저지른 잘못들이 생각났는지 준환이 살짝 인상을 찌푸렸다. 그러다 그의 표정이 어느 순간 부드러워졌다.

"그러다 그 여자를 만났어. 자신이 과거에서 온 사람이라고 주장하는 여자를."

하나로 질끈 묶은 머리에 햇볕에 그을려 까만 얼굴. 그와 대조되던 투명하던 눈동자와 고집스럽지만 앙증맞던 입술까지. 여자에 관한 모든 것이 그의 기억 속에 선명했다.

"과거에서 온 사람이요?"

"아픈 동생이 있는데, 약을 구하러 왔다고. 나한테 의사니까 동생을 살릴 수 있는 약을 달라면서 빌었어. 당연히 미친 여자라고 무시했지."

정말로 들으면서도 믿기지 않는 이야기였다. 이야기를 하는 준환의 얼굴은 거짓말을 하는 사람으로는 보이지 않았다. 오히려 누군가를 그리워하고 사무친 마음이 그대로 드러나는 표정이라 청윤은 가만히 그의 이야기를 들었다.

"사람 인연이라는 게 피한다고 되는 게 아니었어. 말도 안 되게 엮이더니 끝내는 마음까지 엮어 버렸지."

"사랑……하셨어요?"

"평생 못 잊을 만큼."

간단한 답이었지만, 오랜 세월 한 여자만을 담고 있던 마음은 그대로 느껴졌다. 생략이 많은 이야기였지만 준환에게 상처로 남은 그 이야기를 자세히 물어볼 수는 없었다. 준환의 이야기가 흔히 이야기하는 해피엔딩이 아니라는 것은 혼자 지내는 준환의 모습만 보고도 알 수 있었다.

"원래의 시간으로 여자가 떠나고, 방랑하듯이 여행을 다니다가 이 섬을 알게 됐어. 여자가 자기의 고향 섬이라고 이야기했던 모습이랑 이 섬의 모습이 닮았거든."

"그럼 혹시 여자분 고향이 여기셨던 거예요?"

준환의 마음을 채운 그 여자에 대한 단서가 이곳에 있는 건가 싶은 생각에 청윤이 반갑게 물었다.

"아니, 물어봐도 모르시더라고."

"그래요?"

준환만 하겠냐마는 청윤도 실망스러운 얼굴이 되었다. 그리고 그는 제 이야기를 의심 없이 듣고 있는 청윤이 신기하다는 듯 보았다.

"거짓말 같지 않아?"

"정말 믿기는 힘든데요. 그렇지만 전 세상이 우리가 아는 걸로만 이루어졌다고 생각하지 않아요. 인생 대부분을 영화랑 보내서 그런지 정말 영화 같은 일은 실제로도 일어날 것 같거든요."

"미친놈 소리 들을까 봐 아무한테도 하지 못했던 이야기인데. 들어줘서 고마워."

"이야기해 주셔서 감사해요."

사랑의 상처는 언제나 쓰리다. 그것이 이루어지지 못한 사랑이라면 말을 하는 것조차 버거울 수도 있었다. 하지만 준환은 철없는 그녀의 부탁을 기꺼이 들어주었다. 여기에서 멈출 수 있으면 좋았겠지만, 청윤은 준환에게 또다시 어려운 부탁을 하고 싶었다.

"선생님."

"응."

"사실은 제가 시나리오를 쓰고 있는데요, 혹시 선생님 이야기를 모티브로 글을 써도 될까요?"

원래 연기를 하는 사람이나 글을 쓰는 사람이나 본인의 작품을 위해서라면 물불 가리지 않았다. 청윤의 경우엔 둘 다였으니 거침없이 물을 수 있었다. 준환의 이야기를 듣는 순간, 파노라마처럼 스치는 이야기가 있었다. 그 장면들을 너무도 글로 표현하고 싶어 몸이 근질거릴 지경이었다.

"그다지 재미없을 것 같은데."

"사실 습작처럼 쓰고 있는 거라 영상화가 될 거라고는 말씀 드릴 수 없지만, 꼭 쓰고 싶어요."

관련 서적도 읽고, 유명 작품을 필사하고, 영화를 보고 글을 쓰기 위해 노력중이지만 제대로 된 장면 하나 써내질 못했다. 시작도 하기 전에 슬럼프를 맞아 넉다운이 될 지경이었는데, 그녀에게 한 줄기 빛이 내렸다. 준환이 거절한다면 매일같이 병원으로 출근해 애원할지도 몰랐다.

"허락 안 해 주면 매일같이 병원으로 쫓아올 기세네."

"대한민국 의학이 많이 발달했네요. 속마음도 읽으시고."

청윤의 말이 어이가 없어 준환이 바람 빠진 소리를 내고 말았다.

"청윤 씨가 오면 차시형은 덤일 거고. 하루 종일 그 우중충한 얼굴을 어떻게 보고 있으라고."

어쩔 수 없다는 듯 준환이 청윤을 보았다. 제대로 코가 꿴 기분이었다.

"그럼 허락해 주시는 거예요?"

"대신 조건이 있어."

"말씀만 하세요."

준환의 조건을 들은 청윤의 눈이 예상하지 못한 말을 들은 듯 동그랗게 커졌다. 하지만 이내 무조건 수용하겠다는 듯 고개를 끄덕였다.

***

타닥타닥.

오 씨와 뭍에 나갔던 일을 끝내고 돌아온 시형은 청윤을 찾아 서재로 들어왔다. 평소라면 자신이 돌아오기를 오매불망 기다리다가 자신이 집에 들어가면 와락 안겨들 그녀인데, 오늘 청윤은 무척이나 바쁜 모습이었다. 글을 쓰는 것이 퍽 어려웠는지 며칠째 풀이 죽어 있던 청윤이 무엇에 씐 사람처럼 타이핑 작업에 골몰하고 있었다. 심지어 자신이 온 것도 알지 못한 채로 말이다. 솔직하게는 서운한 마음이 들었지만 청윤이 그간 머리를 싸맨 채 괴로워하던 것을 알기에 방해를 할 수도 없었다.

컴퓨터의 하얀 화면은 빠르게 채워지고 있었다. 본격적으로 시나리오를 쓰기 전 시놉시스를 정리하는 작업이었다. 한 번 물꼬를 트자 그 이후엔 어렵지 않았다. 큰 줄거리부터 등장인물, 기승전결까지 꼼꼼하게 내용을 적어갔고, 이제는 거의 막바지 작업이었다.

"행복하게 살았습니다. 으앗."

시놉시스의 마지막 문장을 따라 읽으며 청윤이 엔터를 누르는 순간 그녀가 앉아 있던 의자가 외부의 힘에 의해 돌아갔다. 놀란 눈을 뜨니 그곳에는 회전의자를 돌린 시형이 있었다. 의자 양 손잡이를 붙든 그의 몸이 청윤에게로 가까이 다가와 있었다.

"언제 왔어요."

"한참 전에."

드디어 저를 봐주는 눈동자가 반가워 그가 그녀의 입술에 촉-하고 짧게 키스했다. 다가온 입술에 살짝 눈을 감았다가 뜬 그녀가 손을 들어 그의 뺨을 만졌다. 말랑한 제 피부와 달리 손 아래 감촉이 단단했다. 남성미가 물씬 풍기는 얼굴에서 토라짐을 발견한 청윤이 웃음기 어린 목소리로 물었다.

"내가 아는 척 안 해서 삐쳤구나."

"질투했지."

"질투요?"

"응. 사람도 아닌 컴퓨터한테 내 거 뺏긴 기분이었어."

"꼭 그렇게 질투 안 해도 될 대상을 질투하더라."

못 말린다는 듯한 청윤의 말에 그가 아직 제 뺨을 감싼 그녀의 손을 잡아 입술에 댔다.

"내가 아닌 것들에 네 손길이 닿고, 네 눈길이 머물면 속에서 불이 나."

"그래서 그렇게 나한테 쉬라고 해요?"

긍정하는 듯 시형이 입가에 미소를 지었다. 제가 살림하는 것이 못 미더워 그런 줄 알았는데, 그런 이유라면 자신이 속상할 필요는 없었다.

"다른 건 내가 다 할 수 있어도 글은 못 막으니까."

"이청윤 중독 증세가 심각하네요."

"그걸 아직도 몰랐어?"

장난스럽게 말하다가 문득 걱정이 되었던 청윤의 그의 얼굴을 부여잡고 말했다.

"나, 글 쓰는 거 싫어요?"

"이청윤이 좋아하니까, 나도 좋아."

시형의 말에 청윤이 배시시 미소를 지었다. 그는 언제나 제 옆에서 저를 위해 주고, 용기를 주었다. 그가 있어서 청윤은 인생에서 다시없을 행복을 만끽하는 기분이었다.

"고마워요."

"뭐가?"

"내 앞에 나타나 줘서. 아니, 이 세상에 태어나 줘서."

납치 사건이 아니었다면 이런 자그만 섬에서 살고 있는 그를 만나지 못했을 거라 생각했지만, 자신과 그라면 어떤 식으로든 만나게 되지 않았을까 싶었다. 운명이라면 과거의 사람과도 만나게 되는 것이 세상의 이치니까.

"이하 동문."

마주 보며 미소 짓던 얼굴에서 서서히 웃음기가 사라졌다. 열망 가득한 눈동자를 바라보며 서로에게 다가갔다. 입술은 어렵지 않게 부딪쳤다. 그녀의 벌린 입술 새로 붉고도 뜨거운 덩어리가 쏟아져 들어왔다. 제 입 안을 가득 채운 혀를 쭉쭉 빨며, 그의 목에 팔을 감았다. 시형의 목 뒤에서 엑스자로 교차된 그녀의 팔이 모이며 점점 그를 끌어당겼다.

한데 얽힌 두 개의 살덩이는 갈급하게 젖은 살을 훑고 말랑한 살을 아프지 않게 깨물었다. 오랜만에 만난 연인이 하듯이 절절하게 야릇한 키스를 퍼붓던 그의 입술이 가는 목선을 타고 내려와 목덜미에 닿았다. 자국이 나도록 하얀 살을 빨며 청윤의 허리를 안고 있던 팔을 움직였다.

"흐응."

청윤의 윗옷 안으로 들어온 커다란 손이 그녀의 가슴을 쥐었다. 그의 손 안에 그녀의 젖가슴이 뭉쳐졌다 풀어졌다를 반복했다. 손 안에 가득 차는 따뜻한 살덩이가 좋아 그는 쉽사리 손을 떼지 못했다. 그가 손을 움직일 때마다 청윤이 간드러지는 소리를 냈다. 손 아래의 감촉과 온몸을 자극하는 소리에 단전으로 피가 몰려 빡빡함이 느껴졌다.

"예뻐 죽겠다."

마음이 급해진 그가 청윤의 몸을 안듯이 들어 책상에 앉혔다. 책상 위에 그녀의 엉덩이가 걸쳐지고, 뼈가 도드라진 작은 발로 그녀가 몸을 지탱했다. 그러는 사이에도 부지런히 그의 입술과 손은 그녀를 탐했다. 입술이 쇄골을 훑고, 손은 그녀의 셔츠와 속옷을 벗겨냈다. 공기 중에 살이 노출된 그녀가 순간 몸을 움츠렸다. 빠르게 제 옷도 벗은 시형은 그녀가 춥지 않도록 제 품에 끌어안았다.

"나 글 쓸 때마다 생각날 거 같아요."

그의 바지 버클을 끌러내며 청윤이 속삭이듯 말했다. 그녀가 하루 중 가장 많은 시간을 보내는 이곳에서 그와 몸을 섞으려고 하니 책상에 앉을 때마다 이 장면이 생각날 것 같았다. 마찬가지로 청바지와 그녀의 숲을 가리고 있던 천 조각에까지 손을 댄 그가 청윤의 귀에 입술을 가져갔다.

"매일매일 여기서 해야겠다. 글 쓰는 중간중간 내 생각 하라고."

나직하고 진중한 목소리로 내뱉은 야릇한 말에 청윤의 아랫배에 절로 힘이 들어갔다. 얼굴을 내린 그가 그녀의 가슴 끝을 물었다. 키스를 하는 것처럼 날랜 혀가 그녀의 유두를 어르고 달래자 힘을 줘 버티고 있는 발끝이 찌릿했다. 책상 모서리를 붙들고 있던 손이 그의 뒷머리를 안았다. 제 머리카락을 헤집는 손길을 느끼며 그가 커다란 양 손으로 청윤의 마른 등을 쓸어 보았다. 매끈한 피부의 감촉이 좋았다. 그러면서도 그의 입술과 혀는 보드라운 가슴을 번갈아 애무했다. 지금이라도 그녀의 안에 제 남성을 묻고 싶었지만, 침을 꿀꺽 삼키고 본능을 눌렀다.

그녀의 몸 곳곳을 매만지던 그의 손이 향한 곳은 습지를 가리고 있는 검은 숲이었다. 흥건히 젖은 그녀의 공간에 손을 들인 그가 천천히 그 손으로 그녀의 안을 탐색했다. 선명한 자극에 그의 어깨를 붙든 손가락에 힘이 들어가 손톱이 하얗게 변했다. 그의 어깨에 손톱이 박혔지만 그는 아픔을 느낄 새도 없이 그녀의 안에 손가락을 하나 더 넣었다. 그의 손이 그녀의 애액으로 흥건해졌다.

"청윤아."

"아흐흑."

손가락을 조이는 질벽의 움직임에 그의 남성이 팽창할 듯 부풀었고, 절정에 오른 듯 그를 맞이할 그녀의 몸이 부르르 떨렸다. 얼른 그의 것을 품고 싶었다.

"시형, 시형 씨……."

애타는 목소리로 그를 불렀다.

"갈게. 괜찮지?"

"제발……."

그녀가 무너지지 않도록 한 손으로는 허리를 감싸고 한 손으로는 가는 한쪽 허벅지를 들어 올려 공간을 넓혔다. 밀부가 노출됐다는 부끄러움을 느낄 새도 없이 그 공간 사이로 그의 것이 들어왔다.

제 아래를 치받아 올리는 느낌에 그녀가 높은 신음을 냈다. 하지만 이미 그를 받아들일 준비가 끝난 그녀의 몸은 이내 그의 허리 짓을 완전히 받아내고 있었다.

"으웃, 훗, 흐응."

올려 꽂기만 하던 그가 그녀를 더욱 깊이 안더니 허리를 돌리기 시작했다. 찌를 때와 달리 그녀의 내부 곳곳에 닿아 새로운 쾌감을 불러일으켰다.

"느껴져?"

"나, 너무 느끼는 거 같아"

본능처럼 그의 움직임에 맞춰 그녀도 허리를 움직였다.

"하아…… 그래, 아주 잘하고 있어."

열띤 얼굴로 맞춘 것처럼 제 안에 쏙 들어오는 그녀가 너무 사랑스러웠다. 속도 조절을 했던 그가 다시 속력을 높였다. 그녀와 함께 절정에 다다르고 싶었다.

끝 간 데 모르고 치솟던 그것이 더 이상 참을 수 없어졌을 때, 그가 그녀의 안에 끈적하고 뜨거운 액체를 흩뿌렸다. 가쁜 숨을 내쉬며 그들이 서로를 부둥켜안았다. 정사의 강렬함을 심장박동으로 느끼며 후희를 즐겼다.

식탁에 앉은 청윤이 포크를 쥔 손과 수저를 쥔 손을 왔다갔다 위아래로 흔들었다. 그 기대를 한 몸에 받으며 그가 접시에 올린 파스타를 그녀의 앞에 가져다주었다. 하얀 그릇 위, 김이 모락모락 나는 토마토 소스 파스타가 먹음직스러워 보였다.

"맛있겠다."

파스타를 좋아하는 청윤을 위해 오 씨와 뭍으로 나갔던 시형이 재료를 사 온 것이었다.

"맛이 있을지 모르겠다. 파스타는 처음 해 보는 거라."

"엄청 맛있어 보여요."

포크로 집어낸 면을 수저 위에서 돌돌 말았다. 동그랗게 말린 면을 그대로 입 안에 넣었다. 시판 소스에 재료를 더 첨가해서 웬만한 식당에서 파는 소스보다 맛이 풍부했다. 눈이 커진 청윤이 엄지손가락을 들어 보였다.

"괜찮아?"

"그냥 괜찮은 게 아니라 완전 맛있어요."

칭찬에 후한 청윤임을 알지만 연신 면발을 입 안에 넣는 폼이

맛이 제법 괜찮긴 한가 싶었다. 뿌듯한 기분을 느끼며 그도 포크를 들었다.

"요리 잘하는 사람이 부러웠는데, 요리 잘하는 남자랑 사는 내가 최고인 거 같아요."

정신없이 파스타를 먹던 청윤이 새로운 이치를 깨달은 것 마냥 눈을 크게 뜨며 말했다.

"일 부려 먹으려고 별소리를 다 한다."

안 넘어간다는 듯 단호한 얼굴로 대꾸하자 청윤이 놀란 표정을 지었다.

"티 났어요?"

"완전 많이."

"이청윤 연기 다 죽었네."

청윤이 또다시 연극을 하는 것처럼 가슴을 부여잡으며 말했다. 그런 그녀가 귀여워 이번엔 그도 웃어 버리고 말았다. 역시 차시형은 이청윤을 당해낼 수 없었다.

"아, 이거 봐 봐."

별것 아닌 이야기에도 깔깔대며 스스럼없이 장난치다가 시형이 주머니에서 무언가를 꺼내 그녀에게 주었다.

"이게 뭐예요?"

"밖에 나갔다가 봤는데, 시나리오 공모전을 하더라고."

"공모전이요?"

그가 건넨 건 수많은 유명 영화를 제작한 영화제작사가 진행하는 공모전의 요강이었다.

"나보고 이걸 하라고요?"

"응. 그러라고 가져온 건데."

"말도 안 돼."

"상 타라는 것도 아니고, 경험 삼아 한 번 해 보는 건데, 뭐. 부담 가질 게 뭐 있어."

아직 제대로 시나리오도 써 보지 못한 자신이 무슨 공모전인가 싶어 포기하려는데 가볍게 하는 시형의 말에 귀가 팔랑댔다. 그의 말대로 목표를 가지고 해 보는 건 좋은 경험이 되지 않을까 싶었다.

"그리고 협찬사 봐 봐."

그의 말에 요강 아래 적힌 협찬사를 보니 낯익은 이름이 눈에 띄었다.

"여기 단우네 회사인데."

"운 좋게 수상하면 시나리오가 설단우한테 갈지 누가 알아?"

공모전 참가자들이 할 법한 실현 가능성이 높지 않은 청사진을 그려 보는 두 사람의 얼굴에 기분 좋은 미소가 걸쳐졌다.

"설단우가 내 시나리오를 잘 표현할 수 있을지 모르겠네."

단우가 듣는다면 어이가 없어 뒤로 넘어갈 이야기를 하며 청윤이 키득댔다.

"완성되면 나 먼저 보여 줘야 해."

시형의 말에 청윤이 난감하다는 표정을 지으며 말했다.

"시형 씨, 미안해요. 시나리오 완성되면 먼저 보여 줘야 할 사람이 있어요."

청윤의 말에 시형이 미간을 좁히며 누구냐고 물었다.

"내 이야기의 주인공. 그분이 허락해 줘야 시형 씨도 보여 줄 수 있고, 공모전에도 낼 수 있어요. 그게 그 이야기에 대한 예의인 것 같아."

그 주인공이 누구냐고 재차 물었지만 청윤은 인터뷰의 기본은 비밀 엄수라며 입을 다물었다. 밝히는 것도 그 당사자가 허락을 해야만 가능한 일이었다.

"좋아. 그럼 이 질문에만 대답해 줘."

"뭐요?"

"그래서 제목이 뭔데?"

고민하는 표정을 지었지만 제목은 자신이 지은 거니 말해 줘도 되겠다 싶었다.

"가제이긴 한데요."

'대신 조건이 있어.'

'말씀만 하세요.'

'이야기는 해피엔딩으로 해 줘. 로맨스는 해피엔딩이어야 하거든.'

준환의 조건을 떠올리며 청윤이 말했다.

"로맨스는 해피엔딩. 그리고 시나리오 작가는 한이연이에요."

청윤이 밝은 미소를 지었다. 그리고 청윤을 본 시형도 함께 웃었다. 세상의 모든 로맨스가 행복하게 끝날 수는 없겠지만, 제가 쓰는 로맨스만큼은 누구도 반박할 수 없는 해피엔딩으로 만들고 싶었다.

-마침-